손에 손 잡고

손에 손 잡고

정용철 장편소설

HAND in HAND

그루

작가의 말

우리의 삶은 유한할지라도 살아볼 만하다는 생각을 새삼 해 본다.
이즈음 소설들은 대개 상실, 갈등, 허무, 환상에 기울고 그 시각도 부정적이며 비현실적이다. 문예사조의 흐름임을 이해는 한다. 특히 심리묘사의 난해성이 독자들과 멀어지게 하는 요인이 아닐까 한다. 사람들은 힘들게 다투고 갈등하면서도 조화와 화해, 긍정으로 나아가게 마련이라고 이 작품을 통해 말하고 싶었다.
어느 날 이른 아침 '도서관에서 작가를 꿈꾸다'라는 신문 기사가 눈길을 끌었다. 지난날 격동기의 별난 경험을 소설로 쓰고 싶어도 엄두가 나지 않았는데 조두진 소설가의 '주제 따위는 버리고 쓰라'는 강의가 이 작품을 쓰게 된 계기가 되었고, 이명랑 교수의 숙제들도 이 글 속에 고스란히 녹아들었다.
우연한 기회에 아파트 같은 라인의 이태수 시인이 6년간 컴퓨터에 갇혀 있던 원고를 수습해 마치 시체를 염하듯이 단행본으로 묶게 됐으니, 이 작품의 명줄이라는 생각도 든다.
돌이켜 생각해 보니 체험에 뿌리를 두면서도 문학적으로 형상화해야 하는 장편소설을 쓴다는 게 여간 힘들지 않았다.

2022년 여름
정용철

차례

해후 9

첫사랑과 좌절 19

사표를 던지다 44

만남과 갈등 88

노사 분규 113

기업가 정신 146

노동 운동 243

아, 고운애 297

해후

자정이 지난 한밤의 거리는 적막하고 사막하다. 골목길 귀퉁이에 방범등이 높이 매달려 대롱거리고, 술 취한 남자가 담벼락에 기대선 채 비틀거린다.

한길에는 엔진 소리와 바퀴 소리를 토해 내며 적막을 깨트리는 자동차들이 달린다. 하루가 마감되는 소리들도 점점 낮게 가라앉는다.

쓰레기를 수거하는 청소차가 꾸무럭꾸무럭 골목길을 돌아 나가고, 가로등 불빛마저 조는 사이 어둠이 물러나면서 먼동 트는 동녘이 설레기 시작한다. 새날의 아침해가 얼굴을 내밀려는 참이다.

한적하고 스산하던 거리는 생기를 되찾는다. 자동차 행렬이 늘어나고 을씨년스럽던 골목길은 사람들의 움직임들로 부산해진다. 건장한 남자들이 잰걸음으로 발길을 재촉하는가 하면, 짙은 화장을 한 오피스 걸의 하이힐 소리들도 또각또각 인도에 넘치고 있다.

삶의 현장으로 나서기 위해 버스를 기다리는 군상……, 새벽 운동을 하고 하나둘 돌아오는 사람들의 발길……. 다람쥐가 쳇바퀴 돌리는 거나 별반 다르지 않은 보통 사람들의 일상은 다시 종종걸음이다.

간밤의 적막한 풍경들은 돌아올 수 없는 시간 속으로 가뭇없이 밀려났지만, 하루가 다시 시작되고 사람들은 앞을 바라보며 더 나은 세상을 꿈꾸기도 한다. 또 다른 저녁은 어김없이 돌아올 것이고, 밤의 깊은 수렁은 다시 밝아 오는 새 아침을 잉태할 것이다.

한가위 무렵의 따끈한 햇살이 뛰어내리는 가을 들판에는 황금 물결이 일렁인다. 세월은 흐르고, 모든 것들은 지나가고 떠나간다.

지난날들은 흑백 필름의 영상처럼, 허공에 아스라이 매달린 주마등처럼, 뜨겁거나 짙은 애환이 서려 있는 기억들을 소환하며 밀려온다.

산업 현장의 요란한 기계 소리와 국민 소득 2만 달러의 산업 사회로 숨가쁘게 치닫던 지난날 젊은이들의 얼굴이 오버랩 돼 선연하게 다가오기도 한다.

    국화 꽃 져 버린 겨울 뜨락에
    창 열면 하얗게 무서리 내리고
    나래 푸른 기러기는 북녘을 날아간다.
    아, 이제는 한적한 빈 들에서 보라.

고향 길 눈 속에선 꽃등불이 타겠네.
고향 길 눈 속에선 꽃등불이 타겠네.

김재호 시, 이수인 작곡의 가곡 '고향의 노래'가 아마추어 소프라노의 연주로 마산가곡전수관 공연장에 울려 퍼진다. 그리 넓지 않은 방청석의 격려 박수도 인색하지는 않다.

검은 연미복을 입은 백성욱이 차례가 되어 무대에 오른다. 청중을 휘둘러본 뒤 허리를 숙여 청중석을 향해 인사를 한다. 다시 박수 소리가 울린다. 천천히 허리를 일으킨 백성욱은 피아니스트에게 반주 신호를 주기 전에 잠시 물끄러미 연주홀 천장을 쳐다본다.

백성욱이 객석 앞자리의 노동훈을 바라본다. 자신을 바라보는 노동훈의 눈길이 섬뜩하게 느껴지지만 반백의 머리카락과 구렛나루의 희끗한 새치가 눈에 띈다. 하지만 그의 눈빛에도 세월이 안겨준 실루엣이 잔잔하게 드리워져 있다.

조명이 꺼진 천장에 서른 해 전의 기억들이 파노라마처럼 느릿하게 펼쳐진다. 선고일 재판정에서 마지막 본 노동훈의 살기 어린 눈빛 때문에 백성욱은 잠시 전율하지 않을 수 없었다. 무대의 천장을 쳐다보며 잠시 상념에 잠겼던 백성욱이 노래를 부르기 전에 청중을 향해 입을 열었다.

"저는 오늘 팸플릿에 있는 노래가 아닌 다른 노래를 부르겠습니다. 오늘 이곳에는 아주 귀한 한 분이 오셨습니다. 그분을 위해 꼭 부르고 싶은 노래가 있습니다."

백성욱은 푸치니의 오페라 '투란도트'에 나오는 아리아 '공주는 잠 못 이루고 Nessun Dorma'를 부른다.

"Vincero(승리)"

"Vin-ce-ro!"

백성욱은 아리아 마지막 부분 '승리하리라'의 고음부 클라이맥스를 힘차게 마무리한다. 청중의 박수에 답례를 한 뒤 백성욱은 객석 앞자리에 앉아 있는 노동훈을 향해 손짓을 하며 무대 위로 올라오라고 한다. 백성욱의 돌발적인 행동에 당황한 노동훈이 사양하지만 관객들의 박수에 떠밀려 엉거주춤 무대에 오른다.

백성욱이 노동훈에게 노래를 함께 부르자고 한다. 백성욱의 권유에 못 이겨 노동훈이 무대에 나란히 선다. 다시 객석의 우레 같은 박수 소리와 함께 '손에 손 잡고Hand in Hand'가 이중창으로 울려 퍼진다.

무대의 스포트라이트가 희미하게 줌 아웃 되자 조명 꺼진 빈 무대에 멍하게 선 노동훈의 뒷모습을 어둠이 어루만지는 것 같다. '손에 손 잡고'는 누구나 올림픽 주제가로 알고 있지만 노동훈에게는 특별히 다른 의미를 가진 노래다.

가곡 발표회가 끝난 공연장 로비는 귀가를 재촉하는 청중들로 붐빈다. 연주 장면을 보여 주는 대형 텔레비전 화면에는 저녁 아홉 시 뉴스가 한창이다. 메르스(MERS : 중동 호흡기 증후군)에 대한 당국의 대처가 너무 늦어서 환자들이 크게 늘어나고, 한국이 세계에서 두 번째로 많이 발병한 나라여서 '코르스 KORS'라는 불명예스런 별명을 얻게 되었다고 남자 아나운서가 비아냥거린다. 전국이 전염병 이야기로 시끌시끌하고, 환자가 많이 발생한 상가나 병원 부근은 한산하다고도 집중 보도한다.

이어서 삼성전자의 신제품인 스마트폰 '에스 6'과 '6 엣지'가 출하돼 세계 스마트폰 시장에서 '아이폰 6'을 초월하는 성과를 거뒀고, 현대자동차와 기아자동차가 세계 자동차 시장에서 글로벌 5위 제조 판매 업체로 자리를 굳혔다는 뉴스가 신제품을 둘러보는 구매자들을 부각시키는 화면과 함께 방영된다.

정치판은 여전히 이전투구 행태를 버리지 못하고 세비만 낭비하고 있으며, 청년 실업과 정년 연장 등을 위해 오랫동안 교착상태에 빠졌던 노동계, 경영자 대표와 정부 관계자들로 구성된 노사정위원회가 선진국형 노사 관계에 한 걸음 다가간 노사정 합의문을 발표하는 장면도 방영된다.

연주회의 막이 내린 뒤 노동훈은 분장실의 백성욱에게 다가갔다.

"축하합니다. 언제 가곡까지 배웠습니까? 옛날이나 지금이나 가만히 있지 않네요?"

노동훈은 손을 내밀어 백성욱과 악수한다.

"오랜만입니다. 잘 있었습니까?"

백성욱이 미소를 지으며 마주 잡은 손을 흔든다.

"조금만 기다리십시오. 옷을 갈아입고 나오겠습니다. 어디 가서 목이라도 축입시다."

"요즈음도 술 많이 드세요?"

"옛날 같지는 않지만 여전합니다. 맥주나 한잔합시다."

"그러시죠, 입구에 있겠습니다."

조금 뒤 두 사람은 마산버스터미널 인근의 봉쥬르(逢酒樓, Bonjour) 카페에 자리를 잡았다.

"올림픽 때, 주제가 '손에 손 잡고'를 노동계가 불러서 무척 놀랐습니다. 그 후에 노동법도 개정되고……. 노 형 작품이지요?"

맥주로 목을 축이며 서로 근황을 물은 뒤 백성욱이 노동훈에게 물었다. 노동훈은 아무 말 없이 술잔만 주시하고 있다.

"어디 불편하세요?"

"아, 아닙니다."

노동훈이 정색을 하며 맥주잔을 들어 백성욱의 잔에 부딪는다.

"저의 작품이라기보다 제가 깊이 관여했지요. 가슴 아픈 사연도 있었고요."

노동훈이 잔을 비우고 백성욱에게 건넨다.

"미안합니다. 많이 상심하셨던가 봅니다."

백성욱이 노동훈이 건넨 술잔을 비우고 돌려준다. 노동훈은 가만히 고개를 끄덕이며 잔을 받는다.

"잘되시죠?"

"예, 노 형이 없으니 노조도 조용하고 사업할 맛이 납디다. 하하."

"그때 내가 미웠지요?"

"그때는 죽여 버리고 싶었지요. 그러나 지나고 보니 노 형의 주장과 투쟁은 시대적인 요구였습니다. 당시의 사회 현상을 두고 판단했을 때 꼭 필요했던 것이었다고 지금은 이해합니다."

"미안합니다."

"무슨 말씀을? 다 시대가 그래서 부딪힌 건데요."

그때 노동훈의 휴대전화가 울린다.

"아, 곽 교수? 마산입니다. 예, 예, 손님과 함께 있습니다. 아, 예. 아, 백성욱 사장이라고 전에 여러 번 곽 교수에게 얘기했던……. 잠깐만요."

한참 통화하던 노동훈이 전화를 끊지 않고 백성욱을 건너다본다.

"내가 잘 아는 교수님인데 백 사장님과 있다니 뵙고 싶답니다. 세미나 왔다가 연락한 모양인데 그냥 보내겠습니다."

노동훈이 백성욱의 눈치를 살핀다.

"아, 오시라고 하십시오. 그런데 저를 어떻게 아십니까?"

백성욱은 의아한 표정을 지었다.

"몹쓸 사람이라고 욕을 많이 했거든요. 쌍욕도 하면서."

노동훈이 계면쩍게 웃는다.

노동훈이 전화를 건 사람에게 그들이 있는 곳으로 오라고 말하고 전화기를 여주인에게 넘겼다. 위치를 알려 주기 위해서다.

"그 양반 술 좀 합니까?"

"여자입니다."

조금 뒤 사회학과 교수인 곽선영이 합석하고, 서로 인사를 나눈다.

"백 사장님 말씀은 동훈 씨를 통해서 많이 들었습니다. 동훈 씨에게 듣기로는 뿔이라도 두어 개 난 악마려니 생각했는데 생각했던 것보다 괜찮은 미남이시네요?"

곽선영이 처음부터 시원시원하게 나온다.

"실망을 드려 미안합니다. 뭐 드시고 싶은 거 있으면 말씀하십시오, 미남 소리 듣고 가만있을 정도로 염치없진 않습니다. 노동훈 씨가 원체 편견이 심한 분이라 그렇습니다."

백성욱이 알맞게 응수한다.

눈치를 살피던 노동훈의 얼굴이 펴지면서 건배를 제안한다. 곽선영은 식사 때의 전주가 있었다고 한다.

세 남녀는 술을 마실수록 말이 많아지고 목소리가 커진다.

"지금과 같은 대기업 노조의 과도하고 이기적인 요구는 국민들의 우려와 반감을 불러일으키고 중소기업 근로자들의 상대적인 박탈감을 부추겨 걱정스럽습니다."

노동훈이 염려스러운 표정으로 말을 꺼낸다.

"노 형이 만든 작품 아닙니까?"

"물론 저도 무관하다고 발을 뺄 생각은 없습니다만, 그래도 그때 우리가 꿈꿔 온 이상과는 차이가 많습니다."

노동훈의 우려에도 백성욱은 오히려 긍정적인 평가를 한다.

"일부 대기업 노조가 다소 이기적이기는 하지만 통과의례라고 생각합니다. 제동 장치 없는 기차처럼 달리던 사회적 갈등이 낭떠러지로 떨어지기 직전에 이성을 되찾아 싸움을 멈추는 지혜와 슬기를 갖고 있는 것이 우리나라 국민 아닙니까? IMF 외환 위기 때도 그렇게 넘겼고요."

백성욱이 마시다 남은 맥주잔을 마저 비운다.

"노조 망국이라던 영국을 대처 총리가 매듭을 풀었고, 자동차 회사들의 도산을 겪고 나서 미국 강성 노조 UAW(United Automobile Workers, 미국 자동차노조)도 기가 꺾였어요. 현재 우리나라 노사 관계가 다소 걱정스러운 모습임은 사실이나 경제 사회 발전 단계에 따라서 합리적으로 조정될 것으로 봅니다."

두 사람의 대화를 듣고 있던 곽선영이 백성욱의 이야기를 받는다.

"아, 백 사장님, 곽 교수 전공이 사회학입니다."

노동훈이 거든다.

"노사도 이해가 상충되는 상황에서는 자기 편을 위한 주장과 투쟁을 계속하지만, 공생을 위해 양보와 타협을 하는 노사 간에는 헤겔의 변증법이 맞아떨어지는 것 같습니다."

두 사람은 숙연하게 그녀의 분석을 경청한다. 사회학적 접근에서 긍정적인 미래 진단을 내놓았기 때문이다.

곽 교수가 말을 잇는다.

"두 분이 서로 상극이 되어 싸우실 때, 근로자들의 요구와 투쟁이 없었다면 회사들은 이윤 추구에만 급급하고 근로자들은 피폐해져 지금 같은 양질의 노동을 제공할 수 없었을 것입니다. 궁극에 가서는 기업 발전도 한계에 도달했을 것이고요."

"노 형이나 나나 혼돈의 시기에 그 자리에 있었기에 각자에게 부여된 역할을 했을 뿐입니다. 서로 잡아먹을 듯이 싸우던 우리 두 사람이 이렇게 마주하듯이 우리나라 노사도 다정하게 술잔을 마주할 날이 멀지는 않을 겁니다."

백성욱이 말을 맺는다.

"대한민국 노사의 과거와 미래가 오늘 우리 술집에서 그 해법을 다 찾고 있네요, 그런 의미에서 매상 좀 올립시다, 건배!"

들어올 때 잔만 받아 두고 장사에만 부산하던 카페 주인 여자가 건배를 선창한다.

시장 모퉁이에 있는 스물네 시간 전주해장국집에서 쓰린 속을 다스린 노동훈과 백성욱, 곽선영은 석 달 뒤 문신미술관에 전시된 노동훈의 '난정서蘭亭序' 액자 앞에 다시 모였다.

노동훈이 국전에 입선한 기념으로 처녀 서예전을 열었다.

"이것은 누구 글씨를 모사해서 쓴 것입니까?"

백성욱이 노동훈에게 묻는다.

"구양순歐陽詢입니다."

"왕희지王羲之가 쓴 행서行書가 아니고요?"

곽선영이 의아한 표정을 짓는다. 노동훈은 중국 동진의 서성書聖 왕희지가 쓴 난정서 진품은 너무나 좋아한 당 태종의 무덤에 매장돼 세상에는 없다고 설명한다. 다만, 당 태종이 살아 있을 때 구양순을 위시한 당대 명필들에게 똑같이 모사시킨 것들이 후세에 전한다고 덧붙인다.

전시장에서 나온 세 사람은 부근의 용마산공원에 오른다. 합포만은 노을에 불그레하게 물들고, 출어 갔다 돌아오는 어선들의 하얀 물꼬리가 포구 회귀를 재촉한다. 멀리 가포동 정신병원 너머로 빠져 버린 저녁 해가 산마루에 얹힌 구름에도 남은 빛을 덧칠하고 있다.

"저 병원이 '산장의 여인' 배경이라면서요?"

"노을 한번 좋다!"

느릿느릿 돌아가는 세 사람 어깨와 등 뒤에도 저녁놀이 붉게 물들고 있다.

첫사랑과 좌절

"곽선영, 학교 갔다 이제 오니?"
"정인아! 집에 안 가고 거기서 뭐 해?"
"야, 너 노동훈이 알지?"
"응, 왜?"

학교를 마치고 집으로 오는 버스에서 내리자마자 불쑥 나타난 정인이 곽선영에게 말을 걸었다. 여자중학교 3학년인 곽선영이 학교를 마치고 귀가하는 시간과 버스 내리는 곳은 정해져 있었다. 같은 동네에 사는 박정인이 이것을 알고 미리 버스 정류장에서 기다리고 있었던 듯했다.

노동훈, 박정인과 곽선영은 구포초등학교 동기 동창이다. 노동훈과는 한 반은 아니었으나 서로 얼굴은 알고 있었다. 노동훈이 다니는 중학교도 곽선영의 여학교와 같은 방향에 있고 그렇게 멀리 떨어지지 않아서 가끔씩 같은 버스를 타기도 했다. 그러나 버스를 같이 탔을 때도 곽선영은 노동훈에게 아는 척은 하지 않았다. 노동훈도 마찬가지였다. 힐끗 곁눈질은 하나 못 본 척 창밖을 주시하거나 멀거니 버스 천장만 쳐다보았다.

"버스에서 가끔씩 본다며?"

정인이 선영에게 물었다.

"누굴?"

"누구는 누구야, 동훈이지."

"어, 가끔씩 보이더라. 학교도 우리 학교 근처인가 보지?"

"너들 학교에서 가까워. 그런데 너는 걔를 봐도 아는 척도 않는다며?"

"걔도 본 척도 않던데? 뭐라 그래?"

"응……."

"뭐라던데?"

"너를 좋아한대."

아침저녁으로 우연히 맞닥뜨렸을 때 선영은 동훈이 자기를 좋아하고 있다는 느낌을 받았다. 시치미를 떼고 창밖이나 천장을 쳐다보곤 했으나 곁눈질로 선영을 훔쳐보고 있다는 것을 느낄 수 있었다.

"나를? 미쳤어……."

"왜?"

"야, 중학생이 공부나 하지 벌써 무슨 연애질이니?"

"누가 연애하재? 그냥 사귀자는 거지, 좋아하니까."

"난, 안 좋아해."

"그러지 말고 한 번만 만나 줘라. 걔 병난 거 같더라."
"병 걸렸으면 병원에나 보내. 난 관심 없어."
선영이 매몰차게 거절했다.
"너, 보기보다 모질구나? 노동훈 걔 괜찮은 애야, 공부도 잘하고."
"됐거든, 그렇게 좋은 애면 너나 사귀어. 나는 공부해야 돼."
곽선영은 박정인에게 눈을 흘기고 새초롬하게 돌아섰다. 곽선영도 노동훈에게 관심이 없는 것은 아니었다.

초등학교 6년 동안 한 번도 같은 반이 된 적은 없지만, 노동훈이 잘생기고 공부도 잘한다는 것은 알고 있었다. 6학년 때는 전교 회장도 하고 그의 아버지가 학부모회장도 했다. 물론 전교 회장 부모가 학부모회장을 하는 것은 정해진 것이었으나 동훈이 아버지가 학교에 올 때는 고급 차를 타고 왔다. 집이 잘사는 것 같았다. 동훈은 공부도 잘했지만 아버지가 부자라서 전교 회장이 되었는지도 모를 일이라고 생각한 적도 있었다. 어른들은 항상 이런저런 것을 함께 묶어서 어떤 일을 결정하는 거 같기도 했다. 아무튼 남다르게 괜찮은 아이라고 생각했다.

그렇지만 정인이 사귀어 보라고 한다고, 정인을 통해서 동훈이 나를 좋아한다고 한다 해서 덥석 받아들이는 것은 여자로서 자존심 상하고, 너무 쉬운 애로 생각되는 것도 싫었다. 속으로는 사귀어 보고 싶지 않은 것도 아니었다.

중학교 졸업이 다가올 무렵이었다. 집에 있던 선영이 초인종 소리에 현관으로 나가서 대문을 열었다.
"어떻게 오셨습니까?"

선영은 어머니 또래의 아주머니에게 물었다.

머리를 보기 좋게 파마하고 얼굴엔 부드러운 화장을 한 부인이 말했다.

"네가 선영이니? 나 동훈이 엄마야, 노동훈이 알지?"

"아, 네."

순간 선영은 얼굴이 달아오르고 가슴이 콩닥거렸다. '무슨 일로 동훈이 엄마가 우리 집엘 왔을까?'

"어머니 집에 계시냐?"

"아, 네, 계십니다. 들어오십시오."

선영이 앞장서 안내했다.

"엄마, 손님 오셨어요."

"엄마랑 얘기 좀 할게."

동훈이 엄마가 작은 소리로 다정하게 말했다.

문이 열리고 선영이 어머니가 반갑게 맞이했다.

"어서 오세요. 어떻게 이런 어려운 걸음을 하셨어요? 어서 들어오세요."

두 사람이 방으로 들어가고 선영은 부엌으로 갔다가 방문을 노크했다.

"엄마……."

"들어오너라."

선영은 방문을 살며시 열고 들어가 준비한 커피잔을 놓았다. 동훈이 어머니 앞에 소리 나지 않게 잔을 놓고 마시기 편하게 커피잔 손잡이를 오른손 쪽으로 살짝 틀어 놓았다.

"하는 짓이 어찌 저리 예쁘냐! 저러니……."

선영은 아무 말 없이 방을 빠져나왔다. 동훈이 어머니는 그런 선영에게서 눈을 떼지 않았다.

한참 뒤에 선영이 어머니가 방문을 두드렸다.

"선영아, 동훈이 어머니가 가신다. 인사드려라."

책을 읽던 선영이 얼른 밖으로 나갔다.

"아유, 공부 방해되게, 그냥 두시지 않고요? 어서 들어가 공부하거라. 쯔쯔, 공부가 애들을 잡는다 잡아!"

동훈이 어머니를 배웅한 뒤 어머니가 선영이 방으로 따라왔다. 침대에 앉으라며 책상 의자에 앉아 동훈이 어머니와 나눈 이야기를 들려주었다.

동훈이 어머니가 공부도 잘하던 동훈이가 밥도 잘 안 먹고 공부도 안 하며 축 처진 채 학교만 오간다며, 병이 날 것 같으니 선영이와 건전하게 사귀도록 해 보자고 조심스럽게 말을 꺼내더라고 했다.

동훈에게 크게 관심이 없었던 선영은 그런 사실을 전혀 몰랐던 건 당연했다. 당시 선영은 교회 찬양대의 다섯 살 위 오빠를 짝사랑하고 있기도 했다.

중학교 졸업 직전에 선영이 어머니는 동훈이가 가정도 괜찮고 공부도 잘하니 건전하게 사귀어 보라고 선영에게 권했다.

선영은 어느 주말 오후 동훈을 만나러 약속한 런던제과에 나갔으나 서먹한 만남이었다.

"버스에선 한 번 쳐다보지도 않고 눈길 한 번 안 주데? 아무튼 나와 줘서 고마워."

하지만 선영은 주스 잔만 만지작거렸다.

"박정인이 너 만난 뒤 내게 포기하라고 하더라. 네가 너무 쌀쌀맞다고."

선영은 아무 말 없이 주스 잔 속만 계속 응시하고 있었다.

"나 만나는 거 싫어?"

대답이 없자 동훈이 다시 물었다.

"왜 직접 얘기하지 않고 정인이에게 시켰어?"

한참 만에 선영이 입을 뗐다. 여전히 눈길은 주스 잔 속에 고정되어 있었다. 옆에서 보면, 화가 나서 겨우 참고 있는 것 같은 모습이었다. 선영이는 화가 나서 토라져 있었는지도 모른다.

"그건, 저……."

동훈은 선뜻 대답을 하지 못하고 우물거렸다.

"남자애가 뭐 그래……?"

"네가 정인이에게 했듯이 매정하게 자를까 겁이 났어, 미안해."

"그래서 엄마를 보냈어?"

"아……, 아냐, 엄마가 나한테 물어보지도 않았어. 정말이야. 미안해."

"언제까지 미안하다는 소리만 할 건데? 그러다가 해 떨어지겠네."

선영이 그 뒷말을 혼자 중얼거리며 주스 잔을 들어 한 모금 마셨다. 동훈이도 얼른 주스를 마셨다.

"한 잔 더 마시지 그래?"

"아, 아냐 됐어. 목이 마르네."

"앞으로 정인이 같은 애에게 심부름 시키지 마."

"알았어, 미안해."

"또?"

동훈이 멋쩍게 웃었다.

구포의 저녁 햇빛이 낙동강 하류의 물결 위에 반짝거린다. 눈앞의 구포다리 위로 버스가 지나가고 작은 승용차 한 대가 한참 뒤에서 따라가고 있다. 마치 어미를 따라가는 새끼 염소처럼 쫄랑거리며 간다.

길게 그림자를 늘이고, 길을 걷고 있는 동훈의 뒤를 운동화 코끝을 보면서 선영이 따라간다. 동훈은 키가 그리 크지는 않으나 조금 마른 체격에 얼굴도 괜찮게 생겼다. 선영은 바라보면서 싫지는 않다는 생각을 했다.

"너 페르마의 정리라는 거 들어 봤어?"

"페르미가 아니고?"

고등학생이 된 동훈과 선영은 가끔씩 만났으며, 그날은 동훈이가 선영이네 집에서 함께 공부했다. 선영이는 동훈의 공부 책상으로 접이 상을 펴 놓았다. 수학 문제를 열심히 풀던 동훈이 기지개를 길게 켜며 말을 걸었다.

대학 진학을 준비해야 하는 고등학생인 처지에 마냥 만나서 노닥거리며 놀 수는 없었다. 서로 보고 싶을 때는 주로 동훈이 선영이네 집으로 가서 함께 공부했다.

대학 입시를 치러야 할 여느 여고생들처럼 선영의 공부방도 단출했다. 어머니가 신경 써서 햇볕 잘 드는 동남쪽에 마련한 공부방으로 창을 향해서 책상과 걸상이 놓여 있고 벽에 붙여 놓은 자그만 침대 하나가 전부다. 창문에는 연분홍 커튼이 쳐져 있고, 벽에는 빛바랜 제임스 딘 사진 액자가 걸려 있다. 선영이 어머니가 학창 시절 자기 방에 걸어 두고 매일 밤 자기 전에 쳐다봤다는 보물 같은 사진을 딸에게 물려준 것이라고 한다.

당시 선영이 어머니 또래의 우상은 선영은 들어 본 적도 없는 '에덴의 동쪽', '자이언트'와 같이 오래된 영화의 주인공으로 나오는 반항아의 표본 제임스 딘이었다고 한다. 집 안에서 허드레옷만 입고 살림이나 하며 아들딸 공부 뒷바라지하기도 바쁜 주부인 어머니에게도 그런 도전적인 꽃미남을 꿈에 그리며 잠들곤 하던 로맨틱한 소녀 시절이 있었나 하고 고개를 갸우뚱하며 그냥 받아서 벽에 걸어 놓은 것이다.

"페르미는 원자로를 만든 미국 과학자이고. 페르마 말이야."

"못 들어 봤는데, 그게 뭐야?"

영어 공부를 하던 선영이 몸을 돌려서 방바닥에 쪼그리고 앉아 수학 문제를 푸는 동훈을 내려다봤다.

"응, 내가 앞으로 풀어 보려고 하는 수학 문제야."

"수학책에 그런 문제는 없던데, 피타고라스 정리는 있어도. 그걸 잘못 말한 건 아니지?"

선영이 의아해서 되물었다.

수학책만 펼치면 머리에 쥐가 날 정도로 어렵고 싫었던 선영은 공식을 그냥 외우고 문제를 풀기는 해도 도대체 이런 어려운 것을 왜 공부해야 하는지 이해가 잘 안 됐다. 살아가는 데는 더하기 빼기만 할 줄 알면 큰 지장이 없을 것 같기 때문이었다.

선영은 나누기를 해야 할 때도 실제 생활에서는 별로 필요 없다고 생각하면서도 곱하기 나누기도 잘하고 웬만한 인수분해 문제도 큰 어려움 없이 푼다. 그런데 가장 어렵고 이해가 안 되는 것이 극한이다. 무한대로 커지면 무한대로 접근하지만 그렇다고 붙은 것은 절대로 아니라고 하니, 무한대로 가까워지면 결국은 붙어 버리고 마는 것 아닌가? 붙은 거나 다름없으나 절대로 붙은 것은 아니고 붙은 것과 같이 생각하고 문제를 풀지만 절대로 붙은 것은 아니라니 머리가 뱅글뱅글 돈다.

그러나 대학 입학시험에 출제되니 눈물을 찔끔거리며 겨자 먹듯이 아무리 싫더라도 울며 겨자 먹기로 참고 견딜 수밖에 없었다.

아무튼, 현실에서 보지 못하는 것을 생각으로 가정하는 것은 이해가 잘되지 않았다. 더구나 그런 것을 왜 머리 싸매고 공부해야 하는지 잘 모를 일이었다. 대학교에 들어가려면 수학도 점수를 따야 되기 때문에 참고 그냥 공부하며 고생스럽게 애를 쓸 따름이었다.

그런데 동훈은 선영이와는 달랐다. 수학 공부를 많이 하고 수학에 관련된 숨은 이야기나 기사 내용도 많이 알고 있었다. 더 놀랄 일은 수학이 재미있다고 했다. 선영은 이해가 안 됐다. 문학이나 사회와 역사 같은 과목은 일단 재미있고 우리가 살아가는 이야기와 깊은 함수 관계를 가지고 있으며, 당연히 이해가 되는 내용들을 담고 있다. 그런데 수학이 재미있다고? 선영은 도무지 이해가 되지 않았다.

"피타고라스 정리와 비슷해."

"피타고라스 정리도 쓸 데도 없이 우리를 괴롭히는데 페르마 정리는 또 뭐야? 골치 아프게."

"피타고라스 정리가 왜 쓸 데가 없어?"

"피타고라스 정리와 같은 기하가 어디다 쓰이냐?"

"한 가지만 알려 줄게."

동훈이 전의를 보이며 반론을 폈다.

"너 나폴레옹 알지? 프랑스의 영웅. 나폴레옹이 유럽을 정복한 것은 대포를 잘 쏴서인데, 그도 수학을 무척 좋아하고 잘했어. 한번은 전쟁에 나갔는데 대포를 쏘려니 거리 측정기가 없어서 적군 진영까지 거리를 모르는 거야. 대포는 총같이 바로 보고 쏘는 것이 아니라 곡사포라고 공중으로 쏴서 포물선을 그리며 적군을 맞히는 거거든. 그래서 거리를 정확하게 계산하고 거기에 맞춰서 공중으로 각도를 맞춰야 돼. 그런데 포병 부하가 잊어버리고 거리 측정기를 깜빡하고 안 갖고 온 거야. 야단이 났지. 적은 코앞에 있는데 대포를 어디로 쏴야 할지 우왕좌왕할 때, 나폴레옹이 모자를 벗어서 손에 잡고 팔을 쭉 펴서 적군에 맞추는 거야. 그리고 그대로 방향을 틀어서 모자가 아군 지역에 오게 하고 모자 끝에 겹쳐 보이는 나무를 하나 머리에 점찍어 뒀어. 그다음 거리 측정 장교에게 그 나무까지의 거리를 재게 했지. 아군 지역이니 장교는 쉽게 나무까지 거리를 측정하고 나폴레옹은 적 진지에 대포를 퍼부으라고 명령했대."

"그래서? 포탄이 적군을 정확하게 맞혔대?"

"물론이지, 적은 박살이 났지."

동훈은 신이 났다.

"그렇고, 페르마 정리는 어떻게 됐어?"

선영이도 공부에 싫증이 났는지 책을 덮고 의자에서 내려와 아예 동훈이 맞은편에 다리를 옆으로 접고 앉았다.

"응, 약 300년 전에 프랑스에 수학을 좋아하는 판사가 있었는데, 그 사람은 재판이 없을 때면 취미로 수학책을 구해서 공부를 했대. 아마추어 수학잔데 지금은 그를 유명한 수학자로 분류해. 그 사람 이름이 페르마야. 그때 그는 그가 공부하던 수학책의 여백에 자기가 풀고 정리한 수학 공식들이나 그가 찾아낸 증명 방법도 적곤 했어. 여러 개의 정리를 그는 수학책 여백에 적어 뒀는데, 후세 수학자들이 이 정리들을 모두 이해하고 풀었는데 딱 하나의 정리만 풀지 못했어. 그래서 그것을 페르마의 마지막 정리라고도 불러. 사실은 페르마가 만든 마지막 정리가 아니고, 후세 수학자들이 풀지 못하고 마지막에 남아 있는 정리라서 마지막 정리가 된 거야. 지금까지 300여 년 동안 아무도 풀지 못하고 영원한 수학의 미제로 남아 있어. 이것이 페르마의 정리, 정확하게는 페르마의 마지막 정리야. 그런데 후세 수학자들을 더 약이 오르게 한 것은, 페르마가 자기는 이 정리를 경이로운 방법으로 증명했는데, 자기가 공부하던 수학책에 남아 있던 공간이 너무 적어서 푸는 방법을 거기에 적지는 않는다는 글을 남겼어."

"그렇게 안 풀리는 문제를 풀어서 뭐 하게? 머리만 아프게."
선영이 투덜거렸다.
"상금도 10만 마르크나 걸려 있어."
"우리 돈으로 얼만데?"
"세계적인 상금이니 억대는 되겠지 뭐."
"그렇게 많아! 얘, 너 그거 풀면 상금 내게 반만 줄래?"
"내가 풀었을 때 나와 같이 있으면 반 줄게."
"언제 풀 건데?"

페르마의 마지막 정리는 피타고라스 수의 관계식 $a^2 + b^2 = c^2$을 일반식 $a^n + b^n = c^n$으로 확장시켰을 경우, 지수 n에 대해 n≥3 정수 해가 없다는 것을 뜻한다. 이 정리는 1637년 프랑스의 유명한 수학자였던 피에르 드 페르마에 의해서 처음으로 추측된 뒤, 수많은 수학자들이 이를 증명하기 위해서 노력하였으나 실패하였다. 페르마는 자기가 공부하던 수학책 여백에 다음과 같이 적어 두었다. '임의의 세제곱수는 다른 두 세제곱수의 합으로 표현될 수 없고, 임의의 네제곱수 역시 다른 두 네제곱수의 합으로 표현될 수 없으며, 일반적으로 3 이상의 지수를 가진 정수는 이와 동일한 지수를 가진 다른 두 수의 합으로 표현될 수 없다. 나는 이것을 경이로운 방법으로 증명하였으나, 책의 여백이 충분하지 않아 옮기지는 않는다.

"나도 몰라. 풀어 봐야 알지. 세계적인 학자들도 못 푼 거니까."
"그럼 상금 반을 받기 위해서, 너가 그걸 풀 때까지 평생을 너와 같이 살아야 돼? 야, 말도 안 돼."
선영이 얼굴이 금세 빨개졌다.
"왜 말이 안 돼? 그럼 넌 싫어?"
동훈이 능글거리며 물었다.
"얘, 너 대학교 가지 말고 피라민가 페르만가 그거 풀어라. 입시 땜에 여러 과목 공부하면 페르마 늦어지잖니. 올해 안에 풀 수 없어?"
"왜? 내 돈 받고 나서 대학 가면 도망치려고? 안 돼, 지금은 안 풀 거야. 너가 도망 안 간다는 확신이 서면 그때 풀어 줄게."
"치, 실력이 안 되니까 그러지?"
선영이 눈을 흘겼다.

함께 공부할 때가 아니더라도 동훈이 가끔씩 선영에게 전화를 했다. 어디에서 만나겠느냐고 하거나 집 부근 놀이터에서 만났다. 사귈수록 동훈이 괜찮은 아이라고 선영은 생각했다.

시내 빵집에 가거나 영화도 봤으나 바쁜 고등학생 신분이라 편지를 많이 주고받았다. 주로 '이 밤중에 너무 보고 싶다.' '사랑한다.'는 내용이었다.

"푸드덕!"

따오기 한 마리가 놀라서 하늘로 날아올랐다. 웅덩이 가에 수북하게 자란 갈대숲 밑동에 틀어 놓은 둥지에는 조그만 새알 세 개가 옹기종기 있었다. 부드러운 마른 갈대 잎들을 둥글고 아늑하게 정성 들여 어미들이 마련한 보금자리 속에서, 회색과 갈색이 무작위로 점점이 섞인 불균형 타원 모양의 알들은 머잖아 새 생명으로 태어나고, 강 하구 삼각주에 자신과 후손들의 새로운 삶의 터전을 마련할 것 같다.

"어머, 예뻐라!"

선영이 둥지 속의 따오기 알들을 내려다보고 탄사를 발했다.

"가까이는 가지 마! 어미가 어디선가 지켜보고 있을 거야."

일요일에 노동훈과 곽선영은 모처럼 야외 나들이를 했다. 이야기를 나누며 키보다도 훨씬 더 큰 갈대숲 속을 걸었다. 철새들이 지저귀는 물가에 말없이 앉아 있기도 했다.

구포에서 그리 멀지 않은 을숙도에 갔다. 어린이의 손을 잡고 걷는 젊은 부부와 젊은 남자 몇 명이 어슬렁거리며 지나갔다. 하늘에는 구름 한 점 없고 햇살이 밝은데 우거진 갈대숲 속은 서늘한 기운이 들 정도로 그늘이 드리워져 있었다.

동훈이 어깨에 메고 있던 카메라를 잡았다. 선영에게 이리저리 포즈를 주문했다.

"야, 좀 섹시하게 자세를 잡아 봐! 몸도 좀 비틀고 치마도 살짝 무릎 위로 올라가게 모션을 취해 봐!"

어정쩡한 선영의 피사 자세에 동훈이 볼멘소리를 했다.

"그냥 아무렇게나 찍어. 내가 뭐 모델이나 야동 배우니?"

"그래도 같은 값이면 예쁘게 찍어야지, 후에 손자들이 볼지도 모르는데."

"누구 손자?"

"누군 누구야, 우리 손자지······."

"손자는 고사하고 너나 잘 갖고 있어라. 버리지 말고."

"이 예쁜 사진을 왜 버리느냐? 무덤까지 갖고 가야지."

"손자 준다면서?"

"그런가? 야, 말꼬리 잡고 늘어지지 말고 자세나 바로 취해 봐!"

"알았어, 이렇게?"

선영이 한쪽 무릎을 굽히고 치맛자락을 무릎 위로 훤히 올린 뒤 팔꿈치를 무릎 위에 얹고 손으로 턱을 괬다. 입도 샐쭉하게 벌렸다.

"좋았어······."

찰칵, 찰칵. 갈대숲에 몸을 숨기고 얼굴만 내민 선영의 모습들을 동훈은 연신 앵글에 담았다.

두 사람은 그날 처음으로 손을 잡았다. 동훈이 살포시 잡아 주는 손길에 선영의 가슴은 콩닥거렸다. 짜릿했다.

"너는 대학 가서 뭐 전공할 거니?"

"너는 수학과 갈 거지? 페르미 풀러······."

"페르마라니까?"

"참, 페르마랬지. 나는 수학을 못하니 어차피 문과로 가야 할 것 같아."

"문과도 엄청 많은데?"

"원서 낼 때 봐서 정하지 뭐. 성적에 맞출 수도 있고."

걸어서 집 가까이 이르자 두 사람은 다시 입시 준비생의 위치로 다가서고 있었다.

동훈이 선영에게 카드를 보냈다. 어느덧 한 해의 끝자락인 크리스마스 철이 왔다. 뒷면에 빼곡히 사랑한다는 글을 쓰고, 을숙도에서 찍은 다섯 장의 사진을 코팅해 고리로 주렁주렁 연결해서 보냈다.

혀를 길게 늘어뜨린 피에로 모습의 사진도 있고, 갈내꽃 위로 발갛게 물든 노을을 배경으로 머리카락이 나풀거리는 프로필도 있었다. 하얀 허벅지가 반쯤 드러나고 턱을 괸 사진을 보자 선영은 얼굴이 화끈거렸지만, 감동적이었다. 오래오래 책상 앞에 걸어 두고 쳐다봤다. 그 뒤엔 그 누구도 선영에게 그 같은 감동을 주지는 못했다.

얼굴만 서로 알고 지내던 사이를, 어머니들의 주선으로 만나 친구가 된 둘은 보통의 친구 사이와는 다르게, 남자와 여자로서 서로의 마음을 키워 가고 있었다. 선영은 만날 때마다 예쁘게 차려입으려고 안달했고, 동훈은 '예쁘다', '이쁘다'는 말을 입에 달고 다녔다.

그다음 해 봄 선영과 동훈은 기차를 타고 진해로 1박 2일 일정의 여행을 갔다. 선영은 교회 수련회에 간다고 핑계를 대고 동훈은 적당히 얼버무렸다. 건전한 교제를 허락했으나 성장한 고등학생이 함께 밤을 보내는 것을 묵인할 부모가 있겠는가.

아침에 두 사람은 구포역에서 완행열차를 탔다. 앞에서 끌고 갈 기관차는 적황색과 검은 선을 칠한 커다란 바위처럼 버티고 서서 웅웅거리며 떠날 채비를 하고 있었다. 기관차 뒤로 세 개의 객차가 달려 있었다. 벚꽃 구경을 가는지 차창으로 들여다본 앞 칸에는 사람들이 꽤 많이 탔다. 선영과 동훈은 둘째 칸을 지나서 사람들이 적게 탄 마지막 칸으로 갔다. 앞쪽에 커다란 보퉁이를 안은 아주머니가 앉았고 조금 뒷자리에 할머니와 할아버지가 앉아 있다. 선영과 동훈은 앞에 사람들이 잘 보이지 않는 맨 뒷자리에 앉았다. 동훈이 선영을 보고 싱긋 웃었다. 선영도 동훈을 마주 보며 웃었다.

구포에서 진해로 가는 기차는 경부선을 타고 북쪽으로 달렸다. 기차 바퀴가 철로의 이음매를 지나며 내는 덜컥거리는 소리가 드보르자크의 교향곡 '신세계From New World'에 나오는 오솔길을 달리는 말발굽 소리인 양 정겹다. 달리는 차창 밖으로 파랗게 변해가는 들판과 산들이 빠르게 지나갔다. 굽잇길을 돌아가던 기관차가 꽥 소리를 지르며 터널 속으로 머리를 숨겼다. 금방 이들이 탄 객차도 칠흑 같은 어둠 속으로 빨려 들어가고 바퀴의 덜컥거리는 소리가 더 시끄럽게 들렸다. 창밖을 보기 위해 선영이 쪽으로 몸을 틀고 있던 동훈이 자리에 바로 앉았다.

차창에 반사된 선영의 얼굴을 바라보던 동훈이 선영의 이마에 입을 맞췄다. 선영은 약간 움칠하더니 어두운 창밖만 주시했다. 동훈이 선영의 오른 손등을 왼손으로 꼭 잡았다. 선영의 작은 손을 감싼 기다란 동훈의 손가락들을 선영이 꼭 쥐었다.

그날 밤, 모텔 방에서 누워 있는 선영을 동훈이 살짝 껴안고 첫 키스를 했다. 선영은 눈을 꼭 감고 있었다. 동훈은 티셔츠에 볼록한 선영의 가슴을 만지작거렸다. 선영은 동훈의 손을 그대로 두었다. 동훈은 선영의 몸 위에서 키스를 퍼부었다. 동훈이 선영의 얇은 티셔츠를 위로 걷어 올렸다.

"안 돼……!"

선영이 두 손으로 티셔츠를 움켜잡고 아래로 내렸다. 이어 동훈이 선영의 바지 호크를 풀었다. 선영이 안간힘을 다해서 동훈의 손을 뿌리치고 호크를 잠갔다. 둘은 엎치락뒤치락 밤새도록 실랑이를 했으나 싫지는 않았디. 선영은 동훈이 위에서 짓누를 때 동훈의 딱딱한 다른 몸이 자신의 하체를 압박하는 것을 느꼈다.

"딱 한 번만……? 미치겠어!"

"그러면 안 돼……!"

"거기가 아파……!"

동훈이 몸을 떨었다. 둘은 하얗게 밤을 새웠다.

"벚꽃보다 더 하얀 솜사탕 사세요."

그렇게 넓지도 않은 개울가에서 사탕 솜을 걸으며 솜사탕 장수가 지나가는 젊은 남녀에게 사라고 유혹한다. 남자 팔에 매달려 걷던 분홍 플레어스커트에 착 달라붙은 흰 블라우스를 입은 젊은 여자가 가던 길을 멈추고 남자 친구의 팔을 끈다.

"솜사탕 사 줘?"

상고머리의 남자는 여자를 바라보았다.

"응."

"하나에 얼맙니까?"

"하나만 사게요?"

솜사탕 장수가 여자를 바라보며 남자에게 물었다.

"두 개 주세요."

젊은 여자가 대신 받았다. 솜사탕 장수는 꽂아 둔 솜사탕 두 개를 집으며 입가에 미소를 흘렸다. 젊은이가 걸려들었다는 표정이었다.

"여자 손님! 벚꽃보다 훨 예쁘십니다. 하하하."

그들 옆을 지나가던 동훈이 선영에게 물었다.

"너도 솜사탕 먹을래?"

"아냐, 벚꽃이 너무 예뻐 아무것도 생각 없어."

둘은 사람들을 따라 걷다가 로망스 다리 위에 이르렀다. 하얗게 날을 새운 두 사람은 빨개진 눈을 비비며 여좌천으로 벚꽃 구경을 온 것이다.

동훈에게 기대어 로망스 다리 난간에 걸터앉은 선영은 흐드러지게 만개한 벚꽃에 흠뻑 취했다. 여좌천 둔덕에 늘어선 벚꽃나무에 솜을 흩어 놓은 것 같았다. 벚꽃들만 공중에 구름처럼 떠 있는 것 같고 사람들이 꾸역꾸역 밀려가고 있었다. 떨어진 꽃잎들이 개천 바닥에 하얗게 떠 있고, 카메라 셔터를 눌러 대는 젊은 여인 앞에는 어린 여자애가 꽃잎을 하늘로 날리고 있다.

동훈과 선영은 대학에 진학해서도 계속 만났다. 동백섬으로, 태종대로 데이트를 했다. 버젓이 성인이 된 두 사람은 부모의 눈치를 보지 않아도 되니 즐겁게 만날 수 있었다.

"니네들 대학 들어갔으니 이제 그만 만나야 되는 것 아니니?"

선영이 어머니가 어느 날 동훈을 만나러 나가려고 옷을 갈아입고 있는 선영을 보고 비아냥거렸다.

"무슨 소리야, 사귀라고 권할 때는 언제이고?"

선영은 어머니 말을 되받았다. 선영이 어머니는 멀쩡하게 잘 닫혀 있는 창문 커튼을 계면쩍게 매만지며 말했다.

"그때는 동훈이가 너에게 상사병이 걸려서 공부도 안 하고 먼 산만 쳐다보고 있다고 해서 만나라고 한 건데, 이제 대학생이 되고 수험생도 아니니 헤어져야 되는 것 아니니?"

"그때 동훈이 엄마가 찾아와서 우리들 사귀게 하자고 할 때 엄마가 그러자고 동의한 것은 동훈이가 사윗감으로 탐나서 그런 거 아니었어?"

선영이 고개도 안 돌리고 윗저고리를 걸치며 다시 되받았다.

"얘는, 무슨 사람 잡는 소리야? 동훈이 엄마가 하도 애걸해서 내가 못 이기고 허락한 거다. 사윗감은 무슨 사윗감."

선영이 어머니는 펄쩍 뛰는 시늉을 했다.

"시치미 떼지 마. 난 엄마 압력에 못 이겨 맘에도 없는 동훈이를 만나 준 거야."

"맘에 없던 애니 이제 안 만나도 되겠네."

"처음엔 맘에 없었는데, 만나다가 정이 들어서 이제는 못 헤어져."

"너 벌써 동훈이와 잤니?"

"엄마는……!"

선영이 옷을 입다가 어머니를 흘겨봤다.

"네가 못 헤어진다기에 혹시나 해서 물은 거야. 아, 알았다."

선영이 어머니가 부리나케 문을 닫고 나갔다.

어머니가 나가자 선영은 손에 들고 있던 옷을 힘없이 떨어뜨렸다. 침대로 가서 걸터앉았다. 멍하니 벽을 바라봤다.

'벌써 동훈이와 잤니?'라는 엄마 말이 머리에서 맴돌았다.

'잤니?'

선영과 동훈은 자주 구지봉에 올랐다. 낙동강을 건너야 하지만 구포에서 그리 먼 거리는 아니다. 구포역 앞에서 버스를 타고 구포다리를 지나 김해에서 내린다. 버스에서 내려 읍내를 지나 북쪽으로 한참을 가다 보면 가야 시조 김수로왕의 부인인 허 황후 묘가 있다.

허 황후는 인도에서 배를 타고 와서 가락국의 시조인 김수로왕의 왕후가 되었다고 한다. 이 때문에 어떤 이는 우리나라 불교 전래를 기술한 역사책이 잘못됐다고도 한다. 고구려에 묵호자가 처음으로 우리나라에 불교를 전했다고 하지만 사실은 묵호자보다 훨씬 전에 가락국에 온 허 황후가 이미 불상과 함께 불교를 가지고 들어왔다고 한다.

아무튼 허 황후가 인도에서 왔다는 것은 허 황후의 무덤이나 삼국유사의 기록으로 보면 사실일 터이고, 따라서 불교의 최초 전래 시점이 틀렸다는 이야기도 설득력을 갖는다. 김수로왕과 허 황후의 후예들은 김해 김씨와 김해 허씨로 나누어지는데, 원래는 같은 자손이다. 그래서 지금도 김해 김씨와 김해 허씨는 혼인을 하지 않는다.

　허 황후 묘소 왼쪽으로 멀지 않은 곳에 해발 200미터의 구지봉이 솟아 있다. 구지봉은 국어책에 나오는 그 '구지가龜旨歌'의 배경이다. 구지봉이란 이름도 이 고대 시가의 이름에서 비롯되었음이 틀림없다.

　마을에서 좀 떨어진 봉우리에는 오가는 사람들이 드물다. 야산에는 소나무와 참나무가 여기저기 서 있고 억새풀이 무성하게 자라 있다. 자리를 잘만 잡으면 지나가거나 산책하는 사람들에게 들키지 않고 호젓하게 보낼 수 있는 곳을 찾기가 어렵지 않다. 산꼭대기에서 내려다보이는 김해의 전망도 좋았다. 특히 그들이 여기를 즐겨 찾는 이유는 산꼭대기에 그들만의 아지트가 있었기 때문이다.

　억새로 둘러싸인 가운데 커다란 너럭바위가 하나 있었다. 인적도 드문 산꼭대기에 네댓 명이 눕고도 남을 평평한 바위가 있었으니, 그들의 밀회 장소로서는 안성맞춤이었다.

　그날은 조금 늦게 만나서 너럭바위에서 해거름 때까지 놀았다. 선영의 어깨에 손을 얹고 읍내를 내려다보고 있던 동훈이 선영이를 바위 위에 슬며시 눕혔다. 윗저고리 단추를 하나 풀었다. 선영은 눈을 감고 동훈이 하는 대로 그냥 있었다. 동훈도 선영도 서툴게 처음으로 어른이 되었다. 땅거미를 헤치며 억새 속을 걸어가는 동훈을 따라 선영이도 말없이 산을 내려왔다.

　그 이후 두 사람은 얼마 동안 만나지 않았다.

　"몸조심해!"

　기차에 오르는 동훈의 등을 향해 선영이 힘없이 말했다.

"정해지면 편지할게."

동훈이 돌아보며 대답했다.

부산진역 승강장에는 전송하는 가족들로 북적거렸다. 머리카락이 하얀 할머니는 차창 속의 더벅머리 젊은 손자를 바라보며 연신 눈물을 훔치고 있었다. 고개를 숙이고 손수건으로 얼굴을 가린 채 울먹이는 중년 부인을 스포츠형으로 머리를 시원스레 깎은 청년이 꼭 껴안아 주고 있었다.

"거, 가는 애 심란하게 왜 자꾸 찔끔거려요?"

남편인 듯한 남자가 뒤에 서서 헤어지기 싫어 아들 품에서 흐느끼는 여인을 나무란다. 나무라는 사내도 눈시울이 불그레하다.

논산훈련소로 떠나는 군용 열차가 꽥 하며 길지도 않게 기적을 울렸다. 커다란 쇠바퀴가 서서히 돌기 시작하더니 회전 수를 높여 갔다. 많은 청년을 태운 열차는 철커덕거리는 바퀴 소리를 내며 떠나고 남겨진 사람들은 흔들던 손을 힘없이 내렸다. 입영 열차가 떠난 승강장에는 적막이 흘렀다. 꽁무니를 달고 멀어져가는 상자 고리 같은 객차를 멍하니 바라보던 선영도 발길을 돌렸다. 동훈이 입영 열차를 타고 논산훈련소로 떠났다.

사업가인 동훈의 아버지 회사는 거래처에 이어 부도가 났다. 회사와 거래처 간에 여러 가지 문제가 발생했으며, 회사가 더 이상 지탱되기 어려웠기 때문이다. 동훈이 집안이 풍비박산하자 하루아침에 길바닥에 나앉아야 할 처지가 되었다. 동훈도 대학을 계속 다닐 형편이 못 되어 자원해 입대하게 된 것이다.

동훈을 보내고 돌아오는 선영의 발걸음이 무거웠다. 입대해 논산훈련소에서 처음 보낸 동훈의 편지에 선영은 다정한 답장을 보냈다. 검게 그을은 대한민국 육군의 늠름한 모습이 그려진다는 등 선영의 다정스런 격려는 훈련에 지친 동훈에겐 30킬로미터 완전 군장 행진 후에 마시는 얼음냉수와도 같았다. 훈련을 마치고 부대에 배치된 뒤에도 선영의 답장이 한 번 왔다.

  대학 일 학년 일 학기를 마치고 군대에 입대한 동훈은 만기 제대를 했으나 복학할 수 없었다. 동훈의 아버지는 군복무를 하는 동안에도 회사를 회생시키지 못했고, 가족은 뿔뿔이 헤어졌다.

  복학을 포기한 노동훈은 노동자로 공장 생활을 시작했다. 부산 사상공단의 자동차 부품회사에 다녔는데 간부들과의 원만하지 못한 관계로 해고됐다. 간부들의 불합리한 업무 지시와 비리에 동조하지 않은 것이 발단이었다. 억울한 사정을 상부에 하소연해 봤으나 말단 현장 작업자에게는 메아리 없는 울부짖음이었다.

  다른 공장에 취직하려고 이력서를 냈으나 거절당했다. 전에 근무한 회사에서 해고된 내용이 공단 내 다른 회사에 퍼져서 취직이 되지 않았다. 공단 내에 있는 회사들의 취업 담당자들은 자기네들끼리 노동 시장의 정보를 함께 공유하고 있었다. 동훈은 그들의 블랙리스트에 기피 인물로 올라 있었다.

  부산에 혐오를 느낀 동훈은 마산으로 갔다. 당시 마산수출자유지역의 많은 업체들이 노사 분규에 휘말리고 가까이 창원에 있는 대기업들도 비슷한 어려움을 겪고 있었다. 수출로 이름을 날리던 미국과의 합작 중견 기업도 노사 분규로 몸살을 앓았다. 미국의 합작 파트너가 기준 없는 한국의 노동 정책에 불만을 품고 떠나버렸다. 경영이 어려워진 회사는 노사간의 책임론이 뜨거워졌고,

맞고소로 법정 싸움까지 가는 곳도 있었다.

임금 체불에 의한 회사 점거 농성으로 생산 활동이 마비되고, 수출 바이어들은 납기 미준수를 이유로 발주를 취소했다. 회사가 정상화되어도 물량이 없어서 가동을 중단해야 하기도 했다.

동훈이 들어간 회사는 오토바이 부속과 농기계 부품을 만드는 중소기업이었다. 금속을 가공해서 일부는 도금을 했다. 노무계장을 따라간 동훈의 작업장은 공장 뒤쪽에 있는 도금 공장이었다. 작업장을 책임지고 있는 반장이 할 일에 대해 설명해 주었다.

동훈이 하는 작업은 산액酸液에 퍼렇게 녹이 슨 구리판을 넣어서 산세酸洗, 즉 금속을 녹일 수 있는 액체 염산으로 녹슨 구리판을 깨끗하게 씻어내는 일이었다. 작업자들은 회사에서 지급하는 작업복을 입었으며 마스크를 쓰고 일했다.

산이 섞인 세척액이 들어 있는 통들 위에는 세척 과정에서 올라오는 독가스를 빨아들이는 흡입기들이 장착되어 있었다. 영어에서 온 말인 듯하지만 후드라고 했다. 빨아들인 가스는 지붕 위로 높게 세워진 굴뚝을 통해 공중으로 흩어졌다. 독한 가스 때문인지 정확하게는 모르나 공장 뒤 놀이터의 나무들이 늘 푸르죽죽하게 시든 모습이고 싱싱하지 않았다.

바로 옆에는 도금 라인이 있었다. 제품에 녹이 나지 않고, 보기 좋게 번쩍거리도록 가공한 물건들의 표면을 처리하는 공정이다. 거기에 쓰는 시안은 흔히 '싸이나'라고 불리는 독극물이다. 옛날에 시골에서 꿩을 잡을 때 콩 속에 넣던 독약이다. 옛 소설 '장끼전'에도 나온다. 입사 첫날 반장은 동훈에게 작업의 위험성을 설명하며 잔뜩 겁을 주었다.

"지난해 작업자 한 명이 일하는 도중에 졸다가 손을 산세 통에 넣어서 손가락들이 뼈만 남고 모두 녹아서 손을 잘랐어요, 조심해야 합니다."

그렇게 말하는 반장의 작업복에도 크고 작은 구멍들이 여러 개 보였다.

동훈의 시급은 680원이었다. 현장에서 육체노동을 하는 작업자들의 임금은 주로 시간당 얼마씩 지급된다.

하루 정상 근무 시간은 8시간이었다. 회사에 일거리가 많을 때는 기준 작업 시간인 여덟 시간을 넘기며 작업했다. 이렇게 과외 노동인 잔업을 하면 정규 시간 임금의 반을 추가로 더 준다.

돈이 부족한 근로자들은 대부분 잔업을 원했다. 정규 여덟 시간의 임금으로는 생활비가 부족했다. 잔업 여부를 결정하는 데 큰 영향을 미치는 반장에게 뇌물을 바치는 경우도 있었다. 그만큼 현장 노동자들의 삶이 궁색했다.

동훈이 회사에 다닌 지도 5개월이 지났다. 월급은 매달 15일에 꼬박꼬박 잘 나왔다. 그가 마산에서 취업한 직장이 바로 백성욱의 회사였다.

사표를 던지다

 토요일 오후, 전망이 좋고 봄 햇살이 따사로운 사무실 창가에 접객을 위한 사각 탁자를 중심으로 양쪽에 놓인 소파에 두 명씩 네 사람이 마주앉았다. 소파가 없는 두 모서리에는 업무용 의자를 끌어와서 두 명이 더 앉았다.
 토요일은 오전 근무여서 업무를 끝낸 일부 부서원들이 비장한 얼굴로 탁자를 중심으로 둘러앉았으며, 자리를 잡지 못한 두 사원도 탁자를 주시하며 서 있다. 가끔씩 볼 수 있는 토요일 오후의 사무실 풍경이다.
 서울 한가운데인 명동에 위치한 25층의 수도은행 건물 18층에서 바라보면 남산타워가 역광 때문에 희끄무레하게 보인다. 북악산 가운데 자락에는 봄날의 햇살에 겨운 청와대가 푸른 지붕을 이고 아지랑이 너머로 바라보인다.

내려다보이는 유네스코 건물 앞 명동 메인 스트리트엔 주말을 즐기는 사람들과 퇴근을 재촉하는 샐러리맨들의 종종걸음으로 모종을 부어 놓은 초여름 모판처럼 복닥거린다. 한 눈 넘어 신세계 백화점 삼각로터리에서 신호 대기 중인 차창에 반사된 햇빛이 섬광을 내뱉는다.

오늘도 한판이 벌어질 모양이다. 허우대 좋은 허 과장이 여유롭게 카드 목을 왼손에 잡고 선수들을 둘러본다.

"딱 한 시간이다. 한 시간 땡 하면 치사하게 한 판만 더 돌리자는 소리 없이 일어나는 거야. 새신랑은 빨리 가서 맏아들 만들어야지!"

저만치 한적한 사무실에는 일이 바쁜 서너 명의 직원들이 퇴근도 하지 않고 책상에서 남은 일을 정리하고 있다. 가끔씩 따르륵 하는 카드 셔플 소리 외엔 쥐 죽은 듯 긴장감이 돌더니 갑자기 왁자지껄 소란스럽다.

한차례 포커 놀음의 배팅이 끝난 모양이다. 한 사람이 상대방 패를 잘못 읽고 버린 카드를 한탄하자 나머지 사람들이 일제히 자기의 주장을 요란하게 내뱉는다.

"백가제명百家諸鳴이 따로 없네."

카드 판에 끼지 않고 일하던 백성욱이 하던 일에 싫증이 났던지 책상에서 의자를 뒤로 밀치며 거들었다.

"야, 문자를 쓰려면 똑바로 알고 써라."

손에 받은 카드를 모양별로 간추리던 허 과장이 카드에 눈을 둔 채 핀잔을 줬다.

"왜요? 온갖 사람들이 함께 시끄럽게 운다는 말인데 틀렸습니까?"

백성욱이 모두 제諸 울 명鳴을 뇌며 반박했다. 백가는 여럿이라는 것을 웬만하면 다 안다. 이때 소파 등받이를 한 손으로 짚고 노름판을 관전하던 추 과장이 말 풀이를 했다.

"백가쟁명百家爭鳴이야 싸우며 운다는 뜻의 고사성어야."

추 과장은 백성욱 소속 과의 과장이다. 그러고 보니 추 과장 말이 맞는 것 같다. 백성욱이 한자의 뜻을 곧이곧대로 풀이해 잘못 이해했다. 굳이 뜻으로 보면 틀린 것은 아니지만 고사성어는 만들어진 유래나 얽힌 일 때문에 그 사실을 알아야만 뜻을 제대로 알 수 있다.

머쓱해진 백성욱이 의자를 다시 책상 가까이 당기며 하던 일에 열중했다.

"잠깐, 여기 스트레이트 플러시가 있습니다."

시끌벅적한 소리가 다시 포커 판에서 들려왔다. 조 과장이 모처럼 스트레이트를 잡고, 배팅한 모든 사람들이 카드를 오픈하자마자 말도 없이 자신만만하게 판돈을 집다가 박 주임의 제지를 받았다. 오늘 판이 잘 터지지 않아 투 페어로 판돈을 쓸어 가기가 다반사여서 스트레이트 패이면 넉넉하게 이겼다고 생각하고 판돈에 손을 댄 조 과장이 낭패를 당했다.

패가 풀리지 않아 그렇지 않아도 감정을 숨기지 못하고 얼굴이 불그레하게 달아올라 있던 박 주임이 회심의 미소를 날리며 돈을 챙겼다. 스트레이트 플러시와 스트레이트, 퀸 트러플까지 있었으니 계속된 배팅으로 판돈이 제법 쏠쏠했다.

하던 일을 멈추고 백성욱은 책상을 정리했다.

"모두 다 돈 많이 따세요, 먼저 나갑니다."

"그래, 먼저 가."

누군가 포커 판에서 대답을 했다.

사무실을 나온 백성욱은 버스를 타러 미도파백화점 쪽으로 어슬렁거리며 걸었다. 회사 건물에서 내려다보이던 명동 거리에는 사람들이 붐비고 있었다.

특별한 예정도 없는 주말에 하숙집으로 돌아가던 백성욱은 길 옆으로 늘어선 가게들을 기웃거리다가 명동서점 앞에 이르렀다. 서점으로 들어갔다. 그리 넓지도 않은 공간에 비좁게 책들이 서가에 꽂혀 있고, 바닥엔 거리 가판대 비슷한 높이에 분류별로 명찰을 단 책들이 전시되어 있었다. 이 서점이 무척 오래되고 한때는 명동의 명소 중에 한 곳이었다는 기사를 언젠가 신문에서 읽은 적이 있었다.

출입문 가까운 쪽에 자리 잡은 베스트셀러 코너에는 젊은 여사 두 명이 무언가를 열심히 찾고 있고, 학습지 코너에는 교복을 입은 여학생 세 명이 책을 가리키며 이야기를 나누고 있었다.

백성욱은 서점 안을 한 바퀴 둘러보고 벽에 붙어선 서가들을 쳐다보며 안쪽으로 들어갔다. 그는 문학 코너 앞에서 발을 멈췄다. 이것저것 몇 권의 책을 들척이다 헤르만 헤세의 환상동화집을 집었다. 그는 책을 들고 한쪽 구석 의자에 자리를 잡고 읽기 시작했다. 그가 인문학 책을 읽는 것이 실로 오랜만이었다.

고등학교 3학년 때 백성욱은 눈에 띄게 여위었다. 사람들이 흔히 생각하는 것같이 입시 준비로 마른 것이 아니었다. 사춘기도 아닌 그는 인간이 왜 사는지 그 목적에 대해 회의했다.

'도대체 사람들은 무엇을 위해서 힘겹게 살아가는가, 삶의 목적

이 무엇인가?'

한때는 이 질문의 답을 얻기 위해 철학과로 진학할까도 생각했다. 그러나 궁핍한 형편에 철학과를 졸업하고 살아가는 것이 걱정돼서 포기했다.

대학에 입학한 뒤에는 철학과를 지망하지 않은 것을 다행으로 생각했다. 철학과 학생들이 수강하는 커리큘럼을 보고 실망이 컸다. 사회 현상에 대한 설문 조사나 하고 통계적인 분석 등 인생의 목적이 무엇인지에는 관심도 없는 듯했다.

대학교 일 학년 때 친구로부터 아놀드 토인비의 『대화Dialogue』란 책을 빌려서 읽었다. 이 책은 동양의 한 교수가 토인비와의 대화, 특히 젊은이들을 위한 대화를 간추린 책으로 출판사에 따라서 '젊음과의 대화'라는 제목으로도 번역되었다. 책을 읽던 백성욱은 피가 거꾸로 흐르는 것 같은 충격을 받았다. 질문하는 동양인 교수가 "인생의 목적이 무엇입니까?"라는 질문을 발견했기 때문이다.

백성욱은 숨을 고르기 위해 책에서 눈을 뗐다. 그가 그토록 답을 찾아 헤매던 질문이 나온 것이었다. 잠시 숨을 가다듬고 토인비의 대답을 듣기 위해 다시 책으로 눈을 돌렸다. 순간 백성욱은 미간을 찌푸리며 책을 덮어 버렸다. 그 후로 그는 어떤 철학 서적도, 인문학 서적도 읽지 않았다.

백성욱은 토인비를 무척 존경했다. 읽어 보지는 않았으나 방대한 그의 저술인 『역사의 연구』는 단순한 역사서가 아니라 미래까지 예측하는 걸작으로 알고 있었고, 그를 20세기 최고의 석학으로 여겨 왔다. 만약 토인비가 인생의 목적이 무엇인지 모르거나 오답을 한다면, 다른 사람 그 누구도 거기에 대한 답을 줄 수 없을 것이라고 생각했다. 그 후 백성욱은 책 읽기를 포기했다.

토인비는 인간의 삶의 목적이 '창조적인 활동…… 등'이라고 했다. 너저분할 정도로 잡다하게 언급하고 있어서 싫었다.

그런데 헤세의 환상동화집에는 백성욱을 서점 구석 의자로 끌고 갈 만한 이야기가 실려 있었다. 그렇다, 인생이란 삶과 죽음도 구분이 없다. 평화도 삶이요, 격랑도 삶이다. 끝없이 무엇인가에 도전하고, 난관을 찾아서 극복하며 그냥 살아가는 것이다. 인간으로 태어난 우리는 아마도 삶의 목적을 모를지도 모른다. 우리가 사람이 왜 사는가를 아는 순간 죽고 말는지도 모른다. 삶의 목적을 알았는데 무엇을 위해서 더 살아갈 필요가 있겠는가?

인간은 살아서는 왜 사는지 그 삶의 목적을 모른다. 죽어서는 아는지 모르나, 죽어 봐야 알 일이니 산 우리가 신경 쓸 일이 아니다. 백성욱은 자신의 지금 생활에 의문을 제기했다.

"그럼 어떻게 살 것인가?"

"백성욱 씨 잠시 오세요."

성 부장이 인터폰으로 호출했다.

"거기 좀 앉으세요. 석유화학부 김 과장님 이야기를 들어 보고 우리가 도와드릴 수 있는지 검토해 보세요."

부장실에는 석유화학부장과 김 과장이 서류 파일을 탁자 위에 놓고 백성욱을 기다리고 있었다.

김 과장이 파일 속의 서류를 보여 주며 설명했다. 미국의 메이저 석유 회사와 한국이 합작으로 설립한 백성욱 소속의 회사는 경영권을 미국 석유 회사가 갖고 있고 수석부사장(EVP : executive vice president)과 다수의 부사장(VP)이 미국인이며 미국의 경영기법을 많이 도입하고 있었다. 회사는 매년 5개년 연동 사업 계획서(5 year rolling business plan)를 작성하고, 미국 본사에 보고했다.

"매년 작성하는 5개년 연동 사업 계획서에는 향후 5년 동안의 한국 석유화학 제품들의 수요 예측서를 필수적으로 첨부해야 하는데, 우리가 제출하는 수요 예측서를 미국 본사가 너무 주먹구구 식으로 작성한다고 개선하라는 지시가 왔습니다. 우리가 입는 옷 가지부터 목욕탕에서 쓰는 물바가지까지 석유화학 제품을 원료로 쓰지 않는 물건이 거의 없는데, 우리가 점쟁이도 아니고 어떻게 대한민국 전체 석유화학 원료 수요를 예측할지 막막합니다. 제도 개선부는 컴퓨터도 있고 새로운 일을 개발하는 부서니 저네들이 좋다고 할 수 있도록 수요 예측 제도를 좀 개발해 주십시오. 촌놈 취급하는데 자존심 상해서 일을 못해 먹겠어요."

"백성욱 씨, 어때, 무슨 방법이 없을까?"

성 부장이 백성욱을 돌아보며 물었다. '야, 너는 아무거나 하는 놈 아니냐?'는 눈빛이었다.

"저도 무슨 무당도 아니고, 일 년도 아니고 오 년 후까지 어떻게 예측합니까?"

"백성욱 씨, 좀 도와주세요. 어차피 예측은 예측인지라 틀릴 수도 있어요. 그러나 예측 방법이 좀 그럴듯하고 다른 사람들이 이의를 달 수 없도록 예측 근거만 있으면 됩니다. 내가 미국서 공부할 때 옆 랩(lab ; laboratory, 연구실)에서 통계적으로 분석하고 하던데 뭐 그런 기법이 없을까요? 주먹구구보다는 나을 것 아닙니까? 성공하면 내가 한잔 사겠소. 잘하면 대박을 터뜨릴 수도 있어요."

석유화학부장이 백성욱에게 채근했다. 그도 미국 일리노이 대학에서 마스터를 하고 온 촉망되는 부장이었다.

"무슨 말씀인지는 알겠습니다."

백성욱은 건성으로 대답했다. 석유화학부에서 돌아가자 부장이 다시 불렀다.

"백성욱 씨, 알다시피 다른 부서들이 우리 부를 곱게 보고 있지 않아요. 자기네들 몇 십 년씩 해 오던 방법을 개선한다고 우리 부가 들쑤셔서 제도를 바꾸어 버리니 누가 좋다 하겠어? 일은 해야겠고 고민이 많아. 그런데 오늘은 자기들 발로 스스로 찾아온 거야. 그리고 조금 전에 봤지만 석유화학부장 이빨이 야무져서 회사 내에서 말발이 센 건 자네도 알잖아. 잘만 하면 든든한 우리 편을 하나 만드는 기회야. 자네가 어떻게든 해 봐. 머리 잘 돌잖아. 방법이 없으면 자네 마음대로 점쳐서 컴퓨터로 도트 프린트(dot print, 점으로 그림을 그림)라도 해서 줘. 알았지? 하던 일은 다른 사람에게 다 넘기고 오늘부터 그 일만 해. 못 하면 보따리 싸서 집에 가."

"알겠습니다. 어떻게든 찾아보겠습니다."

백성욱은 부장실을 나오며 길게 한숨을 내뿜었다.

"왜, 부장님한테 꾸중 들었어?"

다른 부서에 갔다가 사무실로 들어오던 추 과장이 백성욱의 풀 죽은 모습을 보고 물었다.

"저보고 점쟁이가 되랍니다."

"뭐라고? 부장님이?"

'수요 예측?'

물건을 고객에게 팔아야 하는 회사 입장에서 볼 때, 사는 사람들이 장래에 필요할 만큼의 물건을, 사전에 미리 알아서 준비하고 있다가 달라고 할 때 달라는 그 양만큼 줄 수 있다면 얼마나 좋을까!

언제 팔릴지도 모르는 물건을 많은 돈을 들여 너무 많이 만들면 만드는 데 든 비용은 은행 이자만 물게 되고, 팔릴 때까지 창고에 보관하는 비용도 큰 부담이다. 반면에 고객이 달라고 할 때 물건이 없어서 못 파는 것은 장사의 기본이 아니다. 기회 손실 비용이 너무나 크다. 고객이 필요한 물량을 미리 예측할 수만 있다면 이보다 더 좋은 장사가 없다.

적재적소適材適所가 아니라 적시 적량適時適量 수요 예측도 일기 예측처럼 예측의 한 종류이다. 예측이란 앞으로 발생할 일을 미리 헤아려 짐작함이라고 국어사전에 명시되어 있다. 점치는 것같이 비과학적이 아니고 과학적으로 접근하는 방법은 무엇일까? 미래학?

백성욱은 우선 미래학이란 단어를 떠올렸다. 미래학이나 예측이나 모두 현재를 기준으로 역사나 실적과 정반대 쪽이다. 일단 방향은 그 쪽인 듯하다. 그럴지도 모른다. 요즈음 새로이 떠드는 미래학이야말로 예측에 관련된 학문의 근간일지도 모른다.

백성욱은 회사에서 가까운 명동서점으로 갔다. 다행하게도 전문 서적 코너에서 '미래학'이란 제목이 들어간 책을 한 권 찾았다. 백성욱은 양해를 구하고 한쪽에 놓인 빈 의자에 앉아서 내용을 꼼꼼하게 읽어 봤다.

그 책에서는 미래학의 중요 기법으로 '델파이 기법'에 관해 많은 지면을 할애하고 있었다. 전문가 집단으로부터의 질적인 응답을 기초해서 추론해 내는 방법이 델파이 기법의 핵심이었다.

백성욱이 찾고 있는 구체적이고 계량적인 결과를 예측하는 데 있어서 어디 가서 전문가들을 확보할 것이며, 어떤 방법으로 질적인 응답을 구한단 말인가? 현실적이지 못하고 너무나 관념적이다. 전문가들의 어떤 질적인 응답에서 향후 5년간의 그 많은 제품들의 구체적이고 계량적인 수치를 뽑아내겠나?

미래학은 찾고자 하는 예측 방법론과는 거리가 멀다고 결론지었다. 그 책 앞부분에는 미래학의 태두로 피터 드러커, 앨빈 토플러를 꼽고 있었다.

백성욱은 총무과에 전화를 했다. 회사 소장 도서로 추천하고, 피터 드러커의『산업인의 미래 The Future of Industrial Man』와 앨빈 토플러의『제3의 물결 The Third Wave』을 샀다. 회사로 돌아와 도서관에 장서로 등록 후 두 권의 책을 대출했다.

"역시 미스터 백은 앞서가십니다. 이 두 권의 책은 모두 젊은 인텔리겐치아들의 화두라는데, 우리 회사에서는 백성욱 씨가 처음 찾아오시네요."

난시 안경을 예쁘게 쓰고 교양 있게 보이는 중년의 사서司書가 안경테 너머로 백성욱을 바라봤다. 그녀는 부장으로 근무 중에 죽은 남편과 함께 미국에서 공부한 유학파였다. 출장 중에 남편이 원인 모를 병으로 갑자기 죽자, 회사에서 그녀를 특채했다.

피터 드러커의『산업인의 미래』는 미래 사회 next society 개념이 주류를 이루고 구체적인 예측 기법이나 툴(tool : 도구)을 제시하지는 않았다.

앨빈 토플러의『제3의 물결』은 가까운 미래는 정보 information의 혁명이 올 것이며 정보가 사회를 지배할 것이라고 예측했다. 인류의 삶은 제1의 물결인 농업 혁명으로 생명 유지의 근본인 먹거리

확보 혁명이 이루어졌다. 품종 개량과 농사 기술의 발전이 그것이었다.

제2의 물결은 영국에서 비롯된 산업 혁명이다. 동력을 이용해 인간에게 필요한 필수품들을 양산해서 풍요로운 생활을 가져다주었다. 다음에 앞으로 올 물결은 정보 혁명이라는 주장이다. 정보가 지배하고 통제하는 보다 높은 정보 기술(IT : information technology) 사회가 온다는 이야기였다. 그러나 드러커나 토플러 역시 관념적이지 계량적인 기법은 제시하지 않았다.

백성욱은 미래학에 매달려서 한 달이나 보냈다. 미래학은 개념적인 학문이지 과학적인 접근이 아니라는 것을 한 달을 허송한 후에 깨달았다. 그러나 허송세월만은 아니었다. 수요 예측은 작금의 미래학적 접근으로는 답을 얻을 수 없는 사안이라는 것을 확인한 셈이기 때문이다. 일단 미래학적 접근은 완전히 배제하기로 마음먹었다.

다시 수요 예측에 몰두한 백성욱은 실용 학문적 접근을 시도했다. 먼저 떠오르는 곳이 한국개발연구원(KDI : Korea Development Institute)과 한국과학기술연구원(KIST : Korea Institute of Science & Technologies)이었다.

백성욱은 얼마 전 미국 미시간 대학교에서 박사 학위를 마치고 귀국한 박성주 박사를 떠올렸다. 그는 마침 KIST 시스템 연구실에서 일하고 있었다.

"박 박사, 수요 예측을 과학적인 방법으로 해야 하는데, 미국에서는 이런 것을 해결하는 무슨 기법 같은 것이 없더냐?"

백성욱이 친구인 박성주를 만나서 도움을 청했다.

"과학적인 수요 예측? 한국에도 그런 것을 시도하는 회사가 있어? 너는 어떤 부서에서 일하니?"

박 박사가 의아한 표정으로 백성욱에게 물었다.

"제도개선부, 영어로는 Systems & Procedures라고 해."

박 박사가 놀라며 다시 물었다.

"우리나라에도 벌써 그런 부서가 있어? 미국에도 큰 회사에만 있는데."

"야, 말도 마. 우리 회사는 한미 합작 회사로 미국 오일 컴퍼니(Oil Company, 석유 회사)가 경영권을 갖고 있어. 자기네들 기준으로 비즈니스 리포트(business report, 사업 보고서)를 요구하는데 어디 우리나라 수준이 그 사람들을 따라갈 수가 있니? 죽을 맛이야."

"그렇겠구나. 고생 많이 한다. 그런데 내가 보기엔 잘된 것 같다."

"야, 무슨 소릴 하는 거니?"

"우리가 대학교에서 수리통계학(mathematical statistics)과 추계학(推計學, stochastics)을 배우지 않았니? 그걸 이용하면 설루션(solution, 해답)을 찾을 수 있을지도 몰라. 만약 성공하면 대단한 거야. 아카데미(academy, 학교)에서 가르치긴 해도, 이런 이론을 실용적으로 구현하는 것은 아마 우리나라에서는 처음일 거야. 재밌지 않니?"

"재미? 야, 니들 연구소에서 노닥거리는 친구들하고 회사원인 내가 같니? 재미 좋아하고 있네."

말은 그렇게 했지만 백성욱은 일말의 희망 같은 것이 번뜩이는 것을 느꼈다. 생뚱맞은 전문 용어들은 대학교 수업 시간과 리포트 작성 때에 사용했던 기억이 살아났다.

"이 분야에는 마침 미국에서 통계학을 전공하고 온 사람이 한 사람 있어. 상당히 우수한 사람인데 내가 주선해 볼 테니 한 번 들어 보자."

박 박사가 백성욱에게 권했다. 당사자와 협의한 뒤 다시 백성욱에게 알려 주기로 했다.

백성욱은 KIST를 나와 회사로 들어가기 위해 버스를 탔다. 홍릉을 지나 종로로 접어든 버스가 가다 서기를 반복한다. 우리나라 최초의 지하철 공사로 도로 한가운데는 공사 차량들로 차단되고, 인도 변에 겨우 뚫어 놓은 2차선 도로가 택시와 승용차들로 뒤엉킨 사이를 만원 버스가 수시로 경적을 울리며 하세월로 가고 있다. 박 박사와의 오랜 시간 이야기 끝에 나름대로 나아갈 길이 보이는 듯하자 만원 버스에 흔들리면서도 스르르 졸음이 왔다. 백성욱은 두 다리를 알맞게 벌리고 천장의 손잡이를 단단히 잡고 자세를 취했다.

"미도파 내리세요."

차장의 소리에 눈을 뜬 백성욱은 황급히 내렸다. 오랜만에 버스 타고 서서 잤다. 한참을 잔 것 같은데 시계를 보니 몇 분 되지 않았다. 퇴근 시간이 다 되어 사무실에 들어갔다.

"퇴근 안 해요? 이야기는 들었는데 일은 잘돼 갑니까?"

회계 시스템을 개발하는 장인태가 책상 위 서류를 챙겨 넣고 있는 백성욱에게 말을 건넸다. 벌써 퇴근 준비를 마치고 나가는 차림이다.

"해야지요. 오리무중입니다."

"오랜만인데 한잔합시다. 김훈광 씨도 입구에서 기다리기로 했어요."

"그럽시다. 안 그래도 나가려던 참입니다."

사무실을 나선 세 사람은 미성식당으로 갔다. 퇴근 시간이라 식당은 조용하고 몇 테이블에서 이른 저녁 술을 마시는 사람들만 간간이 보였다. 섞어찌개 삼 인분에 소주 한 병을 시켰다. 돼지고기에 햄과 산 낙지를 넣고 벌겋게 섞어 놓은 양념을 듬뿍 쳐서 끓이다가, 부글부글 거품이 일기 시작하면 주걱으로 찌개 재료를 뒤섞어서 마저 끓인다. 돼지고기와 산 낙지가 양념을 매개로 얼큰하면서도 시원한 맛을 냈다. 주위에 사무실이 많아 점심시간에는 길게 줄을 서야 자리를 잡을 정도로 붐비는 집이다. 주인 할머니가 까다로운 샐러리맨들의 입맛에 잘 맞춘다.

"담배 있어요?"

손아귀에서 빈 담뱃갑을 소리 내어 까뭉개며 장인태가 개비 담배를 찾았다. 식사를 마친 셋은 이빨을 쑤시며 식당을 나와, 어슬렁거리며 골목길로 들어섰다. 퇴근 무렵의 명동 거리는 여전히 붐볐다. 상업은행 명동지점에서 에스콰이어제화점을 끼고 돌아 충무로 쪽으로 계속 접어들었다. 왼쪽 앞에 떨어져 보이는 명동성당 첨탑에서는 저녁 기도 종소리가 적벽돌을 뚫고 은은하게 들리고, 소매 짧은 흰 블라우스에 검은 타이트스커트를 입은 여자가 하이힐을 또각거리며 종종걸음을 친다. 명동닭갈비집 송풍기가 윙윙 소리를 내며 뿌연 연기를 내뿜고 있는 명동 거리를 오가는 사람들은 오늘도 어제와 여전하다.

"어~써 오십쑈!"

도어 보이가 한 손으론 유리문을 열고 다른 한 손으로 세 사람을 홀 안으로 안내했다. 셋은 홀 중간쯤 탁자에 자리를 잡았다. 초

저녁이라 아직은 빈 테이블이 많았으나 앞에 있는 무대 위에서는 벌써 라이브 음악이 흐르고 있었다.

"어머, 오셨습니까? 오랜만이네요?"

빨간색 짧은 투피스 유니폼을 입은 미스 강이 세 사람을 반기며 테이블 위에 맥주와 안주 접시를 날라 왔다. 한 자리에 기본으로 나오는 술이 있고, 단골로 자주 가는 이들이 주로 시키는 메뉴를 종업원들이 모두 꿰차고 있었다.

제법 큰 키와 글래머기가 있는 몸매에 하체 윤곽을 타고 찰싹 붙은 타이트스커트가 터질 것 같았다. 짧은 치맛자락 밑으로 볼륨 있고 하얗게 내려온 다리에 세 사람의 눈길이 모였다.

"미스 강, 점점 더 예뻐지네요."

장인태가 웨이트리스를 아래위로 훑으며 히죽거렸다.

"에이, 장인태 씨 왜 또 초저녁부터 걸고넘어지세요? 어지럽게."

눈에 익은 이들의 이름을 미스 강은 다 외우고 있었다.

"월급쟁이 손님들 재미없지요?"

전에 백성욱이 물었을 때 그녀는 이들을 정말로 좋아한다고 했다. 사업하는 사람들같이 구질구질하지도 않고, 머리 나쁜 사람들은 들어가지도 못하는 누구나 다 아는 이름 있는 회사에 다니니 좋아할 수밖에 없다고 했다.

세 사람은 모두 빠지는 외모는 아니었다. 물론 좋아한다는 것은 어느 한 사람이나 연애 감정으로 좋다는 말은 아니지만 절대로 싫지는 않다고 했다. 그냥 쳐다보면 기분이 좋단다. 이들도 그랬다.

저녁을 먹고 난 뒤라 텁텁한 입을 헹구는 겸 맥주잔을 두어 순배 돌렸다. 갑자기 음악 소리가 끊기고 스포트라이트가 무대 한쪽 입구를 비췄다. 윗머리가 훌렁 까지고 옆머리만 길게 기른 키가 제법 큰 사내가 잰걸음으로 끄덕거리며 무대 가운데로 나오더니 몸을 비비 꼬아 댔다.

홀에서는 박수 소리가 터지고 음담패설에 가까운 사내의 만담이 시작된다. 나이트클럽에서 광란하듯 몸을 흔들어 대는 남녀들을 패러디했다. 몸을 좌우로 돌려 가며 스텝을 밟더니 몸을 돌려 아랫도리를 홀을 향해 빠르게 앞뒤로 흔들며 걸쭉하게 내뱉는다.

"이렇게 흔든다고 쌀이 나오나, 구공탄이 나오나? 미친 연놈들이 소출 없이 하반신만 흔들어 대고 지랄이야?"

유명한 코미디언이 전속 출연하고 있다.

"담에는 뭔가를 보여 드리겠습니다."

커다란 빌딩 지하 주차장을 통째로 불법으로 개조해서 만든 극장식 클럽인데 이름이 '홀리데이 인 서울'로 티브이에 나오는 웬만큼 얼굴이 알려진 트로트 가수들은 거의 다 교체 출연하는 술집이었다.

"미스 강, 이리 와서 맥주 한잔하세요."

술이 몇 순배 돈 후 테이블 옆을 지나는 미스 강을 백성욱이 불러 세웠다.

"술꾼들께서 저까지 주실 술이 남아 있습니까?"

미스 강이 가다가 돌아서며 백성욱 옆으로 왔다. 백성욱이 빈 의자를 가리키며 앉으라고 권했다.

"저희들은 손님 좌석에 못 앉아요. 한 잔 주시면 여기서 얻어 마시고 가겠습니다."

미스 강이 테이블 모서리를 두 손으로 잡고 무릎을 접고 쪼그리고 앉았다. 짧은 스커트 자락이 희멀건 허벅지를 미처 가리지 못하고 튼실한 하체 사이로 새하얀 팬티가 백성욱의 눈을 괴롭혔다.

"휴우~"

한탄인지 감탄사인지 자신도 모르게 한숨이 나왔다.

"요즈음 일이 많이 힘드시나 봐요? 한 잔 하세요."

세정도 모르고 미스 강이 생글거리며 잔을 부딪친다.

"나성에 가면 편지를 띄우세요오~

사랑의 이야기 담뿍 담은 편지~"

세샘트리오의 여성 보컬 권성희가 서구적으로 빠진 몸매와 얼굴을 뽐내며 '나성(LA)에 가면'을 열창하고, 백성욱네 테이블에는 홀 바닥까지 빈 맥주병이 길게 줄을 섰다.

"여보세요? 성욱이니? 나 성주야."

며칠 뒤 KIST의 박성주 박사로부터 전화가 왔다.

"일전에 네가 왔을 때 통계학 전공한 사람이 있다 했지? 허 박사라고 상당히 우수한 친군데, 네 이야기를 했더니 멀티플 리그레션과 타임 시리즈 어낼리시스로 풀면 될 것 같대."

"그래? 야, 고마운데 그건 또 무슨 소리니? 우리말은 없어?"

"어, 다중 회귀 분석(多重回歸分析-multiple regression analysis)과 시계열 분석(時系列分析-time series analysis)이라고 번역해. 너도 옛날 책 찾아보면 기억날 거야. 우리도 학부 때 조금 배우긴 했어. 샐러리맨 되더니 무식꾼 다 됐네? 하하."

"미안하다. 회사에서 일해 보니 대학교를 왜 다녔는지 후회가 된다. 학교서 배운 거 써먹을 데가 없어."

"그런 소리 마. 네가 대학에서 공부 안 했으면 이런 새로운 일이 너에게 떨어졌겠냐? 아무튼 고생이 많다. 미안하기도 하고."

"고맙다. 약속한 날 허 박사 만나러 너의 연구실로 갈게."

며칠 뒤 박 박사와 백성욱은 허 박사 연구실로 갔다. 대화가 시작됐다.

"석유화학 제품을 원료로 하는 제품들이 많지요?"

"우리 주위의 거의 대부분의 물건들이 석유화학 원료를 쓰지요."

"그런 원료나 제품들의 과거 데이터는 구할 수가 있습니까?"

"회사에 관련 자료는 충분히 정리되어 있습디다. 조사해 보니 십여 년 치 이상 있는 것 같습니다."

"잘됐습니다. 그러면 이 기법을 쓰면 될 겁니다. 일반적으로 히스토리컬(historical : 과거의) 데이터가 없어서 이 방법을 못 씁니다. 이 기법은 '미래는 과거의 연속'이라는 대명제하에 미래를 포캐스트(forecast, 예측)합니다. 마치 영국의 석학 토인비 선생님께서 과거 역사를 연구해서 미래 사회를 예측하시는 것과 비슷한 접근 방법입니다."

"토인비요?"

백성욱이 시큰둥하게 듣고만 있었다.

허 박사가 흑판을 당겨 놓고 시계열과 회귀 분석에 관해서 기본 기법을 강의했다.

시계열 분석은 시계열 데이터, 즉 일정한 시간의 간격으로 정해진 기간을, 연속적으로 같은 기준으로 측정된 자료들로부터 의미 있는 통계 자료와 그 자료들이 갖고 있는 특성을 도출하기 위한 분석법을 말한다.

시계열 예측은 과거에 관측한 수치를 근거로 장래의 수치를 예측하는 모델을 활용한다. 이러한 예측에는 독립된 시계열 자료들 간에 미치는 영향을 검증하기 위해서 회귀 분석 기법이 자주 도입된다.

Time series analysis comprises methods for analyzing time series data in order to extract meaningful statistics and other characteristics of the data. Time series forecasting is the use of a model to predict future values based on previously observed values. While regression analysis is often employed in such a way as to test theories that the current values of one or more independent time series affect the current value of another time series, this type of analysis of time series is not called 'time series analysis', which focuses on comparing values of a single time series or multiple dependent time series at different points in time.

A time series is a sequence of data points that
1) Consists of successive measurements made over a time interval
2) The time interval is continuous
3) The distance in this time interval between any two consecutive data point is the same

4) Each time unit in the time interval has at most one data point

Examples of time series are ocean tides, counts of sunspots, and the daily closing value of the Dow Jones Industrial Average.

Non-Examples : The height measurements of a group of people where each height is recorded over a period of time and each person has only one record in the data set.

Notation

A number of different notations are in use for time-series analysis. A common notation specifying a time series X that is indexed by the natural numbers is written

$X = \{X_1, X_2, \cdots\}$.

Another common notation is

$Y = \{Y_t : t \in T\}$,

where T is the index set.

multiple regression analysis : 다중 회귀 분석(우리가 두 개 이상의 알고 있는 변수들의 수치를 가지고 모르는 다른 변수의 값을 예측하는 탁월한 기법)

Multiple regression analysis is a powerful technique used for predicting the unknown value of a variable from the known value of two or more variables-also called the predictors.

More precisely, multiple regression analysis helps us to predict the value of Y for given values of X1, X2, ⋯ Xk.

For example the yield of rice per acre depends upon quality of seed, fertility of soil, fertilizer used, temperature, rainfall. If one is interested to study the joint affect of all these variables on rice yield, one can use this technique.

An additional advantage of this technique is it also enables us to study the individual influence of these variables on yield.

Dependent and Independent Variables

By multiple regression, we mean models with just one dependent and two or more independent (exploratory) variables. The variable whose value is to be predicted is known as the dependent variable and the ones whose known values are used for prediction are known independent (exploratory) variables.

The Multiple Regression Model

In general, the multiple regression equation of Y on X1, X2, ⋯ Xk is given by :

$$Y = b_0 + b_1 X_1 + b_2 X_2 + \cdots\cdots + b_k X_k$$

Interpreting Regression Coefficients

Here b_0 is the intercept and $b_1, b_2, b_3, \cdots b_k$ are analogous to the slope in linear regression equation and are also called regression coefficients. They can be interpreted the same way as slope. Thus if $b_i = 2.5$, it would indicates that Y will increase by 2.5 units if Xi increased by 1 unit.

The appropriateness of the multiple regression model as a whole can be tested by the F-test in the ANOVA table. A significant F indicates a linear relationship between Y and at least one of the X's.

한 시간에 걸친 허 박사의 강의가 끝났다. 박성주 박사도 진지하게 청강했다.

"감사합니다. 알려 주신 방법으로 한 번 시도해 보겠습니다."

백성욱이 허 박사에게 감사를 표했다.

"꼭 성공하십시오. 결과가 좋으면 내년 학기에 저가 나가는 대학원 부교재로 쓰고 싶습니다."

허 박사가 악수를 했다.

"잘될 거야, 너무 걱정 말고 차분하게 연구해 봐."

친구인 박 박사가 격려했다.

"고맙다."

자신할 단계는 아니었지만 어렴풋하나마 비비적거릴 언덕은 찾은 것 같았다. 시계열과 회귀 분석, 어떻든 과학적이고 계량적인 접근이다. 예측할 기법, 즉 도구는 일단 마련했다. 이제는 실제로 사용할 데이터를 확보하고 이것들을 수요 예측 모델에 사용할 수 있게 걸러내어 가공해야 한다. 데이터data를 정보화information해야 한다.

실적 데이터는 통계청의 통계 연감을 많이 활용했다. 향후 5년에 대한 독립변수들의 데이터는 정부의 '사회 경제 5개년 계획서'를 활용하기로 정했다. 다행하게도 정부는 '경제개발 5개년 계획서'로 시작해서 국가 사회 경제 개발 계획을 발표하고 있었고, 대부분의 나라 정책이 이 계획을 중심으로 집행되고 있었다. 상당히 믿을 만한 결과를 도출할 수 있을 것 같았다.

회사 내에도 상당한 수준의 자료들이 축적되어 있었다. 사내 자료의 수집과 정리는 요청 부서인 석유화학부 김 과장이 책임지기로 했다. 무언가 보이지 않는 빛 같은 것이 뜬구름 같던 프로젝트에 새로운 에너지로 느껴졌다.

백성욱은 좀 더 충실한 자료와 자문을 위해 대한석유화학협회를 찾았다.

"정말 큰일을 추진하고 계십니다. 저희 협회에서 도울 수 있는 일이면 무엇이든 전폭적으로 지원해 드리겠습니다. 만약 이 프로젝트가 성공하면 대한민국 정부의 정책 수립 기본 자료가 될 것을 확신합니다. 정부로부터 수시로 저희 협회에 예측 자료를 요구하지만, 사실 현재의 협회 능력으로는 부끄러울 정도로 속수무책이었습니다."

석유화학협회의 과장이 만면에 희색을 띠고 백성욱을 반겼다.

"하기는 합니다만 우리가 한 예측치가 실제로 어느 정도 맞을 수 있을까 두렵습니다. 시간이 지나서 실적치가 예측치와 너무 동떨어지면 망신은 고사하고 국가와 다른 부문에 미치는 악영향이 걱정됩니다."

백성욱이 솔직한 심정을 토로했다.

"그것은 걱정 안 하셔도 됩니다. 예측 보고서를 만들기만 만드십시오."

"무슨 근거로 그렇게 장담을 하십니까?"

협회 과장이 커피를 한 잔 더 갖고 와 탁자 위에 놓으며 여유롭게 말을 꺼냈다.

"90% 이상 실적치가 예측치와 일치할 것을 장담합니다."

"말씀은 고맙지만, 무작정 격려만 하실 일이 아닌 듯싶습니다."

백성욱이 진지한 표정을 지었다.

"아, 아닙니다. 절대로 격려 차원에서 드리는 말씀이 아닙니다. 확신합니다."

"무슨……?"

새로 날라온 커피를 한 모금 마신 과장이 설명했다.

"귀사에서 우리나라에서 쓰이는 석유화학 원료의 몇 퍼센트를 생산하십니까?"

"한 80% 이상으로 알고 있습니다."

"저도 그렇게 알고 있습니다. 귀사에서 추진하시는 수요 예측 보고서가 완성되면 석유화학제품 생산과 판매 계획을 무엇을 근거로 세우실 겁니까?"

"그야 추진 중인 예측보고서를 근거로 하겠지요. 별다른 예측치가 전무한 상태니까요."

"아직도 모르시겠습니까?"

과장이 백성욱을 쳐다봤다.

"감이 안 잡히는데요?"

잠시 뜸을 들인 뒤 과장이 입을 열었다.

"귀사에서 석유화학 원료를 생산하지 않는데 폴리에스테르 섬

유공장에서 무엇으로 합성섬유를 만들 수 있겠습니까?"

"네?!"

백성욱의 얼굴이 환하게 펴졌다.

과장이 오른손 손가락으로 동그라미를 만들며 미소 지었다.

"바로 그 점입니다. 90% 이상 적중하는 족집게 점쟁이가 되실 겁니다. 힘내십시오."

백성욱은 하숙집 책상 위에 꽂혀 있는 대학 시절에 공부하던 책들을 뒤적였다. 실로 오랜만에 잡아보는 전공서적들이다. 책 위에 앉은 먼지를 입으로 후 불어냈다.

통계학과 추계학, 전자계산 프로그래밍 Computer Programming 책을 뽑았다. 허 박사와 박 박사가 제의한 방법은 컴퓨터로 풀지 않고는 불가능한 방법이었다. 수많은 변수들과 각 변수들의 과거 실적 데이터를 분석하여 변수들 간에 상관관계 correlation를 분석하는 작업이 주판이나 수작업으로는 불가능하다.

마침 회사에는 컴퓨터 단말기가 설치되어 있었다. 대한민국에서 가장 빠르고 큰 처리 용량을 갖고 있는 KIST 컴퓨터를 멀리 떨어진 회사에서 통신선으로 연결해 직접 컴퓨터에 접근할 수가 있었다.

컴퓨터 프로그래밍 언어는 포트란(FORTRAN : formula translator)을 사용하기로 했다. 사용하려는 예측 분석 기법은 수학적 계산이 많이 필요하므로, 회계 처리 등 사업 보고서 작성용인 코볼 COBOL보다는 수치 계산용으로 개발된 포트란이 적격이다.

백성욱은 수요 예측 모델링에 전념했다. 예측을 위한 수학적 모델을 만들고, 만들어진 모델에 적절한 데이터를 넣어서 순차적으로 반복해서 원하는 예측치를 만들어야 한다. 예측한 수치가 현실적 상황과 차이가 있으면, 그 수치는 버리고 다른 데이터로 만족할 만한 값을 찾을 때까지 다시 반복해야 한다. 이것을 컴퓨터 용어로 이터레이션(iteration : 반복)이라 한다.

예상은 했으나 모델링 작업은 백성욱의 생각보다 훨씬 시간이 많이 걸렸다.

"백성욱 씨, 뭔가 실마리를 찾았는가 봐요?"

모델링에 열중하느라 그는 성 부장이 책상 옆에 온 사실을 모르고 있었다.

"잠시 머리 식히게 내 방으로 와요, 나도 백성욱 씨가 하는 방법이 궁금하니까?"

백성욱은 부장 비서가 갖다준 커피를 마시며 개략적인 모델링 기법을 성 부장에게 설명했다.

"과제를 던져 주고 무관심한 척했어도, 백성욱 씨가 동분서주하며 해결책을 찾아 헤매는 것을 다 알고 있어요. 모든 필요한 지원을 할 테니 미국 본사가 놀랄 만한 작품 하나 만들어 보세요. 백성욱 씨면 할 수 있을 겁니다."

"잘돼가요?"

퇴근 시간이 되어 장인태가 백성욱에게 말을 걸었다.

"한다고는 하는데 아직은 나도 모르겠습니다."

"혼자서만 너무 열심히 하면 나머지 우리 입장이 곤란하니 적당히 하세요. 어때요, 오늘은 좀 일찍 마쳐도 되지요?"

"왜요, 무슨 일이라도 있어요?"

"아, 거 '홀리데이 인 서울'에 있던 미스터 배가 직장을 옮겼다고 한번 놀러 오라 합디다."

백성욱 회사의 술 멤버들은 미스터 배라는 웨이터를 따라다니며 술을 마셨다. 술을 마시고 나면 술값이 얼마인지도 신경 쓰지 않고 그냥 나온다. 마신 술값은 미스터 배가 적어뒀다가 회사 월급날 청구서를 들고 사무실을 돌았다. 매월 외상 술값을 수금하러 온다.

포항제철이나 현대자동차가 명절 떡값을 포함해 겨우 120~130퍼센트의 보너스를 줄 때, 외국 합작인 백성욱의 회사는 600퍼센트의 상여금을 지급했다. 한 달 건너 한 번씩 월급의 100퍼센트 금액을 보너스로 받았다. 샐러리맨 천국이라고 다른 회사에 다니는 사람들이 부러워하던 회사니 웨이터도 안심하고 술값을 외상으로 해 줬다.

장인태의 꾐에 백성욱도 책상 위의 서류들을 접었다. 오랜만에 프로젝트도 숨통이 트이고, 바쁘다는 핑계로 그동안 못 마신 술이 한꺼번에 쓰나미 되어 밀려왔다. 예의 김훈광과 장인태, 가끔씩 술자리에 어울리는 김구현도 합류했다. 네 명이 택시를 타고 한강대교를 건너 영등포시장 쪽으로 갔다.

영흥극장 맞은편 영등포시장 건물 이층 벽에는 커다랗게 간판이 붙어 있었다.

'관광열차'

2층 건물 전면을 50미터는 족히 넘을 길이의 간판이 다 차지했다. 서울에서도 물 좋기로 소문난 카바레다. 웨이터인 미스터 배가 이번에는 카바레로 직장을 옮겨서 장인태에게 전화를 했단다.

　백성욱 일행은 술맛이나 술집을 보고 술을 마시러 가는 것이 아니다. 술이 당겨서 마시는 술이니 소주든 맥주든 주종을 안 가린다. 그냥 마시고 취하는 것이면 공업용 알코올을 줘도 그냥 마시고 토하고 말 술꾼들이다.

　배 속에 들어가는 술을 가리지 않는데, 술집 종류나 술집 분위기를 가릴 만큼 섬세한 것은 당연히 아니다. 미스터 배가 청계천 싸구려 색싯집으로 근무지를 옮기면 거기서 붉은 루즈를 볼 옆으로 흘려 바른, 옷고름이 반쯤 풀린 한복 아가씨들과 찌그러진 막걸리 주전자를 기울이고, 지난번같이 그럴싸한 무대에 유명 가수들이 나오는 극장식 식당으로 옮기면, 거기 가서 미스 강 같은 글래머 웨이트리스도 구경한다. 아무리 장소를 안 가리는 털털한 술버릇이라고 해도 카바레는 좀 아닌 듯한데? 물론 카바레에 들어갈 때까지는 이들에게 그런 사실은 전혀 고려 사항이 아니다.

　계단을 걸어 올라가자 흐느적거리는 블루스 선율이 열린 출입문을 통해 흘러나오고, 문을 들어서는 순간 아무것도 보이지 않았다. 잠시 후 어둠에 적응한 눈에 한쪽으로 길게 놓인 벤치에 여자들이 줄을 지어 앉았고, 앞에 있는 넓은 플로어에는 남녀가 빈틈없이 부둥켜안고 한여름 먹구름 흐르듯 천천히 돌아가고 있었다.

　입구까지 마중 나온 미스터 배가 손전등을 바닥으로 비추며 길을 안내했다. 천장과 벽에 붙은 희미한 등 몇 개로는 밖에서 갓 들어온 사람이 스스로 길을 찾기에는 너무 어두웠다. 네 명이 들어가자 웨이터 네 명이 바로 따라붙었다.

　자리를 잡자마자 뒤따라온 웨이터 한 명이 장인태의 팔을 끌었다.

"우선 먼저 한 바퀴 도시죠?"

"야, 목이라도 좀 축이시게 조금 있다가 해!"

미스터 배가 다른 웨이터를 제지했다. 미스터 배는 입가에 잔잔한 미소를 흘렸다.

"미스터 배, 깨가 쏟아지나 봐? 입을 못 다무네?"

장인태가 그 모습을 보고 웨이터에게 말했다.

"그게 아니고요, 조금 전 들어오실 때 웨이터 애들 네 명이 따라 들어왔지요?"

"그런데? 미스터 배 새끼들 아니오?"

"큭 큭, 네 명이 젊으신 데다 양복을 쫙 빼입고 들어오니 웨이터들이 남자 물 좋다고 간하러 온 거라서 웃었습니다. 자식들 안목은 있어 갖고. 하하하."

눈이 어둠에 익어지자 백성욱은 실내를 반 바퀴 둘러봤다. 무척 넓었다. 앞쪽에 설치된 춤추는 플로어를 피해서 4인용 테이블 둘 혹은 셋을 연달아 붙여 좌석을 만들고, 좌석마다 색조 있는 갓을 씌운 테이블 등들이 하나씩 놓였다. 백성욱 일행이 자리를 잡자 미스터 배가 테이블 등을 들어 안에 있는 초에 불을 붙이자 좌석이 제법 환하게 밝아졌다.

미스터 배는 주머니에서 명함을 한 장 꺼내 테이블 등 허리의 가는 고무줄에 끼웠다. 보조 웨이터가 맥주 여덟 병과 과일 안주를 날라 왔다. 함께 갖고 온 부실한 과자 몇 개 놓인 마른안주 접시를 테이블 위에 내려놓고는 빵빵 소리를 내며 맥주병 마개를 땄다.

"명찰이 카사노바요? 하 하."

백성욱이 미스터 배에게 물었다. 그의 가슴에는 카사노바라는 이름이 적힌 둥근 명찰이 달려 있었다.

"아, 예, 여기서는 모두 손님들이 쉽게 외울 수 있는 가명을 쓰고 있습니다. 조금 앞에 장인태 씨에게 춤을 권하던 친구는 용팔이고 그 뒤에 섰던 친구는 고재봉입니다. 자기 도끼로 찍으면 안 넘어가는 여자가 없다며 남자 손님들을 꼬십니다."

"여기는 카바레라서 술값이 다른 곳보다 쌉니다. 실컷 드십시오."

웨이터가 맥주병을 들어 네 명에게 한 잔씩 따랐다.

"시설도 좋고 무대도 있는데 어떻게 술값이 싸요?"

"카바레가 쌉니다. 술 안 마시는 사람에게는 별도로 입장료를 받고 술을 시키는 사람에게는 입장료를 안 받습니다. 들어오실 때 벤치에서 대기하는 여자들 보셨지요? 입장료 내고 손 한 번 잡히려고 온 여자 춤꾼들입니다."

맥주를 한 잔씩 마시자마자 조금 전에 왔던 웨이터들이 다시 몰려왔다.

"손님들이 잘생기셔서 웨이터들이 줄을 섰습니다. 여기는 그런 곳이니 웨이터들이 여자 부킹시켜 주면 사양 말고 즐겁게 노십시오."

카사노바가 자리를 피하자 다른 웨이터들이 네 명의 팔을 끌고 다른 테이블로 갔다.

"나는 춤을 잘 못 추는데?"

"여자들도 잘 못 춥니다. 걱정 말고 그냥 잡고 비비십시오."

플로어 앞에 서 있게 하고 웨이터가 맞은쪽 테이블로 가며 손을 흔들더니 여자를 데리고 왔다. 잠자리 날개같이 아른거리는 소매 짧은 원피스를 입은 아담하고 얌전하게 생긴 여자가 백성욱의 너른 품에 안겼다. 여자로부터 은은하게 흘러오는 향수 냄새에 기분이 상쾌해졌다.

"저는 춤을 잘 못 춥니다."

"저도 잘 못 춰요."

여자가 나직이 말했다. 백성욱은 한결 마음이 가벼워졌다. 남자답게 리드해 봐야겠다는 생각도 들었다. 왼손으로 여자의 오른손을 가볍게 위로 잡고 가는 허리에 나머지 손을 감았다. 여자가 왼손을 가볍게 백성욱의 오른쪽 상두박 위에 얹었다. 여자의 중지와 약지가 백성욱의 어깨 앞에 얹혀 가볍게 떨고 있었다. 갑자기 아랫도리가 뻣뻣해져 왔다. 난감해진 백성욱은 어금니를 지그시 깨물며 마음을 가다듬었다. 혹시나 여자 몸에 닿을까 걱정되어 엉덩이를 슬쩍 뒤로 빼고 불안하게 발걸음을 옮겼다. 춤 스텝을 모르는 백성욱의 한 발이 여자의 하이힐 코를 밟고 말았다.

"죄송합니다."

"괜찮아요."

음악에 따라 엉거주춤한 춤이 몇 차례 이어졌다.

"정말 춤을 잘 못 추시나 봐요?"

여자가 차분한 목소리로 말했다.

"여기가 처음입니다."

백성욱은 여자의 구두를 밟지 않으려고 정신을 바짝 차렸다. 이마에는 식은땀이 날 정도로 긴장한 탓인지 아랫도리가 정상으로 돌아왔다.

"화장실 잠깐 다녀오겠습니다."

"그러세요."

여자를 화장실에 보내고 테이블로 돌아가자 김훈광이 먼저 자리에 와 있었다. 조금 있으니 장인태와 김구현이 조금의 시간 차를 두고 자리로 돌아왔다. 네 명은 다시 술판을 벌였다. 한참 술을 마시며 처음 와 본 카바레 풍경을 이야기하는 중에 미스터 배가 테이블로 왔다.

"여자 파트너들은 어떻게 했어요?"

"아, 잠깐 화장실 갔어요."

네 명의 입에서 동시에 나왔다.

"네……? 아, 네."

카사노바는 야릇한 미소를 띠며 자리를 떴다.

다음 날 점심시간이 가까워 오자 네 명은 백성욱에게 모였다, 모두가 얼굴이 상기되어 있었다. 어제 카바레에서 술 한잔 사 주고 안아 본 여자 허리의 부드럽던 촉감이 아직도 남아 있는가 보다.

"확실히 여자들이 화장실을 자주 가는가 봐요. 한 곡도 끝나기 전에 네 명이 모두 화장실 가는 걸 보면."

김구현이 아쉬운 듯 말했다.

"쥐뿔도 춤도 못 추는 것들이 카바레는 왜 가? 여자 구두는 안 밟았어?"

뒷자리에서 듣고 있던 추 과장이 핀잔을 했다.

"과장님도 밟았어요?"

"야, 이 머저리들아, 뭐? 여자들이 화장실을 자주 간다고? 모두 도망간 거야. 터구(바보의 사투리)들아."

추 과장은 그러고 나서 횡하니 나가 버렸다. 네 사람은 멍하니 서로 바라봤다. 바람맞은 걸 그때까지 몰랐기 때문이었다. 성질이 급한 장인태가 부장 비서 책상에 가더니 그날 신문을 가져왔다.

"찾아보소!"

"뭘요?"

백성욱이 말했다.

"뭐긴 뭐요? 댄스 교습소지."

그다음 날 장인태의 제안으로 백성욱이 춤을 배우러 갈 비밀 댄스 교습소를 물색하기 위해 일간 신문 광고란을 뒤졌다. 동그라미 속에 '댄'이라 적혀 있고 그 옆에 전화번호가 나와 있는 광고를 찾았다. 바로 전화를 걸었다.

"대한극장 옆 은하다방으로 오후 6시 반에 나오시오. 나는 자주색 윗저고리를 입고 갈 테니 찾기 쉬울 거요."

광고란의 전화번호대로 전화를 하니 댄스 교습소의 춤 강사가 만날 시간과 장소를 정해 주었다. 네 사람은 근무가 끝나자마자 만나기로 한 은하다방에 모였다. 대한극장 뒷골목을 몇 굽이 걸어서 자주색 윗옷을 입은 남자를 만나 따라가니 불법 댄스 교습소였다.

교습소에 처음 가던 날 두산산업에 근무하는 중학교 동기생의 전화가 왔다. 퇴근해서 술 한잔하자고 했다. 하지만 영어 회화 학원 다닌다는 핑계로 사양했다.

그들 네 사람은 만사를 제쳐놓고 한 주일 동안 퇴근 후 오후 여섯 시 반이면 빠짐없이 댄스 교습소에서 만났.

허름한 이층 마루방에서 그들은 음악에 맞춰 댄스 지도를 받았다. 어깨가 축 처진 그들은 좁은 방에서 열심히 돌고 돌았다. 어떤 친구는 두 손으로 뒷짐을 지고, 또 어떤 이는 팔짱을 끼고 돌았다. 가끔 눈길을 다른 사람에게 줬다가 상대와 눈길이 마주치면 계면쩍게 쓴웃음을 짓기도 했다. 막 트롯 스텝을 배우면서 스텝을 익혔다.

댄스 지도가 끝난 뒤에도 뿔뿔이 각자의 집으로 흩어졌다. 그 사이에는 눈에 띌 정도로 말수가 적어졌다. 마치 중병을 선고 받은 말기 암 환자처럼 핏기도 줄어들었다.

여자 구두코를 밟은 일, 화장실에 간다며 두 손으로 앞가슴을 밀어내며 살며시 가슴을 빠져나가던 잠자리 날개 옷의 카바레 파트너, 비아냥거리던 추 과장의 얼굴이 주마등처럼 스쳐 지나갔다.

기어코 춤을 배워 카사노바(베니스의 호색한)의 사촌 동생쯤은 되고야 말겠다는 결연한 각오들로 춤의 세계로 발을 들여놓았던 것이다. 술마저 끊을 것 같은 살벌한 기운까지 감돌았다.

"백성욱 씨 키스트 전산실 전화 좀 받아 봐. 포캐스트 모델로 키스트 컴퓨터가 가다마리(일본말 : 굳어 버림) 됐대."

전산실 윤 주임이 백성욱에게 알려 줬다.

"전화 바꿨습니다."

"키스트 전산실장인데요. 돌리시는 프로그램이 루핑(looping : 반복해서 같은 것을 계속 돌리는 것)하는 것 아닙니까? 지금 네트 컴퓨팅 타임(net computing time : 순수 컴퓨터 연산 시간)이 두 시간이 넘었는데 계속 돌고 있어요. 에이디디(ADD, 국방과학연구원) 잠수함 개발 프로그램보다도 더 오래 돌고 있어요."

"분명하게 루핑은 아닙니다. 베리어블(variable, 변수) 수가 많고 데이터도 많아서 시뮬레이션(simulation, 모의 실험)이 오래 걸립니다."

"무슨 패키지(package, 전문 전산 프로그램)를 쓰십니까?"

"제가 포트란으로 짰는데요?"

"네? 직접 프로그램을 짜셨다고요? 어휴, 대단은 하십니다만 패키지를 찾아보세요. 우리 전산실이 안 돌아갑니다."

"사정은 알지만 당장 어떻게 합니까?"

"낮에는 컴퓨터가 바빠서 안 되고, 밤 열 시부터 두 시간 동안 올려 드리겠습니다."

"그래서는 일 년도 더 걸릴 건데?"

"방법이 없습니다. 다른 사용자들이 리스폰스(Response, 컴퓨터 응답 시간)가 늦어진다고 야단입니다. 죄송합니다."

"백성욱 씨, 키스트 컴퓨터 사용료도 30% 정도 더 들어갔어. 부장님께 보고했더니 백성욱 씨 하는 대로 그냥 두래서 얘기 안 했어요."

옆에서 듣고 있던 윤 주임이 거들었다.

전화를 끊고 책상으로 돌아온 백성욱의 얼굴이 백지장처럼 창백해졌다. 간신히 방법을 찾아 두 달 넘게 프로그램을 작성해 돌리는데, 컴퓨터가 정지하다니? 대한민국에서 가장 큰 컴퓨터가 덜커덩거리다니?

키스트 전산실에서 전화를 받은 날은 일찍 저녁을 먹고 밤 열 시부터 프로그램을 가동했다.

전산실 운영자에게 얘기해서 퇴근을 시키고 백성욱이 직접 단말기 모니터로 프로그램을 통제했다. 늦은 시간이라 작업하는 프로그램들이 많지는 않았으나 다른 프로그램이 올라오면 즉시 자신의 프로그램을 드롭시키고 대기했다. 키스트에 송구스러워서였다.

잠시 들어온 다른 프로그램들은 금방 끝낼 수 있었다. 얼굴을 모르더라도 같은 월급자로서 잔업하는 사람들을 위해 자주 드롭을 걸어 줬다. 백성욱은 작업을 서둘러 끝내고 귀가해 가족과 즐거운 저녁 시간을 보내든지, 기다리는 애인에게 빨리 보내 주는 것이 컴퓨터를 독점하고 있는 사람의 조그만 배려라고 생각했다.

통금 시간이 있기 때문에 밤 11시 반에 작업을 중단하고 길거리로 나섰다. 밤늦은 명동 거리는 한산하고 전신주에 매달린 가로등들이 긴 그림자를 만들었다. 명동을 가로질러 퇴계로로 나갔다. 불났던 대연각 건물을 건너 매경빌딩으로 길을 잡았다.

하숙집으로 간다고 해도 바로 잠이 올 것 같지 않았다.

'니르바나.'

백성욱은 밤새도록 영업하는 니르바나 나이트클럽에 갔다. 나이트클럽이 아닌, 술집이나 음식점은 자정에 영업을 끝내기 때문이었다.

자욱한 담배 연기 속에 조용필의 '돌아와요 부산항에'가 귓전을 때리고, 플로어에는 입추의 여지 없이 남녀가 어울려 손을 위로 올리며 고고를 추고 있었다. 맥주잔을 입에 대고 바라보는 군무 속 어디에도 백성욱이 끼어들 곳이 없었다. 백성욱은 맥주를 벌컥벌컥 들이켜고 잔을 내려놓으며 중얼거렸다.

"니르바나……."

이승의 번뇌장煩惱障을 끊고 도달하는 열반涅槃의 세계, 니르바나.

야간 컴퓨터 작업이 계속됐다. 한 달 동안 야간에 작업을 했지만 별반 소득이 없었다.

부장실에서 위클리 미팅(weekly meeting, 주간 업무 회의)을 마치고 나오는 추 과장의 얼굴이 벌겋다.

"부장님이 백성욱 씨 술 좀 덜 마시게 하란다."

일도 안 풀리고 밤이 돼야 작업을 할 수 있었다. 야간 작업을 마친 뒤에도 날마다 '니르바나'에서 밤을 새우기 일쑤였다. 새벽에 사우나를 한 뒤 미성식당에서 설렁탕으로 아침 식사를 하고 회사로 출근한 지도 제법 됐다.

잠을 설치고 술에 찌든 그의 눈은 늘 토끼 눈처럼 충혈되고, 반쯤은 실성한 사람 같기도 했다. 추 과장도 어떻게든 버터 보려고 안간힘을 쓰는 그를 바라보며 안쓰러워하고 자신의 무능을 한탄하기도 했다.

"몸을 챙겨, 일이야 지금 못 하면 다음에 하면 돼."

키스트의 박성주로부터 오랜만에 전화가 왔다.

"왜?"

"얘, 완전히 맛이 갔네? 오랜만에 생각해서 전화한 친구에게 왜가 뭐니?"

박성주의 목소리가 부드러웠다.

"용건이나 말해."

"알았다. 용건만 말할게. 당장 내 연구소로 와."

박 박사가 버럭 화를 내며 전화를 끊었다.

순간 백성욱은 머리에 스쳐 가는 것이 있었다. 일이 안 풀려 고생하는 걸 짐작할 텐데, 버럭 화를 낼 친구가 아니기 때문이다. 부장의 차를 빌려 타고 키스트로 향했다.

"아저씨, 좀 더 빨리 달리세요."

"알았어요. 백성욱 씨 많이 수척해 보입니다. 부장님께서 걱정을 많이 하십디다."

운전기사가 가속 페달을 더 세게 밟았다.

"어서 와, 바로 올 줄 알고 기다리고 있었어."

"아까는 미안하다. 내가 요즘 그래."

"키스트 컴퓨터를 프리즈(freeze, 냉동)시켰다며? 하여간 너다운 일이야. 얼굴이 많이 상했다."

"왜 오랬는데?"

"야, 숨 좀 돌리자."

"숨?"

박성주가 커피를 가져왔다.

"네가 모델링을 포트란으로 한다기에 그때는 별 대안이 없어 그냥 있었는데, 나도 혹시나 연산(컴퓨터 계산) 시간이 너무 길지 않을까 걱정했어. 결과도 우려한 대로 나왔고. 그래서 허 박사와 함께 미국 쪽에 혹시나 이 문제를 풀 수 있는 패키지가 있는지 알아봤어."

백성욱은 커피를 마시다 박성주를 바라봤다.

"그런데?"

"그런데, 아직 상용화된 패키지는 없었어."

백성욱은 순간 실망감이 스쳤으나 박성주의 말에 귀를 기울였다.

"그러나 프로그램을 하나 찾았어."

"프로그램?"

"응, 아직 상품화할 정도로 다듬어지지는 않았는데 잘하면 너에게 도움이 될지도 몰라."

"그게 뭔데?"

"너, Box-Jenkins Model 기억하니?"

"자동 회귀 분석auto-regression ARIMA 모델?"

"기억하고 있구나, 이 모델을 푸는 프로그램을 갖고 있는 사람들을 찾았어."

"그래? 그러면 그걸 구해 줘."

"그런데 이 친구들이 연구비가 좀 부족한가 봐. 돈 많은 회사니까 너의 회사에서 돈 주고 프로그램을 살 수 있겠지?"

"당장 살게."

"야, 가격도 안 물어보고 산다고 해? 금액이 꽤 되는데?"

"야, 교수들이 비싸게 부르면 얼마나 비싸겠나? 당장 사자."

백성욱은 박성주가 소개한 프로그램을 사들였다. 그 이후 석유화학부 김 과장은 아예 백성욱의 사무실에 있는 회의실에서 살다시피 했다. 백성욱이 Box-Jenkins로 예측한 전산 보고서를 주면 김 과장이 컴퓨터에서 나온 결과치들을 확인했다.

백성욱은 새로 구입한 Box-Jenkins 프로그램에 사용할 자료들을 포트란 모델에서 이미 충분히 검증해서 준비해 둔 것들로 썼다. 부장은 프로그램 구매 품의서를 직접 들고 수석부사장실에 가서 결재를 받아 왔다. 석유화학부장에게 보고 받았다며 수석부사장이 바로 결재를 해 줬다고도 했다.

이 회사의 모든 중요한 결재는 사장이 아니라 수석부사장이 한다. 경영권이 미국에 있어서 미국에서 파견된 수석부사장(EVP)이 한국인 사장의 판공비도 결재했다. 한국인 사장은 퇴역 장성이나 장관들이 이름만 걸어 놓고 실권은 없는 지위다.

미국인이 경영하다 보니 잡음도 있었다. 어느 경제신문은 이 회사의 한국인들은 지위 고하를 막론하고 '하우스보이houseboy'라고 혹평한 적이 있다. 일단 회사 내에 사용되는 모든 문서는 영어로 작성되고 실제로 한국인 중역들은 거의 업무와는 관계없는 통역원 출신들이었다.

해마다 11월은 다음 연도 사업 계획 작성으로 무척 바쁜 달이다. 제때 프로젝트를 마감한 백성욱은 '5년 연동 사업 계획서'에 들어갈 '석유화학 제품 5년 연동 수요 예측서'를 Box-Jenkins 시계열과 다중 회귀 분석법으로 적용했다는 서문과 함께 말끔한 전산 리포트로 작성해 석유화학부로 넘겼다.

석유화학부장이 이 보고서를 들고 백성욱에게 왔다.

"백 형, 정말 수고하셨습니다. 십 년 묵은 체증이 다 내려가는 것 같습니다. 내가 이것을 제대로 못 만들어서 미국 사람들에게 당한 수모는 말로 다 못합니다."

"제 방으로 갑시다."

언제 왔는지 성 부장이 석유화학부장 뒤에 서 있었다.

"백성욱 씨도 들어와!"

성 부장의 목소리가 부드러우면서도 힘이 넘쳤다.

그 이듬해에는 많은 곳에서 백성욱의 석유화학 수요 예측서를 요구했다. 대한석유화학협회를 통해 경제기획원에서 보고서 한 부를 달라고 했다. 협회 김 과장 표현으로는 백성욱의 예측서는 대한민국 석유화학의 바이블이라고 했다.

하지만 이 일을 끝낸 백성욱은 허탈했다. 백성욱이 예측한 수치는 경제기획원이 발표한 다른 경제 지표들의 예측 내용을 활용한 것이다. 물론 경제기획원의 경제 사회 발전 5개년 계획에는 석유화학 제품의 수요 예측은 없었다.

그러나 백성욱이 예측한 수치는 경제기획원의 다른 예측치를 상관 분석하여 작성됐다. 그런데 경제기획원이 국가 차원의 구체적인 석유화학 산업 계획 수립에 자신의 예측치를 쓰려고 했다. 학자적인 양심까지는 너무 거창하나 아무튼 백성욱은 자신의 연구물에 보내는 외부의 관심에 부담을 느꼈다. 어차피 인간 사회라는 것이 모순 덩어리지만…….

석유화학부장이 인사부에 강력하게 추천해서 성 부장은 못 이기는 척 백성욱을 과장으로 진급시켰다. 고생은 했으나 진급까지 하자 백성욱은 더욱 부담감을 느꼈다.

백성욱이 보고서를 작성하고 만 일 년하고 석 달이 지난 1월 말, 석유화학협회 김 과장으로부터 전화가 왔다.

"백 과장님, 남산 밑에 돗자리 하나 까셔야겠습니다."

"무슨 소리입니까?"

"지난해 석유화학 제품 실적이 얼마 전 우리 협회에서 집계됐는데, 적중률이 93.2%입니다. 경제 사정이 다소 안 좋아서 그렇지 경제만 좋았다면 거의 100% 백 과장님 수요 예측이 적중했을 겁니다."

"감사합니다."

백성욱은 힘없이 전화기를 내려놓았다.

예측치를 만들어서 그만큼만 원료를 생산했는데, 소비 실적이야 당연하게 생산 원료 범위 내일 테고, 이것은 굳이 Box-Jenkins를 안 써도 90% 이상 맞힐 수 있는 결과라는 데 생각이 미쳤다.

백성욱은 오랜만에 회사 도서실에 갔다.

"안녕하세요? 여전히 고우십니다."

백성욱이 양 여사에게 인사를 했다.

"오랜만이에요, 백성욱 씨, 아니 백 과장님. 어쩐 일로 이 적막강산에 들르셨습니까? 백 과장님 연구 결과에 사내가 한참 떠들썩했었죠?"

"다 부질없는 짓입니다. 전에 제가 사 드린 헤르만 헤세의 환상동화집 아직도 있지요?"

"물론이지요. 저도 읽어 봤는데 너무 좋아요. 이름만 동화집이지 철학서예요."

양 여사가 환상동화집을 찾아와 백성욱에게 건넸다.

백성욱은 동화집 중 「피리의 꿈」도 읽었다. 그는 책 속의 일부 구절 속으로 빠져 들어갔다.

그가 노래하는 강물은 앞뒤 재지 않는 파괴자가 되어 산에서부터 음울하고 거칠게 흘러 내려왔다. 물레방아를 만나면 삐걱거리며 돌아갔고, 다리가 나오면 지나치게 흥분했다. 그리고 자신이 나르는 모든 배를 증오했고, 물에 빠진 하얀 몸을 물살과 긴 녹색 수초로 뒤흔들며 미소 지었다.

내게는 그 모든 것이 마음에 들지 않았다. 그렇지만 음색은 아름답고 신비에 차 있었다. 나는 완전히 혼란에 빠졌고 가슴이 답답해져 잠자코 있었다. 이 기품 있고 현명한 늙은 가수가 나직하게 노래한 것이

옳다면, 나의 노래는 모두 어리석고 형편없는 어린애 장난에 불과했다. 그렇다면 세상은 신의 마음과 달리 근본적으로 선하거나 밝지 않고 어둡고 고통스럽고 사악하며 음울한 것이었다. 숲이 살랑살랑 소리를 내는 것은 즐거워서가 아니라 고통스러워서였다.

"아, 이제 그만 돌아가 주세요! 이렇게 어두울 때는 무서워요. 그만 돌아가고 싶어요. 브리기테를 볼 수 있는 곳이나 아버지가 계시는 고향으로요."

남자가 일어나서 어둠 속을 가리켰다. 확고하지만 야윈 그의 얼굴을 등불이 환히 비추었다.

"돌아가는 길은 없다네."

그는 진지하고 다정하게 말했다.

"세상의 비밀을 규명하려는 자는 항상 앞으로 나아가야 하거든. 갈색 눈의 소녀에게서 자넨 이미 최고의 것, 가장 아름다운 것을 가져 버렸어. 그녀에게서 멀리 떨어질수록 그녀는 더욱 소중하고 아름다워지는 걸세. 그러나 어디든 자네가 가고 싶은 곳으로 가 보게. 키를 잡는 자리를 자네에게 넘겨줄 테니!"

나는 이미 예감하고 있었던 것을 분명히 알기 위해 물 위로 몸을 내밀고 등불을 위로 들어올렸다. 그러자 시커먼 수면 위에 잿빛 눈을 지닌 날카롭고 근엄한 얼굴이 나를 바라보고 있었다. 늙고 깨달음을 얻은 얼굴, 그것은 바로 나였다.

그런데 되돌아갈 길이 없었으므로 나는 어둠을 뚫고 시커먼 물 위를 계속 나갔다.

(1913)

머리가 멍했다. 삶이란 진정 무엇인가. 동화집에서 늙은 시인이 노래하듯 험난하고 거칠게 사는 것이 아름다울지도 모를 일이다. 죽음도 삶도 기쁨도 슬픔도 하나의 물결일 뿐이다. 어떻게 살아야 할까?

백성욱이 홀연히 사표를 냈다.
"꼭 그만두시겠습니까?"
인사부장이 백성욱의 의사를 확인했다.
"새로이 시작해 보려고 합니다."
"본인의 의사이시니 할 말은 없습니다만 이해가 잘 안 됩니다. 더 좋은 일이 있기를 바랍니다. 회사에 계속 계셔도 좋을 텐데 안타깝습니다."

인사부장을 면담하고 오는 그를 성 부장이 불렀다. 갑작스런 사표에 이래저래 심란해했다. 부서장과 부하의 관계이나 백성욱에게는 언제나 남다른 마음을 주었다.
"나도 이번에 처음 알았는데 백 과장에 대한 회사의 장기적인 복안이 있었더라. 내년에 스탠퍼드 대학교로 박사 과정 유학이 계획되어 있고, 장래의 최고 경영자로 육성하는 프로그램의 선두 주자래. 원래 사람 키우는 데 신경을 쓰는 회사니 비밀 계획이 있었나 봐."

만남과 갈등

 백성욱은 전날 거래처가 개최하는 세미나에 참석하느라 밤늦게 귀가했다. 말은 세미나이나 일종의 연례 교육이었다. 그날은 원청 업체에서 그들에게 납품하는 소위 하청 업체들 사장과 실무 책임자를 불러모아 교육시키는 날이었다. 백성욱이 경영하는 회사가 부속품을 생산해서 판매하는 거래처의 교육이다.
 이러한 거래처는 여러 개의 납품 업체들을 거느리고 있다. 납품 업체들 대부분은 규모가 작은 영세 업체들이다. 적게는 몇 명의 작업자를 데리고 사장이 직접 대부분의 관리 업무를 챙긴다. 영업도 당연히 사장의 몫이다. 별도로 영업 인원을 둘 형편이 못 되기 때문이다.
 사무실에는 여직원 한 사람 정도가 고작이다. 여직원은 전화를 받고 서류를 챙기고 회사 업무에 필요한 경비들을 출납한다. 때로는 사장이 구매하여 납품되는 사소한 비품들을 검사하고 제자리에 챙겨 두는 자재 업무도 겸한다. 거의가 여자 상업고등학교를 나와서 웬만한 경리 업무도 처리하고 때에 따라 사장의 비서 역할도 겸한다. 세무서에 보고하는 세무 업무는 별도로 세무사 사무실에 의뢰하여 처리한다.

백성욱의 회사는 이런 납품 회사 중에서는 큰 편에 속한다. 부품을 생산하는 공장의 규모도 제법 크고 생산부장을 둘 정도로 관리 조직도 갖춰져 있다. 일반 관리와 노무를 맡은 총무과장이 별도로 있고 영업과 자재 부서도 별도로 갖추고 있다.

이 정도 규모로 제조업을 운영하려면 연구소 규모는 아니더라도 제품을 개발하는 개발부도 따로 있다. 여기가 회사의 기술 중심이고 최소한 공업고등학교나 전문대학을 졸업한 이공계 출신들로 구성된다. 물론 생산 제품의 품질을 검사하고 관리하는 QC 기능이 별도로 있어서 생산해서 판매하는 부품들의 품질을 보증한다.

거래처 세미나에서는 하루 종일 교육이 있고 우수 납품 업체를 표창하고 부상을 준다. 상으로 물품 대금을 3개월간 현금 지급하기도 한다. 이것은 무척 큰 상이다. 납품 업체가 거래처에 부품을 납품하면, 납품이 이루어진 달 말일까지 납품한 양을 월말에 집계하여 총거래량을 확정한다.

이것을 월말 마감이라고 한다. 월말에 마감된 물품 대금을 다음 달 중순경에 거래처가 납품 업체에게 지급한다. 보통 3개월짜리 약속 어음으로 지급한다. 약속 어음은 거기에 명시된 만기일에 납품처가 은행에서 현금으로 돈을 찾을 수 있는 일종의 지급 보증서다. 줄여서 보통 어음이라 부른다. 이럴 경우 납품이 이루어진 달의 평균 납품일을 그달 15일로 잡고, 다음 달 15일에 어음을 받고, 다시 3개월 후에 현금화할 수 있으니 따지고 보면 물건을 보내고 4개월 뒤에 현금을 받는 것과 같다.

원재료를 사서 공장에서 물건 만드는 기간을 한 달로 잡으면 종국에는 돈을 주고 원재료를 산 후 5개월 만에 현금을 되돌려 받는 셈이다. 따지고 보면 일 년에 두 번 남짓 결제를 받는 격이다. 그래서 납품 업체들은 항상 현금에 쪼들리고 경우에 따라서는 고리대금을 쓰다가 여의치 못하면 부도라는 쪽박을 차고 거리로 나앉는다. 따라서 3개월 치 물품대를 현금으로 지급한다는 것은 납품 업체로서는 엄청난 혜택을 받는 것이다.

또 다른 상은 몇 개월 무검사, 즉 납품 업체의 품질을 믿고 까다로운 거래처 입고 검사를 생략하고 무사통과로 납품을 받아 주는 것이다. 이 상은 납품 업체 직원들이 가장 선호하는 상이다.

물품대 현금 지급이야 회사 자금을 조달하는 사장이 좋아할 일이지, 납품 업체 직원들은 회사에 돈이 빨리 들어오고 늦게 들어오는 것은 피부에 와 닿지 않는다. 회사 운영 자금은 사장이 신경 쓸 일이지 직원들에게는 한참 거리가 있다. 거래처 입고 품질 관리자의 꼼꼼한 눈길과 주머니에서 꺼내는 마이크로미터(정밀 치수를 재는 검사 도구)만 봐도 오금이 저려 오는 것이 납품 업체 직원들의 생리 현상이다. 그래서 납품 업체 직원들에게는 무검사 혜택을 주는 상이 더 반갑다.

"수량은 맞지요? 입고하세요."

거래처 입고 검사원의 이 한마디에 납품 업체 직원은 그냥 신이 나서 무거운 물건들을 넙죽 안아 창고에 넣는다.

"무거운데 들지 말고 저기 있는 전동 지게차로 옮기시죠."라고 거래처 입고 검사원이 권해도 "얼마 안 됩니다. 그냥 하지요 뭐." 하며 신바람이 나서 납품을 하고 휘파람을 불며 차를 몰고 회사로 귀환한다. 정말 단순하고 착한 것이 중소기업체 직원들이다.

품질 문제가 있었던 업체들은 6하원칙에 의하여 원인 분석과 향후 재발 방지 대책을 발표했다. 보기에 따라서는 납품 업체 길들이기로 보일 수도 있으나 아무튼 거래처에서 많은 비용을 들여 하는 행사라 백성욱은 마지막까지 시간표에 따라서 동참했다.

다른 회사와 관련된 주제일 때는 주제와 상관없는 회사 참석자들은 대부분 세미나 내용에 별로 관심을 두지 않는다. 졸음을 억지로 참으며 숨어서 하품을 하거나 거래처에서 나누어 준 백지 위에 역시 거래처에서 제공한 필기구로 무엇인가를 긁적거리고 있다. 어떤 이는 발표자를 모델로 만화를 그리기도 한다. 학교나 사회나 '피' 자가 붙으면 유별나게 졸린다. 피교육자의 본성은 지루함과 무료함이라고 해도 그렇게 틀린 말은 아니다. 명색이 교육이라고 예비군 교육장에서도 이러한 현상은 마찬가지다. 동원 예비군 교육에서 가장 어려운 과목이 졸음이란 말도 있다.

주간의 세미나를 마치고 저녁 식사를 겸해서 단합 대회라는 명분으로 회식이 이어졌다. 주간 세미나가 주최자인 거래처 주도하에 진행되는 반면에 회식 자리만은 납품 업체들이 주도권을 잡는다.

먼저 납품 업자들의 공식적 조직인 협력회 회장이 제갈공명의 출사표에 버금가는 충성에 넘치는 거래처 칭송과 관련 임원들의 눈물나는 도움에 감사를 표하고 변함없는 충성을 맹세한다. 이어서 거래처의 임석 최고위 임원이 납품 업자들인 협력회 사장들의 헌신적인 도움에 깊은 감사를 표한다. 여기까지는 비공식적 공식 절차이고 다음은 성질 급한 납품 업자 사장이 잔을 들고 일어선다. 처음에는 제법 뻣뻣하게 나와서 혹시나 업체들의 애로 사항이라도 입바른 소리를 하는가 하고 납품 업체 사장들이 귀를 세우고 집중을 하지만 결국은 용비어천가 식으로 미사여구로 거래처를 칭송하며 눈도장을 찍고 건배를 제의한다.

"우리가"

"남이가?"

"누구 덕에"

"먹고 사나?"

영 틀린 말은 아니다. 직원들 먹여 살리는 것이 다 거래처에 납품하는 덕분 아닌가? 백성욱도 회식에 참가했다. 술은 요령껏 피하고 타고 간 자동차를 운전해서 집으로 돌아왔다.

그날 아침은 평소보다 조금 늦게 회사에 출근했다. 야간 운전 끝에 새벽녘에 조금 눈을 붙였다. 회사 앞마당에서 따사로운 아침 햇살을 쬐었다. 사무실에서 출장으로 미뤄 둔 서류들을 처리하려고 책상 서랍을 열 때에 총무과장이 급하게 들어왔다.

"출장, 잘 다녀오셨습니까?"

조금 흥분한 듯도 하고 보기에 따라서는 다소 질린 것 같은 창백한 얼굴이었다.

"예, 매년 있는 행사라 그냥 다녀왔습니다. 별일 없었지요?"

"예, 별일은 없었습니다만……."

총무과장이 얼버무리며 말끝을 흐렸다. 그런대로 체격이 잡힌 총무과장은 소관인 현장 작업자들을 관리하는 노무 업무도 능란하게 처리하는 대범한 간부였다. 중소기업의 현장 작업자 관리는 웬만한 넉살과 융통성 없이는 감당하기 어려운 일이나 총무과장은 미련스러울 정도로 그 일을 잘 꾸려 가고 있었다.

"왜, 무슨 일이 있습니까?"

"저, 사장님?"

"무슨 일이 있느냐지 않습니까? 왜 그렇게 놀란 표정이세요?"

총무과장이 말을 잇지 못하자 백성욱이 다그쳤다.

"아침에 출근하니 현장 기계들 위에 이것이 여러 장 있었습니다."

"그런데요?"

"이것 한 번 보십시오."

"그것이 무엇입니까?"

"불온 삐라입니다."

"불온 삐라라고 했습니까, 전단지 말이요?"

백성욱이 반문하며 총무과장이 건네주는 종이를 받았다.

"네, 불온 전단지입니다."

팔절지 신문 용지 양면에는 사인펜으로 쓴 크고 작은 글씨와 만화풍의 그림이 빼곡히 들어차 있었다.

"거기 좀 앉으세요."

전단지를 읽어 내려가던 백성욱이 총무과장에게 지시했다.

백성욱도 총무과장 맞은편 의자에 앉으며 종이에 적힌 내용들을 자세히 읽어 보았다.

"가공반 김 반장이 근무 시작 십 분 전쯤에 기계들을 예열시키려고 스위치를 넣으려다 이것들을 발견했답니다. 내용이 너무나 불순해서 남아 있던 것은 모두 회수했지만 일찍 출근한 작업자들이 일부는 주워 갔을 거라고 했습니다."

찬찬히 뜯어읽고 있던 백성욱의 손끝이 가늘게 떨렸다.

"어느 놈이 반장에게 잘못을 지적당하고 멍청하게 불만을 퍼뜨린 모양입니다. 철저히 조사해서 일벌백계로 인사 조치하겠습니다."

총무과장이 다시 말을 이으며 백성욱의 눈치를 봤다.

말은 그렇게 하나 총무과장도 무언가 심상찮은 낌새를 느끼고 백성욱의 눈치를 살피는 듯했다.

그즈음 정부는 물에 물 탄 듯 되는 것도 없고 안 되는 것도 없이 우유부단했고, 정치권은 밥그릇 싸움에 여념이 없었다. 성장 주도 경제 정책 뒤안길에서 상대적으로 박탈당하고, 국가적 경제 발전 명분 아래 일방적으로 희생을 강요당한 근로자들의 불만들이 여기저기서 터져 나오기 시작했다. 신문들은 불법 시위대와 전투경찰들의 몸싸움으로 연일 도배했다. 흔히 말하는 민주화 바람이 불고 있었다. 회사 노무를 담당하는 총무과장으로서 이러한 사회 현실을 모를 리가 없었다.

흑백으로 만든 전단지에는 현장 작업자들의 열악한 근로 조건과 부당한 처우와 낮은 임금들이 나열되어 있었다. 회사와 업주만 잘 먹고 잘살고 노동자들은 착취만 당하고 있다는 내용들이 선동적으로 적혀 있었다.

"생산부장과 함께 육하원칙에 의해 조사해 보고하시오."

총무과장에게 지시하고 백성욱은 책상으로 돌아가 결재할 서류를 한 손으로 넘겼다. 총무과장이 문을 닫고 나가자 백성욱은 넘기던 서류를 덮고 잠시 생각에 잠겼다.

멍하니 맞은편 벽을 바라보다가 다시 결재를 계속했다. 종이 위의 글씨들이 겹쳐 보이고 마지막 읽은 부분을 자꾸 놓치고 내용이 머리에 들어오지 않는다. 책상 위에 놓인 솔담배 한 개비를 집어 송곳니로 지그시 깨물었다. 오른쪽 바지 주머니에서 일회용 가스라이터를 꺼내어 부싯돌을 돌렸다. 두어 번 섬광을 내뱉던 부싯돌 롤러가 턱 걸렸다. 다시 돌리려 애써도 엄지손가락만 아렸다. 고장 난 라이터를 신경질적으로 쓰레기통에 던졌다.

"미스 김!"

그날은 오전 10시부터 부산의 다른 거래처에서 회의가 있었다. 백성욱은 급한 일들만 처리하고 사무실을 떴다.

아침에 전단지에서 읽은 노동 착취라는 단어가 하루 종일 백성욱의 머리에서 떠나지 않았다. 이런 용어는 백성욱의 회시에 다니는 현장 노동자들이 흔하게 사용하는 단어가 아니다. 현장에서 단순노동을 하는 근로자들은 충분히 배우지도 못하고 배운 사람들이 자주 쓰는 말조차도 모르는 경우가 많다. 노동 착취와 같은 생소하고 한자 냄새가 나는 말은 노동자들과 직접 관계가 있는 말이지만 그들이 보통 때 쓰는 말이 아니다.

'혹시 우리 회사에도?'

백성욱은 고개를 좌우로 흔들고 다시 진행되고 있던 회의에 열중했다. 경기도 반월공단에서는 새로운 노동조합 창궐로 중소기업주들이 곤욕을 치르고 있다는 기사를 수일 전에 중앙지 신문에서 읽은 적이 있었다.

거래처 회의를 진행하던 사회자가 무언가 열심히 설명을 하다가 질문을 던졌다.

"백 사장님은 어떻게 생각하십니까?"

"예? 죄송합니다, 다시 한 번 말씀해 주십시오."

백성욱이 뒤통수를 긁적이며 사회자를 쳐다봤다.

"아직도 어제저녁 술자리 아가씨 치마폭 속에서 헤매시나 봅니다, 백 사장님?"

사회자의 농에 회의실이 한바탕 웃음바다가 되었다.

전날 있었던 대기업 거래처 세미나와는 마냥 다른 회의 분위기였다. 회의를 주관하는 거래처 자체가 중견 기업이고 오랫동안 거래를 해 온 터라 납품 업자들도 모두 낯이 익고 허물이 없는 사이들이다.

"10분간 커피 브레이크를 갖겠습니다."

옆에 앉은 김 사장이 길게 하품을 하며 말을 걸었다.

"무슨 일 있어요?"

"아뇨, 아무 일도 없습니다."

백성욱이 그냥 얼버무렸다.

"어제 과음했나, 안색이 말이 아닌데?"

그 다음날 아침, 회사 문을 들어서자 총무과장이 기다리고 있었는지 사장실로 바로 따라 들어왔다. 백성욱은 힐끗 총무과장 손에 들려 있는 종이들을 내려다봤다.

"또 있었어요?"

"네, 오늘은 백여 장이 가공반과 조립반까지 뿌려져 있었습니다."

"어제 조사 좀 해 봤습니까?"

"생산부장을 위시해 간부들이 회의도 하고 머리를 짜내 봤는데 전혀 감도 못 잡았습니다."

"의심 가는 사람들은 없었나요?"

"안 그래도 생산부장이 반장들을 모아 놓고 평소에 불평이 많았던 몇몇 의심 가는 자들을 조사해 봤는데 모두가 아니라고 한답디다."

"누가 잘리려고 '내가 삐라 뿌렸습니다'라고 자백하겠어요?"

백성욱이 버럭 소리를 질렀다.

"간부들은 도대체 뭣들 하는 겁니까? 허가 없이 유인물을 살포하는 것은 사규를 위반한 범죄 행윕니다. 그자는 현행범이에요."

"죄송합니다."

"누가 그런 말 듣자고 한 소립니까? 점심 식사 후 간부들을 내 방으로 모이라고 하세요, 무언가 짚이는 데가 있을 것 이닙니까?"

알겠다고 말하고 총무과장은 사장실을 나가 바로 생산사무실 쪽으로 갔다.

점심시간이 끝나고 생산부장을 비롯한 회사 간부들이 사장실에 모였다. 서무 겸 사장 비서를 맡고 있는 미스 김이 회의용 테이블에 둘러앉은 간부들 앞에 커피를 한 잔씩 갖다 놓았다.

백성욱의 회사는 특별한 거래처의 손님이 아니면 누구에게나 자동판매기에서 뽑은 종이컵에 담긴 커피를 대접한다. 사장인 백성욱도 미스 김이 뽑아 주는 자판기 커피를 마신다.

백성욱이 대기업에 근무할 때 부장 비서 겸 타이피스트였던 미스 정은 하루 종일 커피 타다가 퇴근하는 일류 여자대학교 영문과 출신 미인이었다. 세계적으로 이름 있는 외국 합작 기업이라서 찻잔도 난초나 매화가 그려진 고급 본차이나를 썼다.

당시 그 부서의 남자 직원들은 일을 하고 있다가, 또각거리는 미스 정의 하이힐 소리만 듣고도 손님이 온 것을 알았다. 7층의 감사부장이나 5층의 재무팀장이 부장 방을 찾는구나라고 생각할 정도로 미스 정은 바쁘게 커피잔을 날랐다.

그래서 그런지 당시의 미스 정의 다리는 늘씬했다. 백성욱은 늘씬하게 빠진 미스 정의 다리에 대해서 옆자리의 홍 대리에게 감탄사를 발하며 같이 키득거렸다.

미스 정이 하루에 날랐던 커피잔 수는 모르긴 해도 명동 미도파 다방 아가씨들이 나르는 커피잔 수의 반은 됐으리라고 백성욱은 생각했다.

그러나 사업을 시작한 백성욱은 회사에서 그런 커피잔을 없애 버렸다. 전에 다니던 회사의 미스 정을 가련하게 생각했는지는 모르나 아무튼 회사에서 커피 끓이는 일을 없애 버렸다.

총무과에 시켜 커피 자동판매기를 구입해 구내식당 출입문 옆에 설치했다. 당시만 해도 커피 자동판매기가 그리 흔치 않은 때였다. 관리직들이 근무하고 외부 사람들이 자주 드나드는 관리사무실과 식당 출입문은 가까운 거리에 있었다. 직원들이나 손님들도 쉽게 가서 커피를 마실 수 있게 했다.

"야, 이 돈독이 오른 친구야, 이젠 커피 장사까지 하니?"

한번은 백성욱 사장 친구가 비서인 미스 김이 내미는 자동판매기 커피잔을 보며 비아냥거렸다.

"사장님은 커피 안 파셔요, 오히려 사서 드십니다."

미스 김의 대답을 듣고 백성욱이 빙그레 웃었다.

"아니, 미스 김, 무슨 소리야, 이제는 자기네 사장 닮아 가네? 방문객들에게 커피 팔려고 자동판매기 둔 것 아냐?"

"그러긴 합니다만, 우리 사장님도 자동판매기 커피 사서 드십니다. 저가 회사 돈으로 사서 드립니다."

미스 김이 자주 백성욱을 찾아오는 변호사 친구를 보며 웃었다.

"하, 이거 갈수록 태산이네. 그럼 자판기에 들어간 돈은 누가 꺼내 쓰나?"

"우리 직원들이요, 호호."

미스 김은 백성욱의 친구들이 예쁘다며 귀여워해 주는 것에 신이 나서 가끔 이렇게 사장 친구들의 말을 받아 준다.

전 직장에서 차 심부름으로 자기 본연의 일을 하지 못하는 여직원들의 딱한 사정을 보아 온 백성욱은 여직원들을 커피 시중에서 해방시켜 주고자 본차이나 찻잔은 네 개만 남겨두고 커피 자동판매기를 도입했다. 그래 새로운 제도를 도입한 것이다. 단, 자동판매기 수익금은 과감하게 직원들의 상호 부조 모임인 상조회에 넘겼다. 직원들이 자율적으로 자동판매기를 청소도 하고 재료도 사서 보충했다.

그때 백성욱의 회사를 방문해 본 다른 사장들 상당수가 얼마 후 자기네 회사에도 상조회를 만들고 커피 자동판매기를 설치했다.

사장실에서 자동판매기 커피를 마시며 불온 삐라 대책 회의가 시작됐다. 생산부장이 불온 삐라를 처음 발견한 경위와 그동안 자신이 파악한 내용을 설명했다. 마흔이 넘고 쉰이 눈앞에 온 생산

부장은 벌써 머리가 희끗하고 눈에 낀 돋보기를 습관적으로 올렸다 내렸다 했다. 쇠를 깎는 선반을 어린 나이부터 돌려 온 현장에서 잔뼈가 굵은 사람이다. 생산 현장의 기계 소리만 들어도 무슨 기계가 어디에 상태가 안 좋은지를 바로 알아낸다.

생산부장은 이야기 도중에도 마지막 마디가 없는 오른쪽 새끼손가락을 왼손으로 감싸 쥐고 앉았다.

"저도 책임이 있습니다만, 우리 공장에 현장 작업 관리는 문제가 없다고 할 수는 없습니다."

생산과장이 생산부장을 돌아보며 말했다. 머리를 스포츠형으로 짧게 자르고 양팔에 다리미 선이 날카롭게 선 작업복엔 왼쪽 어깨 밑에 세 칸으로 재봉된 필기구 꽂는 자리에 청색, 적색, 흑색 볼펜을 항상 꽂고 다닌다. 회사에서 쓰는 보통 문서는 누구나 흑색 글씨로 쓴다. 그러나 현장에서 잘못된 물건들을 표시할 때는 주로 붉은색으로 표시한다. 생산과장은 잘못된 내용을 적을 때는 틀림없이 적색 볼펜을 사용한다. 청색은 적색의 반대, 즉 양호한 내용을 기록할 때 사용한다. 생산과장이 이 원칙을 어긴 적을 본 사람은 백성욱 회사에서는 없다.

참석자들 중에 젊은 자재계장이 나름대로 날카로운 분석을 조목조목 늘어놓으며 똑똑한 척했으나 불온 삐라 사태 파악에는 별반 도움이 되지 않았다.

간부 회의 광경을 듣고 보기만 하던 백성욱은 간부들을 해산시켰다. 간부들이 나가자 한숨을 길게 내쉬었다. 지방 중소기업인 자신의 회사 간부들에게 그렇게 큰 기대를 갖고 있었던 것은 아니나 회의 내용에 백성욱은 크게 낙담했다. 벽을 보고 서서 애꿎은 담배만 피웠다.

딸그락하는 소리에 뒤를 돌아봤다. 비서 미스 김이 발길 소리를 죽이고 책상 위에 커피잔을 놓을 때의 작은 소리였다. 미스 김이 본차이나 잔에 커피를 타다 놓고 살며시 나갔다. 하얀 잔 위로 옅은 김이 마지막 꼬리를 올리고 있었다.

벽시계가 열한 번 울렸다. 백성욱은 벽을 보고 의자에 앉아 꼼짝하지 않았다. 책상 귀퉁이에 놓인 재떨이엔 담배꽁초가 수북하다. 책상 쪽으로 돌아앉으며 담뱃갑을 잡아 속을 들여다봤다. 그냥 손아귀에서 담뱃갑을 구겨 쓰레기통에 떨어뜨렸다. 일어서서 구석 자리에 세워진 옷걸이에서 상의를 걷어 오른 어깨에 걸치고 방을 나섰다.

'직접 나서서 조사할 수밖에……'

이처럼 치밀하게 진행되는 불온 삐라 살포 사건을 간부들 머리로는 파악할 능력이 없다고 백성욱은 결론지었다. 자신이 직접 행동에 나섰다. 아니면 간부들 중 누군가가 주범일 수도 있다고 의심했다. 작업자를 행동대원으로 이용하고 뒤에서 암암리에 조종하고 있는지도 모른다는 생각에 이르렀다. 생각이 여기까지 미치자 치가 떨렸다.

백성욱은 관리자들이 뒤에 숨어서 노동자들을 선동하는 경우를 전에 다니던 회사에서 본 적이 있다. 담배에 불을 붙였다. 직원들은 모두 퇴근하고 기계음이 웅웅거리던 공장에는 적막감이 흘렀다. 뾰족한 방법이 떠오르지 않는다. 기밀 유지나 여러 사정으로 봐서 외부에 의뢰하여 처리할 일도 아니다. 그렇다고 간부들만 믿고 가만히 앉아서 마냥 기다릴 일은 더더욱 아니다. 백성욱은 결심했다.

'정면 돌파다.'

이것이 백성욱의 방식이다. 그에게는 꽤나 침착하고 꼼꼼한 면도 있다. 그러나 마땅한 대책이 없을 때는 저돌적으로 정면 돌파한다. 피할 수 없다면 뚫어야 한다는 것이 그의 행동 방식이다. 둘러 갈 수도 있으리라. 그러나 지금은 아니라는 판단이 섰다.

사태의 주체마저도 파악되지 않았다. 사태의 성격도 규명할 수 없고 모호하다. 모든 것이 캄캄한 어둠 속에서 희미하게 꼬리만 보일 뿐이었다. 머리도 몸통도 보이지 않고 불온 삐라라는 종이만 보일 뿐이다. 자칫 잘못 꼬리나 발톱 따위만 건드리고 실체를 잡지 못한다면 오히려 상대에게 방어할 틈만 주고 말 수도 있다.

어설픈 수작은 문제 해결을 위한 회사의 의도를 노출시키기만 한다. 행동을 개시하면 바로 몸통인 실체를 잡아야 한다. 그렇지 못하면 상대가 놓은 덫에 걸리고 만다. 상대의 기만에 놀아난 것을 알았을 때는 이미 늦다.

버스가 지나간 뒤에 손 흔드는 격이 된다.

직접 조사하기로 마음을 굳힌 백성욱은 사무실을 나서 운전대를 잡았다. 부산하게 돌아가던 공장들의 흉물스런 모습은 밤늦은 공단을 더욱 스산스럽게 하고, 어스름한 거리에는 밤 고양이 세 마리가 쓰레기통을 뒤지고 있다. 붉은 신호등이 켜진 한적한 사거리를 트럭 한 대가 굉음을 내며 질주하고, 사고로 허리가 꺾인 나트륨 가로등 하나가 인적 없는 보도를 비추고 있다.

시내로 들어선 백성욱은 중앙로 로얄호텔 사거리에서 우회전했다. 공단 지역과는 달리 번화가의 밤거리는 불야성을 이루고 베이커리 앞에서 젊은 남녀가 윈도 속을 기웃거린다. 다시 작은 골목으로 들어선 백성욱은 건물 뒤 공터에서 시동을 껐다.

4층 건물 지하에 자리한 10여 평 남짓한 스탠드바에는 출입문 맞은편 벽 가까이에 스탠드가 길게 놓여 있고, 붙박이 쉘프에는 각종 위스키와 브랜디들이 진열되어 있었다. 빨갛고 파란 색깔의 칵테일용 리큐어들은 벽 아래쪽 선반에 줄지어 놓여 있었다. 자정에 가까운 시간이라 손님들은 모두 가고, 싱크대에서 혼자 설거지를 하던 여주인 마담이 백성욱을 반겼다.

"오랜만에 오셨네요? 왜 그렇게 뜸하셨어요?"

"좀 바빴습니다, 장사는 잘돼요?"

"회사들 분위기가 어수선해서 그런지 한산해요. 모두들 이야기로 잘 풀어 가야 우리 같은 서민들도 살아갈 텐데 걱정스러워요."

회사 사장들과 관리자를 상대로 영업하는 주인도, 당시에 민주화 바람으로 여기저기서 일어나고 있는 노사 분규들을 알고 있는 듯이 말했다.

"어떻게든 되겠지요, 뭐."

바 스툴에 걸터앉으며 백성욱이 대꾸했다. 부스럭거리며 윗옷 주머니에서 담배를 꺼냈다.

"거기는 괜찮지요? 잘하시니까?"

여주인이 마른 수건으로 와인 잔을 닦으며 말했다.

"잘하는 것 좋아하시네? 우리 회사 작업자들에게 그렇게 물어 보시오."

백성욱이 비아냥거리는 투로 내뱉었다.

"어머머, 말씀이 왜 그러세요, 전 같지 않게. 무슨 일 있으세요?"

여주인은 설거지를 멈추고 백성욱을 쳐다봤다.

아무 대꾸도 않고 백성욱은 입에 문 담배 개비에 불을 붙였다.

앞에 걸어 둔 수건에 손을 닦은 여주인이 벽에 붙은 랙에서 백성욱이 마시다 보관해 둔 양주병을 꺼냈다. 여주인이 양주병과 스트레이트 잔을 들고 백성욱 옆에 와 앉았다.

"젠장, 콧구멍만 한 회사에 노조가 생기려고 해요!"

백성욱이 신경질적으로 대답했다.

당시의 사회 상황은 무척 유동적이고 혼란스러웠다. 특히 노동자들과 회사 사장 사이에는 경영 성과 분배를 둘러싸고 심각한 갈등이 휴화산처럼 불안한 상태였다. 국가 경제가 전반적으로 성장 확대되고 이에 따라 회사들이 커지며 이익이 크게 발생했다. 회사에 생긴 이익을 경영자인 사장들은 회사를 키우는 데 재투자했다. 회사를 일정 규모로 키움으로써 회사도 안정되고 회사에서 일하는 근로자들도 안정된 직장을 보장받을 수 있다. 따라서 사장들은 회사에서 발생된 이익의 일부분만 임금 인상으로 근로자들에게 돌려주고 나머지 대부분을 회사에 재투자했다. 안정적인 회사 성장을 위한 필수적인 선택이며 다른 이의가 있을 수 없는 적절한 이익 처분이다.

그러나 근로자 입장이 되면 해석이 조금 달라진다. 회사에 이익이 나지 않고 규모가 작을 때, 근로자들은 인간으로서 기초 생활 수준에도 못 미치는 임금으로 회사를 위해 참아 왔다. 이제 회사 규모도 어느 정도 커지고 잉여 이익이 생겼으므로, 최저 생계비

이하로 살고 있는 근로자들의 기초 생활 수준을 우선적으로 향상시켜 주어야 한다는 주장이다. 노동 생산성 재창출을 위해 회사에 이익이 생기면 이익의 상당 부분을 근로자들의 생활 향상에 우선적으로 투자해야 한다는 요구다.

쉽게 이야기해서 임금을 회사가 제시하는 것보다 훨씬 더 높게 인상해야 한다는 논리이다. 회사가 벌어 놓은 한정된 이익금을 두고, 상호 이해관계가 다른 두 주체가, 분배율에 대해 서로 다른 의견을 갖고 있으니 쉽게 해결점을 찾기가 어렵다. 특히 그것이, 노동자 개인들의 생활비와 회사의 투자 자금에 변동을 초래하는 사안이므로 어느 일방도 쉽게 양보할 수 없다.

이것이 경영주인 사장과 근로자인 노동자 간의 기초적인 갈등이다. 겉으로는 조용하게 보이나 엄청난 에너지를 내포한 마그마가 땅속에서 끓으며 언제 터질지도 모르게 소용돌이치고 있었다.

스탠드바 여주인도 두려운 듯 다소 창백한 얼굴로 백성욱을 쳐다봤다.

"어떻게 해요, 그래서?"

"까짓거 때려치우고 역전에서 지게 지면 되지 뭐, 술이나 주세요."

"그런 말씀 마세요. 어떻게 이루신 사업인데 지게꾼이 웬 말씀이세요? 힘내세요, 하늘이 무너져도 솟아날 구멍이 있다지 않습니까?"

여주인이 부드럽게 백성욱을 다독거렸다.

"내가 망하고 와도 사장님이 술 줄 거요?"

"아이, 망하긴 왜 망해요? 마음 크게 잡수시고 한잔하십시오."

양주잔을 건네는 여사장의 손등이 그날따라 창백할 정도로 유난히 희게 보였다. 빈속에 급하게 마신 양주로 술이 센 백성욱도 몸을 가누지 못할 정도로 취했다. 위로한다고 같이 마신 여사장의 얼굴도 붉게 물이 들었다. 단정하게 빗어 넘긴 머리카락 몇 올이 얼굴 앞으로 흐트러져 내렸다.

취기 오른 백성욱의 오른팔이 여사장의 허리에 슬며시 감겼다. 평소에 백성욱은 스탠드를 마주하고 꼿꼿이 앉아서 술을 마셨다. 표준말에 가까운 격이 있는 말들로 여사장에게 매력적이고 점잖은 인상을 주었다.

간혹 여자 손님이 있긴 하지만 주로 남자를 상대로 하는 장사라서 여러 부류의 남자들이 술을 마시러 온다. 남자들이 술을 마시는 태도가 몇 가지로 나눌 수가 있다고 여주인은 생각한다.

기분 좋아 한잔하듯이, 좋은 일이 생기거나 예기치 않게 결과가 좋게 나와서 술을 마시는 첫 번째 경우이다. 이런 경우, 문을 열고 손님이 바에 들어오는 순간부터 분위기가 완연하게 틀린다. 대부분 얼굴이 활짝 피어 있거나 입가에 번지는 미소를 주체하지 못해서 겉으로 웃음 일부가 삐져나온다. 자리를 잡을 때도 행동이 크고 가방을 갖고 왔을 땐 커다랗게 원을 그리며 던지듯이 옆 좌석에 내려놓는다. 보통은 큰 소리로 호쾌하게 주인을 부른다.

'여기요!' 하든지, '무엇이 그렇게 바쁘세요?' 하며 농담조로 주인을 불러 세운다. 그날 매상은 자기가 다 책임질 듯이 호기를 부린다. 그냥 호기를 부리는 것이 아니다. 주인이 그날 장사를 책임지라고 하면 가게 문을 닫고 골든 벨이라도 울릴 정도로 기분이 좋다. 이런 때는 주인도 안심이 되고 절로 입가에 미소가 돈다. '그래, 오늘은 어디 홀가분하게 장사를 하려나 보다.' 하고.

또 다른 경우는 슬그머니 소리 없이 가게 문을 열고 들어와서 조용하게 자리를 잡는다. 보통은 어깨를 축 늘이고 다리를 흐느적거리며 들어오는 경우가 대부분이다. 가끔은 다른 일에 열중하던 주인이 알아차리지 못하고 놀라는 때도 있다. 이런 경우 여주인은 '어머, 언제 오셨어요? 어서 오세요.'라며 놀란 표정을 짓는다. '방금 들어오는 길이오, 술 좀 주세요.' 하며 담배를 꺼낸다. 물론 흡연자들의 모습이다. 목소리가 차분하고 일반적으로 무척 침착하게 보인다. 백성욱과 같이 장사가 잘되는지를 묻거나 아니면 술이 나올 때까지 담배 연기를 길게 빨아서 천장을 향해 한숨 뱉듯 한다.

이런 손님이 왔을 경우는 여주인도 긴장한다. 손님의 심리 상태가 그렇게 편치 않음이 분명하다. 겉보기는 차분하고 침착해 보이나 속에서는 무언가가 부글부글 끓고 있음이 분명하다. 사업상 거래가 원만하게 진행되지 않거나 직원들에게 시킨 일이 마음에 들지 않아 해결책 마련에 고심하고 있음이 분명하다. 가끔은 여자 문제일 수도 있다. 집에서 부인과 다투고 나와서 일을 마치고 다시 집에서 싸울 일이 짜증스러워 술을 마시려는 경우나, 가깝게 사귀던 여자가 엉뚱한 행동을 해서 이러지도 저러지도 못하고 애꿎은 담배와 술만 죽이는 경우도 있다. 어느 경우든 녹록하게 넘기기 어려워 답답함에 술의 힘을 빌리려 한다.

'어떤 술로 드릴까요?' 여주인이 멸치나 땅콩 등 입 다실 거리를 내어 놓으며 조심스럽게 묻는다. 거의가 '시원한 맥주나 좀 주세요.' 하며 신경질적이다. 답답한 속을 시원한 맥주로 뚫어 볼 심산일 게다. 대개가 첫 잔을 쉬지 않고 마시고 나서 고개를 왼쪽으로 늘어뜨리고 다시 맥주잔을 채운다.

어떤 사람은 아예 보드카나 스카치위스키 같은 독주를 주문한다. 독한 알코올 기운으로 세상의 모든 고뇌를 마비시켜 버리겠다는 식으로 독한 술을 스트레이트로 삼킨다. 거의가 서너 잔을 마시고 나면 동공이 풀리고 굳게 다물었던 입이 열리며 독설이 서슴없이 쏟아진다. 불합리한 현실 문제로부터 왜곡된 근세의 역사까지 넘나들기 일쑤다. 그러나 취중이라도 부모나 자식을 빗대어 욕하는 사람은 아무도 없다. 아무리 세상이 야속하고 삶이 팍팍해도 마지막 돌아갈 곳은 가족과 가정뿐이라는 것은 동서고금이 다르지 않다.

오늘의 백성욱 사장의 경우도 후자에 가까우리라는 생각에 여사장은 막연한 연민 같은 것을 느꼈다. 그렇게 당당하고 온 세상을 혼자서 다 삼킬 듯이 자신에 차고 긍정적인 말만 토하던 백 사장의 이렇게 낙담하는 모습은 처음이었다. 한편으로는 역시 그도 한 인간이었구나 하는 친밀감마저 들었다.

평소와 다른 백성욱의 행동에 놀란 듯 여사장이 살며시 백성욱의 팔을 풀었다. 힘없이 풀려나던 팔에 갑자기 불끈 힘이 들어가더니 여사장의 허리를 와락 자기 편으로 끌어당겼다.

"아이, 숨 막혀요, 팔에 힘 좀 빼세요."

여사장이 다급하게 외쳤다. 백성욱의 팔에서 힘이 빠지고 다른 손으로 술잔을 들었다.

"그만 드세요."

여사장이 백성욱이 든 술잔을 빼앗아 자기 입으로 가져갔다. 여

주인과 백성욱은 아무 말 없이 그대로 양주잔을 주고받았다.

"아이, 불편해요. 저리 소파로 가요."

시간이 얼마나 지났을까, 어느새 백성욱이 여사장의 얇은 블라우스와 브래지어를 위로 밀치고 그녀의 맨가슴에 머리를 박고 있었다. 여사장은 등받이 없는 스탠드바용 의자에 불안하게 걸터앉아 떨어지지 않으려고 버둥거렸다.

백성욱은 여사장을 번쩍 들어 홀 한가운데 길게 놓인 소파에 눕혔다. 그러자 분풀이라도 하듯 짐승같이 그녀를 학대했다.

다음날 새벽, 백성욱은 회사 뒤 작업자 출입문 밖에 있는 어린이 놀이터 덤불 나무 밑에 쪼그리고 앉았다. 인적이 뜸한 후미진 곳이다. 이 지역은 준공업 지역으로 공장과 주택들이 섞여 있다. 일정 지역은 공장 부지로 개발되고 나머지는 근린 시설과 단독 주택들이 자리하고 있었다. 초등학교와 같은 교육 시설이 있고 중간중간에 놀이터와 체육 시설도 비치되어 있다.

백성욱이 자신을 이때 은닉시킨 곳도 그런 놀이터 중 하나다. 놀이터에는 단풍나무와 벚나무, 반송이나 배롱나무와 같은 관목들이 일정한 기준도 없이 서 있다. 가운데 녹슨 평행봉과 철봉대 한 벌이 우두커니 서 있는 옆으로 물구덩이에 머리를 처박은 시소의 다른 한 끝이 하늘을 쳐다보고 있다.

회사에는 앞쪽에 손님과 관리직들이 출입하는 정문이 있고, 하물 입출하와 작업자 출퇴근을 위한 문이 공장 뒤편에 별도로 있었다. 뒷문 주위에는 주택들이 산재해 있고 그 옆에 놀이터가 있었다.

총무과장의 말에 의하면 작업자들이 출근하기 전에 전단지가 공장 내에 살포되어 있었다고 했다. 누군가 작업자들이 출근하기 전에 아무도 모르게 현장에 먼저 들어갔음이 분명하다. 그렇지 않고서는 아무에게도 눈에 띄지 않게 공장 안에 전단지를 살포하기는 불가능하다.

'남들보다 먼저, 가장 빨리 출근하는 자를 잡으면 될 것이다.'

어제 간부 회의를 본 백성욱은 또 다른 의심까지 갖게 되었다. 일밖에 모르고 배우지 못한 현장 노동자들이 한 행동이라고 보기에는 전단지 살포 시점이나 방법이 너무나 지능적이었다. 첫날은 가공반, 다음 날은 현장 전체에 전단지를 살포하는 수법으로 봐서 범인은 영리하다. 첫날의 국부적인 살포로 작업자들과 회사의 반응을 살핀 후, 나름대로 미리 짜 둔 작전에 따라 다음 날 회사 전체에 전단지를 뿌렸음이 분명하다.

백일홍나무 밑 축축한 땅바닥에 오른쪽 무릎을 꿇고 한참을 기다려도 별다른 징후가 보이지 않았다. 동네 아낙네들 한두 명이 아침 찬거리를 사러 가게에 오갈 뿐이었다. 오랫동안 쪼그리고 앉아 있어서 왼쪽 오금이 저려 오고 갑자기 오줌이 마려웠다.

긴장 상태가 심해지면 평소와는 다른 생리 현상이 나타난다고 한다. 나름 강심장이라 자부하던 백성욱도 일반 사람들과 같이 심리적 압박감을 피하지 못함이 틀림없었다. 토할 것 같이 거북한 속을 숨을 깊게 들이마시고 참았다. 어젯밤에 무리하게 마신 술 탓으로 넘겼다. 지난밤 스탠드바에서 여주인과 있었던 일을 머릿속에 되뇌다 다시 정신을 가다듬었다.

"내가 지금 무슨 생각을 하고 있는 거야?"

혼자 중얼거리며 저린 종아리를 주무르고 있을 때 단발머리에 키가 후리후리한 여자가 놀이터 앞을 지나갔다. 머스큘러 스타일 잠바를 걸친 채 검은색 옷 가방을 들고 회사 담벼락을 따라 고개를 잠바 칼라 속에 묻고 걸었다. 백성욱은 여느 동네 아줌마로 생각하고 힐끗 한 번 쳐다보고 계속 종아리를 주물렀다. 회사 내에 전단지를 뿌릴 정도의 당찬 일을 여자들이 할 수 있다고 생각하는 것은 신경과민이다.

그런데 작업자 출입문을 지나치던 여자가 갑자기 방향을 돌려 출입문을 지나 회사 안으로 들어갔다. 이상한 낌새를 느낀 백성욱이 때맞춰 이 광경을 목격하고 번개같이 몸을 날렸다. 눈 깜짝할 사이에 백성욱이 여자의 어깨를 잡고 낚아챘다.

백성욱은 평소 짬나는 대로 근력 운동을 해 왔고, 태권도와 유도가 유단자라 몸이 무척 빨랐다. 백성욱의 갑작스런 공격을 받은 여자가 휘청거렸다. 예기치 않던 공격에 중심을 잃고 비틀거리는 통에 여자의 단발머리가 길바닥 위로 나뒹굴었다. 여자의 가발이었다. 가발을 떨어뜨린 여자는 소스라치게 놀라 눈을 희번덕였다. 남자였다. 여자로 변장하고 가발을 쓴 남자였다. 남자는 조금 작은 키에 호리호리한 체격으로 얼굴도 곱상하게 생겼다. 놀란 것은 백성욱도 마찬가지였다.

백성욱은 그를 잡아서 회의실로 끌고 갔다. 체격은 남자치고 왜소했으나 눈빛은 유난히 강렬했다.

"거기 앉으시오."

잡혀온 남자가 의자에 앉았다.

"어느 반의 이름이 뭡니까?"

백성욱이 맞은편에 앉으며 물었다.

"도금반의 노동훈입니다."

아침에 회사 뒷문에서 백성욱에게 회의실로 잡혀온 불온 삐라 살포 혐의자의 이름은 노동훈盧動勳이었다.

"얼굴이 선데 언제 입사했어요?"

"입사한 지 6개월 됐습니다."

"도금반에서 무슨 일을 하지요?"

"산세합니다."

노사 분규

백성욱은 노동훈으로부터 빼앗다시피 받은 검은 옷 가방을 열어 봤다. 역시 속에는 회사를 비방하고 작업자들을 선동하는 내용의 전단지들이 들어 있었다. 임금 인상 요구가 주된 내용이었다.

"불온 삐라를 살포하는 것은 회사 복무 규정과 취업 규칙 위반입니다. 회사에 대한 불만이나 건의 사항이 있으면 건의함을 이용하든지, 고충처리위원에게 면담을 요청해서 처리해야 합니다. 이렇게 다른 사람을 선동하는 글을 뿌리는 것은 불법이오. 회사에서는 당신을 해고할 수도 있어요."

백성욱은 노동훈에게 좋은 말로 타이르고 한편으로는 겁을 주었다.

임금은 불온 삐라를 뿌리지 않더라도 회사에서 알아서 올려 주겠다고 이야기했다. 그때만 해도 회사원의 임금이나 복지는 회사에서 선처하듯이 알아서 베푸는 것이라고 모두들 여겼다. 종업원들이 얼마를 달라고 요구하는 것은 불손한 처사로서 사업주들은 무척 불쾌하고 괘씸하게 생각했다.

"잘 알겠습니다."

노동훈은 일단 그 자리를 모면하는 것이 상책이라 생각하고 그렇게 말했다. 자기보다 나이가 많을 뿐더러 명문 대학을 나와 일도 딱 부러지게 하는 카리스마가 느껴지는 사람이라서 사실 겁도 났다.

"갖고 온 유인물은 본인이 버리세요."

백성욱은 노동훈에게 지시조로 말했다.

그것은 순진한 백성욱의 실수였다. 노동훈이 백성욱에게 잡혀 갔을 때 함께 거사를 모의했던 다른 동조자들은 현장 작업자들을 선동해 식당에 모아놓고 그가 풀려나기만 초조하게 기다리고 있었다.

백성욱이 노동훈의 단독범행으로 판단한 것은 오판이었다. 노동훈은 사전에 영향력 있는 현장작업자들을 포섭해 주동자 그룹을 조직했다. 미리 시나리오를 작성하고 주동자 각각에게 행동 지침을 하달해 놓았다. 만일의 사태에 대비한 비상 대책도 마련해 두었다. 비상대책 속에는 노동훈이 회사 측에 노출됐을 경우를 상정한 임시 대응책도 포함돼 있었다.

주동자들은 지금이 바로 그 비상사태로 간주하고 노동훈이 백성욱에게 나포된 후의 사태를 면밀히 주시하고 있었다. 그가 잡혀 있는 비상 상황에서 주동자들이 취할 수 있는 행동은 회사 측과 맞붙어 싸울 수 있는 힘의 확보였다. 각 반별로 비밀리에 배치시켜 놓은 선동 요원들에게 지침을 하달했다.

"중요한 협의 내용이 있으므로 모든 현장 작업자들을 식당으로 집합시키라."

주동자의 한 명인 배창수의 주도하에 현장 작업자들이 식당으로 집결했다. 졸지에 일어난 일이라 회사 측에서는 아무도 이런 상황을 간파하지 못했다.

"사장님, 큰일?"

총무과장이 급하게 사장실로 들어오며 말했다.

"큰일은 무슨 큰일이오? 내가 노동훈인가 그자를 잡아서 잘 타일러 보냈으니 앞으론 삐라 같은 것은 없을 거요."

"그렇지 않습니다."

"거참, 내가 타일러 보냈다는데 또 뭐가 그렇지 않다는 거요?"

백성욱이 다소 짜증스럽게 받았다.

"현장 작업자들이 식당에 모였습니다."

"왜요, 오늘 무슨 교육이라도 있어요?"

"그런 계획은 없습니다."

"그런데요?"

"사장님께서 노동훈을 잡으셨을 때 삐라 가방을 안 뺐었습니까?"

"삐라 가방? 직접 버리라고 했는데요?"

"그가 갖고 나간 삐라를 식당에 모인 현장 작업자들에게 나누어 주고 있습니다."

"뭐요?"

백성욱의 얼굴이 하얗게 변했다.

"그럼, 그도 식당에 있단 말이오?"

노동훈이 검은 가방을 들고 식당으로 들어서자 주동자들이 우르르 그를 에워쌌다. 노동훈은 갖고 온 전단지를 주동자들에게 나누어 주며 모여 있던 현장 작업자들에게 배포했다. 그때만도 노동훈은 노동조합을 만들 생각은 없었다. 시간당 기준 임금이 600원이어서 임금을 올리기 위해 젊은 작업자들 몇이서 함께 준비했다. 노동훈이 시급 680원을 받은 것은 독극물을 다루는 위험한 일이라서 유해 수당 80원이 붙어서였다. 함께한 젊은 주동자들은 사내 청년회 주요 멤버들이었다.

사내 청년회란 회사가 만든 공식적인 조직이었다. 젊은 경영자인 백성욱은, 젊은 근로자들 중심으로 그의 친위 엘리트 그룹인 청년회를 조직했다. 당시의 어수선한 사회 분위기를 직시하고 만일에 대비하여 선제적으로 청년회를 조직했다. 건설적인 의견을 수렴하고, 회사 발전을 위한 창의적인 안건을 건의하며 공유된 과제를 실천하는 소모임이었다. 청년회에서 건의한 의견들은 면책 특권을 갖는 당시로서는 획기적인 기구였다.

대기업에서 근무한 경력을 가진 백성욱 사장이 미래 지향적으로 진취적인 노사 협의체를 만든 것이다. 산업 사회가 발전하게 되면 경영 주체뿐 아니라 회사에 소속된 근로자들의 의식도 함께 성장하게 된다. 회사 경영의 중요한 한 요소를 이루고 다수인 근로자 그룹의 목소리도 따라서 커지게 마련이다. 같은 이해 집단인 근로자들의 요구가 경영 주체인 회사의 이윤 추구와 상충될 때에는 그 타협점을 찾기가 쉽지 않다. 거의가 각각의 지향하는 방향이 평행선을 이루게 되고 궁극에는 승자와 패자를 가려야 하는 충돌로 파국에 이를 수도 있다.

이런 결과는 대기업들이 겪는 노사 분쟁의 근원이다. 사회 현상의 변천으로 봐서 이러한 상황은 머지않아서 중소기업 현장으로 확산될 것이라 판단한 백성욱이 사전에 안전장치를 마련한 것이다. 대기업들에 조직된 노동조합 결성을 막기 위해 근로자 그룹들의 요구 사항을 사전에 파악하여 극한 상황에 이르기 전에 타협함으로써 골치 아픈 노동조합 결성을 예방하려는 의도였다.

그러나 백성욱은 자기가 만든 조직의 부메랑에 맞았다. 자신이 공들여 만든 청년회 조직이 부메랑이 되어 자신을 공격할 줄은 꿈에도 상상하지 못했다.

"그것은 어디까지나 회사 측의 의도가 아닌가?"
"노동자가 사용주에게 한두 번 농락당했나?"
"똑똑한 사람이 우리를 이용하려고 한 것이 분명하다."
"우리의 권리는 우리 스스로가 찾아야 한다."

이번 일을 주도한 배창수를 중심으로 한 젊은 노동자들은 그렇게 청년회 회원들을 설득했다. 배창수의 추천으로 노동훈이 사건의 중심에 들어서게 되었다.

노동훈과 배창수가 선도하는 임금 인상을 요구하는 농성은 이틀간 계속됐다.

"시급 600원으로는 입에 풀칠도 하기 어렵습니다."
"단결해서 인간답게 살도록 임금 투쟁을 합시다."

배창수가 농성장 앞에서 외치고 작업자들이 우레와 같은 박수를 쳤다. 회사 간부와 관리직들은 혼비백산하여 벌벌 떨고 있었다. 이런 상황은 중소기업 회사 간부들에겐 생소할 뿐 아니라 공포스럽기까지 했다.

총무과장으로부터 상황을 보고 받은 백성욱이 주먹으로 책상을 내리치며 자신의 어리석음을 후회했으나 늦었다. 물은 이미 엎질러진 뒤였다. "약은 고양이 밤눈 어둡다"고, 백성욱은 바보짓을 저지르고 말았다.

백성욱은 노동훈이 회의실에서 한 자신의 이야기를 충분히 알아들은 것으로 판단했다. 노동훈의 외모나 이야기 중에 파악한 내성적인 성격으로 봐서 불법 농성을 하리라고는 생각도 못했다. 백성욱은 사태 파악에 고심했다. 아무리 생각해도 노동훈 단독으로 한 행위라고는 믿어지지 않았다.

당시 경인 지역에는 대학생들이 전국대학생협의회 등의 단체를 만들고 의식화 운동을 하고 있다고 했다. 그러한 운동을 노동계로 확대시키고 있다는 것을 중앙지 신문에서 읽은 적이 있었다.

노동조합이 결성되어 있지 않는 사업장에서 근무 시간에 작업을 하지 않고 집단으로 모여서 농성하는 것은 실정법상 불법이다. 노동조합이 있는 사업장에서도 농성을 하고, 작업을 하지 않고 파업을 하려면 법에 정해진 절차에 따라 이루어져야 한다. 그렇지 않으면 불법으로 제재를 받게 된다.

백성욱의 회사에는 아직 노동조합이 결성되어 있지 않으므로 근무 시간에 농성을 하는 것은 불법이다. 불법 농성이고, 불법 파업이다. 배창수와 노동훈이 주도한 불법 파업의 진행 과정이 지방 중소기업 근로자들의 자생적인 활동이라고 간주하기에는 너무나 치밀하고 체계적이었다. 구체적인 계획표에 의거하여 순차적으로 움직이고 있는 것이 분명했다. 현장 근로자들에게 가장 절실한 임금 문제를 들먹인 연후에는, 그 힘을 조직화하여 회사와 맞서겠다는 것이었다.

'이것은?'

백성욱은 자리에서 벌떡 일어났다. 이것은 노동조합 결성의 전초 단계가 분명하다. 즉시 총무과장을 불러 지시했다.

총무과장이 은밀하게 그 진상 조사에 나섰다. 백성욱은 배창수를 의심하고 있었다. 집회장에서 몰래 들은 그의 선동적인 연설에 백성욱의 가슴이 섬뜩해졌다. 그의 선동적인 연설 속에는 볼셰비키 혁명 요강이나 마르크스 레닌의 자본론 냄새가 간간이 풍기고 있었다. 백성욱은 배창수의 뒷조사를 총무과장에게 비밀리에 시켰다. 농성 사흘째 되는 날 백성욱은 홀연 농성장에 나타나 마이크를 잡았다.

"친애하는 사원 여러분, 여러분 앞에서 여러분들의 복지를 혼자서 걱정하는 척하는 저 배창수는 본명이 이수혁입니다. 대학교를 나왔음에도 불구하고 고등학교 중퇴로 학력을 속이고, 회사와 사원 여러분들을 이간질하여 갈등을 조장하고 싸움의 구렁텅이로 몰아넣어 여러분들의 삶의 터전인 회사를 망하게 하려고 위장 취업한 장본인입니다. 여러분은 이성을 되찾아 회사를 살리고, 여러분들의 가정을 지켜야 합니다!"

백성욱은 확신에 찬 강한 어조로 농성장 한쪽에 서 있는 이수혁을 손가락으로 겨누며 농성 근로자들에게 큰소리로 호소했다.

"여기에 그의 실체가 있습니다, 여러분!"

백성욱이 이수혁의 신상에 관한 서류와 입사 지원서를 오른손으로 높이 들고 흔들었다.

백성욱은 이수혁이 서울의 한 대학교를 졸업하고, 전대협(전국대학생협의회) 소속으로 부산·경남 지역에 파견된 전문 의식 교육자로서, 열악한 근로 조건을 빌미로 노동자들을 선동하여 파업으로 회사를 문 닫게 한 뒤 실직한 근로자들이 거리에 나앉게 함으로써 사회가 혼란에 빠지게 한다고 역설했다. 또한 바로 소련과 같은 공산주의 혁명을 목적으로 하는 무서운 혁명가이며, 근로자들은 그들이 추진하는 혁명 과정의 한 희생물로 이용당하고 있다고 설파했다.

백성욱을 통해 이야기를 전해 들은 많은 근로자들이 경악을 금치 못했고, 몇몇 여성 근로자들은 울면서 농성장을 떠나기도 했다.

한편 농성 주동자들이 나서서 배창수의 위장 취업과 자기들의 임금 투쟁은 아무 관계가 없다고 열변을 토했다. 그러나 이미 농성장은 썰렁해지고 주동자들과 적극 추종자 10여 명만 남았다.

농성장 밖에서 백성욱의 연설을 듣고 있던 경찰서 정보형사가 혀를 내두르며 농성장 쪽을 한 번 쳐다보고 옆에 서 있던 파출소장에게 낮은 소리로 말했다.

"농성 주동자들이 당하겠는데?"

정보형사는 이수혁의 행방을 추적하려고 곧 자리를 떴다. 당시로서 위장 취업은 노동 현장의 신의 성실을 해치는 악랄한 범죄로 간주되어 바로 구속 수사하는 게 통례였다.

이수혁은 즉시 도피했으며, 백성욱은 일단 한 고비를 넘겼다고 생각했다. 그러나 이미 회사에 반발하기 시작한 근로자들과 함께 어떻게 회사를 운영해야 할지 종잡을 수 없었다. 항상 회사의 지시와 처분만 기다리던 종업원들이 회사에 대항해 자기들의 입장을 주장하는 당의정을 맛보았으니 앞으로 어떤 양상으로 번질지도 모를 일이었다.

백성욱의 우려는 곧 현실화했다. 이수혁의 위장 취업으로 중심을 잃고 표류하던 젊은 파업 주동 세력은 대한노동조합총연맹(대노총) 산하 금속연맹 지역지부를 찾아가 도움을 청했다. 그들은 이미 루비콘 강을 건너 버렸다.

농성을 주도했던 젊은 주동자들이 돌아갈 곳은 이제 어디에도 없었다. 오직 끝까지 투쟁하는 길뿐이었다. 이미 회사에서 자신들의 모의가 모두 노출된 데다 이수혁의 위장 취업으로 명분마저 잃어버렸다.

비노동조합원의 단체 행동이 인정되지 않는 현행법 아래서 농성 주동자들의 해고와 형사적 처벌은 기정사실이 되어 버렸다. 취업 규칙 규정으로 볼 때, 회사 내에서 정당한 작업을 거부하고 단체 행동을 하는 것은 불법이며 당연히 징계 사유가 된다.

대노총 금속연맹 사무국장인 강민규의 직접 지원 아래 합법적인 노동조합 결성 작업이 시작되었다. 모든 작업은 노동훈이 주도적으로 실행했다. 중퇴를 했으나 노동훈은 대학까지 다녔다. 일반 노동자들과는 달랐다. 꼼꼼하게 준비하고 빈틈없이 행동에 옮긴다는 점에서 농성 주동자들과 대노총 강민규의 신임을 받았다.

노조 결성을 위해서는 내부의 단결력과 확실한 구심점이 있어야 한다. 노동조합 제조기로 악명 높은 대노총 강민규는 이 점을 직시하고 노동훈을 그의 파트너로 정했다. 노련한 강민규는 모든 절차를 적법하게 착착 진행시켰다.

　노동훈의 주도하에 노동조합 설립 총회를 했다. 방해하려는 회사 측의 모든 행위는 대노총 지역지부 산하 노조 간부들을 동원해서 막았다. 필요할 경우에는 물리적으로 회사 측과 몸싸움도 벌였다. 정밀한 기계처럼 움직이는 숙련된 노조 제조기 강민규의 조직적인 행동을 백성욱 혼자서는 감당할 수 없었다. 사회적 분위기도 민주화 바람을 타고 백성욱에게 불리하게 흘렀다.

　"근로감독관님, 우리 같은 소규모 공장에 노동조합이 생기면 바로 문을 닫아야 합니다. 노동청에서 어떻게 좀 막아 주어야 합니다. 회사가 문 닫고 나면 노동자는 어디 있고 노동청은 무슨 소용이 있습니까?"

　백성욱은 평소에 가끔씩 찾아오던 지역 노동사무소 근로감독관을 찾아가 도움을 청했다. 이런저런 이유를 대고 가끔씩 찾아오는 근로감독관에게 집어 준 봉투 속의 금액도 수월치 않아서 근로감독관도 백성욱의 하소연을 모른다고만 할 처지는 못 됐다.

　산업화와 경제 발전이 가속화되자 정부의 조직도 변했다. 노동 관계 업무 수요가 증가하자 사회 복지 관련 부처에 소속됐던 노동 업무를 독립된 청으로 독립시키고 지방에는 노동사무소를 설치해 지역의 근로 복지와 노사 관계 업무를 관장하게 했다.

　노동사무소에 소속된 근로감독관은 관내에 있는 근로자를 고용하고 있는 회사들의 근로 관계를 감독하는 직책이다. 그들은 근로기준법이나 노동법을 위반하는 업주나 회사 간부들을 현장에서 체포해 수갑을 채울 수 있는 사법경찰권을 갖고 있다.

현장 작업자들을 많이 고용하는 제조 업체들에게는 근로감독관이 세무서 직원보다 더 무서운 존재였다. 그들이 회사를 방문했을 때는 뒷주머니에 넣어 두었던 번쩍거리는 수갑을 철커덕 소리를 내며 책상 위에 내어 놓는다. 의자에 앉을 때 바지 뒷주머니에 금속 물체가 들어 있으면 앉기가 불편한 것도 이해가 가지만 과연 그들이 앉기 불편해 수갑을 요란스럽게 책상 위에 빼 놓는다고 생각하는 회사 사람들은 아무도 없었다. 일제 시대의 순사들로부터 내려오는 경찰에 대한 잠재적인 공포심이 일반 국민들 뇌리 속에는 아직까지 계속 전해지고 있다.

체포권이 있는 사법경찰관을 빈손으로 돌려보낼 수 있을 정도로 간이 큰 제조 업체 사장은 드물다. 코에 걸면 코걸이고 귀에 걸면 귀고리가 되는 것이 법률이다. 근로감독관이 앙심을 품고 공장 내부를 조사한다면 웬만한 업주들은 모두 두 손을 앞으로 모으고 크롬 도금에 빛나는 쌍팔찌를 차야 하던 시절이다. 털어서 먼지 안 나는 곳이 있느냐가 터는 자와 털리는 자 간에 공통으로 신봉하는 진리였다.

"시대가 시대인 만큼 별로 도와드릴 방법이 없습니다. 노동자가 노동조합 만든다는데 주무 부서인 노동청이 어떻게 말리겠습니까? 우리도 골치 아파요."

근로감독관이 벌레 씹은 표정을 지었다.

"여태까지 당신에게 보험 든 것이 이런 때 도와 달라고 준 건데 모른 척하기요?"

"백 사장님, 내 뒷주머니에 수갑 갖고 있어요. 공갈 협박죄로 쇠고랑 차시고 싶습니까?"

"당신이 경찰이 아니라서 공갈 협박으로는 쇠고랑 못 채운다는 것은 알고 공갈쳤소."

"관공서에 와서 농담하는 걸 보니 아직 공장 문 닫을 정도는 아닌 모양입니다. 커피나 한 잔 하고 돌아가십시오."

근로감독관이 여직원을 시켜 커피를 내왔다.

마침내 백성욱도 포기하고 노동조합 설립을 인정할 수밖에 없게 됐다. 초대 노조위원장과 임원진이 선출되었다. 노조 설립 신고를 마친 노동훈은 바로 합법적인 노동조합 총회를 회사 식당에서 개최했다. 상급 노조 자격으로 대노총 금속연맹 위원장이 치사를 하고 백성욱도 참석해 축사를 했다.

정식으로 설립된 노조는 회사 측에 임금 인상과 단체 협약 협상을 요구했다. 노동조합에서 사무국장을 맡은 노동훈은 거의 대부분의 협상을 주도했다. 임금 협상과 단체 협약을 분리해 협상하기로 합의하고 임금 협상을 먼저 시작했다. 한 주일에 두 번씩 백성욱과 노동훈이 협상을 벌였다.

노조의 시급 임금 30% 인상 안과 15% 회사 안을 놓고 밤늦게까지 협상을 벌였다. 그러나 서로의 주장만 반복될 뿐 조금도 진전이 없었다. 백성욱은 마주 앉은 노동훈에게 결투를 제의했다. 어차피 그날의 협상은 진전이 없으니 한판 붙어서 지는 쪽이 다음 협상에서 대폭 양보하자는 것이었다.

"말도 안 되는 코미디 그만두십시오, 나이 차이가 얼만데?"

노동훈이 코웃음을 쳤다.

"너무 방심하지 마시오, 나이는 많아도 나는 체격이 있지 않소?"

백성욱이 화를 내며 맞받아쳤다. 백성욱도 나름대로 믿는 구석이 있었다. 유도 명문고를 나와서 초단 실력은 됐다. 대학 시절 가정교사로 가르치던 중학생 제자의 다이어트를 위해 태권도 도장에서 함께 배운 태권도로 역시 단증을 땄다. 나이는 몇 살 젊으나 노동훈은 백성욱보다는 왜소한 체격이다.

두 사람이 졸지에 임금 협상은 안중에도 없고 결투 조건 협상에 몰두했다. 지루하던 노사 협상에 지친 노동훈도 결투 조건 협상에 적극적으로 응했다. 다른 사람들 눈도 있으니 얼굴에 상처가 나지 않도록 상대방을 공격한다는 신사협정을 맺고 백성욱의 차를 타고 바닷가 선착장으로 갔다.

밤늦은 부두는 파도 소리만 구성지고 멀리 방파제 끝에 선 등대마저 불이 꺼졌다. 칠흑 같은 바다에 밤낚시 어선들의 어화만 간간이 보이고 그믐의 선착장은 적막이 감싸고 있었다. 방축 밑으로 먼저 내려간 노동훈이 모래밭에 적당한 결투장을 발견하고 백성욱을 내려오라고 했다.

"악!"

노동훈을 따라 백사장으로 내려오던 백성욱이 비명을 지르며 방축 아래로 나동그라졌다. 계단을 내려오다 어둠 속에 발을 헛디디며 미끄러져 넘어졌다. 방축에서 백사장으로 내려가는 허술한 비탈길에 부서진 철제 난간이 있었고, 부서진 난간을 들이받은 백성욱의 콧잔등에서 피가 줄줄 흘렀다. 비명을 듣고 노동훈이 급히 백성욱에게 뛰어왔다.

"괜찮습니까? 어, 피가 나네?"

노동훈이 주머니에서 손수건을 꺼내어 백성욱의 콧잔등을 움켜잡았다.

"괜찮소."

백성욱이 일어나서 노동훈을 제지하려 했다.

"잠시만 가만히 계세요."

노동훈이 옆에 서서 백성욱의 콧잔등을 피가 멈출 때까지 누르고 섰다. 백성욱도 그대로 서 있었다. 밀려오는 파도가 모래사장에 부딪쳐 별빛에 하얀 물보라를 일으키고 있었다.

'자정의 결투'는 싱겁게 끝나고 말았다. 그날은 협상도 결투도 흐지부지 끝나고, 노동훈과 백성욱은 오동동 포장마차에서 서로 다른 곳을 보며 따라 주는 소주잔을 비우며 말없이 그 막을 일단 내렸다.

임금 협상은 타협점을 찾지 못하고 파국에 이르고 노동조합은 파업을 결의했다. 그다음 날부터는 파업에 들어갔다. 노동조합법에 명시된 합법적인 권리 행사였다. 노동 삼권 중 가장 강력한 단체 행동권의 한 수단인 셈이었다. 노조원이 하던 모든 업무가 노조원들의 파업으로 중지된다. 공장의 생산 기계들이 멈춰서고 일체의 생산 업무가 마비된다.

전날까지 거래처의 납기를 맞추기 위해 밤늦게까지 요란하게 돌아가던 기계들이 대낮에 낮잠을 잔다. 거래처에선 부품 공급 부족으로 자신들의 생산 라인도 세워야 할 위기에 놓였다. 사무실에는 관리직 몇 명만 우두커니 앉아 있거나 거래처에서 걸려 온 납품 독촉 전화에 땀을 뻘뻘 흘리기도 한다.

그믐밤의 선착장과 흡사한 적막이 회사를 휘감았다. 파업 중에도 노사 협상이 계속되는 것이 통례이다. 대부분의 경우 거래처의 압박과 매출 손실에 의한 자금 압박에 겁먹은 회사 측이 백기를 들고 만다. 그러나 노조의 요구가 지나칠 경우는 문제가 심각해지고 파업도 길어진다.

파업이 회사 측에만 부담을 주는 것은 아니다. 파업 기간 중에는 '무노동 무임금'의 대 원칙이 적용된다. 노조원인 근로자들도 파업으로 회사에 근로를 제공하지 않기 때문에 회사도 근로자인 노조원들에게 파업 기간 동안 임금을 지급하지 않는다. 일을 하지 않으면 임금을 받을 수 없다는 것이 세계적으로 인정된 노동 정책의 대원칙인 '무노동 무임금'이다.

파업 기간이 길어지면 노조원들도 그 기간 동안 임금을 못 받는다. 임금으로 빠듯하게 겨우 살아가는 근로자인 노동조합원들 사정도 이러한 걱정에서는 자유로울 수 없다. 그래서 적당한 파업 뒤 서로 간의 명분을 쌓은 후 쌍방이 못 이기는 척 협상에 임하여 타결을 본다.

그러나 쌍방의 요구 폭이 너무 클 경우에는 심각한 문제가 발생한다. 파업이 노동조합의 권리인 반면 회사도 이에 대응할 수 있는 법적인 장치가 있다. 바로 직장 폐쇄다. 회사가 노조의 파업에 대응하여 직장을 폐쇄해 버리면 노조도 난처한 처지가 된다. 일단 회사가 폐쇄되어 출근을 할 수 없고 근로자들이 일을 하고 싶어도 일을 할 수 없다. 순간적인 실직 상태다.

지금 백성욱 회사의 상황이 그러했다. 이 경우에 대부분 노사 어느 일방의 신청에 의하거나 정부가 직권으로 중재를 하게 된다. 이런 중재 업무를 공적으로 담당하는 국가기관이 노동위원회다. 백성욱 회사 파업은 결국 노동위원회의 직권 노사 조정에 회부됐다.

경남지방노동위원회 최두봉 위원장실에는 아침부터 싸늘한 긴장감이 감돌았다.

"지금부터 조정위원회를 개의합니다. 딱 딱 딱!"

위원장이 회의 시작을 선언하자마자 회사 측 위원인 반백의 머리를 한 한전노동조합 경남지부장이 백성욱을 몰아세웠다.

"평소에 근로자들의 어려움을 조금이라도 이해하고 인간적인 대우를 해 주었으면, 자기 월급에서 조합비 떼여 가면서 무엇 하러 노조에 가입하겠어요?"

기업가들의 고급 요정 출입 등 부도덕성을 장황하게 늘어놓으며 노조 대표들의 눈치를 살폈다. 자신들과 같이 분류되는 사 측 위원인 한전노조위원장이 회사 측의 잘못을 꾸짖어서 노조 측에게 마음을 열도록 일종의 카타르시스를 제공했다. 노동위원회 노사조정장에서 쉽게 눈에 띄는 장면이다. 서로가 서먹서먹한 대좌에서 대화의 물꼬를 트는 가장 편한 방법은 어느 한쪽을 심하게 몰아붙이고 거기서부터 화두를 찾아가는 고등 중재 기법이다.

"백 사장님, 고생 많으십니다. 웬만하시면 노조의 요구를 수용하시고 하루라도 빨리 공장을 돌리는 것이 회사에 도움이 되지 않겠습니까? 세상이 바뀌었어요. 옛날 생각하시면 안 됩니다."

노동조합 측 위원이 백성욱에게 운을 뗐다. 노동조합 측 위원으로는 마산, 창원에서 사업하는 사람들은 거의 다 알 만한 오십대 후반의 중견 기업 사장이 지정됐다.

"면목이 없습니다. 그러나 노동조합이 요구하는 임금 인상 폭이 너무나 큽니다. 회사로서는 도저히 수용할 능력이 없습니다. 아니, 회사가 노조의 요구를 수용하지 않는 것이 아니라 수용할 능력이 없습니다."

백성욱이 침통한 표정으로 답변했다.

"정말 안타까운 일입니다. 저도 처음 사업을 시작할 때가 생각납니다. 사업이라고 직원 네댓 명으로 물건을 만들어서 납품했는데, 납품 받은 회사가 부도가 나고 납품한 물품대를 받을 길이 없었습니다. 물품대를 받아서 재료도 사고 몇 안 되는 직원들 월급도 주면서 하루하루를 겨우겨우 버텨 나가는 어려운 상황에서 청천 하늘에 날벼락을 맞은 격이었습니다. 갖고 있는 돈은 없고⋯⋯ 결국은 밀린 월급도 못 주고 그냥 직원들을 내보냈지요. 살을 오려내는 것 같은 아픔이었으나 달리 도리가 없었습니다. 저는 죽일 놈이 되고 말았지요. 회사가 잘못됐을 때 업주는 어디 하소연할 곳도 없이 모든 원망과 욕을 혼자서 들어야 합니다. 정말 외롭고 서러웠습니다. 차라리 죽어 버릴까도 생각했습니다. 가족 같은 직원들의 월급도 떼어먹고 길바닥으로 내쫓은 사람이 살아서 무슨 영화를 보겠냐며 절망했습니다."

자기의 젊은 시절을 회고조로 얘기하는 반백의 사장의 눈시울이 붉어지고 중재가 진행되던 노동위원장실에 숙연한 분위기가 감돌았다. 기업의 여의치 못한 경영 여건과 중소기업가의 피 말리는 애로 사항들을 자신의 창업 초기 경험담을 들추어 가면서 노조 측 위원인 사장이 노조 측의 이해를 간곡히 주문했던 것이다.

"엄밀히 말하면 회사가 없어지고 나면 노조도 근로자도 따라 없어지는 공생의 동반자임을 노조원 여러분들도 이해를 하고 따질 것은 강력하게 따지더라도 회사의 어려움도 같이 이해하고 협조해야 합니다. 쥐도 도망갈 구멍을 보고 쫓으란 옛말도 있지 않습니까, 회사 상황을 이해하고 협조를 하십시오."

초로의 사장이 부연했다.

"회사에도 어려움은 있겠지요. 그런데 다른 회사들은 잘 돌아가는데 왜 우리 회사만 그렇게 어려운가요? 저는 이해가 안 됩니다. 이것은 회사가 어렵다는 핑계로 노동조합을 와해시키려는 술책이 분명합니다. 백 사장님은 머리가 비상해서 우리나 위원장님과 위원님들 모두가 그의 농간에 놀아나고 있습니다. 회사가 그렇게 어려우면 할 사람 많은데 능력 있는 다른 사람에게 회사를 넘기면 될 것 아닙니까?"

노조 사무국장인 노동훈이 백성욱을 째려보며 반론을 제기했다.

"사무국장, 나도 노조를 하지만 우리도 지켜야 할 선이 있어요. 회사를 다른 사람에게 넘기라는 말은 도를 넘는 발언입니다. 지금 바로 취소하고 사장님께 사과하시오."

회사측 위원인 한전노동조합 지부장이 노조 선배로서 노동훈을 꾸짖었다. 머뭇거리더니 노동훈이 입을 뗐다.

"그 부분은 제가 조금 흥분해서 지나쳤습니다. 취소합니다. 죄송합니다."

노동훈이 자신의 발언 일부를 취소했다.

노동조합법에 근거하여 설치되는 노동위원회는 정부 기관으로서 별정직 위원장을 두고 있다. 조정을 할 때는 노사 양측을 도와줄 노사위원들을 선임한다. 회사를 도와줄 위원은 노조 속성을 잘 아는 해당 회사와 무관한 타사 노조위원장을 선임하여 회사 측에 협상이 유리하도록 이끌어 주는 것이 통상적인 방법이다.

이 같은 방법은 일견 탁월한 묘책이다. "지피지기면 백전불태"라는 손자병법을 원용한 방법이다.

회사가 노동조합 속성을 꿰뚫고 있는 노련한 노조위원장을 협상의 자문위원으로 위촉한 것이니 노조와 협상하는 회사로서는 이보다 더 든든한 후원자가 없다. 그렇다고 이러한 조정 방법이 항상 작동하는 것은 아니다. 이러한 묘수 풀이에도 불구하고 대부분의 조정은 결렬되고 만다.

노조를 도와줄 위원도 그와 같은 취지로 명망 있는 회사 대표를 선임해서 노조를 도와 준다. 최두봉 위원장은 개의만 선언하고 시종일관 침묵을 지키며 무엇엔가 골똘한 생각에 빠져 있었다. 가끔씩 가만히 노동훈의 얼굴을 살피기도 했다.

노동훈이 회사의 부당 노동 행위를 조목조목 지적하며 회사에 엄벌을 요구하고, 최저 생계비를 제시하며 한 치의 양보도 없이 몰아붙였다. 회사도 노조원들의 취업 규칙 위반에 대한 회사의 제재는 정당한 경영 활동이며, 노조의 과격한 행위로 회사가 어렵다고 주장했다.

별 소득 없이 조정을 마치고 나오는 백성욱을 최두봉 위원장이 자기 집무실로 불렀다.

"노조위원장보다 그 옆에 있는 사무국장이 꺼림칙합니다. 눈매가 영 마음에 들지 않습니다. 살기가 돌아요. 조심하십시오."

파업으로 생산이 중단되자 마침내 회사가 손을 들고 기본급을

22% 인상하기로 합의했다. 단체 협약도 체결됐다. 임금 협상과 근로 조건을 결정하는 단체 협약이 타결되어 처음으로 회사에 명실상부한 노동조합 체제가 갖추어졌다.

백성욱의 회사 뒤쪽, 정비 자재 창고 옆에 새로 마련된 사무실 밖에는 대한노동조합총연맹 의장 명의의 입식 화환이 문 바로 앞에 서 있고, 다른 지역 노동조합들의 명의가 새겨진 리본을 너풀거리며 십여 개의 화환이 더 서 있다. 화환 맞은편에는 지방노동사무소장이 보낸 난과 사장 백성욱의 리본을 단 난이 나란히 자리하고 있었다.

십여 평 남짓한 사무실 안에는 과일과 시루떡이 괴여 있는 상이 차려져 있고, 상 가운데에는 실하게 생긴 돼지머리가 양 눈을 지그시 감고 웃는 표정을 짓고 있었다. 사무실 뒷마당에는 작업복을 입은 노동조합원들이 정렬해 있고 조합원들이 선 앞에 놓인 의자에 내빈들이 자리했다.

노조위원장이 상 앞으로 나가서 술잔을 올리고 상의 안주머니에서 접은 한지를 꺼내어 읽기 시작했다.

"유우~ 세차~ ○월 ○일,
위원장 ○○○는 전 노조원을 대동하고,
하늘에 계시는 전태일 박종철 열사님과
이 땅에 자유로운 노동자 세상을 위해 순절하신
모든 선배 열사님들께 고하나이다.
〈중략〉
상~ 향~"

위원장이 구성지게 축문을 읽고 절을 올렸다. 내빈들도 돼지머리를 향해 절을 하고 주머니에서 봉투를 꺼내어 상 위에 있는 돼지 입에다 물렸다. 미처 봉투를 준비하지 못한 사람은 고액권을 그대로 돼지 입에 물렸다. 돈봉투를 물릴 때마다 돼지의 감은 눈이 눈웃음을 치는 듯했다.

회사의 협조로 노동조합원과 지역 노동조합 간부들이 모인 가운데 노동조합 사무실 현판식을 가졌다. 돼지머리를 올린 고사를 지낸 후 풍물패의 살풀이도 있었다.

백성욱은 회사를 대표해서 내빈과 노동조합원들을 위해 특식을 제공했다. 시대의 흐름과 노동자들의 물리적인 힘에 의해 회사는 노조와 한지붕 아래서 불편한 동거에 들어갔다.

얼떨결에 떠밀려 노조 체제로 회사가 변했으나, 백성욱으로서는 앞이 캄캄할 따름이었다. 노조는 사사건건 회사 일을 걸고넘어지고 일사불란하던 생산과 일반 업무가 삐걱거리며 잡음을 냈다. 목소리가 커진 근로자 개개인의 회사나 간부를 대하는 태도도 바뀌었다.

전에는 생산 계획에 따라 잔업 지시가 내려가면 부모 제사 등 특별한 사정이 없는 한 무리해서도 잔업 명령에 순종했다. 그러나 노조가 생긴 뒤에는 잔업에 응하는 근로자들 자세부터가 달랐다. 잔업을 하고 안 하는 것은 이제 의무 사항이 아니라 선택이 되어 버렸다. 조합원이 잔업을 하고 싶으면 잔업을 하는 것이고, 하기 싫으면 안 할 수 있다.

사람 심리는 정말 묘하다. 전 같으면 잔업을 더 할 욕심으로 반장에게 잘 보이려 애를 쓰고 심지어 뇌물까지 바치던 근로자들이 노조가 생기고 나서는 반장이 잔업을 권해도 배를 내밀며 거절한다. 권리를 향유하는 새로운 가치 개념이 생기고, 약자로서 순종만 하던 삶에서 주관에 따라 선택할 수 있는 자결권을 맛보게 된 것이다.

아무튼 회사로서는 당장 일상적인 업무가 삐걱거리며 잡음을 냈다. 전에는 잔업을 하고 안 하고는 거래처의 발주 물량에 따라 자동적으로 결정됐다. 회사의 잔업 결정에 따라 생산 물량이 일사불란하게 준비되어 납품되고, 때가 되면 수금된 돈이 입금되어 종업원 임금도 주고 자재 사들인 대금도 지불했다.

노조 체제하의 지금은 다르다. 영업 부서에서 거래처가 요구하는 물량을 생산 부서에 통보하면 생산 부서에서는 일일이 근로자들에게 당일 잔업 가능 여부를 확인해야 했다. 중요 공정의 작업자가 잔업을 거부하면 전후에 관련된 기계들도 잔업을 못하고 쉬어야 했다.

자연히 회사 내에는 안전 재고 물량이 부족하고 납품에 쪼들리다 가끔씩 거래처에 결품을 내기도 했다. 물건을 제때 공급하지 않아서 거래처에 결품이 발생하면 거래처의 생산에 지장을 준 금액에 대해서는 벌금을 물어야 한다. 회사의 종업원인 노동조합원이 참여하는 행사의 개최 여부도 사전에 노동조합과 협의해야 하고, 매년 돈을 받고 노는 유급 공휴일 수는 늘어만 갔다. 많은 부분을 사장이 결정하는 것이 아니라 노조의 결재를 받아야 했다.

백성욱은 한 하늘 아래에 두 개의 태양으로 어떻게 회사가 돌아갈 수 있을까 하는 걱정뿐이었다. 노조의 무리한 요구와 간섭으로 정상적인 회사 경영이 어렵다고 판단한 백성욱은 회사 문을 닫을 각오로 노조 와해 작업에 착수하기로 했다. 노조가 일일이 경영에 간섭하는 상태로써는 시간문제일 뿐 결국 회사는 망할 수밖에 없다고 판단했다. 어차피 망하고 그만둘 사업이라면 회사를 책임지고 있는 사람의 도리로써 위험하더라도 마지막 모험을 시도할 수밖에 없다고 결론지었다.

백성욱은 노조 부위원장 정리 해고 통지서를 본인과 노조에 보냈다. 노동법에 의거 회사의 어려운 경영 사정을 타개하기 위해서 몇몇 사무직들과 함께 부위원장을 정리 해고 했다. 물론 이러한 조치는 백성욱의 치밀한 작전에 의해 취해졌다. 노조 부위원장을 제외한 다른 사무직 정리 해고자들에게는 사전에 비밀로 별도의 특별 조치를 취했다. 회사가 정상적으로 회복되면 복직시키겠다는 약속은 당연했다. 해고 기간 동안에도 소정의 임금을 별도로 지급한다는 조건도 넣었다. 목적은 노동조합을 약화시켜서 없애는 것이라고 구두로 양해를 구했다.

노조 부위원장을 목표로 삼은 것도 백성욱의 전략이었다. 위원장이나 사무국장을 정리 해고 한다는 것은 바로 의도적으로 노동조합을 와해하겠다는 선전포고이기 때문이었다. 어느 조직이나 상대로부터 이런 직접적인 도전을 수용하거나 좌시하지는 않는다. 사생결단으로 반발하게 되고 그 결과나 후유증을 상상하기 어렵다.

부위원장을 선택한 것은 회사가 노조 측 입장을 십분 배려해서 취한 조치라는 명분도 갖게 된다. 회사 경영이 어려워 필요한 사무직도 해고를 하는 마당에 형평성과 고통 분담 차원에서 노동조합도 정리 해고에서 자유로울 수 없다는 논리다. 노조에는 대표인 위원장과 전체의 살림을 사는 사무국장은 필수 요원이다. 그러나 위원장을 보좌하고 위원장 유고시 위원장을 대리하기 위한 부위원장은 위원장이나 사무국장처럼 필수 보직이 아니다.

어차피 고통 분담 차원에서 노동조합원도 정리 해고라는 전사적인 살 깎기 작업에 동참해야 하지만, 노조 활동에 최소의 지장을 주기 위해 다소 보조직인 부위원장을 포함시켰다. 어차피 피할 수 없는 조치이나 노동조합을 최대한 배려한 조치라는 생색도 포함되어 있었다.

노동조합은 즉각 반발했다. 즉각적인 복직을 요구하며 바로 파업에 돌입했다. 예견하고 취한 조치라 백성욱은 모든 상황을 직접 대처해 나갔다. 조업도 단축하고 관리직들 임금도 삭감했다. 물론 백성욱 자신의 임금은 회사 정상화 때까지 반납했다. 회사에는 싸늘한 찬바람이 돌고 많은 노조원들도 흔들리기 시작했다.

'정말 회사가 어려운 것이 아닐까?'
'이런 상황에서 회사가 어떻게 직원들을 믿고 일을 하겠는가?'
'거래처로부터 노조 때문에 거래 정지를 당했다더라.'
'회사가 망하면 우리들은 어떻게 살아갈 것인가?'

일부 근로자들은 불안해하며 '너무 심하지 않느냐?'고 노조 집행부에 항의도 했다. 많은 부분이 백성욱의 용의주도한 작전에 의해 유도된 것도 있었으나, 직원들의 자발적인 걱정도 적지 않았다. 허를 찔린 노동조합은 당황하여서 연일 구수회의를 했다.

출근 시간인 오전 8시 반경의 서성동 로터리는 막힌 차들로 아수라장이 되어 버렸다. 왕복 4차선 도로의 한쪽에는 50여 명의 근로자들이 한 차선을 점령하여 행진을 했다.

'불법 해고자 즉각 복직시켜라', '악덕 업주를 즉각 구속하라!' 등의 현수막이 시위대 앞과 뒤에 들려 있었다. 머리에는 검은 글씨로 같은 내용이 적힌 붉은 띠를 맸고, 구호를 외치며 오른팔을 선도자의 선창에 맞추어 높이 쳐들었다. 교통경찰과 정보형사들이 거리 행진은 불법이라며 해산을 종용했으나 별 효과가 없었다. 급기야 경찰 기동대가 투입되어 30여 분 만에 시위대를 해산시킨 후 거리는 정상을 되찾았다.

그다음 날은 지역의 타 노조 간부들 40여 명이 백성욱의 회사에 농성 중인 노조원들과 합세해 회사 정문을 돌파하고 거리 행진을 시도했다. 그러나 미리 배치된 경찰들이 바리케이드를 치고 저지해 골목 밖으로 나가지 못했다. 시위 노동자들은 다시 회사 마당으로 돌아와 농성을 계속했다.

오전 10시경에 노동청 근로감독관 3명이 백성욱의 회사로 들이닥쳤다. 고발에 의하여 특별 근로 감독을 시행한다며 공문을 제시했다. 특별 감독을 실시한 다음 날 32개 항목의 작업장 안전 점검 위반 및 근로기준법 위반 사항이 지방노동사무소로부터 회사로 통보됐다.

위반 사항을 통보 받은 날 오후 2시경에 근로감독관 3명이 회사로 찾아왔다. 백성욱을 면담하고 노동청으로 임의 동행을 요구했다. 임의 동행에 불응하면 근로기준법 위반 혐의로 체포할 수밖에 없다며 그중 한 명이 바지 뒷주머니에서 수갑을 꺼냈다.

근로감독관들에게는 노동 관련 수사와 위반자를 체포할 수 있는 사법경찰권을 갖고 있다는 것을 백성욱은 이미 잘 알고 있었다. 지방노동사무소장실에는 소장과 경찰서장이 대기하고 있었다.

노동사무소장은 백성욱의 애로 사항은 이해하나 사회적인 문제가 되니 해고된 근로자들을 복직시키라고 종용했다. 백성욱이 노조가 한 행위의 부당성과 업무 방해를 조목조목 설명하자 옆에 있던 서장이 협박조로 말을 꺼냈다.

"당신 회사만 중요하고 사회 질서는 생각하지 않는 거요? 소장님 말을 듣지 않으면 경찰을 투입해서 회사와 당신 개인 비리를 낱낱이 조사해 바로 구속 수사할 수밖에 없소!" 하며 으름장을 놓았다.

백성욱은 부위원장 등 해고자들을 즉각 복직시키겠다는 확인서를 써 주고 풀려났다.

노동조합 부위원장의 복직으로 회사와의 싸움에 기선을 잡은 노동훈은 자신감을 얻었다. 일단 강경 투쟁만이 불합리한 노동법을 깨고 승리를 쟁취할 수 있다는 것이 이번 복직 투쟁에서 얻은 주옥같은 교훈이었다.

회사 내에서 노조 지위를 확보한 노동훈은 지역 노조 운동에 관심을 갖게 됐다. 그때 복직 투쟁에서 나타난 확실한 사실은 한 단위 노조의 힘만으로는 힘 있고 조직적인 회사 측을 이길 수 없다는 점이었다. 노동청이나 경찰과 같은 공권력은 가두시위 같은 언론에 노출되고 시민들의 생활에 불편을 주는 것에는 의외로 취약하다는 것을 알게 됐다. 공권력의 아킬레스건을 파악한 것이었다.

위원장이 된 노동훈은 공단 지역 내에서 가장 영향력 있는 노조 위원장으로 평가 받았고, 다른 노조의 지원과 노조 탄생의 산파역을 자임했다. 이렇게 신규 노조 설립이 많아지자 정신을 못 차리는 곳은 주무 기관인 노동사무소였다. 노동사무소는 근로기준법과 노동조합법을 근거로 신생 노조들을 압박했고, 실정법으로는 손발이 묶여 되는 것이 없던 노동훈과 그를 추종하는 노동조합의 간부들은 노동법 개정을 요구하며 노동사무소를 점거하여 강경한 대정부 투쟁에 들어갔다. 위기를 느낀 행정 당국이 뒤늦게야 공무 집행 방해와 삼자 개입으로 노동훈과 지역노조 간부들을 구속했다.

당시의 노동조합법에서는 상급 단체나 조합원이 아닌 제삼자가 노사 분규에 개입하면 '삼자 개입 금지' 조항에 위촉되어 형사 처벌을 받았다. 노동행정 부서에서 노조를 압박하는 금과옥조였다.

노동사무소장과 경찰서장의 협박에 굴복해 해고자를 원대 복귀시킨 백성욱은 참담하기 이를 데 없었다. 이유야 어떻든 일단 노조에 굴복한 것은 명백한 사실이었다. 직원들에게 회사와 자신의 권위가 실추된 것은 말할 나위 없었다. 처음에는 백성욱도 마음을 비우고 회사 형편이 닿는 데까지 근로자들 복지 향상을 위해 노조와의 협상에 응했다. 그러나 하루가 다르게 새로운 것을 제시하는 노조의 요구는 끝이 없었다.

마침내 백성욱은 노조와 노조를 조종하는 운동권의 목적이 노동자들을 위한 복지 투쟁이 아니라는 것에 생각이 미쳤다. 노조를 도구로 회사 경영을 어렵게 만들어 망하게 해서, 근로자들이 실직하고 거리로 쏟아지면, 사회 혼란이 오게 되고, 결국은 무능한 정부를 무너뜨려서 사회주의 혁명을 일으키는 것이 그들의 최종 목표라고 판단하기에 이르렀다.

백성욱은 섬뜩하여 몸을 부르르 떨었다. 학교 다닐 때 읽은 레닌의 볼셰비키 혁명이 떠올랐다. 대중 혁명은 소수 엘리트들의 리더십에 의하여 성공되는 것이지 결코 대중들의 자발적인 투쟁에서 이루어지는 것이 아니다.

그때와 같은 공권력이 무력화된 혼란 상황은 일촉즉발의 국가 위기 상황이라고 판단한 백성욱은 회사에 매우 우호적이고 열심히 일하던 현장 아주머니 한 명을 조용히 불렀다. 공산주의에 대한 근로자들의 생각을 알아보기 위해서였다.

"빨갱이라고 사람을 죽이기야 하겠습니까?"

"뼈 빠지게 일해 봐야 자식새끼 대학도 못 보내는 세상에서 나빠진들 얼마나 더 나빠지겠습니까?"

아주머니는 울먹였다.

백성욱은 절망했다. 어떻게 이 난국을 헤쳐 나갈 것인지 막막하기만 했다. 매일 술을 마시며 넋 나간 사람같이 보내다가 결단을 내렸다.

"노조는 기생 식물이다."

"숙주가 죽으면 기생 식물이 어디에 붙어서 살 것인가?"

뜬금없이 이순신 장군의 난중일기의 구절을 되씹어 보았다.

"죽기로 각오하면 살 것이고,"

뒷말은 필요 없었다. 죽기로 각오한 자가 무슨 살 방도를 생각할 것인가?

"회사 문 닫을 각오를 다시 하자."

"어차피 문 닫아야 할 것인데 무엇을 못하겠는가?"

백성욱의 마음이 한결 맑아졌다. 이것이 정의라면 따를 수밖에 없다고 마음을 다졌다.

"정면 돌파다!"

백성욱은 그렇게 마음을 정하고 한참을 기다렸다. 어차피 마음대로 운영할 수 없는 회사 형편이라 어떤 결정적인 승부수를 걸 수 있는 찬스를 기다렸다. 그냥 무작정 기다렸다.

강태공이 날이 없이 곧게 펴진 낚시로 세월을 낚았다는 고사는 때때로 우리가 새겨서 따라야 할 가르침을 준다. 기약 없는 인내를 의미한다. 며칠 몇 달이라 정해진 기간도 견디지 못하는 것이 우리 인간인데 기약도 없이 무작정 기다리는 것은 사람을 애태워 죽이는 일이긴 하다.

백성욱에게도 기다린 보람이 있었다. 노동훈이 구속됐나. 백성욱에게 때가 온 것이다. 다시 없는 호기였다. 노동훈이 구속되자 노조는 대행 체제로 들어갔다. 백성욱은 노조와 적당히 타협하면서 다시 한 번 때를 기다렸다. 구속 재판 중인 노동훈의 선고일만을 기다렸다.

"사장님, 노동훈이 풀려났습니다."

"뭐라고요?"

백성욱이 자신도 모르게 고함을 지르며 의자에서 벌떡 일어났다.

"노동훈이가 실형을 면하고 풀려났습니다."

백성욱은 노동훈이 실형을 선고 받으면 단체 협약과 근로 계약상의 '형을 받은 자는 해고할 수 있다.'는 조항을 적용해 위원장인 그를 해고하기 위해 총무과장을 노동훈의 선고 일에 법정으로 방청을 지시해놓고 있었다. 노동훈만 없다면 나머지 노조 간부들과의 싸움은 어떻게든 승산이 있다고 판단했다.

"자세히 말해 보세요. 그것이 어떻게 무죄가 됩니까?"

"저도 그렇게 생각했는데 판사가 노동훈에게 집행 유예를 선고해서 풀어 주었습니다."

"집행 유예요?"

금세 백성욱의 눈이 반짝거리고 생기가 돌았다. 6개월 징역에 집행 유예 2년이 선고된 것이다. 백성욱은 즉시 임시로 급조된 인사위원회를 열어 노조 간부가 입회한 자리에서 노동훈을 해고시켰다. 집행 유예는 구속 집행은 하지 않으나 엄연한 실형 처벌이다.

회사는, 법과 단체 협약에 의거한 범법자에 대한 적법한 절차를 거친 해고이므로 즉시 노동훈의 회사 출입을 금지시켰다. 동시에 회사는 관리직을 중심으로 회사를 회생시키자는 소위 구사대를 조직해 부당하거나 무리한 노조의 요구 사항들을 거부하고 생산 활동에 전념했다.

회사는 자발적으로 근로 복지를 개선하고 고충 처리 활동을 활성화시켰다. 벼랑 끝까지 가 본 백성욱으로서는 회사만 살릴 수 있다면 개인의 안일과 영달 따위는 관심조차 없었고 무엇이나 할 수 있을 것 같았다.

노조위원장의 해고 절차에 문제가 있다며 노동조합은 위원장의 복직을 계속 주장했다. 그러나 그 강도는 지난번 부위원장 해고 시의 투쟁과는 확연히 달랐다. 구심점이 없고 투쟁 방법 또한 약하고 엉성했다. 노동훈의 빈자리가 그만큼 크게 보였다.

백성욱은 이미 이러한 상황을 예견하고 치밀한 계획을 세웠다. 위원장 노동훈이 없는 상황에서 노조 간부들은 위원장 대행 체제로 가겠지만 내부적으로는 흔들릴 것이다. 한국 사람들은 누구의 밑에서 지시를 받아 가며 사는 것을 무척 싫어한다. 기회만 있으면 윗선을 몰아내고 자신이 위로 올라가려 한다. 이러한 사실은 지나간 역사가 말해 준다.

　가까이 있는 일본과는 국민성 자체가 틀린다. 외국에 여행 가 보면 일본 여행 단체들을 많이 만난다. 여행 그룹의 선두에는 항상 작은 깃발을 든 선도자나 가이드를 발견할 수 있다. 모든 여행객들은 깃발을 든 사람의 지시에 따라 일사불란하게 움직이고 아무 탈 없이 관광한다. 가끔 부럽기까지 하다.

　그러나 한국 사람들의 모습은 사뭇 다르다. 가이드는 고래고래 고함을 지르며 여행자들을 모으고, 관광객들은 뿔뿔이 흩어져서 계획된 시간대로 일정이 진행되는 법이 없다. 몇 시까지 모이라 하면 꼭 한두 명이 늦게 와서 다른 사람들의 불평과 핀잔을 듣는다.

　이런 한국인들의 개인주의 행동을 알고 있는 노련한 한국 팀 가이드는 꼭 5분 내지 10분 전에 모이라고 시간을 앞당겨서 얘기한다. 그러면 가이드의 그런 수법을 간파한 교활한 여행자는 아예 15분 후에 나타나서 가이드의 허파를 뒤집어 놓곤 한다. 도무지 한국인들은 여러 명을 한꺼번에 통제할 방법이 없다.

　그것은 국민성이다. 이것은 좋다 나쁘다고 평가할 대상이 아니다. 깃발에 따라 일사불란하게 움직이는 일본인의 근성은, 예로부터 무사도와 사무라이 정신을 확립해 오랜 막부정치의 안정을 가져왔다. 개화기를 거치면서 전체주의적인 일본이란 우수 집단을 발전시켜, 세계적인 경제 사회 발전 모델이 되었다.

반면 한국 역사의 대부분은 역성혁명과 역모로 점철됐다. 나보다 우수한 타인은 왠지 속이 매스껍고 배알이 꼴린다. 내가 해야만 직성이 풀린다. 이러한 독립심과 자존의 국민성은 아이러니하게도 지금과 같은 진취적이고 창조적인 나라를 만든 밑바탕이 되었다.

"대행 체제도 하루 이틀이지 노사 협상장에는 책임 있는 위원장이 직접 참석하시오."

백성욱이 노조 대리인들에게 말하며 위원장이 불참하면 노사 협상을 거부하겠다고 계속 압력을 가했다. 해고된 전임 위원장의 눈치와 그에 대한 의리로 새 위원장 체제를 바라고 있는 간부들도 머뭇거리고 있다는 것을 간파하고 그들에게 노동훈을 배제시킬 빌미를 만들어 주는 것이었다. 위원장이 되고 싶은 사람이 왜 없겠는가? 결국 노동조합은 새로운 위원장을 선출하고 새 위원장은 자신의 세력 구축에 여념이 없었다.

투쟁적인 노동조합을 순화시킨 백성욱은 회사 친위 세력과 온건 노조원들을 인내를 갖고 끈기 있게 지원했다. 회사 노조는 투쟁 일변도의 성향을 지양하고 사내 업무와 근로자 복지 향상을 추구하는 온건 노조의 틀을 잡아 갔다. 노조에서 노동훈의 색깔과 흔적도 점점 흐려졌다.

전투적인 노조와의 피를 말리는 투쟁에서 벗어난 백성욱의 사업이 이제야 빛이 보이는 듯했다. 노사도 안정되고 거래처도 확보되었다. 몇 년간의 비싼 수업료를 지불했지만 기업가로서의 틀이 잡혀 갔다.

"아, 이제야 뭐가 좀 보이는 것 같다!"

백성욱은 길게 기지개를 폈다. 사업 현장이 아무리 어렵고 치열해도 그에게는 한 판의 게임에 불과했다.

기업가 정신

첫날이라 재판은 빨리 끝났다. 백성욱은 지금 재판 중이다. 노동훈이 회사에서 해고되자 회사를 상대로 법원에 불법 해고 취소와 복직을 요구하는 소송을 냈다.

오늘이 그 재판 첫날이었다. 백성욱과 노동훈은 전생에 무슨 깊은 업으로 얽혔기에 회사에서 싸우고 헤어지고 나서 법정에서 또다시 만나는가.

재판정을 나오며 백성욱은 먼 하늘을 바라봤다. 오던 비는 그쳤다. 건물들 위로 보이는 하늘이 아침처럼 동이 트고 있다. 바지 주머니를 뒤졌다. 찌그러진 담뱃갑이 손에 잡힌다. 담뱃갑 속을 들여다봤다. 구석에 마른 고추같이 구부러진 솔담배 한 개비가 보인다. 성냥을 그어 담배에 불을 붙이고 빈 갑을 두 손으로 구겨 담벼락에 던졌다. 깊게 빨아들인 담배 연기를 내뿜었다. 튕겨 나간 연기가 고리를 만들어 늘어진 소나무 가지에 걸리더니 금방 사라진다.

"나쁜 자식."

백성욱의 입에서 자신도 모르게 욕설이 나왔다. 부당 해고라니, 그러면 그때 노동훈을 해고하지 말았어야 했단 말인가. 말이 되지 않는다. 그때 노동훈을 해고하지 않았다면 어떻게 되었겠는가. 백성욱은 생각만 해도 섬뜩했다.

노동훈은 지금도 암암리에 회사 노동조합원들과 연락을 하고 지내는 것으로 그는 알고 있다. 그래도 노조를 창립하고 한때는 위원장인 노동훈을 지금의 노조 집행부도 몰라라 할 수는 없을 것이다. 이해는 한다. 그런데 그 노동훈이 회사를 상대로 재판을 걸었다. 그런 상황에서 그는 회사의 해악이요 뽑아 버려야 할 가시였다. 아무튼 골치 아픈 일이 하나 더 백성욱에게 생긴 것이다. 그렇지 않아도 거래처 문제로 한순간도 마음을 놓을 수 없는 그다. 쉼없이 마음을 조여 온다. 일단 일어난 일이니 수습을 해야 했다. 백성욱은 법정 입구에 있는 공중전화 부스로 갔다. 수화기에 여자의 목소리가 들렸다.

"뭐라고요? 이길지 질지도 모르는 재판을 의뢰하는데 50만 원을 내라고요?"

"법정 수임료가 그렇고 재판에 이기면 성공 보수를 별도로 주셔야 합니다."

변호사 사무소 여직원이 말했다.

"변호사는 있습니까?"

"재판 가셨는데요."

일단 변호사에게 제소당한 사건을 수임시켜야 한다. 지금 백성욱이 처해 있는 형편으로 봐서 직접 모든 재판을 대응하는 것은 무리다. 백성욱은 오른손으로 버릇처럼 뒷머리를 북북 긁고 법원 주차장으로 갔다. 변호사 사무실은 가깝지만 타고 온 차로 가는 것이 다음 장소로 이동하기 편하다.

회사에는 업무용 승용차를 한 대 갖고 있었다. 특별한 일이 없으면 거의 사장인 백성욱이 타고 다닌다. 회사 규모가 크지 않기 때문에 외부일은 사장이 직접 차를 타고 다니며 처리한다. 일 년 전에 산 검정색 포니다. 포니가 처음 개발된 지는 몇 년 됐으나 외국으로 수출을 겨냥해서 얼마 전에 페이스 리프트 한 포니엑셀 모델이다. 엔진이나 변속기, 차대 등 중요 부분은 그대로 두고 겉모양만 새로 바뀐 모델이다. 자동차의 외형은 차를 사는 사람들에게는 그 성능만큼이나 중요한 선택 요소 중 하나다.

변호사 사무실에서 조금 떨어진 빈터에 포니를 세웠다. 차에서 내려 두 손을 바지 주머니에 꽂고 시멘트 블록으로 포장된 보도를 걸었다. 비에 젖어 축축하게 회색을 띤 길을 고개를 숙이고 걸었다. 플라타너스 가로수 잎에서 떨어진 물방울이 길에 파인 웅덩이에 동심원을 그린다. 사거리 모퉁이 2층에 친구 변호사 사무실이 있었다. 4층까지 층마다 변호사 사무실, 법률사무소 혹은 합동공증법률사무소란 작은 간판들이 다닥다닥 붙어 있다. 법원이 인근이니 당연해 보였다.

문을 열자 낯익은 대머리 사무장이 반색하며 나와 둥근 테이블에 마주 앉았다.

"뭐 한 잔 드시죠?"

"아무거나 주세요."

"그런 건 없습니다."

나이도 있고 친구인 변호사와 함께 술자리도 같이한 적이 있는지라 사무장이 아예 친구 자리를 앗아가고 대신 들어앉은 듯이 농을 했다.

"커피 드시죠?"

자기 마음대로 여직원에게 지하 다방에 커피 두 잔을 시키라고 한다.

"그기……사장님께서 참 잘못하셨어요."

사무장이 형이 확정도 안 된 상황에서 징계 해고를 한 것은 근로기준법 몇 조 몇 항과 형사소송법에 의하여 큰 실수를 했다고 그를 다그친다. 마치 자기가 검사인 양 죄인 심문하듯 한다. 배울 만큼 배운 양반이 어찌 시장바닥 좌판 아지매 끝전 계산하듯 하느냐며 이날은 훈시가 제법 길어졌다.

"변호사는 어디 갔어요?"

백성욱은 사무장의 심문으로부터 벗어나려고 말을 끊었다. 그렇지 않아도 부당 해고자로 낙인찍혀 재판 받고 오는 길인데 친구 사무장마저 교감 선생님 노릇을 하려드니 입안이 생감 씹은 듯이 떨떠름하다.

"아, 재판 들어가셨는데 곧 오실 겁니다."

백성욱은 사무실을 휘 둘러봤다. 변호사 방은 별도로 있었다. 원탁과 변호사 방 사이 책상 위 책꽂이에 누런 서류 파일들이 꽂혀 있고, 이십대 후반으로 보이는 여사무원이 다다닥 소리를 내며 아이비엠 전동 타자기를 두드리고 있었다. 눈은 책꽂이에 기대어 놓은 원고에 고정한 채 두 손을 고정하고 손가락만 눈에 안 보일 정도로 움직인다.

다른 친구의 직조 회사에서 본 직조기 북을 연상했다. 북은 쉴 새 없이 빠르게 움직이고 있었다. 변호사 방의 반대편 구석에 사무장 아무개라고 쓴 명패를 얹은 제법 널찍한 책상이 한 개 더 있고, 뒷벽에는 달마상이 걸렸다. 유난하게 희번덕거려 보이는 흰자위 눈으로 그를 흘겨보는 듯했다. 백성욱은 흠칫 속으로 놀랐다.

'너, 이놈!' 하며 그를 꾸짖는 듯했다. 그때 출입문이 열리며 변호사가 들어왔다.

"내 방으로 들어가자."

그는 변호사를 따라 방으로 들어갔다.

"야, 너거 변호사 사무실에는 누가 변호사냐?"

"당연히 나지, 입구 간판에 내 이름 안 적혔더냐. 왜? 또 사무장한테 꾸지람 들었냐? 저 사람이 그래. 오랜만에 왔는데 나가서 멍멍탕이나 한 그릇 하고 가라."

"야, 나 지금 피고로 피소되어 변호사님께 사건 의뢰하러 온 거야."

"걱정 마, 사무장이 알아서 잘 처리할 거야. 밥이나 먹고 가, 점심때야."

"그럼 이번 건은 우리가 이기는 거야?"

"모르긴 해도 아마 질 거야."

"질 것을 내가 왜 수임료 줘 가며 변호사를 사? 그냥 재판에 안 나가면 자동으로 지는 건데?"

"질 걸 알고도 다들 변호사에게 의뢰해. 그래야 우리도 먹고살고 직원들 봉급 주지."

"이런? 네놈들이 노조위원장보다 더한 놈들이네?"

"이제 알았어? 꽤 똑똑한 줄 알았는데 이제 보니 허깨비네? 그러니 자기 직원에게 고소당하지."

"직원이 아니고 노조위원장님이시다, 그 높으신."

"야, 아무리 위원장이라도 직원이야. 노동조합원의 자격 요건 일호가 직접 고용된 자야."

"임마, 나도 그 정도는 알아. 됐다, 밥이나 먹자. 이 사짜야."

"킥."

친구가 주먹을 입에 대고 웃었다.

며칠이 지났다. 재판은 재판이고 분 단위로 쪼개야 하는 중소기업 사장에게 송사는 하나의 보잘것없는 물결일 뿐이다.

점심시간에 맞추어 거래처에 들렀다가 그는 포니엑셀을 타고 공장으로 돌아가는 중이다. 거래처 담당 대리에게 불려갔다. 지금 막 출하가 시작된 제품이 시장 반응이 좋다고 했다. 미리미리 납품할 부품들을 비축해서 결품에 의한 생산 라인 정지의 희생양이 되지 않도록 조심하라고 귀띔도 해 주었다.

새로 개발된 제품이라 부품 납품 업자들의 생산 설비도 아직 안정되지 않은 상황이다. 어느 납품 업자든지 틀림없이 한 곳은 부품 생산이 원활하지 못해서 대기업인 자신들의 조립 라인이 정지할 수도 있다고 말해 줬다. 여기에 걸리면 본보기로 완전히 모든 거래를 끊어 버릴 것이라고 친한 사이라서 알려 준다고 했다.

대기업들은 중소 납품 업자들을 길들이는 차원에서도 생산에 큰 지장을 준 납품처는 완전히 거래를 중단시켜 버린다. 그 뒤는 불을 보듯 빤한 일이다. 외상으로 사 둔 원재료비 지급과 은행 등

기업가 정신 151

으로부터의 금융 비용은 판매와 관계없이 지급해야 한다.

요즈음 하루만 늦어도 업주를 구속시키는 노동행정 때문에 근로자 임금 연체는 꿈도 못 꿀 일이다. 판매에 의해 들어오는 돈은 없고 나갈 돈은 많아서 부도라고 불리는 지급 불능 사태가 벌어진다. 순간 은행 등 모든 금융 기관으로부터 거래 정지 처분이 내려진다. 일간지 경제란에 '거래 정지'라는 제목 아래 업체 명이 공개된다. 비싸게 융자 내어 사들인 기계 설비는 고철 값으로 팔려 버린다. 공장 건물은 값도 없이 땅값에 덤으로 얹혀서 헐값으로 넘어간다. 업주는 사전에 도피하는 것이 상례이다. 그의 가족들은 뿔뿔이 흩어져서 최하위 소득군으로 흡수된다. 사업가 집안이라고 거들먹거리던 시간들은 기억 속에 묻어 두고 남은 삶을 이어 가야 한다.

상황이 이러하니 마음은 더욱 조급하다. 지금 가지고 있는 생산 설비로는 오후 일과가 끝난 후에 잔업을 해야 한다. 토요일과 일요일도 특근을 해야 거래처가 요구하는 수량을 납품할 수 있다. 납품이란 말은 대기업 같은 원청 기업이라고 불리는 물건을 사 가는 회사가 시킨 대로 작은 중소기업이 물건을 만들어서 제공하는 것을 말한다.

그런데 요즈음 현장 분위기가 녹녹하지 않아서 답답하다. 차 가속기를 세게 밟았다. 배기량은 적어도 백성욱의 마음을 알아주는지 힘겨워하면서도 포니는 공기를 가르며 고속도로를 달려 준다. 반대편에도 컨테이너 트레일러와 짐차들이 줄을 지어 달리고 있다. 작년에 비해 올해 들어 경기가 좋아진 것은 도로에 화물차 수가 늘어난 것을 봐도 짐작이 간다. 크거나 작거나 제조업은 경기가 살아나야 한다. 바쁘더라도 그래야 나름대로 숨통이 트이는 법이다.

공장에 도착하자마자 바로 현장 사무실로 갔다. 공장장이 일어나서 의자를 권했다.

"잔업 인원은 어떻습니까?"

백성욱 사장이 선 채로 물었다.

"턱없이 부족합니다."

공장장이 얼굴을 찌푸리며 대답했다. 그도 지금 거래처로부터 물건 빨리 보내라고 매일같이 시달리고 있을 터이다. 거래처는 웬만해서 사장을 직접 오라고는 하지 않는다. 시장의 평이 좋은 이번 신제품에 거래처 전체가 온 신경을 쏟고 있음이 틀림없다. 2차 오일 쇼크로 길고 길었던 불황의 늪을 빠져나온 후 모처럼 맞은 호기다.

기업에는 때가 있다. 때를 잡지 못하거나 온 기회를 놓쳐 버리면 그런 기회를 다시 잡기란 여간 어려운 것이 아니다. 아니 영원히 잡지 못하고 시들시들 도태되어 버릴 수도 있다.

"여보세요, 공장장입니다."

전화 속의 목소리가 잔잔하게 떨려 온다. 또 무슨 문젠가? 요즈음은 회사에서 전화가 오면 일단 가슴부터 먼저 뛴다. 잠깐 지점장에게 직원이 찾는다고 양해를 구하고 지점장실 밖으로 나왔다. 공장들이 몰려 있는 공단 안에 위치한 지방 은행은 일층에는 서민 금융부가 있다. 창구에는 입출금을 위한 일반 사람들이 창구에서 은행 직원들을 마주보고 업무에 바쁘다.

이층에 위치한 지점장실은 VIP상담실이라는 문패가 붙어 있다. 기업하는 업자들이나 은행에 예금이 많은 사람들은 창구를 통하지 않고 바로 지점장 방에서 차를 대접 받으며 볼일을 본다. 은행 볼일은 담당자가 지점장실에 들어와 필요한 서류나 자필 서명 등을 받아 가 처리해 준다. 마침 지점장과 골프채에 관해 이야기하던 중이라 백성욱은 잠시 계단 쪽으로 방을 나왔다.

은행이라는 곳이 기업이 잘되고 여유 자금을 잠시나마 예치하면 깍듯이 대접한다. 회사의 운영이나 재무 상태에 조금이라도 이상한 기미가 보이면 바로 경계를 하고 의심을 갖고 주시하는 곳이다. 공장장으로부터 별로 좋은 이야기가 나오지 않을 것 같은 상황에서 복잡한 회사 내부 이야기를 지점장에게 들려줘서 좋을 것은 없다.

"접니다. 무슨 일이세요?"

백성욱은 태연하게 공장장에게 물었다. 최고 경영자라면 비록 중요한 간부라 할지라도 속마음을 숨기는 것이 일반적인 습성이다. 좋은 일보다 풀어야 할 문제들이 많은 것이 제조 회사라 설혹 걱정거리가 있어도 내색을 하지 않는다. 사장이 걱정스러운 표정을 지으면 직원들이나 간부들마저도 불안해한다.

"큰일입니다. 오늘 일요일 특근 신청을 받았는데 아무도 응하지 않았습니다."

공장장의 목소리가 다급하다.

"지금 상황에서 특근을 안 하면 거래처 라인 스톱이 발생할 텐데요?"

백성욱도 다소 언성을 높였다.

"잘 알고 있습니다. 간부들까지 동원해서 설득을 했는데도 영 먹혀들지 않습니다."

"그래서 어떻게 할 예정입니까?"

백성욱이 다소 짜증스럽게 공장장을 다그쳤다. 그인들 뾰족한 해결책이 없다는 것은 알지만 일일이 모든 사정 다 봐주고 공장이 돌아가던가?

"별 도리가 없어서 급하게 보고 드리는 겁니다."

공장장의 목소리가 기어들어가고 있었다.

"일단 관리직 전원을 현장으로 투입하세요."

백성욱은 별일 없었다는 듯이 태연하게 지점장실로 돌아왔다. 최근에 새로 나온 일제 드라이버가 지금 지점장이 낙담하고 있는 슬라이스 문제를 해결해 줄 것이라고 조언을 했다. 다운스윙 시에 왼발에 먼저 체중 이동이 되어야 한다는 점을 재차 명심시키고 회사로 나섰다.

은행 지하 주차장에 세워 둔 자동차의 시동을 걸었다. 오늘따라 엔진 소리가 무겁게 들린다. 동네 앞 도로에 자가용차가 지나가면 온 마을 사람들이 신기한 듯 눈을 들어 바라보던 시절, 거리에 자동차가 흔치 않던 시절이 우리에게도 있었다. 미국 기술로 자동차를 조립하던 자동차 회사의 꿈은 바로 우리만의 독자 자동차 모델을 갖는 것이었다.

자금과 기술도 부족했지만 한국 독자의 고유 모델에 대한 열정과 의지만은 대단했다고 회사의 어느 자료에서 읽었다. 이렇게 개발된 차가 바로 백성욱이 회사로 타고 가는 포니다. 우중충한 하늘에서는 금방이라도 비가 쏟아질 것 같다. 운전석 문을 열고 솔

담배를 빼어 물었다. 그래도 담배 맛은 여전하다.

　오후 1시 13분. 공장이 조용하다. 윙윙거리는 선반 돌아가는 소리나 단조 프레스의 쿵쿵거리는 소리가 울려야 할 시간이지만, 지금은 적막하기만 하다. 생각 같아서는 공장에 들어가 직접 기계를 돌리고 싶다. 그것은 푸념일 뿐이다. 며칠 전 불려간 거래처 대리는 지금 막 출하가 시작된 제품이 시장 반응이 좋다고 했다. 미리미리 대비하고 비축 작업을 해서 결품에 의한 생산 라인 정지에 희생양이 되지 않도록 조심하라는 귀띔도 해 주었다. 상황이 이러하니 마음은 더더욱 조급하다.

　백성욱은 오만 상상에 부르르 몸을 떨고 공장 뒤 외진 곳에 자리한 시작실로 발길을 돌렸다. 시작실은 새로 개발하는 신제품을 시험적으로 만들어 보는 곳이다. 판매를 위해 대량으로 물건을 만들기 전에 상품으로서 문제가 생기지 않도록 이곳에서 꼼꼼하게 연구한다. 신제품 정보가 사전에 유출되지 않게 철저히 보안 관리를 해야 한다. 이런 이유로 보통 시작실은 생산 공장과 격리되게 배치한다.

　그날이 안전 교육일이라 2시간 동안 전 공장이 작업을 중단하고 교육을 시킨다. 말이 안전 교육이지 노동조합 단결 교육이다.

　극심한 노사 분규를 경험한 백성욱은 법으로 정해진 안전 교육을 아예 노동조합에 의뢰했다. 노조도 조합원의 이탈을 막기 위해서 정신 교육을 수시로 시킬 필요가 있다. 사실은 안전 교육을 노동조합에 위탁할 것을 노조에서 회사에 넌지시 띄웠다. 물론 대가로 회사의 입장에 도움이 되는 것을 노조가 양보하는 조건이었다. 두 명만 모여도 사회요 타협과 협조가 필요하다. 사장 자신이 동의한 공장 가동 정지를 어떻게 하랴? 그는 입을 쩝쩝 다시고 시작실 문을 열고 들어갔다.

거래처로부터 의뢰받은 신모델 프로토타입 즉 시작품을 비밀리에 개발하는 중이다. 환하게 나트륨등이 켜진 그렇게 넓지 않고 천장이 높은 건물 한 모퉁이에서 똑딱거리는 소리가 들린다.

모두 교육 받으러 가고 없을 텐데 누구인가? 이상하게 생각하며 백성욱은 소리 나는 곳으로 가 보았다. 사람은 보이지 않고 거무스레한 형상의 곡면 철판 뒤에서 소리가 들렸다.

"누구요?"

"그러시는 분은 누구요?"

"사장이오."

"바쁘신 사장님이 이 시간에 왜 여기 오겠소?"

"오면 안 됩니까?"

"거, 사람 바쁜데 누가 장난질이오?"

흰색 안전모에 보안경을 쓰고 감색 작업복에 시꺼먼 검댕이를 묻힌 남자가 들고 있던 망치를 바닥으로 내려놓으며 일어섰다.

"어? 진짜 사장님이시네요? 죄송합니다."

사내가 계면쩍게 고개를 숙였다.

"일하는 사람 방해한 불청객이 미안하지 반장님이 왜 미안하다 하십니까?"

시작실 반장 혼자 거래처에서 다음에 개발할 자동차 앞부분을 철판으로 만들고 있었다. 거래처는 지난번 이태리 디자이너가 설계한 한국 최초의 고유모델 승용차 개발에 성공한 후, 이번에는 순수 국내 기술로 설계마저 독립을 선언하고 개발 중이다.

완성 차 회사 개발실에서 몇 개의 콘셉트 설계를 만들고, 각 콘셉트 카 시작품의 일부를 믿을 만한 납품 업체에 맡겨 제작한다. 납품 업체가 만든 것들 중에서 전문가와 회사 관련자들이 비밀리에 품평회를 열어서 한 모델을 선택한다.

몇 년 전 포니 개발 당시에도 프런트 부분을 맡아 만들었다. 그때 제작한 것이 채택되어 상까지 받았다. 규모는 작지만 기술력은 인정받았다.

"반장님도 조합원 아닙니까?"

"노동조합요?"

"네."

"조합원이지요. 왜요? 자르시고 싶으세요?"

"원 별말씀을, 시대가 어느 땐데 사장이 조합원 해고시켜요?"

"하하, 사장님도 이제 철이 드셨나 봅니다."

반장이지만 나이가 쉰이 넘어 머리는 흰 가닥이 더 많고 검은 얼굴은 보기 좋게 주름들로 덮였다. 비록 사장과 직원 사이지만 그와는 허물없이 농을 한다. 몇 년 전 제품 개발에 어려움을 겪던 사장이 삼고초려해서 모셔온 판금과 빵낑의 명장이다. 판금은 철판을 두들겨서 바라는 형태의 형상을 만드는 것이고, 빵낑은 국적 없는 말이나 판금한 금속판에 밑칠을 하고 색을 올리는 작업이다. 아직도 작은 정비업자들에게는 통용되는 용어이다. 아마 페인팅의 불어가 다시 영어와 혼혈하여 만들어졌을 것이라고 한다.

시작반장은 안동이 고향이다. 그의 아버지는 먹을 것이 없어 서울로 도망쳤다. 당시에는 젊은이들이 고향을 몰래 떠나 도회지로 도망치는 것을 '오입 간다.'고 했다. 자세한 사연은 잘 모르나 이리

저리 흘러 다니다가 용산에 있던 시발택시 제작소에서 용접과 판금 일을 했다고 한다.

6·25 전쟁 직후라 미군들이 폐차한 지프차 엔진 위에 드럼통을 펴서 만든 차체를 올린 것이다. 이 자동차 제작의 핵심 기술이 판금과 빵낑이다. 기름을 넣었던 드럼통을 둥근 위아래 덮개를 잘라내고 해머로 두들겨서 널찍한 철판을 만든다. 이것을 차의 바깥 모양에 맞추어 재단하고, 재단된 철판을 산소 불로 달구어 녹녹해지면 솜씨 좋게 망치질로 만들고 싶은 형상을 만든다. 아세틸렌 가스를 연료로 산소를 넣고 불을 붙이면 흔히들 산소 불이라고 하는 고온의 불꽃이 만들어진다. 이러한 판금을 그때는 깽깽이라고 불렀다. 그렇게 만들어진 시발택시는 당시 인기가 좋았다고 한다.

반장의 아버지는 서울서 기술을 익히고 고향으로 내려와 정비공장을 차렸다. 반장 아버지 정비공장은 일반 차량 수리뿐 아니라 차량 제작도 했다. 소위 완성 자동차 공장을 운영했다. 역시 미군 부대에서 폐차되어 불하된 지엠시GMC 스리쿼터(4분의 3톤) 트럭을 개조해 미니 버스를 만들었다. 스리쿼터의 엔진과 차대를 그냥 쓰고 드럼통으로 판금과 빵낑을 해 버스의 외형을 만들고, 버스 전면 위에 철판을 두들겨 멋스런 엠블럼도 만들어 달았다. 장거리 시외버스는 간혹 있어도 중소 도시에 시내버스가 없던 시절이었다. 읍내에서 인근 이십여 리를 오가며, 반장 아버지의 마이크로버스는 촌사람들에게 인기가 대단했다.

반장은 일찌감치 아버지 밑에서 철공 일을 배워 자동차 판금과 빵낑에는 이골이 난 사람이다. 모든 것이 발달된 시절이지만, 자동차 시작품과 같이 한두 개의 외형을 철판으로 만들 때는 반장 아버지가 쓰던 깽깽이 판금과 빵낑 외에 별수가 없었다. 바뀐 것은 페드럼 대신 제철소의 새 철판을 쓰고, 허연 물통 속에 카바이드를 넣어서 만들어 쓰던 아세틸렌 대신 봄베에 넣어 온 엘피지를 쓰는 것뿐이다. 기술의 발달로 봐서는 먼 훗날 컴퓨터로 자동차 모양을 설계하고 쇳가루를 특수 용액에 섞어서 자동으로 시작품을 만드는 시대가 올지도 모를 일이다.

반장이 말을 이었다.

"공장의 노동자들도 인간답게 살아야 한다는 말도 틀린 말은 아니지만, 저 생각에는 아직은 때가 아니라고 생각합니다. 보릿고개의 허기를 넘은 지가 겨우 십여 년 전인데 공장을 세워 놓고 노동운동을 한다는 것은 당초에 이해가 가지 않습니다. 이러다가 공장 문을 닫으면 그 배고팠던 설움을 어떻게 다시 겪어요? 저는 두렵습니다."

"그러시는 반장님도 노조원이시지 않습니까?"

"그렇지요? 동훈이가 집까지 찾아와서 어찌나 괴롭히던지, 어른 대접받는 내가 참여하지 않으면 젊은 근로자들이 불안해서 결집이 되지 않는다며 열악한 근로 조건을 개선한다는데 마냥 모른 척하기도 어려웠습니다. 노조원들 태반은 부화뇌동이었습니다. 월급을 배로 올려 준다는데 싫어할 근로자가 어디 있겠습니까? 노동훈의 꿍꿍이속이 무엇인지는 분명치 않지만요."

백성욱은 반장의 작업을 더는 방해하지 않으려고 고생이 많다는 말을 남기고 돌아섰다.

노동청 근로감독관과 저녁을 먹고 늦게 돌아온 날 밤이었다.

"사장님, 지금 뭐 하십니까?"

거래처 담당 대리의 다급한 목소리가 유선을 통해 들려왔다.

"몇 십니까? 이 시간에 잠자지 무엇 하긴 무얼 합니까?"

백성욱은 자다 깬 눈으로 벽시계를 쳐다봤다. 밤 4시 25분에 시침과 분침이 있었다.

"편히 주무시고 내일 아침에 회사 문 닫으십시오."

딸각 소리가 나며 전화가 끊겼다. 정신이 번쩍 들어 침대를 박차고 일어섰다. 끝이 보이지 않는 컨베이어 선이 멈춰져 있고 거래처 현장 작업자들이 여기저기 모여 웅성거리는 모습이 순간적으로 머리를 스쳐 지나갔다.

'라인 스톱?'

납품이 되지 않아 거래처 생산 라인이 결국은 서 버렸다. 백성욱은 작업복을 대충 챙겨 입고 회사로 떠났다. 당직하던 생산과장이 전화를 받았다. 겨우 겨우 시간대로 소량씩 생산되는 족족 물건을 거래처로 보내고 있는데 물건을 싣고 가던 화물차가 고장이 나서 결국은 3분간 라인을 세웠다고 한다. 그의 말로는 고장 난 차의 물건을 옮겨 실으러 다음 출하를 위해 대기시키던 차를 빈 차로 고장 장소로 보내는 바람에 두 시간 후에 도착시킬 물건을 실을 차를 수배하지 못했다고 했다. 백성욱은 달리 방도를 찾을 수가 없었다. 포니의 트렁크와 뒷좌석과 조수석에 납품할 물건을 실었다.

출발 전에 자동차를 점검했다. 산 지는 오래되지 않았으나 잦은 출장으로 엔진과 변속기와 같은 힘을 전달하는 구동 장치는 거의제 수명을 다했다. 만일을 위해 앞과 뒤 타이어를 둘러보았다. 앞것은 많이 닳았으나 뒷 타이어는 쓸 만하다. 뒤쪽 짐이 무거우니 거래처까지 가기에는 별 탈이 없을 것 같았다. 포니가 애처롭다는 생각이 들었다. 과장이 너무 많이 싫어 위험하다고 말렸으나 틈이 있는 곳에는 모조리 물건을 실었다.

고속도로를 달리는 포니가 힘겨워했다. 달려 주는 포니가 고마울 따름이다. 1,200CC에 불과한데도 1톤 트럭에 버금가는 부품을 싣고도 힘차게 달린다. 백성욱은 쓰다듬듯이 손으로 핸들을 한 바퀴 둘렀다.

"고맙다, 너 같은 직원 세 명만 있으면 내가 다리를 뻗고 자겠다."

덩치는 작아도 제법 힘을 썼다. 새벽이 밝아 올 즈음 거래처 컨베이어 앞에 포니를 세웠다. 차에서 내려 발로 왼쪽 앞바퀴를 툭 찼다. 운동을 마치고 친구 등을 다독이듯이 또 한 번 툭 찼다. 수고했어. 주인을 잘못 만나 용도도 아닌 화물차 역할까지 해야 하니. 어떻게 하겠나, 화물차가 없는데. 나도 화물차 기사는 아니지 않느냐. 너를 다시는 화물차로 쓰지 않겠다는 약속은 못한다. 우리는 언제라도 필요하면 다시 뛰어야 할 것이다. 그것이 너와 나의 숙명이라면 그냥 받아들이기로 하자. 급한데 승용차 화물차가 따로 있겠나. 그냥 차이기로 하자.

담당 대리가 미리 조치를 취해서 그렇게도 삼엄하게 검색을 하는 정문도 논스톱 패스로 생산 라인까지 직행했다. 이런 것을 보면 대기업이 그 큰 덩치를 어떻게 운신하는지 조금은 이해할 것 같다. 위급한 상황이 닥치면 모든 규정에 우선해 문제부터 해결하고 본다. 이런 규정 위반으로 다리가 무너지고 사고도 생기지만 일본 사람들도 한국 사람들의 이러한 순발력에는 혀를 내두른다.

생산부가 아닌 구매부 소속이나 조달 부족으로 생산 라인이 선

상황이니 담당 구매부 대리도 현장에 나와서 백성욱을 맞았다.

"사장님이 직접 오셨어요?"

"예."

백성욱이 운전석에서 내리며 대답했다.

"사장님이 왜 와요, 물건을 보내야지요?"

대리가 얼굴을 붉히며 버럭 화를 냈다.

"물건은 지금 어디까지 왔어요? 제길, 급해 죽겠는데……."

"여기 있지 않습니까?"

"어디요, 지금 누구 부아 지릅니까?"

대리가 문지방을 주먹으로 쳤다.

"포니 안에……."

자동차 속을 들여다보던 대리가 입에 두 손으로 마이크로폰 울림통을 만들고 공장 쪽을 향해 소리쳤다.

"김 반장님, 물건 왔습니다. 빨리 사람 보내십시오."

생산 라인이 무사하게 돌아가는 것을 확인 후 대리와 그는 길 건너 국밥집으로 갔다.

"저것들 싣고 시속 몇 킬로로 왔습니까?"

대리가 물으며 국밥을 수북이 한 술 떴다.

"차를 좀 제대로 만드십시오. 남은 바빠 죽겠는데 조랑말 녀석이 80킬로로 빌빌거리는 통에……."

한숨 돌린 백성욱도 여유를 갖고 대리를 놀렸다. 백성욱이 타고 다니는 포니는 '조랑말'이란 뜻이다. 대리를 힐끗 쳐다보며 빗대어 한 말이지만, 그도 내심으로 스스로에게 '당신 조랑말 한 마리 잘 키우셨어요.'라고 말하고 싶기도 했다.

"1톤이나 싣고 80킬로나 달렸어요? 역시 우리 포니는 마이티야. 저도 퇴근할 건데 우리 소주 한 병만 합시다."

대리가 주인 아주머니를 부르며 등 뒤로 말을 넘겼다.

이른 새벽부터 잊고 있던 허기에 나른한 피로가 알코올을 타고 온몸으로 퍼졌다.

변호사 친구로부터 전화가 왔다.

"어, 백 사장? 난데, 우리 사무실로 좀 와야겠네. 노동훈 그 친구 보통이 넘네."

노동훈이 제기한 부당 해고 취소 소송 건에 원고 측이 새로운 증거를 제출했다고 했다. 재판이 불리하게 되고, 어쩌면 패소할 수도 있으니 필요한 반증을 추가로 제시하라고 했다.

고소당한 입장에서 기존 증거에 반증도 구하기 어려운데 다시 새로운 증거를 제시하고 반증을 하라고 한다. 이는 필시 회사 일로 앞뒤 분별하기 어려운 사장의 사정을 읽고 재판을 질질 끌려는 술책이다. 영악한 노동훈이 가하는 새로운 반격이 분명하다. 평소 같으면 이 정도로 불안해하지 않는 그다. 노동훈을 일심 선고 즉시 형이 확정되지 않은 상태에서 해고시킨 것도 나름대로 계획이 있어서 했던 행동이다. 항소 기간을 기다릴 여유가 회사에는 없었다. 하루라도 빨리 노동훈을 노동조합에서 격리시켜야만 했다.

노동훈은 역시 보통 머리가 아니다. 처음에 그를 순진한 현장 작업자로 만만히 보고 처리해서 노조가 생겼다. 지금은 그로부터 피소당하고 있다. 형이 확정 안 된 해고로 다시 시비가 생기면 그때 대응하면 되리라고 생각했다. 일단 회사가 위기에 처하면 뒤에 발생할 일은 생각할 필요가 없다. 순발력 있게 상황을 처리한 뒤, 시간을 벌고 다음 일에 대응하는 것이 조직의 책임자가 취해야 할 방책이다. 우유부단하게 주저해 버리면 기회를 놓치고 돌이킬 수 없는 위기를 맞게 된다. 순간순간의 제대로 된 판단이 기업가의 첫째 덕목이 아닐 수 없다.

백성욱이 걱정하는 것은 현실적으로 재판에 신경 쓸 경황이 없기 때문이다. 전날 거래처 담당 대리로부터 연락이 왔다. 지난번 야간에 3분간 생산 라인을 세운 일이 마음에 걸린다고 했다. 지금 거래처에서는 연례적으로 시행하는 중점 육성 부품 업체 선정 작업 중이라고 했다.

거래 회사는 매년 일정 수의 납품 업체를 교체한다. 기존 납품 업체 일부를 거래 대상에서 제외시키고 새로운 우수 업체를 새 협력 업체로 등록시킨다. 새로운 우수 업체도 발탁되지만 회사나 유력한 임직원과의 특수 관계 업체가 선정되는 경우도 있다.

제외되는 기존 협력 업체도 대부분 실력이 부족해서 탈락하지만 가끔은 미운털도 솎아내는 기회다. 실력이 부족해서 탈락 명단에 올라 있어도 미리 정보를 입수해 힘 있는 줄을 잡아서 회생되는 경우도 있다. 이는 납품 업체의 생사가 달린 일이다.

규모가 상대적으로 작은 백성욱의 회사는 이맘때만 되면 불안하다. 담당 대리의 말로는 3분간 라인을 세웠으나 사장이 즉시 물건을 직접 싣고 가서 대응을 한 덕에, 생산부와 거래처 노조가 협의해 납품 지연으로 컨베이어가 선 시간에 야간 휴식을 30분 앞당겨 시행하고, 라인은 섰으나 생산 차질은 없었던 것으로 처리해 주었다고 했다. 사장이 임기응변을 적절히 잘했기 때문에 노조와 생산부를 설득시킬 수 있었다고 했다. 그러나 라인 스톱 기록은 등록이 되었으므로 육성 업체 선정에 어떤 영향을 미칠지는 대리인 담당자도 자신이 없다고 우려했다.

골머리가 지근거렸다. 현장의 잔업 거부도 풀리지 않고 라인 스톱을 막기 위해 트럭의 반도 채우지 않고 시간마다 납품 차를 보내고 있다. 과다한 운송비 부담은 걱정 축에 끼이지도 못한다. 돈을 걱정할 사치스런 회사 운영 상태가 아니다. 이런 와중에 노동훈이 다시 걸고넘어지려 해 울화통이 터지려 했다.

그래 어떻게든 지금의 상황을 넘기고 보자. 백성욱의 과실도 있으니 사실 적당한 시시비비 후에 양보를 하려고 마음먹고 있었다. 노동훈이 겪은 해고 고초도 조금은 미안했다. 그런데 이 어려운 상황에서 다시 걸고넘어져? 배신감이 뱃속에서 꿈틀거렸다. 알았다. 끝까지 가 보자. 백성욱은 지그시 어금니를 깨물었다. 정면 돌파다.

"나이스 샷!"

골프장에서 거래처 부장이 날린 티 샷에 그는 손뼉을 치며 소리쳤다. 같이 있던 나머지 두 명도 박수를 치며 한마디씩 한다.

"부장님, 요사이 뭐 별도로 드시는 것이 있습니까?"

플라스틱 부품을 납품하는 강 사장이 만면에 웃음을 지으며 부장에게 다가갔다.

"무슨 말씀 하십니까? 월급쟁이가 애들 등록금 대기도 빠듯한데 별도로 먹다니요?"

티 박스에서 드라이버 티업을 준비하며 지역 부품 업체 총무를 맡고 있는 김 사장이 쿡쿡거리며 거든다.

"꼭 뭐 좋은 것을 먹어야 힘이 납니까? 숨겨 둔 삼이라도 있겠지요?"

"삼은 먹는 것이 아니고 숨겨 두는 것이오?"

강 사장이 타박을 준다.

연거푸 연습 스윙을 하며 김 사장이 되받는다.

"삼도 여러 가지 있지요. 장뇌삼, 산삼, 아주 좋은 삼도 있지요. 쿡."

"사장님, 부장님도 계시는데 어떻게 그런 외설스런 농담을 하십니까?"

백성욱이 연배가 높은 김 사장에게 민망하다는 듯이 말했다. 김 사장이 말한 높은 삼을 신라 향가식 이두로 쓰면 다른 말이 된다.

"아, 백 사장님 괜찮습니다. 모두들 제품 개발에 머리들이 징상이 아니실 텐데 저도 알 듯 모를 듯 아 하하하하!"

부장도 맞장구를 쳤다. 그도 따라 웃었다. 백성욱이 뛰어다니며 일요일인 이날의 골프 회동을 주선했다. 거래처도 임직원들도 연례행사로 치르는 노조와의 임금 협상과 단체 협약이 아직 마무리되지 않은 상황이라 웬만해서는 휴일이라도 골프를 자제하고 있었다. 단체 협약은 노동조합과 회사 간에 돈과 관계 없는 권리나 후생 복지 등에 관한 연간 계약이다. 주로 유급 휴무라든지 회사 업무를 보지 않고 노동조합 일만 보고 임금을 받는 전임자 수 등을 결정한다. 이날의 모임도 중요 협력 업체인 강 사장과 김 사장이 그의 요청을 거절하지 못하고 협력 업체 관리 정보를 쥐고 있는 부장을 초청해서 마련한 자리였다.

새벽에 시작한 운동을 마치고 나니 늦은 점심시간이었다. 식사를 하기 위해 시내 일식집으로 향했다.

"백 사장님도 이번 신제품 개발에 참여하시지요?"

"예, 지금 열심히 하고 있습니다. 개발 기간 내에 무사히 마칠 것 같습니다."

부장이 건네는 맥주잔을 받으며 백성욱이 대답했다.

"지난번 시작품 개발은 참 잘하셨습니다. 이번에도 잘하시리라 믿습니다."

"명심하겠습니다."

맥주잔을 단숨에 비우고 부장에게 넘겼다. 입가에 절로 가벼운 미소가 피어올랐다. 사실 노련한 대기업 부장이 무시 못 할 협력업체 사장들이 청한다고 다 접대에 응하는 것은 아니다. 왜 이들이 부르는지 참석자들을 보면 벌써 짐작하고 왔을 것이다. 초청에 응한 것을 보고 백성욱은 이미 한시름 놓고 모임에 나왔었다. 곁들인 부장의 덕담은 올해의 한 고비는 이미 넘긴 것이나 마찬가지라는 것이었다.

자리를 마치고 백성욱은 포니를 몰았다. 포니를 만드는 자동차 회사의 진정한 역사는 최초의 독자 모델 포니와 함께 시작되었다고 볼 수 있다. 포니는 국산 자동차 역사의 첫 한 페이지를 장식했으며 한국인의 자동차에 대한 긍지를 처음으로 심어 주었다. 포니는 '우리 아버지의 첫 차', '생애 최초의 내 차' 등의 아름다운 추억들을 만들어 주었다.

포니가 처음 나왔을 때 사람들의 반응은 다양했다. 해치백 스타일의 날렵한 뒤태는 그때까지 익숙했던 자동차 모습과는 전혀 달랐다. 앞과 뒤가 툭 튀어나온 모습이 늘 보던 자동차 모양이었다. 예리한 진검으로 살아 있는 대나무를 사선으로 내리 자른 듯, 슬로프로 커트 된 포니의 뒷모양은 당시 앞만 보고 달렸던 기업가들같이 전진 기어만 장착한 듯 날렵한 모습이었다.

점심때 마신 두어 잔의 맥주가 다소 후끈거렸으나 걱정이 되어 공장으로 갔다. 이런 상황에서 마땅하게 갈 곳도 없었다. 설마 갈 곳이 있더라도 차라리 사무실에서 다음 주 잔업을 위해 고민하는 것이 편했다. 딱히 뾰족한 방법이 있는 것은 아니다. 그래도 고민해 봐야 할 것 같았다.

공장을 들어서자 기계 소리가 들렸다. 크지 않더라도 웅웅거리는 소리만 들어도 대강은 무슨 기계들이 돌아가는지 짐작됐다. 결품 위기를 겪고 있는 부품 라인에서 나는 소리다. 시동을 끄고 바로 현장으로 달려갔다. 마침 현장 입구에 시작실 반장과 공장장이 설계 도면을 들고 이야기를 나누고 있었다. 반장이 돋보기를 올렸다 내렸다 하며 공장장에게 열심히 이야기를 하고 있었.

"어떻게 된 겁니까?"

놀란 얼굴로 백성욱이 공장장에게 물었다.

"어떻게 되긴 뭐가 어떻게 돼요, 제조 공장이 일요일 특근하는 것이 뭐 법에 저촉되기라도 합니까?"

반장이 눈은 도면 위에 두고 시큰둥하게 받아넘겼다. 사무실에서 다음 날 현금 결제할 서류를 처리하고 공장장에게 특근자들과 함께 야식이나 하자고 했다.

일요일이라 식당은 한가했다. 회사에서 멀지 않은 돼지갈비집 한구석에는 늙수그레한 남자 두 명이 추레한 옷차림에 소주병을 앞에 두고 멍하니 앉았다.

방이 좁아서 특근을 마친 현장 작업자들은 거실에 둘러앉았다. 돼지갈비 굽는 연기를 피해 가며 부지런히 시장기를 메우고 있다. 피곤한 얼굴들이나 소주잔을 기울이는 표정들은 그런대로 편해 보인다.

"어떻게 된 겁니까?"

자리가 좁아서 공장장, 시작실 반장과 함께 방 안에 자리잡은 백성욱이 공장장에게 다시 물었다.

"토요일에 반장님께서 노조 사무실에 다녀오셨습니다."

반장은 혼자 소주잔을 따르고 있었다. 거실 구석에 놓인 낡은 텔레비전에서는 아홉 시 저녁 뉴스가 한창이다. 뉴스를 진행하는 남자 아나운서의 목소리가 들린다.

"대한민국이 개발한 고유 모델 자동차가 드디어 자동차의 본고장인 미국 처녀 수출에 성공했습니다."

화면에는 부두에서 자동차 전용 운반선에 줄을 지어 실리는 다양한 색깔의 자동차 행렬이 배경으로 비쳤다.

"사장님 자동차하고 같은 거 아냐?"

소주잔을 입에 대다 말고 작업자 한 명이 말했다.

"우리가 만드는 Part No : 4367-7300 미션 부품이 들어가는 차야."

특근을 같이 한 생산과장이 말했다. 술을 마시다 모두 화면을 주시했다. 추가적인 수출 계획이 이미 잡혀 있고 미국 시장의 반응도 호의적이라고 했다. 거실에서 박수 소리가 나고 젊은 축에 속하는 기아반 반장이 건배를 제의했다.

"시집간 포니야!"

반장이 선창했다.

"잘 살아라!"

나머지 특근자들이 복창했다. 방 안에 있던 세 명도 함께 복창했다.

"아, 포니엑셀입니다."

공장장이 시작실 반장에게 수출되는 포니 모델과 그동안 진행 과정을 간략하게 설명했다. 몇 년 전 시작품 개발 당시를 회상하는 듯, 시작반장이 멍하니 천장을 바라보더니 소주 한 잔을 입안에 털어 넣었다. 백성욱도 공장장과 잔을 부딪치고 비웠다.

"모두 감회가 깊을 겁니다."

"아시겠지만, 자동차는 산업의 꽃입니다. 기계공업은 물론이고 전기전자화학, 인간공학을 위시해 의학까지, 기술과 산업 전반에 영향을 미치는 복합 산업입니다."

"음악으로 비유하면 모든 악기가 다 동원되는 오케스트라와 같습니다."

백성욱은 미국으로의 자동차 수출의 의의와 우리 경제에 미칠 부수적인 영향에 대해서도 부연했다. 고개를 끄덕이며 듣고 있던 늙은 반장이 밖을 보며 한마디 했다.

"저것들이 노상 사보타주만 하는데 수출 납기나 맞추겠어요?"

"알았으니 반장님 그만 하십시오."

노조 사무국장이 외쳤다. 거실에서 잔 부딪히는 소리가 방 안까지 들렸다. 시작반장이 미소를 띠며 같이 잔을 들자는 시늉을 했다.

이날도 노동훈의 해고 취소와 복직 요구 재판이 열렸다. 노동훈의 진술이 있었고 다음 재판 기일을 정하고 마쳤다. 노동훈이 진술하는 동안 백성욱은 여러 가지 감회에 잠겼다. 변장한 노동훈을 공장 뒷문에서 잡은 장면이 떠오르자 그도 모르게 얼굴이 화끈거렸다. 변장한 노동훈을 007 제임스 본드처럼 잡은 것에 스릴을 느낀 것이 아니라 그 와중에 전날 밤 스탠드바 마담과 있었던 섹스 장면이 얼굴을 붉히게 했다.

그때 회의실에서 노동훈을 바로 놓아준 것은 지금 생각해도 한심스럽다. 사업을 시작한 지 얼마 되지 않아 그는 바보처럼 너무 순진했다. 인간적으로 알아듣게 얘기하고 인간적으로 대하면 상대도 그와 같이 인간적일 것이라 생각했다. 그러나 세상은 꼭 그렇지만은 않았다. 백성욱은 최근 몇 년 사이에 변한 그 자신에 가끔씩 놀라곤 했다.

이제는 누구도 믿지 않는다. 아니 믿기는 믿는다. 그러나 전과 같이 마음속으로 믿지는 않는다. 다른 대안이 없어서 믿는 것이 더 좋겠다고 생각될 때만 믿는다. 이수혁의 위장 취업을 색출했을 때만 해도 그는 승기를 잡았다고 확신했다. 그 정도에서 유리한 위치를 이용해 근로자들에게 적당히 양보하고 감싸 안았어야 했다. 그렇게 했으면 노동조합 설립까지는 가지 않았을 것이다.

그는 그때 다시는 회사에 반발하는 세력이 생기지 않도록 싹을 잘라 버려야 한다는 생각이었다. 농성 주동자들을 너무 강하게 몰아붙인 것이 오히려 화근이 됐다. 쥐도 구멍 보고 쫓으라는 격언이 생각난다. 그들도 도망갈 곳이 없으니 어쩔 수 없이 대노총의 강민규를 찾아가 노동조합을 만들었다.

모두 다 지난 이야기다. 그는 바로 회사 사무실로 돌아왔다. 노동훈을 해고한 뒤 노동조합은 그런대로 조용해졌다. 노동훈 같은 독종만 없다면 백성욱도 이젠 노사 문제를 충분히 대화로 풀어 갈 여유와 자신감이 생겼다. 아이러니하게도 이건 노동훈으로부터 얻은 경험의 덕인지도 모른다. 노동훈의 덕? 그는 피식 웃고 책상 위의 서류를 들었다.

백성욱은 5년 뒤와 10년 뒤의 회사 미래를 염두에 두고 새로운 계획을 세우고 있다. 사업을 시작하고 몇 년이 지나니 제조업의 생태에 대해 감이 조금 잡혔다. 중소기업 능력으로 독자적인 완성 제품을 생산하는 것은 여간 어려운 일이 아니다. 아니 불가능하다고 판단했다. 물론 소규모의 잡화류 같은 제품을 생산하는 것도 고려해 볼 수 있다.

그러나 소소한 잡화만으로는 제조업으로서 기본 규모를 갖추기 어렵다. 기업이라면 크건 작건 기본적인 조직과 제도를 갖추어야 하며, 시스템으로 운영해야 한다는 것을 알게 됐다. 일정 규모의 조직과 제도를 갖추려면 잘 안 팔리는 어린이 완구나 간단한 쓰레기통 같은 것으로는 승부를 내기 어렵다. 나름대로 기술 경쟁력을 갖추어 다른 업체가 쉽게 넘볼 수 없는 기술이 집약된 제품을 만들어야 한다.

고려해야 할 다른 하나는 시장 규모다. 시장 규모란 단순히 숫자가 많고 적은 것만 의미하지는 않는다. 적정한 수량의 규모와 상당한 수준의 가격을 말한다. 다시 말해서 제품의 개당 가격도 어느 정도 높아야 하고 생산 수량도 규모 이상으로 많아야 한다. 장사를 해서 회사에 들어오는 매출금은 결국 개별 가격인 단가에 판매한 수량을 곱한 판매 금액이다. 일단 매출액이 커서 회사로 들어오는 돈이 많아야 재료비든 인건비든 지불할 수 있는 소위 지불 능력이 생긴다.

직원들 월급도 어디서 땅을 파서 주는 것도 아니고 결국은 제품 팔아 들어온 매출금 중에서 지불한다. 매출액이 크고 수량이 많아야 같은 재료를 사더라도 싸게 산다. 비싼 것을 많이 살 때는 사는 단가를 할인할 수 있는 여유도 생긴다. 다시 말하면 큰돈이 큰돈을 절약하게 하고 많은 이익을 낳는다. 소위 규모의 경제 economy of scale를 확보할 수 있다.

백성욱은 고정적으로 생산하는 자동차 부품과 몇 가지의 제품 외에 새로운 품목을 추가하는 다변화가 필요하다고 생각했다. 이것을 제품 구성 product mix 확보라고 한다. 그렇게 해서 어느 한 제품의 장사가 신통치 않아도 다른 제품이 잘 팔리면 회사의 기본 운영이 가능하고, 잘 팔릴 때를 기다리면 된다. 위험의 분산이다. 전문 용어로는 위험 분산 관리 risk portfolio 기법이다.

생각 끝에 그는 서울의 종합무역상사에 근무하는 중학교 동창생을 찾아가 보기로 했다.

"그래 오랜만이다. 안 죽고 살아 있었네?"

친구가 반갑게 전화를 받았다.

"제조업 하기가 힘들지? 그러게 왜 사서 고생이냐?"

친구는 상과대학을 나와서 몇 년 동안 해외 지사에 파견됐다가 과장으로 진급하여 본사에 근무하고 있다. 한번 찾아가겠다고 했다. 사전에 연락하고 언제라도 올라오라고 했다.

며칠 후 백성욱은 명동의 본사에 다니는 친구를 만나러 서울로 갔다. 서울역에서 새마을호 기차를 내려 택시를 탔다. 명동 미도파 백화점 건너편에서 내렸다. 약속 시간에 조금 여유가 있어 일부러 명동 한가운데에서 내렸다. 왼쪽으로 로터리 분수대 건너에는 고전적인 양식의 신세계백화점 6층 건물이 보이고 맞은편에는 롯데호텔이 높게 서 있다. 명동 골목 쪽에 유네스코회관이 보인다.

건물 꼭대기 층에 있는 바에서 구성지게 색소폰을 연주하던 엄토미는 아마 돌아가셨을까. 유네스코회관 맞은쪽에 검은색 고층 빌딩이 그가 샐러리맨으로 근무하던 건물이다. 술 마시다 통행금지 시간에 임박해 퇴계로에 있는 니르바나로 달음박질하던 기억이 선하다. 당시 서울의 몇몇 유명한 나이트클럽은 새벽 4시까지 영업을 했다. 시간에 맞추어 친구 사무실을 찾아갔다. 반갑게 악수하며 앉으라고 했다.

"오랜만이다. 놀러도 좀 오고 그래라."

"정수는 요즘 어떻게 지내는지 연락이 되나?"

"너도 알지만 그때 와이프와 그렇게 헤어지고 수원인가 어디로 내려가고는 소식을 몰라."

그들은 서울서 가깝게 지내던 친구들의 근황에 관해서 이야기를 나눴다. 깔끔한 투피스 유니폼을 입은 여직원이 커피를 날라왔다.

"커피 마셔. 그래, 전화로 잠깐 들었다만 어떤 계획을 하고 있니?"

백성욱은 친구에게 영업 다변화 계획을 설명하고 도움을 청했다. 종합무역상사라는 것이 자신들이 생산하는 제품은 거의 없다. 회사 규모와 우수한 외국어 실력을 갖춘 맨파워manpower로 해외에서 영업을 한다. 중소기업에서는 이러한 해외 영업망을 갖는 것이 불가능하다.

"내가 봐서는 방향을 바로 잡은 것 같아."

"우리도 종합상사다 보니 여러 거래처들을 상대하는데 한 품목에 매달린 곳은 결국 오래가지 못하더라. 요즘은 시장이 하도 빨리 변해 한 아이템만 가지고는 시장 변화에 대응하기 어려워."

"우리가 하는 일이 외국 바이어들로부터 주문을 받아 국내 업체들에 생산을 의뢰하는 것이니 어쩌면 잘 온 것 같다. 우리도 믿을 만한 업체들을 찾는 입장이야."

친구도 특별히 관심을 갖고 찾아보겠다며 고생한다고 위로했다.

"온 김에 우리 부장한테 인사나 하고 가."

부장은 잘나가는 대기업 부장답게 틀이 좋았다.

몇 달 후 종합상사 친구로부터 연락이 왔다. 한 번 더 올라오라고 했다. 미국의 세계적으로 유명한 모터사이클motorcycle 회사인 헨리-데이비드Henry-David Motor Company로부터 인콰이어리inquiry가 왔는데 마땅한 업체 수배가 안 되던 차에 백성욱이 부탁한 일이 생각나서 연락한다고 했다. 자동차 부품을 생산하니 같은 기계가공과 조립 일이 아니겠느냐며 자기는 문과생이라 기술적인 문제는 잘 모른다고 했다. 아무튼 올라와서 인콰이어리를 검토해 보고 회사와 맞지 않으면 저녁에 술이나 한잔하자고 했다.

우리가 보통 오토바이라고 하는 말은 오토auto 바이크bike, 즉 동력에 의해 자동auto으로 가는 자전거bike를 말한다. 그러나 영어 원어민들은 모터사이클이라 한다.

친구에게 받아 온 설명서와 설계도를 보니 그의 회사에서 생산

할 수 있을 것 같았다. 가지고 온 도면을 거의 보름간 직원들과 함께 검토했다. 우선 요구되는 품질을 만족시킬 수 있는지를 검토했다.

"열처리 조건이 까다로운 것 외에는 거의가 기계 가공인데 열처리만 해결되면 우리 회사에서도 가능하겠습니다."

기술부장의 검토 결과였다. 자동차 부품을 생산하며 축적한 기술이 도움이 되었다. 자동차와 오토바이와 같이 빠른 속도로 수없이 돌아가는 바퀴 같은 장치에서는 그 부분의 부품이 단단해야 쉽게 닳지 않고 오래 견딜 수 있다. 그러나 단단한 금속은 깎아서 모양을 만드는 기계 가공이 어렵다. 그래서 기술자들이 개발한 것이 열처리 기법이다. 단단하지 않고 깎기 좋은 금속으로 손쉽게 깎아서 모양을 만든 후에 그것을 단단하게 만드는 것이 열처리 기법이다.

옛날 대장간에서 대장장이들이 쇠를 벌겋게 달구어 망치로 두드려 칼을 만든 후 식기 전에 물에 담그는 장면을 흔히 보았다. 이때 물속에서 지지지지하는 소리와 함께 연기가 뭉클 올라온다. 사실은 연기가 아니라 대부분이 수증기다. 요즘은 영화에서나 볼 수 있으나 이것이 바로 열처리 방법이다. 불에 달구었다가 급하게 식히면 단단해지는 재료를 쓴다.

아무튼 기계공업에서는 중요한 한 가지 기술이다. 일본의 닙본도나 맥가이버 칼이 유명한 것도 바로 이 열처리 기술의 우수성 때문이다. 그는 기술부장에게 열처리 방법은 그가 별도로 알아볼테니 다른 문제점은 없는지 검토하라고 시켰다.

며칠 뒤 백성욱이 대전으로 갔다. 대전 기계연구소의 연구원으로 일하는 친구를 만나기 위해서였다. 그는 대학 동기다. 오후에 만나기로 약속했는데 늦어도 좋으니 연구실로 오라고 해서 점심 식사를 하고 자동차로 출발했다. 한여름의 콘크리트 고속도로 위에는 아지랑이가 아른거린다. 족히 35도는 될 듯이 이글거리는 태양이 길바닥을 지지고 있다. 달리는 속도와 에어컨 가동에 포니가 힘이 부치는가 보다. 추풍령을 오를 때에는 에어컨을 껐다. 아무리 기계지만 무더위에 할딱거리는 모습이 애처롭다.

추풍령을 넘어 내리막길에서는 포니도 제법 신바람 나게 달렸다. 멀리 황간의 가학루가 절벽 끝에 매달려 있고 소백산맥을 넘는 고도와 산그늘에 더위마저 한풀 죽은 듯했다.

기계연구소 친구를 만나기로 한 것은 친구가 미국 수출에 필요한 특수 열처리 기술을 찾았다고 연락이 왔기 때문이다. 그는 까다로운 열처리 조건을 기술부장에게 받아서 바로 연구소 친구에게 팩스로 보냈다. 그에게 우리나라에서 처리가 가능한지 물어보았다. 가능하면 비용이 적게 드는 방법을 수배하라고 특별히 주문했다.

포니 엔진을 식힐 겸 금강휴게소에 잠깐 들렀다. 냉커피 한 잔을 사서 난간에 기대서서 마셨다. 금강 유수지에는 수자원공사의 작은 관리선이 한편에 묶여 흔들리고, 유수지를 막은 콘크리트 물막이 보 위로 오토바이 한 대가 물보라를 꽁무니에 하얗게 달고 달린다. 며칠 전에 온 비로 강물이 보 위로 넘쳐흐른다.

보 위를 달리던 오토바이가 어느새 미국서 주문 받은 헨리-데이비드 모터사이클로 바뀌어 있다. 그는 입가에 가는 미소를 지었다. 직업은 못 속이는가 보다. 그는 커피 컵을 버리고 서둘러 포니에 올랐다.

편도 이차선 경부고속도로를 달리다 대전을 왼쪽에 끼고 회덕분기점에서 호남고속도로 들어섰다. 탄천을 건너 10여 분 달리니 유성 톨게이트가 나왔다. 녹음이 우거진 낮은 능선들 사이사이에 띄엄띄엄 건물들이 보인다. 여기가 한국 과학 기술의 심장인 대덕과학기술단지다. 한국원자력연구소, 국방과학연구소, 기계연구소, 표준연구소와 전자통신연구소 등 국가 출연 연구소들과 민간 기업 연구소들이 산재해 있다. 미국 새너제이의 실리콘 밸리와는 성격이 조금 다르지만 벤치마킹해 국가에서 조성한 우리나라 과학 기술의 본산이다.

친구가 기다리는 그의 연구실로 들어갔다. 연구실 입구에는 기계 제품 두어 대와 재료 강도를 시험하는 만능 시험기UTM 한 대가 우두커니 서 있다. 서너 평 될까 말까 한 연구실 벽에는 빼곡히게 책들이 꽂혀 있고 기술 잡지와 저널들이 책상 옆에 어지럽게 쌓여 있었다.

"야, 귀신 나오겠다. 연구도 좋지만 방 좀 정리하고 살아라."

백성욱은 친구를 만나자마자 핀잔을 줬다.

"어, 미안해 연구실이라는 게 다 이 모양이야. 생각 좀 하다 보면 만사가 귀찮아. 이 녀석들은 눈에 들어오지도 않고 필요할 때만 먼지를 털어내고 참고하지. 그게 다야. 오는 데 얼마 걸렸어?"

"두 시간 반."

"빨리 왔네. 나는 세 시간 걸리던데?"

"야, 놀아도 연구비 나오는 국책연구원과 소기업주 신세가 같나? 우리에겐 시간이 돈이야."

"말 마. 우리도 엄청 팍팍해. 아무튼 잘 왔어. 마침 네가 이야기하던 자료들을 찾았어. 너 입맛에 맞을지 모르겠다만."

"박사님께서 하사하시는 기술을 말단 공돌이가 쓰다 달다 할 처지가 못 되네."

"너 사장 되더니 대인 관계가 많이 유들유들해졌다? 많이 컸네?"

친구가 자료들을 모으며 맞받았다. 친구는 자기가 조사한 내용들을 자세하게 설명했다.

우리나라에서 흔히 사용하는 열처리로를 사용하여 미국 바이어가 요구하는 강도를 맞출 수 있는 방법을 기술 논문들과 독일 기술 자료에서 찾았다고 했다. 친구가 찾은 기술이 실현되면 대전 유성에 있는 골프장에서 골프를 풀로 대접하겠노라고 했다. 친구는 골프 한 번으로 입 닦으려는 것은 미국 가서 따 온 박사 학위가 아깝다고 능청을 떨었다. 성공 사례는 납품이 시작되면 룸살롱에서 거하게 쏘겠다고도 했다.

"사업가들 화장실 갈 때와 나올 때 생각이 달라지는데 어디 한번 두고 보자."

친구는 으름장을 놓으며 자료들을 건넸다. 그 방법은 상당히 우수했다. 비싸지 않은 재료로 쉽게 단단하기를 확보할 수가 있을 것 같았다. 일단 한 고비를 넘겼다고 생각했다. 만난 김에 그의 회사가 구상하는 부품 자동 조립 방법에 대해서도 친구의 의견을 물었다. 도면을 보여 주며 친구에게 상세한 제품 내용도 설명했다.

바퀴가 오토바이 차체에 조립되어 고속으로 돌아가게 하기 위해서는 바퀴를 차체와 연결해야 한다. 그러기 위해서 나사가 난

축에 바퀴를 얹고 바퀴 양측에 회전을 원활하게 하는 둥근 쇠구슬로 된 베어링을 넣은 후 그것들을 잡아 줄 레이스라는 부품을 다시 조립해야 한다. 또한 간격을 맞추는 스페이서들을 넣고 이들을 고정시키는 너트라는 암나사가 가공된 부품을 죄고 다시 몇 개의 스페이서들을 넣은 뒤 차체와 조립할 너트를 끼워야 한다. 한 축의 한쪽에 나사가 나 있는 너트 몇 개와 스페이서 몇 개 등 십여 개의 부품을 조립하는 것을 자동으로 작업하는 기계를 구상한다고 했다.

"수나사 하나에 암나사 하나를 손으로 조립하는 것도 어려운데 양쪽으로 여러 개를 자동으로 조립하는 것이 결코 쉽지 않을 거야."

친구는 이론상으로는 회사가 구상하는 내용이 틀리지 않는다고 했다. 기술 이야기가 길어져서 저녁 시간이 다 되어서야 일이 끝났다.

"고맙다. 골프는 다음에 와서 치고 늦었으니 저녁이나 먹자."
"오늘은 안 되겠다. 여동생하고 식사하기로 했어."
"남매간에 오붓한 자리에 내가 방해할 수야 없지."

백성욱은 체념하고 돌아가려고 일어섰다.

"참, 너 내 동생 봤을 거야. 오래 전이지만."
"그래? 그러면 같이 식사하자, 서로 구면인데. 동생한테 한턱 쏠게."

어차피 돌아가기 전에 부근에서 요기를 하고 가야 할 형편인데 남자 혼자 밥 먹는 게 아름답지는 않아서 기대하면서 기다렸다. 친구가 전화를 하더니 같이 식사하자고 했다. 그의 이야기를 하니 여동생이 기억하고 있더라고 했다.

"오빠, 잘 계셨어요? 잘생긴 건 여전하시네."

친구 여동생이 생글생글 웃으며 말했다.

"야~, 단발머리 말괄량이가 멋쟁이 숙녀로 변신했네? 결혼은 했지?"

"그럼요, 딸도 있어요."

친구가 멈칫하며 여동생을 봤다.

만년장호텔에서 양식으로 식사를 했다. 그는 운전을 해야 하므로 와인 한 잔만 마시고 남매는 맛있다며 한 병을 다 비웠다.

돌아오는 길에는 금강휴게소에서 잠시 쉬었다. 어두운 호수 위엔 적막만이 흐르고 버드나무 밑으로 가로등 불빛이 희미한 한여름 밤이었다. 담배를 빼어 물고 잠시 생각을 정리했다. 친구도 자동 조립기가 쉽지만은 않을 것이라 했다. 그렇게 생각됐다. 그러나 대안이 없었다. 미국에 있는 세계적인 모터사이클 회사가 한국에 부품을 문의하는 것은 필시 이유가 있다.

제품 가격 문제임이 분명하다. 품질을 맞추는 것은 제조업의 기본 조건이다. 세계 기계 부품 업계에서 품질 문제로 왈가왈부하는 것은 시대에 뒤떨어진 이야기다. 좋은 품질을 유지하며 어떻게 싸게 만드느냐가 성패를 좌우한다. 비싸게 좋은 품질의 제품을 만드는 것은 누구에게나 쉽다. 저렴한 가격으로 좋은 품질의 제품을 만들어야 경쟁에 이길 수 있다. 소위 두 마리 토끼를 한꺼번에 잡을 능력이 없으면 국제 경쟁에서 명함도 못 내민다. 대만이나 멕시코와 같이 저임금으로 가격을 치고 들어오는 경쟁 상태에서 자동 조립기 개발은 필수다.

회사로 돌아와서 평상 업무를 정상적으로 돌보며 기술자들과 함께 자동 조립기 개발에 온 힘을 쏟았다. 먼저 각 부품별 기능별 요구 조건들을 나열하고 각 기능에서 요구되는 애로 기술들을 리스트업했다. 기능 분석이 끝나고 컨셉추얼 디자인conceptual design에 들어갔다. 개략적인 개념 설계 단계이다.

개략도를 검토한 결과 해 볼 만하다는 판단이 섰다. 서울 종합상사에 견적서를 제출했다. 그동안 상사는 상사대로 거래처와 협의를 해서 견적 요청서RFQ, request for quotation까지 받아 두었다. 가격 경쟁 시장에서는 일단 제작 원가를 경쟁력 있게 낮출 수 있어야 한다. 대략 계산으로는 자동 조립기만 성공하면 인건비가 싼 경쟁국이라 하더라도 그들보다 20퍼센트 정도 싸게 만들 수 있을 것 같았다. 20퍼센트 여유로 10퍼센트 가격을 깎아 줘도 정상 가격보다 10퍼센트 더 이익을 낼 수 있다는 계산이 있다. 그렇게 견적서를 제출했다.

견적서를 제출하고 2주일 후에 종합상사 친구로부터 전화가 왔다. 수주에 성공했다며 축하한다고 했다. 시험용으로 100개의 완성품을 6개월 후에 선적하기로 계약서를 작성한다고 납기를 지키라고 했다. 수고했다며 고맙다는 인사를 하고 전화를 끊고 한참을 멍하니 천장만 바라보았다. 수주에 성공한 것은 분명 반가운 일이나 그냥 기쁘지만은 않다. 그렇게 수주에 성공하기를 바라며 날마다 친구에게 전화질을 하니 친구는 수주 되면 줄 테니 제발 일 좀 하게 전화하지 말라고 할 정도로 기다리던 수주가 아니었던가.

가슴이 답답해 왔다. 과연 복잡하고 처음 만들어 보는 자동 조립기가 성공할 수 있을까? 만일 실패하면 페널티를 물어야 하고 그의 회사 규모로는 전 재산을 다 팔아도 범칙금을 지불할 능력이 되는지도 의심스러웠다. 괜히 했나. '적게 먹고 가는 변을 봐라'고 하던 어른들의 말이 떠올랐다. 그러나 이미 '루비콘강'은 건너 버렸다.

"전 과장, 수주됐으니 실시 도면 착수해."

"와, 성공했습니까? 축하합니다. 사장님."

'축하해? 너는 그렇게도 좋으냐, 이 맹추 같은 놈아?'

그는 애꿎은 실무자가 미워 보였다. 과장은 멍하니 백성욱을 쳐다보더니 고개를 갸우뚱하며 방을 나갔다.

개념도만 그렸으므로 구체적인 실시 도면을 다시 그려야 한다. 다음날 그는 간부들을 회의실로 불렀다. 다시 한 번 바이어의 설계도를 점검하고 서로의 의견들을 자유롭게 발표시켰다. 설계를 맡을 전 과장이 그날 나온 문제점과 아이디어들을 꼼꼼히 기록했다.

"일단 조립도를 먼저 설계하고 나서 각 부품별로 실제로 제작 기준이 되는 설계 도면을 만들어야 합니다."

기술부장이 회의를 마무리하며 말했다. 그렇다. 일단 전체적인 아우트라인이 나와야 개별 부품의 수요가 밝혀진다. 그날부터 날마다 밤늦게까지 전 과장을 위시한 설계팀과 완성도 작성에 골몰했다. 공과대학을 졸업하고 직장 생활을 하는 실무에서는 대학에서 배운 전문 지식이 거의 필요 없었다.

그러나 막상 기계 설계 실무자들과 함께 새로운 기계를 연구하려니 중학교 물상에서 배운 지렛대 원리까지 동원해야 했다. 아무래도 까다로운 부분에서는 젊은 설계자들의 경험이 한계가 있었다. 사장의 지원이 실무자들에겐 무척 든든한가 보다. 막히는 부분이 생기면 어려움 없이 사장에게 물었다. 백성욱 사장은 모처럼 학창 시절로 돌아간 기분이었다. 책장에서 변색된 전문 서적들을 꺼내어 가며 이면지에 미적분을 열심히 풀었다.

'이것이 나의 적성에 맞는 것이 아닐까? 연구하고 학생들을 가르치고 하는 것이.'

그는 피식 웃으며 담배를 꺼냈다.

하루는 기술부장과 전 과장이 함께 사무실로 왔다. 다른 것들은 기사들과 함께 개념도를 구체화해 가고 있는데, 나사가 나 있는 중심축에 나사가 난 너트를 기계로 조립하는 방법에서 막혔다고 했다. 수나사가 가공된 축에 암나사가 가공된 너트를 돌려서 조립하려면 일단 축의 중심과 너트의 중심을 정확한 위치에 두어야 했다. 손으로 할 때는 이리저리 맞추면 되지만 기계로 할 때는 처음부터 일치된 위치를 찾아가야 한다.

백성욱은 연구해 보겠노라고 얘기하고 부장과 과장을 돌려보냈다. 퇴근 시간이 되자 여직원을 퇴근하라 이르고 방문을 잠갔다. 쉽게 답이 나올 것 같지 않았다. 백지 위에 여러 가지로 머리를 짜봤다. 거의 다 된 듯해서 재점검하면 엉뚱한 곳에서 충돌이 생겼다. 자정이 넘어도 별 소득이 없자 연구하던 자료들을 챙겨 차에 싣고 회사 부근의 포장마차로 갔다. 시간도 늦었고 출출하던 터라 우동이라도 한 그릇 먹고 들어갈 생각이었다.

"소주 한 병 주십시오."

우동 국물과 함께 소주 한 병을 마셨다. 맹물같이 그냥 넘어갔다. 한 병을 더 시켜서 다음 날 출근을 고려해 반 병을 남기고 일어섰다. 술기운도 있고 천천히 차를 몰았다. 단속이 심하지 않지만 재수 없으면 가끔씩 경찰이 음주 여부를 검사한다. 오천 원만 집어 주면 되지만 간섭이 싫다. 술을 먹어도 너트 조립 생각만 났다. 붉은 신호등에 걸려 차들이 길게 늘어섰다. 그도 차를 맞춰서 줄을 섰다. 신호등이 파란불로 바뀌자 줄지어 섰던 차들이 바닥에 그어진 레인을 따라 매끄럽게 빠져나갔다. 그도 따라갔다. 앞차만 보고 그냥 따라가기만 했다. 달리 차선에 신경을 안 써도 앞차의 꽁무니만 따라가면 됐다.

그는 깜짝 놀라 급하게 브레이크를 밟았다. 뒤에서 끽끽 바퀴 스키드 소리를 내며 따라오던 차들이 놀라서 정지했다. 바로 뒤차는 거의 그의 차에 닿아서 섰다. 깜짝 놀라 다시 차를 출발시켰다.

"야 이 개새끼야, 뒈지려고 환장했어?"

뒤차 운전자가 차창으로 머리를 내밀고 삿대질을 하며 고함쳤다. 뒤차에 안 잡히려 급하게 차를 몰았다. 머리에서는 물줄기가 콸콸 흐르고 있다. 그는 집으로 가는 길에 있는 지하 카페 부근 길가에 차를 세우고 급하게 카페로 들어갔다. 지난번 삐라 사건이 일어난 밤에 취중의 실수가 떠올랐다. 그러나 빨리 설계도를 그려야 한다.

급히 문을 열고 안으로 들어가자 마칠 준비를 하던 주인이 무어라 인사를 했다. 건성으로 인사하고 볼펜이나 연필, 적을 수 있는 백지를 달라고 했다. 급하게 서두는 그를 보고 의아해하면서도 주인은 카운터로 가 볼펜을 한 자루 갖고 왔다. 백지는 지금 없는데 문방구도 멀거니와 문을 닫았을 건데 어떻게 하느냐며 난감한 표정을 지었다. 왜 그러느냐고는 묻지 않았다. 그의 평소 행동이나 이날 행동으로 짐작하여 주인도 무슨 일이 있다고 생각한 모양이었다.

"이면지나 한쪽만 인쇄된 광고 삐라도 괜찮아요. 몇 장 주십시오."

주인은 뒷면에 핫윙이 인쇄된 통닭 광고지와 매상 기록용 빈 장부책 일부를 찢어 왔다. 그는 이면지에 설계도를 그리기 시작했다. 주인은 카운터에 앉아 책을 읽고 있었다. 우선 급한 부분들을 종이에 그리고 나서 고개를 들었다.

"양주 한 병 주세요."

주인 여자가 베리나인 골드를 한 병 들고 와서 따랐다. 그는 단숨에 들이켜고 다시 잔을 내밀었다.

"천천히 드세요. 급하신가 봐요?"

여주인이 술을 따르며 말했다.

"사장님은 이 술병 갖고 저쪽에 가서 혼자 드십시오. 다 마셔도 원망 안 합니다. 부르기 전에는 얼씬도 마시고요."

마담이 아무 소리 없이 양주병을 들고 구석 자리로 갔다.

도로에서 차들이 혼선 없이 일사불란하게 제 속도로 달릴 수 있는 것은 도로에 정해진 레인이 그려져 있기 때문이다. 기차가 고속으로 목적지까지 달릴 수 있는 것은 레일이 있기 때문이다. 너트가 축에 정확하게 도착하게 하려면 한 길로만 정해진 길을 만들어 주면 된다.

축을 제 위치에 고정시키고 너트 속으로 철길이나 레인 역할을 하는 가이드 봉을 넣어서 축과 연결시킨 후에 너트를 밀면, 너트는 가이드 봉을 따라 축 앞에 도착할 것이다. 축 양쪽에 가이드 봉을 탈착시키는 장치를 부착하면 된다. 그는 기본 스케치를 이면지에 볼펜으로 그리고 주요 내용을 기재했다.

다시 한 번 훑어보았다. 그가 봐도 명안이었다. 그는 스케치 도면을 접어 윗저고리 속주머니에 깊숙하게 넣었다. 스케치를 마치고 여주인을 불렀다.

"술병 갖고 와요. 이제 술 마십시다."

"항상 그렇게 일하세요?"

"옆에서 보는 저가 숨이 막히려고 해요."

마담이 양주병과 위스키 잔 두 개를 가지고 와서 맞은편 자리에 앉았다.

"지난번에는 미안했습니다."

불온 삐라 사건 때 일을 되새기며 말했다.

"사람을 건드려 놓고 발을 끊으시는 것이 사장님 방법이세요?"

"미안하기도 하고 부끄러웠습니다."

"미안하시면 오셔서 사과를 하시든지, 그렇게 부끄럼 타며 사업은 어떻게 하세요? 부끄러워서."

다음 날 아침 출근하자마자 이면지 설계도를 들고 설계실로 갔다. 부장과 전 과장이 백성욱이 건넨 이면지 설계도를 한참을 훑어봤다. 종이를 뒤집어 뒤쪽을 한 번 힐끗 보더니 어디서 그렸느냐고 물었다.

"알 것 없고. 돼요. 안 돼요?"

두 사람의 눈치를 살폈다. 전 과장이 자리에서 일어서며 말했다.

"훌륭합니다. 사장님."

"주변에 쉬운 답이 있는데 저희들이 너무 어렵게만 생각했습니다. 되겠습니다."

부장이 말했다. 고맙다는 간부들의 인사를 뒤로하고 설계실 문을 닫았다. 공장 건물 너머로 쏟아지는 아침 햇살이 눈부셨다. 설계 도면이 완성되고 부품 제작 업체들에게 각각 특성별로 부품 도면을 배포했다. 자재과장은 별도로 불렀다.

"부품 가공 업체들은 어때, 만들 수 있을까?"

"그렇지 않아도 부품 제작 업체들을 모아 회의를 했습니다. 모두 까다롭다고 하면서도 의욕은 대단합니다."

"의욕만으로 기술적인 문제가 해결되겠나?"

"걱정 마십시오. 납기 내에 잘들 처리할 겁니다. 규모는 작아도 모두 단단한 실력꾼들입니다."

"그래?"

달라지는 것은 없더라도 자재과장의 말에 마음이 조금 놓였다. 안 될 거라고 얘기한들 뾰족한 수가 없지만 긍정적으로 이야기하는 자재과장이 고맙게 느껴졌다.

"바쁘더라도 자주 업체에 가 보고 식사 대접도 하고 그래."

그러겠다며 과장이 나갔다. 부품 발주가 된 시점에서 다시 한 번 남은 시간 계획을 점검했다. 잠정적으로 석 달 내에 모든 부품 준비를 마치고 한 달 동안 조립하며, 조립에 성공하면 다시 한 달 동안 시운전을 하기로 했다. 기계 성능에 이상이 없고 순조로우면 남은 한 달 동안은 시험용 초도품 100개를 생산하기로 계획을 짰다.

두 달이 지나자 부품들이 하나둘씩 입고되었다. 먼저 들어온 부품은 일단 품질관리팀과 기술부에서 치수 검사를 했다. 규격에 맞지 않는 부품은 자재과를 통해 재가공했다. 사소한 문제점들은 각오하고 시작한 프로젝트라 큰 무리 없이 기간 내에 부품들이 입고되었다. 중요한 것은 조립 과정에서 얼마나 심각한 문제들이 생기느냐가 관건이다.

백성욱은 자동 조립기 프로젝트 기간 동안에는 거래처 회의 등 특별한 일이 없으면 오후에는 자동 조립기 제작에 할애했다. 실무자들의 문제점이나 부품 가공 업체들의 애로 사항을 즉시즉시 해결해 주었다. 골프 등 일체의 불요불급의 약속은 하지 않았다. 기계가 완성될 때까지는 다른 곳에 마음 빼앗길 여유가 없었다.

드디어 조립 작업이 시작됐다. 백성욱은 팀을 나누어 부분 조립을 하라고 지시했다. 부분 조립품들을 마지막에 한데 모아 완성 조립을 하기로 했다. 완성 조립 준비는 계획보다 보름 늦게 마쳤다. 늦어지긴 했으나 실제 일을 하다 보면 계획대로 되는 경우가 거의 없다. 부분 조립만 잘되면 최종 완성 조립은 일주일이면 충분하다.

드디어 완성 조립을 시작했다. 걱정되어 시작실 반장도 완성 조립 작업에 합류시켰다. 전공은 다소 다르나 워낙 오래 숙련한 기술자라 경험에 의한 감이 있었다. 논리적으로 풀리지 않을 때는 경험에 의한 짐작이 결정적인 역할을 했다.

백성욱은 전 과장에게 물었다.

"어때?"

"잘될 것 같습니다."

"그래야 될 텐데."

"너무 걱정하시는 것 같습니다. 얼굴이 많이 상하셨습니다."
"그래? 고마워."

잔업까지 해 가며 며칠을 애쓴 결과 기계 조립이 끝났다. 오후 정규 근무 시간이 다 끝나서 보고를 받았다. 조립된 기계들을 둘러보았다. 겉모양은 콘셉트 디자인과 거의 비슷하게 보였다. 자체 제작한 기계 치고는 겉모양도 그런대로 괜찮았다.

백성욱은 시운전을 하려고 부산한 직원들의 모든 행동을 일단 중지시켰다. 수고했다며 일일이 악수도 했다. 그러고 나서 기계 조립장에서 모두 철수하라고 지시했다. 시운전을 준비하던 직원들이 놀란 눈으로 쳐다봤다.

"수고들 했어요. 오늘은 여기까지만 합시다. 그간 힘썼는데 퇴근해서 푹 쉬세요. 시운전은 내일 아침에 새로운 마음으로 시작합시다."

"자, 자, 모두들 나가자. 사장님 지시야."

시작반장이 퇴근을 재촉하며 자기도 목장갑을 벗었다. 모두 아쉬운 얼굴로 탈의실로 향했다. 백성욱은 다시 한 번 기계를 둘러보고 귀가했다.

다음 날 아침 백성욱은 완성된 자동 조립 기계의 시운전을 지시하고 사장실에서 경제신문을 펴 들었다. 내년에 있을 올림픽 준비 사항 점검 기사와 수출 현황에 대한 기사가 일면에 실렸으나 기사 내용이 눈에 들어오지 않았다. 담배에 불을 붙여 물었다.

"커피 한 잔 더 드릴까요?"

여직원에게 그러라고 했다. 여직원도 오랫동안 같이 일해서 유난히 초조해하는 걸 눈치채고 있었다. 어떤 때는 시간이 느리게

흐른다는 생각이 든다. 그때도 그렇다.

인터폰이 울렸다. 조립 책임자인 전 과장이 그를 현장으로 불렀다. 조바심을 누르며 조립장으로 갔다. 거의 다 제대로 작동되지만 너트 조립에 문제가 생겼다고 했다. 나사가 나 있는 너트를 조립하려고 회전시키면 조금 전진하며 조립되던 너트가 회전 치구에서 이탈돼 멈춰 버린다고 했다.

백성욱은 다시 시도하라고 지시했다. 그러니 같은 현상이 나타났다. 나사가 난 축에 너트를 회전시키며 전진하도록 설계했으나 두어 바퀴 돌다가 정지한 채 공회전했다. 너트가 회전하면 축의 나사를 따라서 전진하게 되고 치구도 너트를 따라서 계속 전진하며 목표 지점까지 너트를 조립해야 하는데 치구가 몇 바퀴 나사를 돌리자 전진하던 너트가 치구를 벗어나고 회전력을 받지 못했다.

시운전을 중지하고 팀별로 맡은 부분의 문제점을 점검했으나 원인을 찾을 수가 없었다. 시운전을 시작한 지 보름이 지나도 문제는 해결되지 않았다. 처음에 계획된 대로 따라가 봐도 문제점을 발견할 수 없었다. 시간은 별 진전 없이 흐르고, 저녁 늦게까지 회의를 해도 소득이 없었다.

백성욱은 귀가해서도 문제점을 찾으려 애쓰다가 밤늦게 잠이 들었다. 기계 문제로 여러 날 잠도 설쳐야 했다. 전 과장의 인터폰이 울리고, 문제가 해결됐다고 보고 했다.

"그래? 잘됐네. 그런데 계산 수치가 있는데 사이클 타임이 어떻게 설계보다 빠를 수가 있나?"

"따르릉, 따르릉~" 기상 알람이 계속 울렸다. 꿈에서 깨어난 백성욱은 황급히 출근했다.

기계 옆에 둘러앉은 시운전 팀 직원들이 애꿎은 담배만 피워 대고 있었다. 점심시간이 되어 모두 회사 앞 식당으로 갔다.

"모두들 이야기 좀 해. 너무 걱정하지 마. 답이 틀리면 어딘가 정답이 있다는 거야. 힘내고 다시 한 번 차분하게 점검해 보자고. 김 주임은 얼굴이 많이 상했네."

백성욱은 직원들을 위로했다. '저들은 나만 믿고 여기까지 왔다. 저 사람들을 위해서라도 빨리 문제를 해결해야 한다.' 점심 식사가 거의 끝나 갈 때 시작반장이 식당으로 들어왔다. 그러고 보니 그가 보이지 않았다.

"머저리 같은 것들, 돈 주고 학교 가서 뭐 배워 왔노?"

반장이 학부 출신 기사들을 바라보며 비아냥거렸다. 모두 의아한 표정으로 그를 바라봤다.

"아, 식사나 마저 하라고. 오후에 시운전을 해야 할 테니. 아시메, 밥 한 그릇 더 주소."

점심 식사를 마친 시운전 팀 직원들이 모두 회의실에 모였다. 백성욱도 합석했다. 전 과장이 모퉁이 의자에 앉아 있는 백성욱을 자기가 앉았던 의자에 앉으라고 일어섰다. 사장은 그대로 회의를 진행하라고 했다.

시작반장이 앞으로 나가 흑판에 그림을 그렸다. 그는 시운전이 실패하자 혼자서 문제 해결에 골몰했다. 시작반장은 나사가 나 있는 너트를 돌리면 축에 나 있는 나사를 따라서 너트도 이동하기 때문에 너트를 돌리는 치구도 너트가 나사를 따라서 이동되는 만큼 따라가면서 돌려야 한다고 했다. 그런데 시운전을 할 때 치구를 돌리는 축도 이동하면서 너트를 돌려야 하는데 전진하면서 회전시키는 장치가 빠져서 그렇게 해 주지 못하기 때문에 문제가 생겼고 마땅한 방법도 없다는 것이었다.

잔뜩 기대를 하던 팀원들이 낙담을 하며 고개를 떨구었다. 실망스럽기는 백성욱도 마찬가지였다.

"고개들 들어."

잠시 뜸을 들인 시작반장은 테이블 위에 신문지로 싼 기다란 막대를 올려놓았다. 모두 그의 손놀림을 주시했다. 시커먼 손등에 거머리들이 꾸물거리는 것 같기도 했다.

"상원골 아래 있는 폐차장에서 얻어 온 거야. 고철값을 주려니 친구가 그냥 가져가라더군. 이건 로얄살롱 승용차 미션 샤프트shaft야. 스프라인드 샤프트라고 해."

회의를 마치고 조립 요원들이 모두 기계 조립장으로 가서 조립된 기계를 분해했다. 시작반장은 선반공을 데리고 가공실로 가서 가지고 온 중고품 변속기 샤프트를 자동 조립기에 맞게 재가공을 했다.

"사장님 싸이나 좀 구해 올 수 있습니까? 독극물이라서 함부로 취급하면 안 되는데?"

"그건 어디에 쓰시려고요, 바쁜데 안동으로 꿩 사냥 가시는 건 아니지요?"

"가공을 하려고 단단하게 열처리 된 샤프트를 산소 불로 무르게 풀었어요. 다시 쏠트 배스로 열처리를 해서 강하게 해야 합니다. 그러려면 싸이나가 있어야 합니다."

그는 도금반장에게 화공 약품 납품처에 연락해서 시안Cn을 수배하고 독극물 처리 허가증이 있는 도금 공장에서 염욕 열처리를 시켰다. 드디어 폐차에서 구한 스프라인드 샤프트가 준비되었다. 그들의 희망대로 작동할지는 의문이다.

기술부장을 중심으로 전 과장과 엔지니어들이 가능성 검토를 한 결과 절묘하게 요구 사항에 맞아떨어진다고 했다. 기술부장은 나름대로 가능성을 예견했다.

시작반장이 샤프트를 꺼내 보였을 때 이미 그는 성공을 확신하고 있었던 것 같다. 돌아가면서 직선 운동을 할 수 있는 구조는 스프라인드 샤프트뿐이었다. 조립팀이 준비한 스프라인드 샤프트를 가지고 다시 자동 조립기를 재조립하기 시작했으며, 한참 시간이 흘러 조립이 이루어졌다.

팀원들은 기계를 분해하고, 재조립하느라 지쳐 있었다.

"사장님 스위치 넣어 볼까요?"

조립팀이 모여 있는 가운데 책임자인 전 과장이 백성욱을 향해 말했다.

"해 봅시다."

백성욱은 긴장됐지만 태연하게 말했다.

팀원들은 숨을 죽이고 기다렸다. 불과 0.3초의 순간에 성공과 실패가 판가름 난다. 공기압을 제공할 공기 압축기가 다소 시끄럽게 소리를 내다가 정숙 가동 상태에 들어갔다. 부품을 이송하는 기구들이 작은 소리를 내며 필요한 부품들을 제자리로 공급하고, 너트를 돌리는 장치가 회전했다. 제때 회전과 동시에 전진해야 한다.

드디어 자동 조립기는 별 잡음 없이 부드럽게 돌아갔다. 너트를 돌려서 축에 너트를 조립하며 앞으로 스르르 부드럽게 밀었다. 너트 조립 장치는 정해진 위치까지 너트를 이송시키고 처음 출발한 자리로 되돌아와서 멈췄다. 기계에 부착된 시그널이 파란 불을 깜빡거렸다. 마치 '저 참 잘했지요?'라고 칭찬을 기다리며 주인을 쳐다보는 강아지 같았다. 탄성이 동시에 터졌다.

꿈에서 본 만큼은 아니나 작업 시간도 설계보다 2초나 빨랐다. 작업 시간 18초에서 2초나 빠른 것은 엄청난 소득이다. 10퍼센트 남짓한 단축이나 배 이상의 이익을 준다. 보통 물건을 팔면 10퍼센트의 이익이 생긴다. 10퍼센트의 비용이 줄면 이익은 배가된다.

시운전을 마친 뒤 시작품 생산에 들어갔다. 마침내 100개 시작품의 검품이 시작됐다. 종합무역상사에서 내려온 검품팀이 치수에서부터 기계 생산 능력까지 꼼꼼하게 점검하고 준비된 체크 시트에 기록했다.

"늦을 거라더니 하루 빠르게 완성했네?"

종합상사 친구가 말했다. 걱정이 되었던지 과장인 친구가 실무자들을 데리고 현장 점검을 했다.

법원의 봄 정기 인사이동으로 노동훈을 담당하던 재판부도 바뀌었다. 재판부가 바뀐다고 계류 중인 사건의 사실 관계가 바뀌는 것은 아니니 전과 같이 장기전으로 재판에 임하기로 했다. 회사가 피소된 것이므로 서둘러 재판을 끝내려고 힘쓸 일은 아니다. 이미 지나간 사건에 시비가 생겨서 하는 재판이므로 느긋하게 대응하기로 했다. 급한 쪽은 재판을 걸어 온 노동훈이 아니겠는가. 법이 정한 법원 출두이니 응소는 하되 해야 할 일도 많은데 재판은 변호사가 시키는 대로 하면 된다.

지난해 사업은 그런대로 평가할 만했다. 하고 있던 자동차 부품 사업도 완성 자동차 수출 증가에 힘을 입고 있었다. 새로 개발한 미국 수출용 오토바이 사업도 계획대로 순조롭게 진행됐다.

전용 조립 기계 개발에 진을 좀 뺐으나 개발할 때 애를 먹이던 기계가 문제를 보완하고 나서는 말썽이 없었다. 시작품으로 만들어 보낸 100개의 샘플도 바이어의 까다로운 심사를 무사히 통과했다. 정규 생산인 양산에 들어가 지난해 이미 두 번이나 선적했다. 완성된 물건을 해외 고객에게 보내기 위해 배에 싣는 것을 선적이라 한다. 수출의 마지막 단계이다. 비행기에 싣거나 자동차에 의한 내륙 출하도 선적이란 말로 통용된다.

해외에 물건을 수출하는 절차는 복잡하고 처리해야 할 서류도 많다. 우선 새로운 제품을 개발해 시험용 생산품을 바이어의 품질 부서로 보내야 한다. 물건을 보내기 전에 시험용 제품의 품질 검사를 자체에서 해 모든 검사 내용을 기록해야 한다. 이린 측정 자료를 데이터data라 하며 과학적 품질 평가의 기초 자료가 된다. 이렇게 수집된 데이터를 컴퓨터에 입력시키면 품질 분석 전문 프로그램이 이들을 평가해 결과를 보기 쉬운 보고서 형태로 출력해 준다.

이러한 데이터와 품질 보고서를 시험용 제품과 함께 보내야 한다. 물론 바이어들 스스로도 받은 물건의 품질 평가를 별도로 한다. 자기들의 평가와 우리가 만든 보고서와 실재 현품을 삼자 대면시켜서 이상이 없어야 한다. 바이어들이 요구하는 품질 항목에는 항상 중요 품질 특성이 별도로 표시된다.

이 부분은 제품이 성능을 발휘하는 데 필수 불가결한 항목이다. 그 품질이 만족되지 않으면 아예 작동을 하지 않거나 작동을 해도 금방 망가지는 말 그대로 치명적인critical 특성characteristics을 갖는 항목이다. 미국에 수출하는 품목의 주요 품질 특성 항목에 나타난 금속 가공 정밀도는 머리카락 하나를 몇 십 개로 가를 수 있는 수준이니 까다롭기 이를 데 없다. 만들기 어려우면 가격이 그만큼 비싼 법이다. 그래서 기술이 좋아 어려운 물건을 잘 만드는 회사가 돈을 많이 번다.

백성욱은 법원에서 회사로 돌아오자마자 바로 QC품질관리 사무실로 갔다. 품질보증과장이 나왔다. 바로 옆에 붙은 시험실로 갔다.

"미국 수출품 볼 레이스ball race의 열처리가 품질특성치characteristic이던가?"

"예, 중요 특성 항목 중 하납니다. 안 그래도 미국에서 팩스가 왔는데 레이스 부의 심부경도 분포를 좀 보내 달라고 합니다."

"열처리 업체는 과장이 보기에 어때요?"

"잘합니다. 이번에 일본에서 '주가이'로 한 대를 새로 넣었습니다."

"방심하면 안 돼요. 열처리 품질을 놓치면 우리 회사 다 팔아도 변상 못합니다."

"잘 알고 있습니다."

과장은 최근 세 주째의 열처리 입고품에 대한 공정 능력(process capability, CP) 분석 자료를 보여 줬다. CPk=1.64, 거의 무결점zero defect 상태였다.

며칠 뒤 그는 서울 종합상사 친구에게 전화했다. 일단 수출품이 양산에 들어갔으므로 인사라도 해야 한다. 다음 금요일쯤 올라오라고 했다. 안 그래도 바이어로부터 새로운 L/C(letter of credit, 신용장)가 와서 로컬 엘시(Local L/C, 내국 신용장, 상사가 납품 업체에 재발행하는 주문 보증서)를 끊어 뒀는데 왔을 때 직접 받아 가라고 했다.

"부장님과 간부들도 그날 저녁에 시간을 좀 내시라고 해 봐."

식사 대접이라도 하는 것이 납품 업자의 도리다. 친구가 말했다.

"자네가 그럴 것 같아서 내가 미리 물어서 시간을 빼놓았다. 그날 돈 좀 써도 되지? 이번 L/C 금액이 상당히 크던데."

"걱정 마, 중소기업이지만 납품 도리는 할 줄 알아."

수출만 잘되면 접대비 정도는 문제가 되지 않는다.

백성욱은 그다음 주 금요일에 기차를 타고 서울로 갔다.

"야, 이 정도 L/C면 큰 거야."

친구가 로컬 엘시를 건네며 말했다.

"고마워."

친구가 속한 수출3부 부장은 쉰 살 가까이 된 상사에서 잔뼈가 굵은 베테랑 무역인이었다. 퇴근 후 그와 친구인 과장은 부장 차를 같이 타고 갔다. 명동을 빠져나와 북쪽으로 힌침을 갔다. 주위에 한옥과 고급 주택들을 지나 심한 비탈길로 꼬불꼬불 올라갔다. 큰 나무들이 많은 널찍한 마당에 차가 섰다. 한옥 기와집과 비탈진 곳곳에 작은 집들이 여러 채 있었다.

"대원각이라고 유명한 요정이야."

친구가 말했다.

"백석 시인, 너도 들어 봤지? 이북 정주 출신인데 토속적인 시어로 유명해. 원래 이 요정 주인이 유명한 기생으로 백석의 애인이었는데. 백석을 좋아해서 서로 오래 사귀기도 했다지, 아마."

"삼 년 동안 동거했답니다."

옆에 섰던 김 대리가 거들었다.

"지금은 늙어서 다른 사람에게 세를 줬는데 정치인들도 많이

와. 저 차들 한 번 봐.”

 김 대리와 다른 과장들과 여덟 명이 별채로 안내되었다. 한복을 입고 시중드는 여자들이 들어오고 남자 두 명이 긴 상을 들고 들어왔다. 예약을 했는지 상에는 이미 많은 한식들이 차려져 있었다.
 식사가 시작되고 부장이 건배사를 했다. 음식이 다채롭고 잇달아 다른 음식이 들어왔다. 어느 정도 모두들 허기를 면할 때쯤 두루마기를 입은 남자 세 명이 국악 악기를 가지고 들어왔다. 그중 한 사람이 옆구리에 끼고 온 화문석 돗자리를 벽 쪽에 폈다. 넓은 방에 상이 한쪽으로 치우쳐져 있어 벽 쪽에는 자리가 비어 있었다. 원래 그렇게 상 자리를 보아 놓은 것 같았다.
 두루마기를 입은 세 사람이 책상다리로 앉았다. 한가운데는 가야금을 잡은 사람이 앉고 오른쪽은 대금, 왼쪽은 아쟁을 든 사람이 앉았다. 두루마기들이 정좌를 하자 문이 열리고 다홍치마에 공단저고리를 입은 세 여인이 들어오더니 양손을 머리에 올리지 않고 두 손을 양옆으로 방바닥에 대고 머리를 숙여 집절을 했다. 집절은 주로 부모가 아닌 다른 사람들에게 하는 절이다.
 그들은 식사를 하고 남은 음식을 안주로 술을 마셨다. 세 여인이 서도 민요인 '자진난봉가'를 부르고, 가야금과 대금의 구성진 멜로디에다 아쟁 소리가 앵앵거렸다. 한복을 입은 여인들은 창을 하는 국악인들이었다. 리더인 듯한 가운데 사람은 텔레비전에서 본 기억이 있다. 여인들이 번갈아 가며 노래를 부르다가 후렴 부분에서는 병창을 했다. 백성욱은 국악을 그렇게 가까이서 직접 들어 본 것은 처음이었다. 기회가 있었을 리가 없다.
 즐겁게 술에 취했다. 그는 접대하는 입장이라 마시는 척하고 술잔을 다시 내려놓으며 자제를 했다. 예상은 했지만 식사대와 술값이 무척 많이 나왔다. 그러나 아깝다는 생각은 들지 않았다. 그 비용도 수출 대금에 다 포함되어 있으니까. 물건 가격을 정할 때는 그와 같은 경비가 지출될 것을 감안해서 결정한다.

"둘이 어디 가서 한잔 더 하자. 어차피 자고 갈 걸."

친구와 그는 쉐브린이란 카페에 갔다. 친구의 단골집인 것 같았다.

"나는 곧 홍콩지사장으로 나갈 거야."

"부장이 사람은 좋아 보이는데 음흉한 구석이 있어서 좀 걱정되는데 내가 없더라도 술도 사고 그래. 얻어먹는 거 좋아한다. 돈도 받고."

석 달 뒤 친구는 홍콩으로 발령을 받았다. 미국 수출은 꾸준하게 양이 늘어 갔다. 수출을 하니 국내 영업과는 또 다른 재미가 있었다. 국내에서는 물건을 출하하면 다음 달에 수금한다. 받아 오는 것은 현금이 아니라 대부분 어음이다. 석 달 심한 경우는 6개월 후에 현금으로 찾을 수 있는 일종의 지불 약속서다. 그래서 약속 어음이라고 부른다. 그러나 수출은 선적을 하고 나서 선적을 확인하는 서류만 제출하면 은행에서 바로 현금을 인출할 수 있다. 이것을 네고(nego, negotiation)라고 한다. 국내 사업보다 최소한 3개월 먼저 물품 대금을 현금으로 받는 셈이다.

그러니 수출을 많이 하면 현금 걱정이 없어진다. 사업에서 어려운 부분의 한 축이 사업자금 마련인데 자금 걱정이 없으니 잠을 편히 잘 수 있어 좋았다. 종합상사의 친구가 홍콩지사로 간 지 반년 만에 연락이 왔다. 회의 참석차 잠시 귀국했는데 급히 좀 만나자고 했다. 백성욱은 종합상사에 들르지 않고 밖에서 친구를 만났다.

"홍콩은 무척 덥지?"

"응, 여기보다는 덥지만 견딜 만해. 물가가 비싸서 그렇지."

"바쁠 텐데 왜 그렇게 급하게 보자고 해? 집에 무슨 일이라도 있니?"

"내 일로 보자고 한 것이 아냐."

"그럼 나 때문에? 요즈음 수출도 물량이 늘어서 잘되는데."

친구는 커피를 한 모금 마시고 담배를 빼물었다. 담배 연기를 길게 내뿜더니 말을 이었다.

"물량이 늘어난 게 화근이야."

"그게 무슨 소리니, 물량이야 많을수록 좋지?"

"세상만사가 그렇게 간단하지 않아. 물량이 늘고 바이어의 구매가 꾸준하니까 다른 욕심들이 생긴 거야."

종합상사에서 미국 수출품을 이원화하려 한다고 했다. 그들만 납품하던 수출 물량을 또 다른 업체에서도 공급 받을 준비를 하고 있다고 했다. 한 곳에서 사던 것을 두 곳으로부터 복수로 공급 받는 것이 이원화다. 독점 공급을 피하고 두 곳에서 물건을 사면서 서로 경쟁을 시키거나 만일의 문제에 대비한다는 것이다. 갑인 대기업들이 통상 쓰는 수법이다.

"야, 힘들여 겨우 제품 개발에 성공해 바이어의 좋은 반응을 얻었는데 이것이 누구 덕인데?"

"새로 참가하는 데는 우리가 개발한 기술을 따라서 만들기만 하면 되는데 이것은 도리가 아니지."

"누가 모르냐? 나도 몸담고 있다만 그것이 소위 종합상사들의 하는 짓이야. 그래서 급히 너를 보자고 한 거야. 회사에서는 아직도 쉬쉬하고 있어. 알고는 있더라도 나한테 들은 기미를 보이지 마. 내 입장도 있으니까."

"정말 나쁜 자식들이네."

그가 버럭 소리를 질렀다.

친구가 목소리를 낮추라고 했다.

바이어를 소개한 곳은 분명 종합상사다. 그러나 처음에는 자기들도 제품 개발이 성공할지 확신이 없었다. 그들이 애써 개발한 기술을 고스란히 경쟁 업체에 그냥 넘겨주는 꼴이다. 새로 끼어드는 업체는 누워서 떡 먹기다. 더구나 이윤도 좋고 물량도 많으니 누구나 탐낼 수 있는 사업이다.

그들이 고생해서 개발한 기술은 몽땅 종합상사로 넘어갔다. 그것이 대기업들의 하청 업체에 일거리를 줄 때의 조건이다. 납품하는 제품을 생산하는 기술은 납품 업체와 종합상사가 공유해야 한다. 종합상사가 그들의 수출품을 이원화하면 그들이 개발한 기술은 그대로 새로 생긴 회사에 넘어가게 된다.

"아직 확정된 것은 아니니까 한번 부장을 만나 보고 사정을 해봐. 도저히 안 되면 이원화 시기라도 최대한 연기해 달라고 부탁해. 늦추는 것은 부장이 도와줄 수도 있을 거야. 물론 돈은 좀 써야 할 거야."

친구가 적극적으로 대처해 보라고 했다.

며칠 뒤 그는 친구 말대로 퇴근 시간에 맞춰 부장을 만났다. 그는 부장을 따라 강남으로 갔다. 검은색 고급 승용차가 그들을 데리러 서울 시내까지 왔다. 늦은 봄이라 남산의 소나무들 사이로 무성한 활엽수 잎들이 짙어 가는 녹색으로 여름을 재촉하고 있었다.

개나리와 벚꽃은 이미 져 잎으로 무성하고, 옛 중앙정보부 옆길에는 영산홍과 철쭉꽃이 산비탈을 붉은빛으로 물들였다. 간간이 들어선 연보라색 라일락꽃이 구색을 맞춘다. 올려다보이는 산 중턱에는 진달래가 무더기로 폈고 길섶의 할미꽃들도 정겹다.

2호 터널을 지나고 한남대교를 건너서 신사네거리에서 좌회전했다. 건물들 사이를 한참 지나 어느 3층 건물 마당으로 들어갔다. 검은 양복을 입은 청년이 차 문을 열어 주었다. 역시 검은 정장을 한 안내원을 따라 2층으로 안내됐다. 겉보기에는 그냥 괜찮은 평범한 양옥집이나 집 안은 전혀 달랐다.

넓은 방 안쪽으로 음식물을 차려 돌릴 수 있는 둥근 테이블이 있고 테이블을 중심으로 입구와 반대쪽으로 삼면에 긴 소파가 놓여 있었다. 왼편 벽에는 위쪽에 종류가 다른 양주 다섯 병이 일정한 간격을 두고 놓였고, 아랫줄에는 와인들이 진열되어 있었다. 벽 가운데는 난 분 하나가 정갈하게 놓여 있다.

맞은쪽 벽에는 동양화 대작이 걸려 있었다. 문에서 테이블까지는 제법 거리가 멀고 천장 가운데는 사이키델릭 등이 있고 그 둘레에 별도의 조명등들이 배치되어 있었다.

방 안으로 들어가자 세 명의 여자가 배꼽절을 했다. 배꼽절은 우리나라 전통 배례, 절하는 예절에 손을 어떻게 위치하느냐는 공수법에 의해 잡은 여자의 두 손이 배꼽 부근에 위치하기 때문에 붙여진 별명이나 아무튼 예를 갖춘 절이다.

가운데 여자는 점잖은 복장에 삼십대 초반으로 보이고, 양옆의 두 여자는 외제 명품이 분명한 보기에도 세련된 양장을 한 이십대 초반으로 보이는 미인들이었다. 인사를 마치자마자 양옆의 젊은 여자 둘이 그들 쪽으로 걸어오고 가운데 여자가 말했다.

"윗저고리를 벗으시죠."

윗옷을 벗고 서로 마주 보고 자리에 앉자 옷을 옷장에 넣고 난 두 여자가 그들 옆에 앉았다. 가운데 섰던 여자는 마담인 듯했다. 마담이 한쪽 좌석 끝에 몸을 반쯤 앞으로 내밀고 앉아 간단한 치레 인사를 했다.

"애들은 괜찮으시겠어요?"

마담이 물었다.

"나는 좋은데 백 사장님은 파트너가 어떠세요? 더 예쁜 사람을 원하시면 미스코리아도 불러 줘요. 그렇지요 마담?"

"말씀만 하시면 죽은 황진이도 깨워 옵니다."

그는 좋다고 말했다.

접대 자리라서 그냥 넘기려고 하는 대답이 아니라 그는 정말 파트너가 마음에 들었다. 지금까지 그토록 잘생긴 여자를 가까이서 보기는 처음이었다. 텔레비전에 나오는 여자 탤런트들보다도 더 예뻤다. 탤런트들은 화면발을 받아서 그렇지 실물은 이 아가씨보다 못생겼을 수도 있다. 맞은편 부장 파트너도 미인이었다. 그의 파트너가 김은호 화백의 미인도에 나오는 다소곳하고 나무랄 데 없는 한국형 미인이라면 부장 파트너는 브룩 쉴즈 스타일의 이국적 미모였다.

"약주는 어떤 것으로 드릴까요, 사장님?"

마담이 일어나서 술들이 진열된 벽으로 가면서 부장에게 물었다. 사장이란 말은 회사의 장을 의미하는 직책이지만 이런 경우에는 돈 많은 사람들을 지칭하는 호칭이다.

"백 사장님, 뭘 즐겨 드세요?"

"저는 아무거나 잘 마십니다. 부장님께서 정하십시오."

"시바스 리갈 25년 주세요. 백 사장님은 양주에 대해서 잘 아세요?"

"전 아무거나 있는 대로 마시기만 하지 잘 모릅니다. 이 술은 어떤 술입니까?"

"물으시니 말씀인데, 이 술의 특징은 물론 오래 숙성시킨 것도 유명하지만 블렌딩이 특이합니다. 스카치위스키는 원래 여러 가지 몰트위스키를 섞어서 블렌딩하는데, 리갈 25년은 우선 몰트위스키끼리 블렌딩을 하고 두 번째로 그레인위스키끼리 블렌딩을 합니다. 마지막으로는 앞에서 블렌딩한 블렌디드 몰트위스키와 블렌디드 그레인위스키를 섞는 세 차례 과정을 거친 '트리플 블렌딩' 위스키입니다. 이렇게 세 번의 블렌딩 과정을 거치면 숙성 시간이 조금씩 길어져 훨씬 좋은 위스키가 탄생되지요."

부장은 주류 회사 상무인 듯이 좔좔 말을 이었다.

"맛을 한번 보세요."

백성욱은 위스키를 입안에 조금 넣고 혀로 굴린 뒤 넘기고 조금 기다렸다가 대답했다.

"그러고 보니 맛과 향이 좀 특이한 것 같습니다. 복숭아 향이 나는 것 같기도 하며 크리미한 맛이 납니다."

"하하하하! 백 사장님, 이제 보니 대단한 미식가이십니다. 시바스 리갈 25의 진가가 바로 백 사장님께서 말씀하신 그 맛과 향입니다. 자, 마십시다."

그들은 스트레이트 잔을 부딪고 원샷으로 마셨다. 그는 속으로 웃었다. 친구의 조언으로 부장을 접대하기로 하고 친구로부터 지침을 받았다. 틀림없이 부장이 자기가 납품 업자들을 데리고 가는 고급 비밀 요정에 갈 것이니 그렇게 각오하라고 했다. 거기에는 탤런트 지망생들을 모아 놓은 듯이 미인들만 있으니 미색에 혼미해지지 말고 제대로 접대나 하라고 충고했다. 그는 부장과 약속을 하고 나서 별도로 양주 공부를 하고 갔다. 그가 말한 향과 맛의 평가는 조사한 자료에 적혀 있는 것을 각색해 말했을 뿐이다.

시바스 정답으로 술 분위기는 익어 갔다. 그는 옆에 앉은 파트너에게 일부러 화장실이 어디냐고 물었다. 파트너가 일어서서 안내를 하려 했다. 그는 됐다고 파트너를 자리에 앉혔다. 들어올 때 화장실과 옷장이 붙어 있는 것을 이미 확인해 뒀다. 그는 옷장으로 가 속주머니에서 봉투를 꺼내어 부장 상의 속주머니에 꽂고 화장실로 들어갔다. 변의는 없었다. 수돗물만 잠깐 틀었다가 나왔다. 친구가 귀띔을 했다. 부장에게 건넬 돈은 표가 안 나는 은행 자기앞 수표로 준비하라고. 그래야 뒤탈이 없다고 했다.

"참, 부장님, 서류는 속주머니에 넣었습니다."
"아, 그래요?"

부장이 잔을 건네며 술을 따랐다. 술잔이 몇 순배 돌아도 부장은 이원화 이야기는 입에 담지도 않았다. 그는 이제나저제나 하고 부장 입만 바라봤다. 부장은 옆에 앉은 파트너와 이야기하며 즐겁게 술만 마셨다. 두 사람은 가끔씩 영어로 이야기도 했다. 여자의 영어가 거의 본토 발음에 가까웠다.

'혹시 친구가 잘못 알고 있는가? 그러면 다행이고.'

백성욱은 잠시 밖으로 나갔다. 마담이 빈방으로 그를 안내했다. 그는 술값과 아가씨들 팁을 확인하고 아가씨들 이차비와 호텔방 두 개 값도 함께 지불했다. 예상은 했으나 비용이 놀랄 만했다. 한 달 수출은 헛장사가 될 것 같았다. 그러나 한 달 수출이 문제가 아니다. 술값이야 얼마가 되든 물량만 많으면 되지만, 이원화가 되어 발주량이 반 토막 나면 그 영향은 어마어마하다. 더욱이 바이어의 물량이 줄었을 경우에는 회사 운영이 어렵게 된다.

술자리를 마치고 부장과 그는 올 때 타고 온 검은색 로얄 살롱으로 호텔에 갔다. 호텔 카운터에서 키를 받아 부장을 방으로 안내하고 그도 파트너와 함께 룸으로 들어갔다.

접대도 사업의 일부다. 상대에 따라, 접대 목적에 따라서 격에 맞게 비용을 지출해야 한다. 어설픈 접대는 돈 쓰고 역효과를 낼 수도 있다. 이날은 마음먹고 하는 접대라 부장을 위해 세미스위트룸을 잡았다. 부장 마음을 편하게 하기 위해 그도 같은 방을 잡았다.

방 키를 열쇠꽂이에 꽂자 연분홍 벽 천장 등이 은은하게 실내를 밝혔다. 거실 가운덴 탁자와 소파가 놓였고 벽을 끼고선 대형 티브이 화면에는 피지에이 골프가 나왔다. 창가 높은 테이블 위에 얹힌 바나나와 사과가 담긴 크리스털 접시 옆에 와인병과 잔이 놓였고, 씨드루 커튼을 통해 도시의 야광이 멀어져 갔다. 문이 열린 침실의 킹사이즈 침대 위엔 하얀 백합꽃 한 송이가 거실을 향해 놓였고, 넓은 공간에 월풀 욕조가 타월걸이와 함께 있었다.

"샤워하시겠어요?"

룸에 들어와 침대에 걸터앉았던 파트너가 물었다. 화장을 고쳤는지 파트너의 얼굴이 훨씬 더 청순하게 보였다. 벽 등에 비친 여자의 목덜미가 기다랗고 까만 솜털이 귀밑으로 예쁘게 가지런했다.

"뭐 마실 거 없을까요?"

그는 맞은편 의자에 앉으며 말했다. 담배를 꺼내 불을 붙였다. 그는 잠시 동안 갈등을 일으켰으나 바로 냉정을 되찾았다. 파트너에게 접대하러 와서 부장이 어색할까 봐 어쩔 수 없이 파트너를 데리고 나왔으나 지금 같이 잘 기분이 아니라고 솔직하게 말했다.

"짐작은 했습니다. 이차비는 환불하겠습니다. 마담 언니가 챙겨 주셨어요. 원체 눈치로 하는 직업인지라……."

마담이 분위기를 파악한 모양이다. 술값이 말도 안 되게 비싼 이유를 알 것도 같았다. 비싼 대신 모든 일을 고객 위주로 완벽하게 처리해 주니 이해가 됐다. 그는 아가씨에게 돈을 받아서 반은 받고 나머지는 아가씨에게 돌려줬다. 아가씨는 극구 사양했으나 호텔까지 와서 수고도 했고 그를 만나서 일을 못했으니 받으리고 억지로 주었다.

"사업하시기 힘드시죠? 멋있으세요."

아가씨가 웃었다.

"쓸쓸해서 혼자 어떻게 주무세요?"

아가씨는 핸드백을 들며 걱정스러운 표정을 지었다. 그는 팔을 벌려 아가씨의 가는 몸을 꼭 안아 주었다.

"고마워요."

그는 파트너의 등을 다독였다. 두 손을 그의 등에 올리고 얼굴을 사내 가슴에 잠시 묻고 있던 여인은 말없이 룸을 빠져나갔다.

종합상사에서는 별 이야기가 없이 수출은 계속되었다. 몇 달이

지난 후 부장에게서 연락이 왔다. 점심이나 같이 하자고 했다. 그는 올라간 김에 선적 서류 등을 챙겨서 실무자와 일을 마치고 부장과 함께 점심을 먹으러 갔다.

"냉면 좋아하세요?"

"네, 서울 있을 때는 함흥냉면을 가끔 먹었는데 지방에는 같은 맛이 안 납디다."

그는 함흥냉면을 시키고 부장은 평양냉면을 시켰다.

"백 사장님께 알려 드릴 긴한 말씀이 있어서 오시라 했습니다."

"무슨 말씀이라도······?"

그는 올 것이 왔다고 생각하면서도 모르는 척 물었다.

"상무님이 독점은 불안하니 이원화를 검토하라고 지시하셨습니다."

"부장님, 그건 안 됩니다. 그러시면 우린 죽습니다."

그는 펄쩍 뛰는 시늉을 했다.

"개발하시며 고생 많이 해서 아직 투자금도 회수 못했다고 저도 재고하시라고 했는데 시기는 추후 정하더라도 이원화 정책은 결정된 것이라고 했습니다."

그는 친구의 말이 헛소리가 아니었음을 확인하자 눈앞이 캄캄했다. 냉수를 벌컥벌컥 들이켜고 송충이 씹은 표정으로 가만히 있었다.

"이미 '엎질러진 물'이니 어떻게 하겠습니까? 대신 실무 선에서 이원화 시기를 최대한 지연시키겠습니다."

"그것이라도 부탁드립니다, 부장님!"

미안하다며 부장이 냉면값을 지불했다. 그는 그냥 두었다. 냉면

값이 아까워서가 아니라 뒤통수 맞은 배신감에 넘어갔던 면 가락이 스멀스멀 다시 목구멍을 기어 나오는 듯 헛구역이 올라왔다.

'야비한 놈들, 문둥이 콧구멍에서 마늘을 빼 먹지, 어디 사기 칠 곳이 없어 중소기업 등에 비수를 꽂아?'

한 달 후부터 로컬 L/C 금액이 줄어들기 시작했다. 자연 증가하던 속도를 감안하니 4개월 만에 물량이 완전히 반으로 이원화되었다. 시간을 계산해 보니 그가 부장과 비밀 요정에 갔을 때 이원화는 이미 상당히 진행된 뒤였다.

'이원화를 진행하면서 내 돈과 여자 접대까지 받았어?'

말로만 들어 왔던 대기업의 횡포를 직접 당하고 보니 어금니가 부드득 갈렸다. 그러나저러나 어떻게 수습한다? 다행한 것은 이원화 후에도 초기에 계획했던 물량에서 크게 빠지지 않았다. 전체 물량이 많이 늘었다는 이야기다. 이원화만 아니었다면 재미가 좋았을 것을 생각하니 속이 쓰렸다. 중간에 연례 방문차 회사에 온 미국 바이어가 그에게 살짝 귀띔했다.

"종합상사가 이원화하는 것을 알고 있습니다. 물량 조달은 상사가 하기 때문에 물건을 사는 우리들이 어떻게 백 사장님을 도와드릴 방법이 없습니다. 그러나 백 사장님 회사 품질이 월등하게 좋으니 저희들은 백 사장님 물건을 더 선호합니다."

제품 개발 초기부터 백성욱 회사와 호흡을 맞춰 온 바이어는 상당히 우호적이었다. 그러나 그도 이원화에는 별도리가 없다고 했다. 개발 때 계획한 물량에 비해 발주량이 증가 추세라서 백성욱은 무척 기대에 부풀어 있었다. 몇 년만 지나면 회사가 궤도에 올라설 수 있다는 희망에 부풀어 있었다. 그는 물량이 줄어들 것에 대비해 백방으로 뛰었으나 별 소득이 없었다. 자동차 부품 사업도 소강상태로 현상을 유지하기도 어려웠다.

유별나게 추운 겨울이 지루하게 이어졌다. 그러나 매스컴에서 진단하는 새해의 전망이 좋지 않다. 호황을 구가하던 미국 경제에 먹구름이 끼고 그동안의 거품이 현실 문제로 변했다. 미국 경기에 따라서 세계 경제도 사양길로 접어들었다. 미국이 기침하면 일본이 감기에 걸리고 한국은 폐렴을 앓는다는 말과 같이 한국 경제는 미국의 경기에 민감하게 반응한다. 그만큼 우리나라 경제의 자생력이 약하다는 말이다.

미국으로 수출하는 중소기업들에는 바로 영향이 왔다. 종합상사가 발행하는 로컬 L/C 금액이 눈에 띄게 뚝뚝 떨어졌다. 종합상사는 미국 경기가 원체 좋지 않아서 안타깝지만 자기들도 어쩔 수 없다고 했다. 드디어 발주량이 초기 계획의 반에도 못 미쳤다. 아직 수출 개발에 쏟아 부은 은행 빚도 그대로다.

수출 부진은 회사 경영에 바로 영향을 미쳤다. 구매한 물품 대금 결제일에는 거의 부도 직전에 자금을 메우는 일이 잦아지고, 종업원 월급마저 하루 이틀씩 늦게 줄 수밖에 없는 형편이 되었다. 그동안 협조적이던 노조도 신경을 곤두세웠다.

"사장님, 노조원들 퇴직금을 노조와 공동 명의로 은행에 예치시켜 주십시오."

노조위원장이 찾아와서 요구했다.

"위원장님, 말이 됩니까? 회사 사정을 뻔히 알면서 이러면 어떻게 합니까?"

"전들 왜 모르겠습니까? 하지만 회사가 부도나면 노조원들 퇴직금이 날아가 버립니다. 조합원들은 저축할 여유도 없고 퇴직금이 유일한 퇴직 후의 노후 보장책입니다."

"재수 없게 부도는 왜 나요. 조금만 참으세요."

그는 위원장에게 버럭 화를 냈다.

"화를 내서 미안합니다. 여러 가지로 제가 요즘 정상이 아닙니다."

"직원들 퇴직금은 어떻게든 보장해 주셔야 합니다."

"알겠습니다. 저가 더 먼저 걱정하고 있으니 기다려 주세요."

그는 위원장을 달래서 보냈다. 당장 회사 운영 자금이 부족하니 줄어든 물건을 만드는 데 필요한 자재를 확보하는 데도 문제가 생겼다. 그렇게 굽실거리던 납품 업자들이 낌새를 채고 자재 납품을 미루어 가끔씩 생산 라인이 중단되기도 했다. 물건이 제대로 생산되지 않으니 수금도 따라서 삐걱거렸다. 악순환이 꼬리를 물고 괴롭혔다.

엎친 데 덮친다더니, 노조마저 부아를 부추겼다. 유급 휴일 수를 늘려 달라는 노사 협상 요청서를 총무과장이 들고 왔다. 회사의 어려운 사정을 뻔히 아는 터에 돈을 받고 노는 날 수를 늘려 달라고 했다. 이런 때는 정말 왜 사업을 해야 하는지 스스로 회의를 느끼게 된다. 아무리 물정 모르는 노동자들이라고 하지만 한솥밥을 먹는 식구로서 짜증이 났다.

'니들이 아예 회사 맡아서 운영해라. 염치없는 것들……'

그렇다고 손놓고 있을 수도 없었다. 은행을 찾아갔다. 수출이 잘 될 때는 몇 억씩 은행에 예금을 해서 지점장이 고맙다고 가끔씩 저녁도 대접했다.

"지점장님, 세계 경제가 어려우니 우리 회사에도 영향이 오네요. 운영 자금을 조금만 더 지원해 주십시오."

그는 신용이 좋았던 터라 은행 지점장에게 부탁했다. 찾아갔을 때부터 평소와 표정이 다르던 지점장이 일어나서 지점장실 문을 닫았다. 그리고 리스트 한 장을 그의 앞으로 내밀었다.

"본점에서 어제 내려온 서류입니다. 백 사장님 회사 이름도 포함되어 있습니다."

"무슨 서류입니까?"

"대출금 회수나 대출금 축소 대상 업체들 명단입니다."

그의 회사 이름도 그 서류에 포함돼 있었다.

"아니, 이 어려운 시기에 대출금 회수라니요?"

"저도 답답합니다."

"지점장님, 우리 회사가 수출 잘될 때 몇 억씩 예금도 했는데 이거 너무하시는 것 아닙니까?"

술집 마담보다도 돈 앞에서 의리 없는 것이 은행이라더니 이건 지나치다. 지난 반기 매출 실적이 너무 급하게 감소 추세라서 본점에서 요주의 업체로 분류됐다고 했다. 대출 부탁 왔다가 대출금 환수 통보를 받은 꼴이다. 금융 기관의 생리를 아는 그는 그냥 지점장실을 나왔다.

"사장님, 커피 끓이고 있는데 들고 가세요."

얼굴을 아는 여행원이 일어서며 말했다.

"미스 리가 대신 마시세요."

토요일이었다. 오전 내내 별의별 궁리를 해도 묘안이 없었다. 할 수 없이 사채를 빌려 월요일 돌아오는 자금을 준비했다. 토요일이라 오전 근무에 일감도 적어 잔업도 없었다. 전 같으면 토요일과 일요일에도 특근을 했다. 별 할 일도 없어 대전 친구에게 부탁했던 자료를 받으러 갔다.

"안색이 안 좋네."

오랜만에 만난 기계연구소 친구가 말했다. 그는 최근의 사정을 말하고 그가 준 서류를 챙겨 넣었다.

"세상이라도 집어삼킬 것 같던 백 사장이 웬일이야? 힘내게. 하늘이 무너져도 솟아날 구멍이 있다지 않는가. 나가세, 오늘은 내가 소주 한 턱 쏘겠네."

그들은 친구 집에서 그리 멀지 않은 소주방에 갔다. 친구가 채워 주는 소주잔을 연거푸 마셨다. 친구도 실컷 마시고 취하라고 했다.

"오빠, 식사하시고 주무세요."

그는 터질 것 같은 머리를 들었다. 대전 친구 여동생이 걱정스런 표정으로 그를 깨웠다.

"아이, 무슨 술을 그렇게들 마시세요? 어젯밤 기억나세요?"

"아, 여기가 어디야?"

"어디긴요, 오빠 집이지. 해장국 끓여 놨으니 드시고 더 주무세요. 아이 술 냄새."

친구 여동생이 코를 막는 시늉을 하며 부엌으로 갔다. 친구는 보이지 않았다.

대전에서 돌아온 그는 서류 가방과 옷 가방을 챙겼다. 이판사판이다. 이래도 망하고 저래도 망할 것이면 마지막으로 부딪쳐 볼 수밖에 없다고 마음먹었다. 풍문에 따르면 이원화로 개발된 다른 회사는 종합상사 담당 상무의 친구 회사라고 했다. 발주권을 쥐고 있는 종합상사에 재요청한 협의도 무산되자 그는 생사를 건 도박을 할 수밖에 없었다.

"음료수 드시겠습니까?"

밝은 하늘색 유니폼을 예쁘게 입고 귀엽게 보조개가 들어간 스튜어디스가 눈을 감고 잠시 생각에 잠겨 있던 그를 깨우쳤다.

"와인 있습니까?"

"레드와 화이트, 어느 걸 드시겠어요?"

"화이트 주십시오."

여승무원이 와인을 잔에 따라 종이 냅킨을 받쳐 앞 테이블 위에 놓았다.

"맛있게 드십시오."

수없이 반복하는 말이라 형식적으로 하는 것이 분명한데 듣는 사람들이 눈치 채지 못하게 즐거운 표정과 말로 어색하지 않게 다음 사람에게로 이동한다. 직업의식과 훈련으로 몸에 밴 품행이리라. 생사 위기에 다다른 회사를 살리기 위해 마지막 승부수를 띄우기로 결심하고 백성욱이 비행기를 타고 뉴욕으로 가는 중이다.

바이어의 회사는 뉴욕 브루클린에 있다. 그가 미국에 수출하는 부품은 핸리-데이비드 오토바이에 사용된다. 브루클린에 있는 바이어 회사가 그들의 부품을 수입해서 자기들이 만든 부품과 함께 바퀴를 조립해 핸리의 완성 오토바이 공장에 보낸다.

영어도 더듬거리는 그가 홀로 미국 출장을 결심한 것은 다른 선택의 여지가 없었기 때문이었다. 저녁에 뉴욕 케네디 공항에 내려 숙소를 잡기 위해 비행장에 비치된 호텔 안내서들을 뒤적였다. 이름 있는 특급 호텔 하나에 전화를 걸었다. 대기업에 근무할 때 터득한 지식을 활용하여 유명 호텔에 전화를 했다.

　외국 거래처를 방문할 때는 상대방에게 믿음과 좋은 인상을 주기 위해 좋은 호텔에 묵어야 한다. 손님이 호텔로 연락하거나 방문했을 때 호텔이 초라하면 거기에 있는 사람도 초라하게 여긴다. 여행 경비 여유가 없으면 가장 좋은 호텔의 가장 싼 방을 잡아야 한다. 왜냐면, 거래처 사람이 일반적으로 방까지 들어오지는 않기 때문이다.

　그러나 호텔에서 응답하는 내용들을 알아들을 수가 없었다. 말이 너무 빠르고 에코가 심했다. 다른 곳에 전화했으나 마찬가지였다. 아무래도 그의 히어링 실력이 원어민 영어를 알아듣기에는 역부족이라고 생각했다.

　할 수 없이 옆에 있던 백인에게 사정 설명을 하고 대신 전화해 달라고 부탁했다. 두세 번 전화하던 그 사람이 호텔 전화에서 나오는 응답은 육성이 아니라 모두 녹음이라고 했다. 부족한 영어에 녹음된 음성이니 알아듣기가 쉽지 않았으리. 호텔에 빈방이 없을 때에는 방이 찼다는 말을 녹음해서 자동으로 응답한다고 알려 주고, 자기 판단으로는 호텔 잡기가 어려울 것이라며 가 버렸다.

　한탄이 절로 나왔다. 미국에 첫발을 디디자마자 난관에 부딪힌 것이다. 막막했다. 고민 끝에 택시 기사에게 숙소를 잡아 주면 그 택시를 타고 맨해튼까지 가겠노라고 흥정을 붙였다. 공항에서 맨해튼 도심까지는 꽤 먼 거리였다.

　흑인 택시 기사는 흔쾌히 그의 제안을 받아들이고 공중전화 부스에서 한참 동안 전화를 걸었다. 드디어 기사가 나타나서 방을 구했노라고 말했다. 고급 호텔들은 모두 방이 찼고 '하워드 존슨 (Howard Johnson Parking & Lodging)'이라는 주차장과 객실을 갖고 있는 저가 호텔을 겨우 구했다며 밝은 표정을 지었다. 맨해튼 중심가에 있어서 위치는 좋다고 했다. 안도의 숨을 삼킨 그는 내릴 때 흑인 기사에게 10달러의 특별 팁을 지불했다.

공항에서 맨해튼까지의 택시미터기가 32불이었으므로 위기관리 비용을 지출한 거다.

"Thank you, sir! Thank you, sir!"

택시 기사는 감사하다는 말을 연발하면서 손을 흔들었다.

처음 접촉한 바이어 나라 사람과의 인간관계는 그런대로 원만하게 이루어졌다고 스스로 평가했다. 그렇게 크지는 않았으나 호텔방은 혼자 며칠 보내기에는 불편 없어 보였다.

뉴욕에 도착한 이튿날 오전 내내 그는 호텔방 전화통과 씨름했다. 브루클린에 있는 바이어와의 접촉을 시도하고 있었다. 처음 몇 회는 교환원의 잠시 기다리라는 'Hold on'이란 말을 오해하고 계속 끊어 버렸다.

얼굴을 바라보면서 하는 말은 표정도 살피고 이해 못할 때에는 다시 물을 수가 있으나 한마디 툭 던지고는 한참을 기다려도 대답이 없을 때는 당황해서 끊어 버리곤 했다. 마지막엔 교환원이 구내 선을 연결하는 데 시간이 걸릴 수도 있으니 끊지 말고 기다리라고 천천히 설명해 주었다.

영어가 서툰 사람이 몇 번이나 전화를 걸었다 끊자, 영어는 서투나 중요한 일로 외국인이 담당자를 찾고 있다는 것을 교환이 알아챘던 것 같다. 그는 바이어가 전화 끝에 나타나기를 기다리며 참고 있었다.

　바이어는 몇 번이나 회사에 와서 친분이 있고, 의사소통도 그런 대로 원만했기 때문이다. 일 분도 채 되지 않은 시간이 몇 십 분이나 된 듯 길게 느껴졌다. 드디어 굵직한 목소리의 남자가 전화 반대편에 나왔다. 바이어의 이름을 대며 직접 통화를 요청했다.

　그는 현재 국내 출장 중이라 이틀 후에 출근을 한다고 바리톤의 남자가 대답했다. 그의 바이어가 출근하면 전하겠다며 이름과 용건을 간단하게 묻고는 호텔과 연락처를 팩스로 보내라며 자기들의 팩스 번호를 알려 주었다. 요즈음같이 스마트폰이나 전자 메일 같은 통신 수단이 미국에도 없던 시절이었다.

　바이어가 출근하기만을 기다려야 했던 그는 시내 구경이나 하자고 마음먹었다. 그가 묵는 호텔, 아니 여관은 미드타운 웨스트 Midtown West라고 불리는, 맨해튼 섬의 약간 서쪽에 치우친 중앙부의 7번로7th Ave 42번가42nd St. 부근에 있었다. 타임스 스퀘어Times Square가 지근에 있고 브로드웨이Broadway가 가까운 곳에서 비스듬히 비껴가고 있다.

　뉴욕의 중심 지역인 맨해튼은 세계에서 가장 크고 복잡한 도시치고 길 찾기가 무척 쉽다. 섬 동쪽에서부터 서쪽으로 1번부터 12번까지 남북으로 세로로 난 애비뉴Avenue라고 불리는 넓은 도로들이 있고, 이들을 바둑판처럼 가로지르는 수많은 스트리트Street들로 되어 있다. 남쪽의 14번부터 북쪽으로 200번이 넘는 스트리트들이 있다.

　그는 인근 베이커리에서 바게트 샌드위치를 사서 갖고 온 토트백에 넣고 타임스 스퀘어와 뉴욕 공립도서관을 둘러본 후 센트럴 파크로 갔다. 센트럴 파크는 생각했던 것보다 훨씬 더 컸다. 자전거를 타는 사람들, 서로에게 몸을 맡기고 벤치에 얹혀 있는 연인들, 장난감 동력 헬리콥터를 날리는 빨강 머리 총각과 엄마 아빠의 데이트를 용서하고 자기들끼리 떨어져서 놀고 있는 효자 효녀 어린 남매, 건너편 흙길 위로 멋진 마차가 관광객을 태우고 여유를 부리며 지나가고, 허리가 꾸부정한 할아버지가 목줄을 단 개를 데리고 빠른 걸음으로 지나가고 있었다. 등짐을 진 그의 손에는 비닐봉지와 조금 기다란 집게가 쥐어져 있었다.

방목지였던 원래 모습을 그대로 두고 조성한 공원이라 그런지 한층 더 자연스럽고 풍치가 있다. 활엽수들이 우거진 숲길에는 싱그러운 풀 냄새가 넘쳤다. 그는 잠시 회사 일을 잊고 상념에 잠겼다.

'어차피 한 번 살고 말 인생인데 굳이 바둥거리며 살 필요가 있을까?'

오랜만에 가져 보는 상념이 오히려 그를 괴롭혔다. 모두들 여유롭고 행복해 보이는데 이방인인 그만이 할 일 없이 계획에도 없던 이 낯선 공원을 배회하고 있었다. 아무것도 제대로 되는 것이 없다. 서부의 넓은 사막에 갈 곳 없이 추방당한 총잡이처럼 초라하게 느껴졌다.

다시 남쪽으로 내려온 그는 연못가 벤치에 앉았다. 옆에는 더듬이 같은 술이 송송 돋은 열매가 주렁주렁 달린 큼지막한 마로니에 나무가 서 있었다. 대학 시절 대학본부 마당에 섰던 것은 가지가 많고 열매가 없었는데, 둥치가 우람하고 싱싱한 가지들이 넓게 뻗어 있었다. 연못 북쪽으로는 작은 돌다리가 운치 있게 놓여 있다.

그의 사념은 다시 현실 속으로 돌아왔다. 약속도 없이 찾아온 그를 바이어가 만나 주기나 할 것인가? 만나는 준다 하더라도 그의 제의를 어떻게 생각할까? 그는 종합상사를 배제하고 바이어에게 직거래를 제의할 예정이었다. 생각하기에 따라서는 그가 상도의를 거스르고 자기 이익만을 차리는 몰염치배로 폄하될 수도 있을 것이다.

만약 바이어가 그의 제안을 거절한다면, 그가 미국에 온 사실이 종합상사에 알려질 것이고 그 즉시 발주가 중단될 것은 불을 보듯 빤한 일이었다. 생각조차 하기 싫도록 몸서리나는 일이다.

그는 서글픈 처지에 절망하고 있었다. 갑자기 허기가 느껴져 가방 속에서 바게트 샌드위치를 꺼냈다. 신경질적으로 한입 꽉 물었다. 그는 작은 신음 소리를 냈다. 그날따라 바게트 껍질이 유난히도 딱딱했다. 고개를 떨어뜨리고 장작 같은 빵 주각을 쉬지 않고 물어뜯는 그의 눈시울이 아리게 젖어들었다.

손바닥 같은 마로니에 잎들 사이로 스산한 바람이 소리를 내며 지나갔다. 센트럴 파크에서 낮 시간을 때우고 돌아온 그는 밤 구경을 나갔다. 뉴욕의 밤거리는 말 그대로 불야성이었다. 대낮같이 밝게 켜진 가로등 밑을 크고 작은 차들이 쉴 새 없이 질주하고, 'TAXI'라고 표시등을 머리에 이고 노란 차들이 간간이 왔다 갔다 했다. 뉴욕의 명물 옐로 캡Yellow Cab이었다. 그는 건너편에 더 넓고 네온사인들이 번쩍거리는 거리로 발을 옮겼다. 신호등에 매달린 도로 표지판에 '브로드웨이Broadway'라고 적혀 있다.

"아, 여기가 그 유명한 예술의 거리 브로드웨이구나. 이름값 할 만큼 넓기는 넓네!"

조금 더 걸어가니 건물 벽에 큼지막하게 율 브린너의 얼굴과 함께 '왕과 나The King and I' 뮤지컬 선전 간판이 보였다. 저녁 공연을 관람하려는 관객들로 문전성시를 이루고 있었다. 그도 한 번 들어가 볼까 하다 포기했다. 알아들을 자신이 없었다.

계속 가니 약간 어두운 골목에 남루한 백인이 쭈그리고 앉아 있고, 흑인 남자 두 명이 귀가 찢어질 듯이 음악을 틀어 놓은 크고 기다란 오디오 상자를 어깨에 메고 지나갔다. 좌우로 위협적으로 몸을 흔들며 지나가다가 그를 한참 째려보았다.

멀지 않은 길모퉁이엔 흰 팔각 모자를 쓴 배불뚝이 경찰관이 권총 벨트를 허벅지까지 늘어뜨린 채 엉거주춤 서 있었다. 어물전 동태 눈알로 길 건너 여성 속옷 선전 간판을 주시하고 있었다. 부부싸움이라도 하듯이 뭐라고 떠들며 히스패닉 남자와 라티노 여자가 지나갔다. 그는 비위가 거슬리고 두려움을 느끼며 발길을 돌려 호텔로 돌아왔다.

텔레비전에서는 온통 재미도 없는 미식축구 경기만 틀어 주고 있었다. 뉴욕의 밤도 씁쓰레하기는 매한가지였다. 다음 날도 무료하게 하루 낮을 보냈다. 브로드웨이에 나가자, 건너편에 'CATS'라고 검은 글씨로 쓴 커다란 간판이 보였다. 서양 사람들이 워낙 애완동물을 좋아하니 고양이 파는 가게 간판도 저렇게 크구나 하고 지나쳤다. 나중에 안 일이나 그 유명한 뮤지컬 'Cats'를 공연하는 극장 간판이었다.

라디오 시티를 둘러보고 옐로 캡을 잡아타고 엠파이어 스테이트 빌딩에 갔다. 102층 전망대에 올랐다. 왼편에는 섬 남단에 자리 잡은 110층짜리 세계무역센터 쌍둥이 빌딩이 가지런히 서 있고,

멀리 리버티 아일랜드에 자유의 여신상이 보였다. 오른쪽 시내 한가운데는 아름다운 크라이슬러 빌딩 지붕이 내려다보인다. 50여 년 전에 벌써 이렇게 우람하고 높은 건물을 지을 수 있는 미국 사람들의 기술과 능력에 놀랐다. 밤이 되자 좀이 쑤셔 도저히 방에 박혀 있을 수 없었다. 호텔 컨시어지에게 도움을 청했다.

"밤에 밖에 나가도 안전합니까?"

"Sure!(그럼요!)"

"길에 권총 찬 사람도 있고, 뉴욕이 처음이라서 좀 무서운데 괜찮겠습니까?"

"하하, 권총 찬 사람이 당신을 보호해 줄 것입니다. 그는 폴리스니까요. 저쪽에 불이 밝은 거리에 가 보셨습니까?"

"브로드웨이요?"

"맞아요. 거기 가면 안전하니 마음대로 놀다 오십시오. 아, 서쪽 허드슨강 방향은 치안이 좀 안 좋으니 가지 마십시오."

"웨스트 사이드 스토리(West Side Story)에 나오는 데요?"

"You've got it!(맞아요!)"

그는 편한 옷으로 갈아입고 가슴을 쫙 펴고 다시 브로드웨이에 갔다. 낮에 본 고양이 가게 'CATS'는 더욱더 현란한 네온등이 켜져 있고, 고양이를 사려는 사람들인지 길게 줄을 서 있었다.

"희한한 사람들, 낮에는 뭣들 하고 야밤에 고양이 산다고 야단법석들이람?"

한참을 걷다 보니 포르노 극장이 보였다.

"이런 극장도 다 있나?"

당시만 해도 한국에서 포르노 영화를 접하기는 쉽지 않았다. 고

작해야 남자 대학생들이 하숙방에 처박혀 '일요일 서울'과 같은 주간지에 실린 비키니 여배우 사진을 보며 자위를 하던 시절이었다.

극장 부근의 가로등은 어두침침하고 입구에는 기도가 앉아 있었다. 호기심은 생기나 겁이 나 선뜻 들어갈 엄두가 나지 않았다. 이 모두가 할리우드 갱영화에 학습된 공포심이었다. 그는 포르노 극장 앞을 세 번이나 그냥 지나쳤다. 나라 체면도 있어 똑바로 극장을 들여다보지 못하고 다른 사람들이 눈치 채지 못하게 그냥 지나치는 행인인 양 곁눈질로 극장 입구를 살폈다. 별로 들어가는 사람이 없었다. 그는 극장 앞을 왔다 갔다 하며 동태를 살폈다.

세 번째 극장 앞을 지나갈 때 왜소하게 생긴 백인 중늙은이가 극장 안으로 들어갔다. 그도 용기가 생겼다.

'태권도 유단자인 내가 저 비실이보다야 세겠지?'

태연하게 폼을 잡고 포르노 극장 안으로 들어갔다. 극장 안에는 앞쪽에 두 명의 관람객만 있고 넓은 화면에서는 아이섀도를 짙게 한 백인 여자가 입으로 열심히 남자를 위로하고 있었다. 그날 밤 호텔에 돌아온 그는 혼자서 극장표에 지불한 달러를 충분히 회수했다.

다음 날 아침 8시 반에 바이어에게 다시 전화를 걸어 보았다. 처음 걸었던 날의 실패를 경험으로 그가 전화를 받을 때까지 기다렸다. 조금 있으니 바이어가 전화를 받았다. 인사말을 하고 어디냐고 물었다. 뉴욕 맨해튼이라고 하자 약속도 없이 어떤 일이냐고 다소 시큰둥하게 물었다. 그의 말을 잘 알아들을 수 없으니 출장 이유를 간단히 팩스로 바이어에게 보내 달라고 했다.

그는 사전 예약도 없이 찾아와서 미안하다고 사과를 하고 미국으로 출장을 결심할 수밖에 없었던 상황을 간략하게 적은 후 호텔 비즈니스 센터에 가서 바이어에게 팩시밀리로 전송했다. 한참 후에야 그에게서 다시 팩스로 답이 왔다. 출장 보고로 바쁘니 11시 부근에 자기 사무실로 오라고 했다.

달가운 표정은 아니었으나 무작정 택시를 타고 브루클린의 바이어 회사로 갔다. 바이어의 사무실에서 약속도 없이 불쑥 바이어를 찾아올 수밖에 없었던 사정을 자세히 설명했다. 영어가 능숙하지 못해 가끔씩 대화가 끊기기도 했으나 여러 번 만난 사이라서 바이어가 이해하려고 노력해 주었다.

종합상사의 '갑'으로서의 횡포와 직거래의 메리트를 준비해 간 자료들을 제시하며 설득했다. 그러나 종합상사와 시작된 거래이므로 상도의상 직거래로 변경할 수 없다고 완강하게 거절했다. 다른 길이 없었던 그는 곧 실현될 GSP(일반 특혜 관세) 폐지 후에도 바이어 가격을 동일하게 유지시킬 수 있는 원가 절감 계획을 구체적으로 제안하며 그를 이해시키려고 안간힘을 썼다.

곧 폐지되기로 되어 있던 일반 특혜 관세가 폐지되면 우리나라 중소기업이 미국으로 수출하는 물건들에 미국이 10퍼센트 정도의 관세를 붙이게 된다. 그러면 자동적으로 우리나라 물건을 수입하는 미국 회사가 가격을 올려 주고 물건을 사는 것과 같은 효과이므로 우리가 가격을 그만큼 올린 것이나 다를 바가 없다. 그렇게 되면 가격 경쟁력이 없어 수출이 되지 않는다.

입술이 바짝바짝 타 들어갔으나 침을 바르며 집중했다. 시간이 지나자 바이어도 조금씩 그가 주장하는 내용을 이해하는 듯했다. 잠시만 기다리라고 한 후 바이어가 자리를 떴다. 조금 뒤 돌아온 바이어가 그를 같이 온 키 큰 남자에게 인사시켰다. 사장이었다.

당시 바이어는 제품개발부장이었다. 자리에 앉자 바이어는 이야기를 계속했다.

"귀사가 갖고 있는 재고를 시간 계획을 세워서 전량 구매하겠습니다. 사실, 귀사 제품은 품질이 우수하고 고객들의 반응도 매우 좋습니다."

부장이 말했다.

"우리는 물량이 줄었을 때, 한국의 상사에게 당신들 제품만 선적하라고 지시했으나, 귀사가 제대로 대응하지 않아서 이원화할 수밖에 없다고 했습니다. 지금 보니 사실과 다르군요. 귀사와 직거래를 결심한 주 이유가 그것입니다."

그는 감사하다고 했다. 가슴에 엉켰던 응어리가 스르르 내려가는 듯한 느낌이었다.

'정말 오기를 잘했구나.', '참으로 합리적인 사람들이구나.'라는 생각에 기뻐했다.

시간이 됐으니 점심 먹으러 가자고 사장이 말했다. 공장 지역이라서 근처의 뷔페식당에 갔다. 사장이 그에게 무엇을 먹겠느냐고 물었다. 부장이 대신해 음식을 골라 주었다. 빵 위주의 미국식 뷔페를 그가 잘 모르리라고 짐작한 배려였다.

그런데, 부장이 갖다준 것은 또 바게트 샌드위치였다. 그저께 센트럴 파크에서 씹은 바게트를 떠올리며 눈살을 찌푸렸으나 아무도 눈치 채지 못했다.

사장이 맛이 어떠냐고 물었다.

"Very good!(맛있습니다.)"

그날의 바게트는 센트럴 파크서 먹은 것보다는 훨씬 부드럽고 단맛까지 났다. 식사 후 사무실로 돌아온 부장과 그는 거래 중 있었던 포장 문제 등 잡다한 미결 사항들을 협의했다. 재고 소진이란 큰 짐을 내려놓은 그는 웬만한 바이어의 요구 사항들은 기분 좋게 양보했다.

"How has been you're first visit in N.Y.?"

뉴욕 첫 방문에 별일은 없었느냐는 인사였다. 백성욱은 그에게 호텔을 겨우 구한 이야기를 들려주었다. 자초지종을 들은 그가 박장대소하며 잘 처리했다고 어린애 칭찬하듯이 격려해 주었다.

그때 뉴욕에서 세계적인 큰 행사가 있어 호텔들이 오래 전에 예약을 마쳤다며 다음부터는 출국 전에 필히 호텔을 예약하고 오라고 했다. 거래처를 만나려면 오래 전부터 거래처와 협의해 미팅 일정과 과제를 합의하고 와야지 이렇게 불쑥 나타나면 상담이 거의 이루어지지 않는다고 가르쳐 주었다.

"미안해요, 나로서는 어쩔 수가 없었어요."

여유가 생긴 그가 웃으며 말했다.

풋내기 비즈니스맨이므로 이번만 봐준다며 그도 따라 웃었다.

"우리 보스에게 인사하러 갑시다."

바이어가 그를 회사 창업주이자 회장인 헉버그Hochberg 씨 방으로 데리고 갔다. 이름으로 봐서 그는 독일계임이 분명했다. 브루클린에 본사와 제1공장을 둔 거래처는 믿을 만한 중견 기업으로 사장은 헉버그 회장의 아들이었다. 인사를 나눈 후 바이어가 그의 회사와의 거래 내역과 그가 출장 온 이유를 간단하게 보고했다.

"나는 한국을 잘 압니다. 한국전쟁에 참전했어요."

그가 앉았던 자리에서 일어섰다.

"저와 저희 국민들은 귀하와 귀하 친구 분들의 도움을 영원히 잊지 않을 것입니다. 오래오래 건강하십시오."

문어체를 공부한 그로서는 이러한 정형적인 말은 그런대로 주저 없이 구사할 수가 있었다. 감사 말을 마친 그는 거수경례를 다시 올렸다. 회장이 자리에서 일어나 거수로 경례를 받았다.

"고맙소. 내가 35년 전에 한국의 민둥산에서 피 흘리며 싸운 것이 헛되지 않았군요."

회장이 다시 악수를 청했다. 바이어와의 상담은 완벽한 성공이었다. 재고를 바이어가 사 가면 바로 현금이 들어온다. 자금 문제가 자동 해결되고 직원들 임금 지급과 납품 업자들의 물품 대금 지급으로 납품 지연도 없어진다. 제품과 기계를 설계하고 만들기는 해도 무역에는 전혀 경험이 없던 그. 그러나 목 앞에 닥친 급한 상황에서는 경험의 유무가 문제가 아니다. 사느냐 죽느냐의 문제에 봉착하자, 오직 하고야 말겠다는 의지와 예측하지 못할 상황에 대처하는 순발력만이 도움이 되었다. 누구는 태어나면서 영어로 울었던가. 이 없으면 잇몸으로 때워야 하는 것이 중소기업 주인들이 해야 하는 짓이다.

아무튼 잇몸이 이빨 역할을 톡톡히 했다. 이제 끝났다. 한숨 푹 자고 회사로 아니 한국으로 돌아가면 그만이다. 호텔로 돌아와 쉬려고 침대에 누웠다. 없어서 겨우 구한 여인숙 침대가 더없이 푹신하고 아늑했다. 그러나 잠은 오지 않았다. 그는 간편한 옷으로 갈아입고 브로드웨이로 나갔다. 거리는 밝고 역시 사람들로 붐볐다. 이제 거리 구석에 선 권총 찬 순경도 무섭지 않다. 지나가는 히스패닉 여자의 까무잡잡한 얼굴에 정감이 간다. 건덩거리는 캡을 뒤로 돌려 쓴 흑인 청년의 거드럭거림이 활기차 보인다.

브로드웨이는 진정 세계의 문화 중심이자 활력의 거리다. 저녁 때가 되고 시장기가 들어 길가의 맥도날드 가게에서 다시 바게트 샌드위치를 시켰다. 이제 바게트는 친구가 되었다. 그러나 킹사이즈는 그의 격에 맞지 않는 과욕이었다. 배가 터질 것 같아 남겨서 쓰레기통에 버렸다.

그는 어슬렁어슬렁 호텔 지하층에 있는 바로 갔다. 벌써 늦은 밤이라 바에는 손님이 많지 않았다. 반타원형으로 둥글게 배치된 바에는 아무도 없고 홀에 있는 테이블 두어 곳에 손님들이 맥주를 마시고 있었다. 한 팀은 부부인지 연인인지 남녀가 구석 쪽에 앉아 있고 창문 옆엔 젊은 여자 두 명이 맥주를 앞에 두고 이야기가 한창이다.

그는 바 한가운데 앉았다. 바에는 각종 리큐어와 위스키, 럼 등 칵테일용 주류들이 비치되어 있었다. 천장에 손이 쉽게 닿을 높이의 머리 위로 가늘게 깔린 레일에는 큼지막한 와인용 유리잔들이 줄을 지어 거꾸로 매달려 있었다.

"어서 오세요, 무얼 좀 드릴까요?"

"블랙러시안 주세요."

"좀 독하게 드릴까요?"

"아뇨, 보통으로 주세요."

"잠시만 기다리세요."

그는 외국인에 대한 안목이 없어 바텐더의 나이는 가늠할 수가 없었다. 특히 여자의 경우는 그냥 보기 싫다 예쁘다 정도의 구분이 가능한 정도다. 그가 묵은 호텔 아래 바의 여자는 예뻤다. 키는 그렇게 큰 편은 아니나 한국 여자에 비하면 컸다. 바텐더는 프랑스계라고 했다. 그래서 그런지 피부가 지나칠 정도로 희고 노란 털도 송송 보였다.

칵테일을 세 잔쯤 마시고 있을 때 그가 앉은 바 왼쪽 자리에 남자가 들어와 앉았다. 얼굴과 몸 전체가 꽤나 옆으로 퍼져서 제법 큰 키나 겉보기는 나와 비슷해 보였다. 맥주를 한 병 시켜서 반 잔쯤 마시더니 금세 말을 걸어 왔다. 서양 사람들이 쉽게 이야기들을 하는 것을 영화에선 봤으나 모르는 사람이 그것도 영어로 외국 사람이 말을 걸어 오자 처음엔 당황해서 어물거렸으나 태연하게 그의 수작을 받아들였다.

"어느 나라에서 오셨습니까?"

미국 사람이 물었다.

"한국에서 왔습니다."

"아 그렇습니까? 저는 뉴저지에서 초등학교 교사로 일하고 있습니다. 음악 선생입니다. 한국 노래 저도 하나 압니다. 딴다단 딴다단 딴다다다."

그는 아리랑 가락을 정확하게 딴따로 노래했다. 그는 그 노래가 한국을 대표하는 '아리랑'이라고 소개했다.

시간이 얼마나 되었는지는 모르나 뉴저지 음악 선생님이 오고도 그는 칵테일을 몇 잔 더 마셨다. 술이 거나해지자 긴장했던 모든 신경 조직이 스멀스멀 해체되는 듯했다.

그는 프랑스 바텐더에게 물었다. 한국에서 왔는데 비즈니스 미팅이 성공적으로 끝나서 기념으로 바에 있는 모든 분들에게 술을 한 잔씩 사고 싶은데 사도 되느냐고 물었다.

"되고말고요!" 하더니 들고 있던 포크로 앞에 있는 유리잔을 두드려 바에 있던 사람들을 환기시켰다.

"한국에서 오신 미스터 백이 뉴욕에서 비즈니스가 잘되어 술을 한 잔씩 사 주신다고 하니 바로 나에게 먹고 싶은 술을 주문하세요."

모두들 축하한다고 인사를 하며 바텐더에게 주문을 넣었다. 고맙다고 인사한 뉴저지 선생이 홀 한쪽의 흰 피아노에 다가가서 우리 민요 '아리랑'을 연주했다.

"미스터 백, 와서 아리랑을 불러 보세요."

음악 선생이 말했다. 그도 술 취한 김에 '아리랑'을 불렀다.

"앙코르."

바텐더와 손님들이 외쳤다. 그들이 술을 일어 마시고 청하는 것이니 웬만하면 들어주는 것이 어떠냐고 은근히 압력을 넣었다. 그는 주저하다가 대중가요 '눈물 젖은 두만강'도 불렀다.

거기까지는 기억이 생생하다. 바가 끝나고 그가 우겨서 간판 불을 끄고 프랑스 출신 바텐더와 단둘이 홀에 앉아 꽤 비싼 와인을 더 마셨다. 취해서 술자리를 마치기로 했다.

"미스터 백, 술이 취해서 그러는데 당신 방에서 술 좀 깨워서 가도 될까요?"

바텐더가 물었다.

"Sure!"

그는 그러라고 말했다. 룸에 가자마자 바텐더가 윗옷을 벗어 던지고 술 취한 그를 침대로 밀어 넘어뜨렸다.

"따르릉, 따르릉!"

다음날 오전 11시경에 그의 방 전화벨이 연거푸 울렸다. 늦잠을 자다가 화들짝 놀라 일어났다. 바이어였다.

"백성욱 씨, 아직 계셨군요, 벌써 한국으로 떠났으면 어쩌나 걱정했는데?"

호텔로 데리러 갈 테니 같이 점심 먹고 뉴저지 공장 견학을 가자고 했다.

"야호……!"

그는 환호했다. 공장을 보여 준다는 건 자기들의 기술이 노출되는 일로서 웬만한 믿음이 있어도 드문 일이다. 이는 백성욱의 회사를 자신들의 중요한 파트너로 인정했다는 것을 의미한다. 그는 바이어를 만나기 위해 세수를 하려고 화장대 앞으로 갔다. 화장대 위에 호텔 메모지가 접혀 있었다. 이상하게 생각하며 메모지를 폈다.

"Your outlook is so so but the center was fantastic, Thanks!
(뚝배기보다 장맛이야, 고마워요!)"

프랑스 여자가 두고 간 메모지였다.

바이어를 만나서 성공적인 상담의 보답으로 그가 한턱내겠다고 말하고, 시내 유명한 스테이크 하우스에서 부드러운 애리조나 쇠고기를 썰었다.

"백성욱 씨, 그런데 한 가지 더 있습니다."

링컨 리무진으로 허드슨 강 밑 왕복 2차선 링컨 지하도를 지나며 바이어가 말했다. 그를 돌아보았다.

"재고가 소진된 후부터는 매년 100만 달러씩 고정 발주를 드리겠습니다. 이것은 허버그 회장님께서 참전 용사로서 한국에 드리는 마지막 선물이라고 하셨습니다. 만족하십니까? 백성욱 씨?"

"Thank you very much, Mr. Huffman.(허프만 씨, 무척 감사합니다)"

"Receipt please.(영수증 주세요, 아가씨.)"

허프만 바이어가 톨게이트 여직원에게 통행료 영수증을 달라고 했다.

백성욱은 미국 출장을 무사히 마치고 가벼운 기분으로 업무에 복귀했다. 바이어가 사 준 재고 물량 처리 대금으로 회사 자금 사정도 바로 호전됐다. 그날은 마침 노동훈과의 지루한 재판의 선고일이라 법정에 갔다. 선고가 끝나자마자 그는 급히 차를 몰았다.

지난밤에 납품한 자동차 부품이 거래처 조립 라인에서 불량이 났다. 거래처 품질관리 과장의 새벽 호출에 그날 있는 결심 공판을 핑계로 겨우 시간을 연기해 두었다. 마음이 조급했다.

"물건을 그따위로 만드는데 판사인들 가만 두겠어요? 아예 실형 받고 노고지리 통에서 푹 좀 쉬다 나오시죠? 저가 목 잘리면 사장님이 우리 마누라 데리고 사실 겁니까?"

과장의 앙칼진 막말이 계속 귓속을 맴돌았다. 노동훈의 재판 내용은 지금 안중에도 없었다. 아무튼 승소해서 법원에 다시 불려가는 일이 없어져서 다행이긴 했다. 그러나 씁쓰레했다. 무언가 허망하다고나 할까, 그렇게 재판에 나가 지루하게 노동훈의 이야기를 듣거나, 다 지나간 이야기를 몇 번이나 소 되새김하듯 진술하는 것이 지겹기까지 했는데, 막상 재판이 종료되고 나니 실직이나 용도 폐기된 사람같이 허탈했다.

약속한 시간에 거래처 Q.C. 사무실로 갔다.

제품을 만드는 공장이나 생산 업체는 Q.C., 품질을 관리하는 부서를 별도로 두고 가공 혹은 생산한 물건이 제대로 설계된 대로 만들어졌는지, 허용되는 오차 범위 안에 드는지를 검사해 기록한다.

발생된 오차들이 어떠한 경향을 갖고 있는지 이렇게 만들어진 물건이 언젠가는 설계된 오차의 범주를 넘어서 쓸 수 없는 불량품을 계속해서 만들 확률이 있는지를 과학적으로 분석하고 점검한다. 특히 컴퓨터 프로그래밍 기술의 발전에 따라 통계적인 분석에 의하여 모두 다 검사하는 비용을 없애고 표본 조사만으로 전체를 파악하고 예측하는 기술을 적용하고 있다. 이러한 품질 관리 기술은 더 정밀하고 오래도록 사용 가능한 제품들을 보다 싼 비용으로 생산해서 상품의 가격 경쟁력을 높이는 선진 경영 기법이다.

"어제 납품한 물건들을 조사한 결과 요구한 CPK=1.33이 나오질 않습니다. 그러면 납품하신 수백만 개의 전 부품을 일일이 전수 검사하시겠습니까? 사장님이 원한다면 그렇게 하십시오. 다시 싣고 가서 검사하든지 직원을 수십 명 보내서 하든지 알아서 하십시오. 저도 뻬약거리는 애들이 있는데 사장님이 골프나 치고 술이나 퍼마시며 물건을 개떡같이 만들어 보내는데 나도 방법이 없습니다."

Q.C. 과장이 단단히 약이 올랐다.

"품질에 자신이 없으면 사장을 그만두세요. 그 회사는 전무도 없어요. 다른 사람에게 넘겨주세요. 넘겨줄 사람도 없으면 얘기하세요. 다른 회사에 팔아 드릴 테니. 그 물건 만들려고 줄 서 있는 회사들 많이 있습니다."

과장의 질타가 끝이 없었다. 잘못하긴 했다. 제대로 만들어야 하는 것을 누가 모르나. 모든 조치를 취해 둬도 가끔씩 이렇게 허파를 뒤집는 일이 생긴다. 이번에 생긴 불량은 생산 담당자가 전날 술을 과하게 먹고 밤새도록 토하느라 잠을 못 자서 불량 발생 가능성을 알면서도 윗사람의 질책이 두려워 숨겨서 생긴 일이다.

잘못을 벌주지 않으면 요령을 부릴 것이고 규정을 엄격하게 적용하면 당장 눈앞에 보이는 처벌이 두려워 이렇게 큰 사고를 저지르고 만다. 과장에게 무조건 잘못했다고 손이 발이 되도록 빌었다. 과장도 인간인지라 일단 화를 풀어 줘야 한다. 자신의 화가 풀리고 나면 또 서로의 애로 사항을 이해하고 다음 공정에 크게 문제가 되지 않으면 특채라고 해서 특별하게 그 부분만 일시적으로 규정을 완화시켜서 납품 업체의 피해를 최소화하는 도움을 주는 것이 '갑'들의 아량이다. 이래저래 제조업 사장들은 24시간 날이 선 칼 위를 걷듯이 조마조마하게 살아간다. 그래서 술을 먹으면 폭음을 하고 가끔씩 폭발하면 난폭해지기도 한다.

그날은 그럭저럭 과장을 구워삶아서 오후 두 시쯤 거래처 과장의 손을 벗어났다. 맥이 탁 풀렸다. 입에서는 욕이 그냥 나왔다. 정말 제조업을 당장 때려치우고 싶었다. 벌건 대낮부터 술을 마실 수도 없어 그는 다시 차를 몰고 대전 연구소에 있는 친구를 찾아갔다. 대전까지 가면 가는 시간이 있으니 술을 먹어도 사람들이 흉보지 않을 시간이 될 듯했다.

퇴근 시간이 되었을 것 같아 연락도 없이 바로 친구 집으로 갔다.

"누구세요?"

여자 목소리가 들렸다.

"백성욱입니다."

문이 열렸다.

"성욱 오빠, 웬일이야? 오빠하곤 연락 안 했어?"

친구 여동생이 들어오라며 말했다.

"그냥 왔어, 출장 갔다가 실컷 닦이고 오빠하고 술이나 마시려고 내려가는 길에 왔어, 아직 퇴근 안 했니?"

"어떻게 해? 오빠는 서울 출장인데, 오늘 안 와. 전화나 해 보고 오지 않고?"

친구 여동생이 난감해했다.

"오늘은 되는 게 없네."

"많이 속상했나 봐, 어떻게 해?"

여동생은 누나같이 측은한 눈으로 바라봤다. 그가 거실 소파에 털썩 앉았다.

"점심은 먹었어? 얼굴이 말이 아닌데?"

친구 여동생은 걱정스런 표정이었다. 그냥 고개만 젓고 담배를 빼물었다. 여동생이 접시 하나를 탁자 위에 갖다 놓고 말없이 창문을 열었다.

"오빠, 라면이라도 우선 먹어. 저녁 일찍 해 줄게."

여동생이 어느새 라면을 끓여 왔다.

"집에 술 있어?"

라면을 눈 깜빡할 사이에 국물까지 다 마시고 빈 그릇을 여동생에게 건넸다.

"술이야 있지. 모자라면 슈퍼 가서 사 오면 되고. 술 줘?"

"응."

여동생이 와인을 가져왔다.

"피곤해 보이는데 그럴 때 술 마시면 금방 쓰러져, 천천히 마셔."

여동생이 포도주를 따라 잔을 건넸다.

"오빠한테 연락해 볼까?"

"그냥 둬, 오지도 못할 거."

여동생은 부엌으로 갔다. 저녁 준비를 하려나 보다고 생각했다.

"한 잔 더 할래?"

혼자 두 잔을 마시고 나서 부엌을 향해 물었다.

"그럴까? 혼자 마시니 재미없지?"

여동생이 젖은 손을 닦고 옆에 와 앉으며 말했다.

"마셔."

여동생의 와인 잔에 포도주를 더 따라 주고 나서 권했다.

"사업하는 거 힘들지?"

와인을 한 모금 마시고 잔을 테이블 위에 내려놓으며 그를 쳐다봤다.

"힘 안 드는 게 어디 있나? 다 그렇지 뭐."

"그래도 오빠는 대단해. 옆에서 보면 조마조마해서 같이 못 살 것 같아."

그는 피식 웃었다. 여동생은 음식 솜씨가 좋았다. 시달리고 술 마시는 것을 배려해서인 듯 북어와 콩나물을 넣고 국을 끓여 왔다. 여동생이 끓여 온 국은 지친 내장을 시원하게 풀어 줬다.

"간은 맞아?"

여동생이 숟가락으로 그의 국그릇 국물을 조금 떠서 자기 입술로 가져갔다.

"딱 맞는 것 같아."

"무슨 대답이 그래? 늘 그렇게 말해?"

"왜?"

"맞으면 맞고 싱거우면 싱거운 거지 맞는 것 같아가 뭐야?"

"그런가? 음식은 그냥 대충 먹으니 솔직히 정확한 맛은 잘 몰라."

"흥, 실컷 만들어 주니 맛도 잘 모른단 말이지?"

여동생이 다소 토라진 시늉을 했다.

"그런 게 아니고 전문가가 못 된다는 얘기야."

"알아. 오빠는 그런 점이 매력이잖아."

여동생이 그를 보며 웃었다. 그도 따라 웃었다.

둘은 저녁을 먹으며 와인을 더 마셨다. 여동생은 다시 '레미 마르땡' 코냑 병을 갖고 왔다. 여동생도 제법 술을 했다. 잘 못 먹는다면서도 주는 것은 마다 않고 홀짝거렸다.

아직 후덥지근한 날씨에다 와인과 브랜디가 섞여서 오는 알코올 기운에 얼굴이 화끈거리기도 했다. 낮에 품질관리과장과 싸우며 빠져 버린 진이 술기운에 마지막 발악을 하는지도 모르겠다. 그는 다시 담배 한 개비를 빼 들었다. 바람도 쐴 겸 창가로 갔다. 문틀에 팔꿈치를 얹고 비스듬히 기대어 담뱃불을 붙였다. 여동생이 일어나서 창가로 왔다. 두 손으로 흘러내린 긴 머리를 뒤로 훑어 넘겼다.

"나도 한 대 줄래?"

동생이 손가락 사이에서 실연기를 자아내는 담배 개비를 보며 말했다.

"너, 담배 피우니?"

"피운다고는 할 수 없고, 피울 줄은 안다고 해야 하나? 오빠가 하도 맛있게 피워서 나도 맛있을 것 같아서."

담배 한 개비를 주었다. 여동생은 담배를 오른손 검지와 중지 사이에 끼우고 창틀 위에 손바닥을 살며시 얹었다. 약지에 하얗게 그을지 않은 원이 그려져 있었다. 라이터를 꺼내어 여동생 쪽으로 내밀었다. 여동생이 담배 든 손을 들어 필터를 자기 입술 가까이 가져갔다. 부싯돌 가스라이터가 '퍽' 작은 소리를 내며 점화가 되었다. 여동생은 부싯돌 소리에 미간을 살짝 찌푸렸다. 머리를 약간 뒤로 뺐다가 얼굴을 라이터 가까이로 내밀며 필터를 길게 빨았다. 담배를 잡은 오른손을 다시 창문틀에 놓으며 후 하고 길게 내뿜었다.

"잘 피네?"

아무 대답 없이 한 모금을 더 빨아 창밖으로 천천히 보내고 먼 산을 보며 대답했다.

"답답할 땐 가끔 한 대 피워."

"지금 답답해?"

"아냐, 지금은 맛있을 것 같아서 피워. 담배도 분위기를 타나 봐, 맛있네."

"왜, 무슨 일 있어, 담배 피는 것 처음 보는 것 같은데?"

"그런 거 있어, 피운 지 한 삼 년 돼."

"우리 술 마저 마시자. 아직 시간도 많은데."

길게 남은 꽁초를 재떨이에 구겨 끄고 그의 손을 끌고 술 테이블로 갔다. 여동생 얼굴이 붉어지고 눈이 조금씩 게슴츠레해졌다. 연신 손으로 얼굴에 부채질을 하더니 블라우스 셋째 단추를 끌렀다. 술기운인지 그도 더워 남방 단추를 풀고 긴 소매를 걷어 올렸다.

"더우면 남방 벗어, 아무도 올 사람 없어."

여동생이 스트레이트 잔을 들었다.

"그럴까."

백성욱은 남방을 벗어 벽 쪽에 있는 피아노 위에 얹었다. 앉아 있는 여동생 옆을 돌아 맞은편으로 갔다. 비스킷을 집으려고 앞으로 숙인 여동생의 열린 블라우스 사이로 하얗고 탐스러운 두 봉우리가 보였다. 허공에 매달려 가림 없이 그의 눈 속에서 출렁거렸다. 순간 머릿속이 하얘지는 현기증을 느꼈다.

"술집 여자가 아니라서 술맛이 안 나지?"

술잔을 채워 주며 토끼처럼 눈이 빨개진 여동생이 몸을 꼬았다.

"술집 가면 아가씨들도 예쁘고 애교도 좋잖아."

술이 많이 취했는지 코맹맹이 소리도 섞였다. 여동생은 계속 조잘거렸다. 그도 술이 많이 취해 무슨 말인지 기억은 잘 나지 않는다. 자리에서 일어나 부엌 쪽으로 갔다.

"왜?"

"물컵 가지러."

"내가 갖다줄게."

여동생이 급하게 일어나다 길게 늘어진 스커트 자락을 밟고 쓰러지려 했다. 성욱은 놀라서 달려가 넘어지는 동생을 안아 일으켰다. 두 손에 동생의 양 가슴이 만져졌다. 놀라서 손을 떼려 하자 동생의 두 손이 그의 손을 꽉 잡았다. 여동생은 한동안 미동도 하지 않았다. 여동생이 몸을 일으키더니 목에 두 팔을 감고 끌어당겼다.

"오빠 마음대로 해도 돼."

주량에 비해 술이 과했는지 여동생의 흰 목덜미가 붉은색을 못 이겨 복숭앗빛으로 변했다. 눈을 감고 바닥에 볼을 대고 누운 얼굴 위에 긴 머리카락들이 흘러내렸다. 실오라기 하나 없이 깎아놓은 것 같은 몸매는 눈이 부시도록 하얬다.

"정말 괜찮아?"

그녀는 눈을 감은 채 고개를 끄덕였다. 그는 단지 한 사람의 건강한 남자이고, 여동생은 완벽하게 무르익은 여자였다. 갑자기 그녀의 온몸에 촉촉이 땀이 배고, 반쯤 벌어진 입술 사이로 가녀린 비명이 흘러나왔다. 그녀는 계속 몸부림쳤다. 시간이 길어지자 그도 물을 뒤집어쓴 듯 온몸이 흥건하게 젖었다.

"나, 나쁜 애지?"

한참 동안 가쁜 숨을 몰아쉬던 여동생이 그의 왼팔을 베고 가슴에 얼굴을 묻은 채 속삭였다. 손가락으로 요리조리 가슴에 알지 못할 그림도 그렸다. 아무 대꾸도 없이 다시 동생의 두 어깨를 으스러지도록 껴안았다. 비명 소리를 흘리며 그녀는 다시 성욱의 품을 파고들었다.

창밖을 내다보며 담배 연기를 내뿜었다. 창밖은 그사이 어둠이 짙어지고 먼 데 가로등 불빛이 거리를 희미하게 비추고 있었다.

"나도……."

홑이불을 몸에 두른 여동생이 옆에 다가와 뱅긋이 웃으며 쳐다봤다. 피우던 담배를 입에 대어 주었다. 후, 하고 연기를 뱉었다. 다시 한 번 더 맛있게 담배 연기를 깊이 빨아들였다가 뿜어냈다.

"오빠 선수네? 나, 죽는 줄 알았어."

부끄러워하면서도 눈을 가늘게 흘기며 빤히 쳐다봤다.

"남자는 다 같은 거 아냐?"

여동생이 고개를 살래살래 흔들었다.

"아냐, 오빠는 확실히 달라……."

친구 여동생도 어스름한 먼 산을 바라보며 두 팔을 높이 들어 길게 기지개를 켰다.

"어머!"

팔을 들어 기지개를 켜자 몸에 두른 홑이불이 스르르 흘러내렸다. 비너스같이 하얗게 깎은 팔등신 대리석이 하늘로 팔을 벌리고 포즈를 취하는 것 같았다.

노동 운동

　해고된 노동훈은 회사 출입을 못하게 되자 법원에 부당 해고 취소 및 복직을 요구하는 소송을 제기했다. 회사는 즉각 변호사를 선임하고 소송에 응했다. 복직 투쟁을 계속하면서 그는 지역 노조 활동에 주력했다. 제조업 회사들을 중심으로 하던 노조 설립과 노동 운동을 택시 업종, 버스 업종, 은행과 병원 등으로 확대했다.
　백성욱의 회사와 투쟁 과정에서 경험한 노동 운동의 문제점에 대해 고민하게 됐다. 현행 노동 관계 법과 그 제도하에서는 노조 활동을 원활하게 할 수 없었으며, 전향적인 제도 개선이 필요했다.
　전국적인 노동조합 본산이며 독점적 상급 단체였던 대노총은 태생적으로 한계를 갖고 있었고 매너리즘에 빠져 관료화되기도 했다. 노동훈은 신규 노조를 탄생시키고 지지 노조들을 규합해 투쟁에 앞장서며 대노총과는 차별화된 전투적 노동조합 노선을 견지했다. 소위 진보적인 노동 운동 세력을 만들어 갔다.

다른 지역에서도 비슷한 운동이 진행되고 있었다. 그는 전국적인 세력과 협력하며 지하에서 지역 민주노조연대에 힘을 모았다. 그를 도왔던 대노총 금속연맹의 강민규와도 이제는 경쟁적인 구도로 변모되었다. 대노총 산하의 허울뿐인 노조들도 노동훈과 연대하여 투쟁함으로써 투쟁적 노조로 변모해 민주노조의 토대가 마련되었다.

노조가 생기면 망한다던 업주들이 이제는 민주노조로 전환되는 것만은 막아야 한다고 노조 관리 정책을 바꾸었다. 이미 노동조합이 생기는 것은 막을 수 없다고 포기했다.

다음 날 그는 아침 일찍 집을 나섰다. 성림전자에 노조 설립을 위한 물밑 작업이 거의 마무리됐다. 총회를 열고 구청에 노동조합 설립 신고만 하면 된다. 그가 지원해서 새로운 노동조합이 탄생하는 날이다.

주간 조와 교대하고 아침에 퇴근하는 야간 조 작업자 30여 명의 노조 설립 주동자들을 동원, 사전에 포섭해 회사에서 조금 떨어진 식당으로 집결시켰다. 많은 제조 회사들이 비용이 많이 드는 설비 투자를 줄이고 생산을 많이 하기 위해 작업자들을 교대로 근무시킨다. 2교대를 할 경우는 주간 작업 조와 야간작업 조로 나누어 하루에 10시간씩 작업을 시킨다.

노동훈은 노동조합을 만들어 주기로 하고 치밀한 계획을 세운 후 실천에 들어갔다. 식당은 보안 유지와 접근성, 도피로 확보 가능성 등을 고려해 사전에 물색했고, 아침에 회식이 있다고 예약해 뒀다.

인력 동원은 평소 회사에 불만을 가진 사람들과 다소 성깔 있고 머리가 명석한 사람, 우직하며 앞뒤 가리지 않고 힘깨나 쓸 만한 사람과 일부 여자 노동자들로 꾸렸다.

회의는 미리 준비해 간 서류들을 가지고 일사천리로 진행했다. 노조 설립을 위한 조합원 투표를 실시해 만장일치로 안건을 의결했다.

내부 고발자가 있었는지, 투표를 막 끝냈을 때 식당 주인이 밖에서 누가 찾는다고 했다. 밖으로 나갔다. 성림전자 총무과장이 다짜고짜 그의 오른쪽 아래 가슴에 주먹을 먹였고, 그는 그 자리에 꼬꾸라졌다. 숨이 컥 막히고 이어서 심한 통증이 왔다.

밖이 소란스럽자 방에 있던 노동자들이 우르르 몰려나왔다. 노동훈이 외쳤다.

"당신들 똑똑히 보십시오. 회사 간부가 폭행을 했소. 우리는 뭉쳐야 합니다!"

총무과장 뒤 저만치에는 경찰의 정보형사가 파출소장과 함께 서 있었다. 회사에서 동원된 듯한 체격 좋은 사람들이 몇 명 더 있었다. 그는 얼굴을 알고 있던 정보형사와 파출소장을 보고 외쳤다.

"당신들, 폭행을 한 현행범을 체포하지 않고 무엇들 하는 거요?"

그러나 그들은 회사와 한통속인 듯 꼼짝도 않았다. 동훈은 막 선출된 성림전자 노조위원장에게 눈짓을 했다. 그들은 행동대원 두어 명과 함께 건물 옆 골목길로 줄행랑을 놓았다. 낌새를 차린 회사원들이 뒤를 쫓았으나 졸지에 당한 일이라 놓치고 말았다.

집회 장소에서 구청이 그리 먼 거리는 아니나 회사는 차량이 있다. 신속히 움직여 회사 직원들을 구청 정문에 배치해 놓으면, 노동훈과 위원장은 영락없이 잡히거나 구청 진입을 포기해야 할지도 모른다.

노조 결성 서류를 구비하고 구청에 도착했으나 이미 회사 직원들이 구청 정문과 후문에 진을 치고 있었다. 그때 위원장이 귓속말을 했다.

"노동훈 씨, 정문에 저치들을 잘 감시하십시오. 나는 뒤쪽을 좀 살펴보고 오겠습니다."

노동훈은 위원장에게 가라고 손짓하고 정문을 주시했다. 지프차 한 대가 구청 정문에 정지하자 다섯 명의 덩치 크고 우락부락한 남자들이 내렸다. 바로 뒤를 따라온 승용차에서 짙은 선글라스를 낀 키가 짤막한 남자가 검은색 트렌치코트를 입고 내렸다. 회사 간부들과 악수를 하는 장면이 포착됐다.

회사 측에서 조직을 동원한 것임을 직감할 수 있었다. 노조 설립 신고는 거의 절망적이었다. 한숨을 내쉬며 뒤쪽으로 고개를 돌리자 구청 담 모퉁이에서 위원장이 빨리 오라는 손짓을 했다. 그는 힐끗힐끗 정문 쪽을 바라보며 급히 담 모퉁이로 뛰어갔다.

모퉁이에는 한 길 반 정도의 시멘트 석축이 있고 낮은 철책 너머로 개나리 덤불이 건물 가까이까지 우거져 있었다.

그는 위원장이 무엇을 하려는지 눈치를 채고 석축에 양손을 대고 쪼그리고 앉았다. 위원장이 날렵하게 그의 왼쪽 어깨에 발을 올리자마자 그는 온 힘을 다해서 벽을 짚고 벌떡 일어섰다. 위원장이 몸을 날려 석축 위로 뛰어올랐다. 철책을 잡고 쪼그리고 앉는가 싶더니 살쾡이같이 덤불 속으로 사라졌다.

그 나머지는 운명에 맡기는 수밖에 없었다. 잠시 한숨을 길게 내쉰 동훈은 서류 가방을 들고 성큼성큼 정문을 향해 걸어갔다.

정문 부근에 접근하자 정보형사가 먼저 그를 발견하고 급히 총무과장에게 눈짓을 했다. 그를 발견한 총무과장이 "잡아!"라고 소리쳤다.

어깨 두 명이 쏜살같이 그의 두 겨드랑이를 꼈고 다른 한 명이 동훈의 면상을 향하여 주먹을 날릴 자세를 취했다.

"그만두시오."

총무과장이 말리고, 다소 상기된 얼굴로 그를 째려보더니 물었다.

"그 가방은 뭐요?".

"별것 아닙니다."

"별것 아니면 그거 나 주시오."

총무과장이 느긋하게 말했다.

"아니? 남의 물건을 왜 달라 하십니까?"

"여기는 왜 왔어요?"

총무과장이 다시 물었다.

"호적 초본을 좀 떼러 왔습니다."

"호적 초본 떼는데 무슨 서류가 그렇게 많이 필요해요?"

"아, 서류를 넣어 갈 가방입니다."

"서류는 주머니에 넣어 가시고 그 가방 나에게 파시오. 후하게 쳐 드리겠소."

"비쌉니다."

"이 새끼가 장난치나? 가방 뺏어!"

총무과장이 전과는 달리 얼굴을 험상궂게 붉히며 소리쳤다.

"너, 죽고 싶어 환장했어?"

그의 주먹이 동훈의 오른쪽 턱을 갈겼다.

가방을 빼앗은 총무과장은 세상 조심하며 살라는 협박조의 말을 남기고 구청을 떠났다. 회사원 두 명을 만일에 대비해서 구청에 남겨 두었다. 가방 속에는 노조 설립에 필요한 서류들이 가지런히 정리되어 들어 있었다. 회사로 돌아온 총무과장은 바로 사장실로 올라가서 경과를 보고했다.

총무과장에게 턱을 맞아 얼얼한 동훈은 길 건너 구멍가게에 가서 구청 쪽을 계속 주시했다.

'짜아식, 째비('왼손잡이'의 사투리)인가? 오른쪽을 쳐서 피하지도 못했잖아?'

속으로 투덜거리는데 구청 3층 옥상에 사람이 보였다. 가게와 구청은 좁은 골목 하나 사이에 있어서 옥상의 사람이 누군지 확인할 수 있었다.

조합 설립 신고를 하러 간 위원장이 양손을 들어 좌우로 흔들더니 위에서 두 손을 꽉 잡았다.

그는 가게 앞에서 소리 없이 양팔을 높이 들어 만세 부르는 자세를 취했다. 이것은 그와 위원장 간에 약속한 신호 체계였다. 옛날에 봉수대에서 연기나 불을 피운 횟수에 따라서 정보를 전달하는 것과 흡사한 교신 방법이었다.

"노동조합 설립 신고 접수필!"

"축하합니다!"

노조 설립에 필수적인 서류들은 위원장이 상의 옷 속에 숨기고 갔다. 그가 갖고 있던 서류 가방에는 만일에 대비한 사본이 들어 있었다.

　새로 선임된 노조위원장과 조직부장이 사장실로 가서 사장 면담을 요구했다. 여비서가 사장에게 노사 협의 요청서를 전해 주자 사태를 파악한 사장이 문을 박차고 나와 소리쳤다.
　"총무과장 어딨어?"
　총무주임이 "저, 저." 하며 말을 잇지 못하고 노무계장은 옆방에 가서 급히 아침 먹으러 간 총무과장에게 전화를 걸었다.
　"과장님, 노조가 설립되어서 위원장이 사장실에서 노사 협상을 요구하고 있습니다. 작업자들은 기계를 세우고 식당에 모여 있고요."
　성림전자 노조위원장으로부터 회사가 성실하게 노사 협상에 응하기로 약속했다는 소리를 듣고 그는 가까이 보이는 목욕탕으로 갔다.
　온몸이 땀으로 젖고 바지는 흙투성이다. 총무과장에게 맞은 아랫배에 우릿한 통증이 느껴졌다.
　오전에 성림전자 노조 설립 신고로 한바탕 전쟁을 치른 동훈은 잠시 휴식을 취한 후 저녁에 천막 교회로 갔다. 공단 게시판에 붙은 '노동해방기독모임'이란 홍보물을 보고 천막교회를 찾아가서 그들이 주창하는 이론을 듣곤 한다.
　불공평한 세상에서는 없는 자들에게는 장래도 없었다. 불합리한 세상, 힘들게 조금 둘러 간들 아까울 것이 없다고 생각했다. 그는 거기서 우연히 곽선영을 만났다.
　천막 교회에는 전국대학생협의회에서 파견된 요원들이 의식 교육을 하고 있었다. 사회학과 4학년인 선영이 의식 교육 요원으로 왔다.

선영은 4학년 복학생인 태규와 함께 왔다. 교육을 마친 후 그들은 동훈과 같이 창원역 앞에서 술을 마시고 헤어졌다. 선영과 태규는 같이 갔다. 둘 다 부산서 왔고 시외버스는 이미 끊겼다.

그가 집에 가는 척하고 다른 길로 가다가 선영과 태규의 뒤를 먼발치서 따라갔다. 둘은 길가 슈퍼마켓에 들러 검은 비닐봉지에 물건을 사 들고 나와 한참을 걸었다. 간간이 선영의 웃음소리가 들리고 태규의 오른쪽 팔을 주먹으로 자근자근 때리는 모습도 보였다. 그들이 모텔 앞에 접근하자 동훈의 가슴이 뛰기 시작했다.

"지네들이 한 방에……?"

노동 학습 시에는 남녀 혼숙이 잦았다. 젊은 남녀가 가까이 있다 보니 자연스레 일도 생겼다. 노조원 커플들도 꽤나 있었다. 둘은 자연스럽게 모텔 주차장으로 걸어 들어갔다.

긴장한 동훈도 얼른 가까이 가 주차장 벽에 몸을 붙이고 안쪽을 살폈다. 태규와 선영이 어두운 구석에 엉켜 신음 소리를 내며 진한 키스를 하고 있었다. 그는 화들짝 몸을 돌려 벽에 등을 대고 왼주먹으로 벽을 쳤다.

"미친년 조금만 참고 방구석에 들어가서 하지."

그는 발길을 돌려 다시 술집으로 갔다. 소주를 한 병 시켜 혼자 마셨다. 회사에서도 잘리고 직장도 없이 업주들로부터 독사라고 손가락질을 받으며 노동 운동을 하고 있지만 그에게도 아름다운 시간들이 있었다. 술기운이 오르자 지난날들이 밤안개처럼 피어오른다.

성림전자 노조 설립이 성공적으로 마무리되고 며칠간 숨을 돌릴 시간이 생겼다. 노조 설립 일로 밖에서 보내고 며칠 만에 집으로 갔다. 집이라야 월세가 싼 성원골 쪽방촌에 얻은 단칸방이다. 슬레이트로 된 허름한 집에는 주로 노동자들이 자취하는 네댓 개의 방이 다닥다닥 붙어 있었다.

담벼락을 마주하고 터진 공간에 난방과 취사 겸용의 구공탄 아궁이가 있고, 옆에 시멘트를 바른 부뚜막이 있었다. 식기 등의 취사도구들의 보관은 벽에 붙여 세운 앵글 시렁이 있다.

난방은 연탄불에 뜨거워진 물이 방바닥 밑에 깔린 플라스틱 호스를 통과하면서 바닥을 데우는 꽤나 효율적이고 저렴한 새마을 보일러를 사용했다. 취사와 겸용이다.

식사는 가끔 시장통에 있는 식당을 이용하거나 라면으로 때웠다. 20만 원이 채 안 되는 월급으로 사는 공장 노동자들에게 저축은 고사하고 가끔 마시는 소주값도 빠듯했다. 이제 그에게는 그 수입마저 없다. 회사에 안 나가 일정한 월급도 없이 그가 도와주는 노동조합들로부터 십시일반으로 도움을 받고 있으나 월세가 벌써 석 달이나 밀렸다. 대충 방 청소를 하고 바닥에 누웠다. 천장에 앉은 파리똥이 눈에 들어온다. 늘어진 파리똥 받이 스트라이프에 쉬파리 한 마리가 그를 내려다보고 두 손을 삭삭 빌었다.

"계십니까?" 누가 문을 두드렸다. 우편배달부였다. 그는 등기물 인수 장부에 이름을 쓰고 막도장을 우체부에게 건넸다. 나무도장을 받아 보고 반대로 돌려 방향을 바로잡고 입 가까이 대어 입김을 불었다. 도장에 묻어 있는 붉은 인주를 녹인 뒤 장부의 인수인 난에 한참 눌렀다. 희미하게나마 한글로 된 이름 석 자가 세로로 타원형 테두리 안에 드러났다.

배달부는 작은 상자로 된 소포 하나를 그에게 건넸다. 발신자는 지방 경영자협회로 되어 있다. 골판지로 된 포장 상자를 풀었다. 상자 속에는 직사각형 종이박스가 가로로 놓였고 그 위에 편지 봉투 하나가 얹혔다. 종이박스 겉에는 양주병 그림과 함께 요즈음 돈 있는 사람들에게 인기 좋은 '베리나인 골드'라고 적혀 있었다.

그는 편지 봉투를 뜯었다. 편지에는 요즈음 중소기업들의 실태가 노동계에서 생각하고 있는 것같이 좋은 경기가 아니고 빛 좋은 개살구 격이라며 도와 달라고 적혀 있었다. 그가 백성욱의 회사에서 해고당한 것도 부당한 면도 있으나 어쩔 수 없는 경영 현실이라며 길게 적고 있었다. 그는 인내를 갖고 끝까지 편지 내용을 읽었다.

짐작은 하고 있었으나 업주들의 이야기를 그들의 대표 단체로부터 직접 들어 보는 것도 필요하다고 생각했다. 아니 의무라고 생각했다. 그러고 그의 취직 문제를 거론하며 훨씬 더 크고 대우가 좋은 회사에 협회가 책임지고 취업시켜 줄 테니 지금과 같은 노동조합 확산과 전투적 노조로의 기존 노조 전환 지원 활동을 자제해 달라고 썼다. 직접 만나서 솔직한 대화를 하고 싶다며 명함을 동봉했다. 옆에는 역시 중소기업 사장이며 현재 지방 경영자협회 부회장이라는 직함과 함께 협회 회사 전화번호와 개인 호출기 번호도 적혀 있었다. 양주병 밑에 백색 봉투가 하나 더 있었다.

그날은 천막 교회에서 노조 간부들을 만나는 날이었다. 그동안 노동훈이 지원해서 새로 만든 노동조합원 몇몇과 이미 만들어진 노동조합의 위원장들과 사무국장, 조직부장 몇이 모였다. 회사 측과의 단체 협상에 대응하는 전략 수립을 위한 모임이었다. 회사와 노동조합 간에는 크게 두 가지를 협상하고 계약한다.

첫째는 한 해 동안 근로자들의 금전적 보상을 위한 임금 협상이다. 근로자들의 생활과 직결되는 문제이고 회사 측으로서는 전 회사원들에게 지급할 인건비와 관련된 사안이므로 노사 쌍방이 모두 신경을 곤두세우는 중요한 논제이다. 임금 협상은 매년 이루어진다.

또 다른 하나는 단체 협상이다. 회사 측이 근로자인 노동조합원과 노조 전임자들에게 부여할 일종의 권리 이양의 범위를 정하는 일이다. 임금을 받고 쉴 수 있는 유급 휴가일 수나 복지 지원, 근무시간 조정 등과 몇 명의 유급 전임자를 인정할 것인가 등을 협상한다.

전임자란 노조 업무를 위해 회사에서 정상적인 급여를 받고 회사 업무가 아닌 노동조합 업무를 전담하는 인원이다. 단체 협상은 보통 이 년이나 삼 년마다 이루어진다. 임금은 물가 상승 등 생활비와 직결되므로 매년 하는 것이 원칙이나 노동자와 노조의 권리 주장인 단체 협상은 노동조합법에서 허용하는 범위 내에서 노조와 회사 간 협의에 의해 기간을 정한다. 매년 임금 협상을 하고 또 단체 협상을 하면 회사 업무가 마비되고 부담도 커지므로 매년 하지 못하게 법으로 정해져 있다.

새로 생긴 노조들은 노조 설립에 급급했고, 이미 설립된 노조는 대부분이 회사 측 의도 대로 만들어진 형식적인 단체로 노조원들의 권리 보장이 제대로 되어 있지 않았다.

그는 기존 노조 회사들을 상대로 하는 투쟁에 특별히 관심을 두었다. 몇몇 기존 노조 집행부들이 특별한 관심을 보였다. 일부 노조는 위원장을 배제하고 사무국장을 중심으로 회사의 꼭두각시인 어용 노조를 뒤엎고 시대에 걸맞은 노동자를 위한 투쟁적인 노조로 변신하려 했다.

어용 노조위원장들 대부분이 회사로부터 사적인 뒷돈을 받았고 이 검은돈으로 선거 때마다 노조원을 매수했다. 회사 측과 동조해 진급 등을 미끼로 쓰기도 한다. 동훈은 이런 파렴치한 노조 간부들을 몰아내기 위해 반대 세력들을 결집시켰다. 먼저 부패 노조 집행부들의 회사와의 금전 수수 증거 확보를 주문했다.

이날도 회의가 길어졌다. 노조 간부들도 회사의 오후 근무 시간이 끝나고 천막 교회로 모이므로 항상 시간이 모자란다. 천막 회의나 노조 간부들과의 모임에는 통금이 늘 걸림돌이다. 통금이 시작되기 전에 각자 집에 도착해야 했다. 야간 자정에서 다음 날 새벽 네 시까지의 시간에는 사람들의 옥외 출입을 금지시키는 법적 제도가 통금이었다. 어떤 때는 회의가 늦어 마지막 버스 시간을 놓치면 걸어가야 했다. 먼 거리에 숙소가 있는 참석자들은 난감한 상황이 벌어진다. 넉넉지 못한 수입에 숙박업소를 찾을 돈도 없다. 결국 집이 가까운 사람 집에서 칼잠 신세를 져야 했다.

범죄 예방을 위한 야간 통행금지라면 일단 정부의 승리다. 정부나 기업이나 기득권을 옹호하거나 이미 가진 자들에게는 노조를 위한 비밀스런 모임도 조선 시대의 역적모의에 버금갈 정도로 원치 않는다. 그런 중대 범죄 행위를 제도적으로 막을 수 있다면 통금 제도는 확실히 능률적인 법 제도다.

동훈도 사법 제도 자체를 부정하지는 않는다. 인간이 만든 가장 졸작품이 법이라는 말에는 그도 동의한다. 그러나 법의 존치 가치에도 전적으로 동조한다. 법이란 인간만이 갖고 있는 제도다. 식물 세계나, 아니 동물 세계에도 인간과 같이 복잡하고 거추장스러운 법 제도는 분명히 없을 것이다. 그들에게는 법이 없어도 자율적으로 통제되는 나름대로의 질서가 있다. 물이 아래로 흐르고 적절한 시기에 필요한 번식을 하고 질서에 순응할 수 없으면 도태되고. 고등 동물들에게도 나름의 질서가 있고 그들이 그것을 따를 수 있게 단순하다.

사자들의 무리에는 항상 한 마리의 킹 라이온이 있다. 킹 라이온은 공정한 질서에 의해 결정되고 이 질서는 우수 종족 보존에 절대적으로 필요하다. 어설프게 힘없고 아둔한 수컷의 씨를 번식시키는 것을 제한하고 가장 우수한 DNA를 후세에 남기려는 보이시 않는 자연 질서다. 킹이 되기 위해 치열하게 투쟁하고 거기서 이긴 킹은 모든 암컷들을 독차지하며 자신의 씨를 자자손손 퍼뜨린다.

킹을 정하는 것은 간단하다. 싸워서 이기면 된다. 인간 사회는 동물의 세계보다 훨씬 복잡해서 단순한 라이온 킹 선출 방법으로는 돌아가지 않는다. 육법전서와 같은 두꺼운 법전이 요구된다. 인간은 도구를 사용하고 동물보다 훨씬 더 지능적이다.

문제는 법의 평등성이다. 법의 기본이 만인 앞에 평등한 것이다. 법의 평등성은 그러나 집행자의 자의에 의해 훼손되거나 확보된다. '대한민국의 주권은 국민에게 있고 모든 권리는 말단 공무원으로부터 나온다.'고 비웃는 것도 틀린 이야기는 아니다. 헌법 일조 일항에 모든 권리는 국민으로부터 나온다고 아무리 명시되어 있어도 교통 위반자에게 딱지를 떼고 안 떼고 결정하는 것은 순경의 재량이다.

국민이 날마다 밤이면 지키는 야간 통행금지는 어떨까? 서민들의 사육된 DNA는 자정이 가까워지면 모든 삶의 기준을 통금에 세팅하고 이것을 준수한다.

그날 오후 동훈은 경영자협회 부회장 앞으로 소포를 반송시켰다. 지난번에 부쳐 온 등기 소포를 돌려보냈다. 소포를 받은 날, 그가 보낸 양주병과 돈이 든 봉투를 확인하고 동훈은 화를 내며 방 한구석으로 집어 던졌다.

'나쁜 놈들, 나를 노동자 팔아먹는 노예상이 되라고?'

업주들의 얄팍한 짓거리에 환멸을 느끼며 밖으로 나갔다. 선술집에서 벽을 마주하고 구석 자리에 앉아 소주를 마셨다. 술이 취하지 않는다.

취기가 오르자 선영의 모습이 떠올랐다. 잔잔하게 웃으며 유인물을 건네주던 모습이 소주잔 안에 아롱거린다. 얼른 잔을 비웠다. 백조 담배를 바지 주머니에서 꺼내 상 위의 곽성냥(사각형의 큰 성냥통)으로 불을 붙였다. 길게 한 모금 빨았다. 벽을 향해 내뱉고 다시 빨아들였다.

입을 벌리고 고개를 젖혔다. 담배 연기가 몽글몽글 입에서 코 앞을 지나 천장으로 올랐다. 몽우리 진 연기 속에 양쪽으로 머리를 묶은 선영의 웃는 얼굴이 투영되었다. 올라가며 옅어지는 연기 고리 밖으로 세일러sailor 교복을 입은 그녀의 뒷모습이 갈대숲 속으로 흐려졌다.

다시 소주를 목구멍으로 털어 넣었다. 그가 준 연애편지를 태규에게 보여 주며 하늘을 향해 웃던 선영의 뒷모습이 맞은 벽에 클로즈업됐다.

'미친년!'

다시 소주병을 기울였다. 술이 떨어졌다. 바지 주머니에 손을 넣었다. 동전 몇 개가 만져졌다. 소주병을 잔에 거꾸로 흔들어 보았다.

방구석에 예의 그 베리나인 골드 병이 서 있다. 경영자협회 회장인가 부회장인가 하는 작자가 보내온 거다. 그는 아직 베리나인 골드를 마셔 본 적이 없다. 이름이 골드인 것을 보면 필시 실버나 카파보다는 좋으리라. 자식, 소주나 한 박스 보냈으면 이런 날 내가 손을 댔을 텐데. 양주 한 병이면 소주 한 박스를 사고도 남을 텐데. 저네들은 매일 양주를 퍼마시겠지만 돈 없는 노동자들은 소주도 월간 집행 예산을 짜야 마실 수 있다. 있고 없고의 문제 이전에 돈 있는 놈들의 사고는 근본적으로 노동자들의 저시를 가늠하지 못한다.

'술도 부족하고 돈도 없는데 저걸 소주같이 마셔 버려?'

베리나인 골드 옆엔 예의 그 백색 봉투가 그대로 놓여 있다. 이제 보니 제법 두툼하다.

아침에도 집주인 할아버지가 찾아오셨다. 방값이 너무 많이 밀리면 피차 입장이 곤란해지니 부둣가에 나가 뱃일이라도 해 보라고 독촉하고 가셨다. 할아버지는 6·25 전쟁 때 흥남 철수의 미군 배를 타고 내려오셨다고 했다. 같이 온 사람들의 대부분이 부산에 남고 할아버지는 부산에 자리를 못 잡고 마산으로 왔다고 했다. 그때 같이 온 사람들과 성안골 판자촌에 자리 잡은 곳이 이 집이라고 했다. 마산서 마지막 남은 미개발 지구라 언덕바지에 골목길도 옛 그대로다.

동훈의 임단협 투쟁 지원은 상당한 효과를 보였다. 임단협이란 임금 협상과 단체 협상을 줄여서 통상적으로 노사 간에 널리 쓰는 용어다.

여러 곳의 어용 노조가 투쟁적인 노조로 진화하고 아직 변하지 못한 노조 간부들은 변신 노조 소문을 들은 노동자들의 불만에 전전긍긍했다. 군림하는 대노총 윗선과 손잡고 어용 노조의 너울 속에서 다리 뻗고 자던 업주들에게 비상이 걸렸다. 어용 노조 운영을 선진 노사 전략 노하우라도 갖고 있듯 거들먹거리던 중소기업 사장들의 발등에도 불이 떨어졌다.

그들도 노하우가 전혀 없는 것은 아니다. 자신들의 커넥션을 활용해 경찰의 정보형사와 비밀 기관에 줄을 넣었다.

경찰서에서 노동훈을 호출했다. 형사가 죄지은 것 없느냐고 묻기에 도둑놈 제 발 저리다고 베리나인 골드 받은 사실을 얘기했다. 받으려고 받은 것도 아니고 소포로 와서 어쩔 수 없이 받았다가 다시 반송했다고 했다. 형사는 양면 괘지에 만년필로 구술 내용을 적으며 그거 비싼 건데 마시고 치우지 번거롭게 왜 돌려보냈느냐고 비아냥거렸다.

그는 형사를 쳐다보며 "안 보내도 되는 거요?"하고 물었다. 형사는 어이없다는 듯이 그건 돌려줬으면 됐고 다른 죄는 없느냐고 다그쳤다. 그는 없다고 부인했다. 형사는 그가 변호사법 위반으로 고발을 당했다고 했다. 다른 노조로부터 금품을 받고 노사 분쟁을 알선했다고 했다. 인정할 수가 없었다. 단지 어렵고 경험 없는 노동자들을 도와 법에 정해진 노조를 설립하고, 법에 정해진 회사와 협상을 도운 죄밖에 없다고 했다.

형사가 자기 죄를 알고 있다며 비웃었다. 돈 받고 다른 쌍방의 협상을 도우는 것이 변호사법 위반이란다. 그는 돈 받은 적이 없다고 부인했다. 경찰이 버럭 화를 내며 바빠 죽겠는데 증거도 없이 당신을 잡아왔겠느냐고 책상을 쳤다. 거듭 금품 수수를 부인하자 종이 한 장을 그의 앞으로 내밀었다. 일을 처리하려면 똑바로 하라고 충고도 했다.

확인서에는 동훈이 도와줘서 어용 노조를 뒤엎고 신임 노조위원장이 된 사람의 이름이 적혀 있었다. 다시 봤다. 분명 그자의 이름 석 자가 맞다. 그는 동훈을 가장 충실하게 따랐고 동훈도 그를 철석같이 믿었다.

확인서에는 그를 지원하며 먹었던 식당과 식대가 나열되어 있었다. 노사 협상을 도와준 대가로 향응을 받았으니 변호사법 위반이라 했다. 변호사들이 별짓도 다 하네, 그는 혼자 군정거렸다. 세상 좀 앞뒤 보며 살라며 다음 날 도망가지 말고 다시 나오라고 형사가 말했다.

그는 경찰서를 나와 인도를 걸었다. 날씨는 한없이 맑았다. 그냥 발끝만 보고 걸었다. 차도에는 차들이 윙윙거리며 달린다. 거리의 모습은 어제나 다름이 없었다. 삐삐가 뻭뻭거렸다. 그는 발걸음을 멈추고 주위를 둘러봤다. 자취집에 거의 다 와 있었다. 저녁에 천막 교회에서 다른 노조의 단체 협상안을 검토하기로 되어 있으나 그는 가지 않을 예정이다. 백성욱에게 느꼈던 적개심보다 더한 혐오감이 느껴졌다. 동료의 배신은 견디기 어려웠다.

'평생 공돌이로 살아라, 새끼들아.' 속으로 중얼거리며 삐삐를 확인했다. 공돌이는 공장에서 노동하는 근로자들이 자조적으로 부르는 말이다.

대노총 강민규가 전화번호를 삐삐에 찍어 보냈다. 그는 부근의 공중전화 부스에 가서 강민규에게 전화를 했다.

"어, 노 위원장, 장 형사의 이야기 들었어요. 탕이나 한 그릇 합시다."

강민규와 노동훈은 시내 번화가 옆에서 보신탕을 시켰다. 같이 노동계의 흐름에 대해 이런저런 이야기를 나누며 무학소주 한 병을 마셨다. 강민규는 노동훈이 백성욱 회사에서 곤경에 놓였을 때 노동계의 선배로 그를 구해 준 은인이다. 이런 때 찾아 준 그가 무척 고마웠다.

저녁 식사를 마치고 강민규가 기분도 그럴 텐데 한잔 더 하자며 가까운 유흥가로 앞장서 갔다. 네온이 휘황찬란한 룸살롱 앞에서 잘 아는 데니 들어가자고 등을 밀었다.

"어서 오세요."

머리를 멋있게 올린 삼십대 초반 여자가 반갑게 룸으로 안내했다. 자기는 마담이라고 했다.

"전에 마시던 것과 같은 거 주소."

강민규가 자주 오는 곳인 듯했다. 강민규가 담배를 권했다. 형편이 노동훈보다는 나은 모양이다. 신수도 멀끔하고 캐주얼이나 윗도리도 태가 났다. 조금 있으니 웨이터가 양주병과 얼음 통을 큰 쟁반에 받쳐 들고 들어왔다.

각진 양주병 겉에는 영어로 'VALLEY 9 GOLD'라고 적혀 있었다.

'베리나인 골드' 동훈은 속으로 되뇌었다. 육포, 아몬드와 치즈 등이 가지런하게 놓인 마른안주에 과일, 프루트칵테일을 담은 유리그릇이 들어오자 마담이 작은 접시에 조금씩 덜어서 두 사람 앞에 놓았다, 강민규에게 양주병 마개를 따 달라고 했다. 뚜껑을 연 베리나인 골드 병을 들고 마담이 강민규의 눈치를 살폈다.

"아, 노 위원장님 먼저 드리시오."
동훈은 강민규에게 먼저 주라고 사양했다.
"처음 뵙는데 핸섬하니 위원장님 먼저 드리겠습니다."
마담이 동훈에게 먼저 잔을 권했다. 강민규와 스트레이트 잔을 한 번 부딪고 적게 한 모금 마셨다. 입안이 화끈거렸다. 묘한 향이 입안에 감돌았다. '역시 양주가 소주와는 다르군.' 입안에 한 번 굴리고 넘기자 목구멍이 짜릿했다.
술이 두어 순배 돌았을 때 강민규의 삐삐가 울렸다. 그는 전화하고 오겠다고 카운터로 나갔다.
"장 형사가 부근에서 식사하고 연락했는데 이리로 오라고 했어요. 괜찮지요?"
강민규가 양해를 구했다. 낮에 취조한 형사가 밤에 피의자하고 술을 마신다는 것이 그에게 익숙하지는 않았으나 잠자코 있었다.
"어이, 강 국장, 좀 됐지요?"
장 형사는 강민규와 악수하고 동훈에게도 악수를 청했다. 자연스러웠다. 강민규는 지역 대노총 사무국장이다. 대노총은 대한노동조합총연합의 약자다. 웬만한 업체 사장들은 강민규가 부르면 자다가도 나올 정도로 노동계의 거물이다.

"서로 인사하세요."

강민규가 권했다. 장 형사는 한 중년의 남자를 대동하고 왔다.

"지역 경영자협회 부회장입니다. 말씀 많이 들었습니다."

지역 경영자협회는 지역의 업주들의 대변 기관으로 중앙에 총연합회를 두고 줄여서 경총이라 불렀다.

강민규와 소주 두 병을 마시고 객꾼들이 오기 전에 몇 잔 마신 양주로 알딸딸하던 술이 확 깼다. 노동훈은 자리에서 일어섰다. 강민규가 손목을 잡아 그를 끌어 앉히고 그의 눈을 빤히 들여다봤다. 이런 상황을 예측한 듯 건너 자리에 앉았던 강민규가 어느새 옆자리에 와 있었다.

"야! 네 마음 나도 알아, 나도 처음엔 너 같았어. 노동자들은 다 줏대 없이 흔들려. 다음 기회를 보고 잠시 쉬어 가."

그도 모르게 힘없이 자리에 다시 앉았다. 말없이 술만 마셨다. 부회장과 강민규는 작금의 노동계에 대하여 무언가 떠들며 이야기했으나 한마디도 들리지 않았다.

새로 온 사람들이 자리를 잡은 뒤에 젊은 여자 네 명이 마담을 따라 들어와 술시중을 들었다. 취한 눈에도 예뻤다. 키도 늘씬하고 살갗이 우유같이 하얗다.

구지봉에서 선영의 가슴을 처음 봤을 때의 생각이 났다. 그다음은 잘 기억이 나지 않는다. 아가씨와 이야기를 했는지 혼자 계속 술만 마셨는지 모른다. 다만 가끔씩 술 좀 천천히 드세요, 몸 버리겠어요라고 하는 말이 들렸다.

얼마나 지났는지 방 안이 어수선했다. 모두들 술에 취해 나가고 동훈도 문을 나서려고 했다. 마담이 못 간다고 했다. 그는 괜찮다며 집에 간다고 했다.

마담이 열두 시가 넘어 통금이니 못 간다고 했다.

"얘, 얼른 손님 모텔로 모셔 드려."

옆에 앉았던 아가씨가 외출복으로 갈아입고 그녀의 뒤에 서 있었다. 어깨에 심이 들어간 머스큘라잠바를 입고 있었다.

'통행금지? 빌어먹을'

그는 웨이터의 안내로 피부가 하얀 아가씨와 함께 뒷문으로 나왔다. 웨이터는 네온사인이 찬란한 골목길을 앞장서 걸었다. 멀지 않은 곳에 경찰이 서 있어 그는 멈칫 섰다.

"괜찮습니다. 그냥 따라오십시오."

경찰은 고개를 돌리고 다른 쪽으로 어슬렁어슬렁 걸어갔다.

노동훈이 천막 교회에 안 나간 지도 오래됐다. 늦짐을 잤나. 아무 생각도 없이 그냥 먹고 자고 마시고 잤다. 닥치는 대로 만나는 사람과 술을 마셨다. 일주일에 한두 번은 강민규와 업체 사장들과도 마셨다.

강민규와 술을 마신 다음 날 주머니에는 쓸 만큼의 돈이 늘 들어 있었다. 이날도 강민규와 업체 사장 두 명도 함께 처음 갔던 룸살롱에서 술을 마셨다. 이젠 양주도 입에 익었다.

동훈의 입에는 베리나인 골드가 맞았다. 술집도 제법 익숙해지고 룸 밴드에 맞추어 노래도 불렀다. 그런대로 재미도 있었다. 역시 돈이 좋았다. 업주들의 노임 착취가 이해될 것도 같았다. 그날도 얼굴이 희고 늘씬한 아가씨와 이차를 갔다. 그는 익숙하게 여자 옷을 벗겼다. 가슴의 색깔은 역시 하얗지만 선영이보다 훨씬 컸다.

"망할 년!"

"네?"

누웠던 아가씨가 그를 밀치고 벌떡 일어났다.

"아, 아냐! 딴생각한 거야. 미안해."

그때 삐삐가 울렸다.

'이 밤에 누구야?' 그는 삐삐를 확인하고 놀라서 잠시 멍하니 있었다. 방 모퉁이에 있는 전화기 앞으로 갔다. 잠시 머뭇거리다가 다이얼을 돌렸다.

"이야기 들었어. 천막 교회도 안 나오데? 나 때문이지? 미안해. 난 그래. 네가 생각하는 만큼 강하지 못해. 네가 군대 가고 너를 기다릴 자신이 없었어. 옛날의 나는 잊고 네가 하려던 일을 계속해 줘. 노동자들이 불쌍찮아. 너는 할 수 있어. 그렇지만 네가 을숙도에서 찍은 사진으로 만들어 준 크리스마스카드첩은 죽을 때까지 갖고 있을 거야."

밤이 늦었다. 천막 교회의 백열전구가 조는 것 같다. 내일은 새로 노조 설립 총회가 있다. 동훈은 노조 설립 주동자 개개인에게 내린 행동 지침을 다시 한 번 확인했다.

자정이 가까워 왔다. 선영과 통화 뒤 그는 다시 천막 교회에 나왔다. 노동자도 사람인데 완벽할 수는 없다. 우매해 업주들의 농간에 놀아날 수도 있다. 그렇다고 노동의 질곡 속에서 계속 살아갈 수는 없다. 그는 다시 마음을 가다듬었다. 모두 그를 배반하더라도 가야 할 길이면 혼자라도 가겠다고 마음 정하니 홀가분했다. 한 명이라도 따르고 뜻을 같이하는 사람이 있으면 끝까지 가리라고 마음먹었다. 선영의 흐느끼는 소리가 정신을 차리게 한 건 부정하지 않았다.

"밤이 늦었으니 오늘은 돌아가고 내일 새벽에 다시 만납시다."

동훈이 시계를 보며 말했다.

"조금 남았는데 마저 하고 청진동 해장국 한 그릇씩 먹고 갑시다. 통행금지도 없어졌는데요."

"아, 참, 통금이 없어졌지?"

그는 그러자고 고개를 끄덕였다.

재판을 마치고 동훈은 잠시 거리를 걸었다. 백성욱이 진술하는 정리해고 과정을 들으며 그는 실소했다. 똑똑한 것은 인정하고 있었지만 정리해고라는 강수를 쓰리라고는 전혀 상상을 못했다. 그는 당황했다. 적이지만 능력은 인정해야 할 위인이라고 생각히며 속으로 웃었다.

그러나저러나 재판정에서 백성욱의 태도는 당당했다. 재판을 시작할 때 그가 알아본 바로는 백성욱의 해고 절차에 문제가 있었다. 재판만 걸면 바로 협상 제의가 들어올 것으로 예상하고 소송을 제기했다. 그런데 협상할 기미를 보이거나 위축된 기색은 전혀 없이 변호사까지 고용했다.

재판 생각을 하며 걷다가 성당 앞까지 왔다. 성당 구경이나 하고 가기로 했다. 지은 지 오래된 듯한 붉은 벽돌 고딕 본당 건물 문 앞에 서자 근엄하고 서늘한 기운이 느껴졌다. 성당 안의 멀게 보이는 제대 뒤 한가운데 성모상이 서 있었다.

성모상 뒤에 다섯 개의 아치형 스테인드글라스 창문이 둥그렇게 배치되어 제대와 성모상을 은은하게 밝히고 있었다. 창문마다 성인들 유리화들이 그려져 있었다. 아치형으로 벽돌로 쌓은 기둥들이 천장을 떠받치고, 옆으로 길게 늘어선 스테인드글라스 창들이 다른 조명 없이도 사제와 신자들이 미사를 올릴 수 있을 만큼 성당 안을 밝혀 주고 있었다.

성당 옆 정원에는 성모자 상이 있고 앞마당 한가운데에는 대형 십자가가 있었다. 성당 안 신자석 앞자리에 하얀 망사 수건을 머리에 쓴 한 여신자가 무릎을 꿇고 손 모아 기도하고 있었다. 무언가 간절한 바람이 있는 것 같았다. 잘못한 일에 대한 용서를 바란다면 고해성사실을 찾지 않았을까.

본당 옆 부속실로 갔다. 가톨릭 서적들이 여러 권 있었다. 눈에 띈 《경향잡지》를 펼쳤다. 교회법위원회 위원장인 정진석 주교가 쓴 '혼인에 관한 교회법 해설'이란 글이 있었다. 가톨릭 신자들의 혼인은 어떻게 다를까 하는 호기심이 생겨 내용을 훑어봤다.

4. 혼인 인연의 소멸
제1085조 2항 : 전의 혼인이 어떤 이유로든지 무효이거나 해소가 합법적으로 확인되기 전에는 다른 혼인을 맺을 수 없다.

그는 흠칫 놀랐다. 교회법에도 모든 요인은 합법적으로 확인되어야 한다는 대목 때문이었다.

백성욱은 실형이 확인되지 않은 상황에서 해고했다. 교회법을 인용해도 그의 해고 무효 소송은 정당하다.

그는 또 한 번 속으로 웃었다. 지금 무엇을 하고 있는가. 법정의 재판 내용을 혼인과 재혼에 관한 교회법과 성당 안에서 비유하고 있지 않는가.

성당이란 곳은 특별나다. 잠시 머물렀는데도 문을 나설 때 마음의 평온 같은 것이 느껴지고 머리가 개운하게 비워지는 것 같았다. 무신론자에게 성령이 임하셨을 리는 만무하고, 부질없는 양들의 영혼을 오래도록 선도하던 기운이 그곳에 서려 있는지도 모른다. 경건하게 내세를 바라보는 교회라는 실체적 분위기가 혼미한 사람들의 마음을 잡아 주는지도 모른다. 산속에 깊이 자리한 절을 찾을 때도 홀가분해지기는 마찬가지지만.

성당을 나온 그는 지역 노조연합 사무실로 향했다. 회사에서 축출된 그는 회사 노조의 동조를 얻지 못하게 되자 복직 투쟁을 계속하며 지역 노조 운동에 전념했다. 그의 활동 범위는 노조 활동에서 노동 운동으로 넓어졌다. 회사와 투쟁 과정에서 얻은 노하우와 전투적 투쟁 방법은 지역 노조 개조 사업에도 유용하게 쓰였다. 제조업 회사들을 중심으로 하던 노조 설립과 노동 운동을 택시 업종, 버스 업종, 은행과 병원 등으로 확대했다.

동훈은 회사와의 투쟁 과정에서 드러난 노동 운동의 한계점에 대해서도 고민했다. 기존 노동 관계 법과 그 제도 아래서는 원활한 노동 운동을 할 수 없었다. 전향적인 제도 개선이 필요했다.

전국적인 조직을 가진 노동조합의 본산이며 독점적 상급 단체였던 대노총은 태생적으로 한계를 가지고 있고 매너리즘에 빠져 관료화되기도 했다.

그는 신규 노조를 출범시키고 지지 노조들을 규합하여 투쟁하며 대노총과는 차별화된 전투적 노선을 견지했다. 소위 진보적 노동 운동 세력을 만드는 셈이었다.

전국적인 진보 노조 세력과 협력하면서 그 스스로 부족한 부분을 보완해야 할 필요성도 느꼈다. 백성욱의 회사에서 처음 해 본 노조 설립 과정은 서툴고 시행착오도 많았으나 그런대로 성공적이었다. 중소기업 규모의 작은 회사이기에 임금 인상이라는 단순한 목표만으로도 근로자들을 결집시키고 투쟁할 수 있는 동력을 쉽게 확보할 수 있었다.

그러나 다른 노조들과의 연대나 광역 노동 운동을 위해서는 단순한 의지만으로는 어려웠다. 보다 높은 단계의 가치 개념이 필요했다. 서울과 같은 지역의 진보적인 조직들과 연계할 필요성도 느꼈다.

근년에는 노동계뿐 아니라 사회 여러 계층에서 변화를 모색하는 움직임이 두드러졌다. 보릿고개를 벗어난 포만감에서 오는 여유가 사상적 가치에 관심을 둘 만큼 인간의 본성을 찾아가는 흐름인지도 모를 일이었다. 그런 움직임 중에서도 학생 운동은 눈에 띄게 활발했다.

동훈은 이수혁을 떠올렸다. 이수혁은 그가 다니던 백성욱의 회사에 위장 취업해 함께 근로자들의 농성을 선도하던 전대협 소속 대학생이었다. 전대협은 전국대학생연합회를 줄인 말이다. 위장 취업이 들통나자 이수혁은 급하게 피신해야 했고, 동훈은 경찰 수사망을 무사히 빠져나가도록 그를 도왔다.

헤어지며 이수혁이 동훈의 두 손을 잡고 말했다.

"노 동지, 고맙습니다. 우리 다시 만나서 새로운 세상을 만듭시다."

이수혁은 머리 회전이 빠른 행동파였다.

그는 전대협을 통해 이수혁을 찾았다. 그를 만나면 칠흑 같은 파도 위를 헤매고 있는 그의 혼미한 노동 운동의 정체성에 낙도의 등대 같은 희미하나마 어떤 지향이라도 주지 않을까 하는 생각이 나서였다.

며칠 후 전대협 경남지부로부터 사람이 찾아왔다. 이수혁은 지리산 노고단 부근 조그만 암자에 은신하고 있으며 중요한 모임에는 변장을 하고 참석한다는 것이었다.

동훈은 예정됐던 지역 노조들 일이 마무리되자 짬을 내어 이수혁을 찾아가기로 했다. 남원에서 시외버스를 탔다. 조금 낡은 시골 버스 뒷자리에 등산복에 배낭을 가진 삼십대 중반 남자가 창문을 열고 밖을 보고 앉았고, 세 번째 줄에는 할머니 두 사람이 복도를 사이에 두고 앉아 부산하게 이야기를 주고받았다. 경상도 사투리는 뒷좌석까지 소리가 들릴 정도였다. 목소리는 크지만 사투리가 심해 제대로 알아들을 수 없었다. 중간중간에 교복 입은 학생 몇 명과 행색이 버젓하지 못한 아주머니들과 남자 몇이 함께 탄 승객들이었다.

그는 운전석 건너편 창가 앞자리에 앉았다. 시골 버스라 그런지 차장이 남자였다. 차가 고장났을 때는 차장이 조수 역할을 하며 차를 고치고, 돌이 길에 굴러오면 내려서 돌을 치우기도 했다.

차장은 버스 가운데 나 있는 승하차 문 계단에 한 발을 딛고 다른 발은 버스 바닥이 시작되는 곳에 얹어 몸이 넘어지지 않게 뒤로 버티어 서 있었다. 차가 흔들릴 때는 옆에 선 기둥을 잡고 중심을 잡았다. 차장의 코 옆 오른쪽엔 검댕이가 묻어 있다. 차를 수리하다 급히 승차했기 때문인 것 같다.

서울 같은 큰 도시 시내버스에는 주로 정복 차림에 회사 마크가 달린 캡을 쓴 아가씨가 안내원(차장)이다.

버스는 비포장도로를 한참 달렸다. 거의 모든 마을 앞에서 섰다. 버스가 마을 부근에 가면 내릴 사람들이 미리 문간으로 다가섰다. 마을이 가까워져도 문 앞에 선 사람이 없으면 "내릴 사람 없어요? 안 서고 지나가요."라고 차장이 차 안을 한 번 휘 둘러보고는 운전수에게 신호를 보냈다.

마을 앞에 기다리는 사람이 없으면 운전기사는 흙먼지를 일으키며 마을 앞을 달린다. 뒷바퀴가 일으키는 먼지가 지나가는 할아버지를 뒤집어씌워도 몸만 틀어 피하는 시늉만 하고 한 손을 낡은 중절모자 챙에 대어 햇빛을 가리고 버스 안을 살피게 마련이다.

'오늘은 사람이 별로 없네…….'

먼지 세례에도 아랑곳하지 않고 여유롭게 발길을 돌렸다.

버스는 마천면사무소 앞에서 시동을 껐다.

"종점입니다."

차장은 문만 열어 주고 면사무소로 바쁘게 달음박질쳤다. 소변이 급한 모양이었다.

"실례하겠습니다. 칠선계곡까지 얼마나 걸립니까?"

중년 남자 승객에게 물었다.

"칠선계곡 어디쯤요? 젊으니 입구까지는 한 시간 남짓 걸으면 될 낍니다."

"서암암자가 칠선계곡에 있지요?"

"벽송사 암자 서암요? 맞아요. 그런데 서암에는 왜 갑니까? 재라도 올리려고요?"

"친구 찾아갑니다."

"친구요? 거기 스님은 젊은이보다 나가 한참 많은데?"

"아, 스님이 친구가 아니고 제 친구가 거기에 있다는 전갈을 받고 찾아가는 길입니다."

"아 참, 거기 스님 밑에 심부름하는 젊은 사람이 있더라. 살펴가시오."

그에게 고맙다고 허리를 굽혀 인사를 하고 꽤 넓은 개울물을 따라서 걸었다. 앞뒤로 보이는 산들은 검푸르게 울창하고 개울물이 바위에 부딪치며 흐른다. 뱀사골 물이 달창계곡 물에 합류하며 흐르고 있었다.

가는 길목에 기와집과 슬레이트집들이 띄엄띄엄 눈에 띈다. 다시 집들이 옹기종기 무인 곳에 다다르자 흐르는 달칭계곡 맞은편에서 다른 계곡물이 합류했다. 그 물이 칠선계곡의 물인 듯했다.

그는 길가에 붙어 있는 슬레이트집을 기웃거렸다. 본채 옆의 기역 자 축사 앞에 한 여자가 얼찐거리고 있었다.

"말 좀 물읍시다."

소에게 여물을 주고 있던 몸뻬 통바지를 입은 아주머니가 집 앞을 내다봤다. 얼굴은 검게 타고 두 볼은 여위었으며 이마에는 잔주름이 여러 개 잡혀 있었다.

"서암에 가려면 저 앞에 뵈는 개울 따라가면 됩니까?"

"예, 나무다리 건너 물 따라 쭉 가소. 물이 불어서 조심해야 될 낍니다."

"고맙습니다."

"얼마 안 올라가마 기와집이 뵐 겁니다. 스님이 계실란가?"

그는 달창계곡에 놓인 나무다리를 건너 칠선계곡을 오른쪽에 끼고 비탈길을 걸어 올라갔다. 시간이 꽤나 흘러 심산의 짧은 해가 서쪽 산마루를 넘어가고 있었다.

산등을 넘어온 노을 속의 산촌 계곡 모습은 한 폭의 산수화였다. 고즈넉한 산길을 걷는 나그네는 정선 선생이 아니더라도 묵필을 듦직 했다.

낮은 고개를 두어 개 넘고 작은 개울을 지나고 나니 멀지 않은 산기슭에 낡은 기와집이 나오고 옆에는 두어 칸 될까 말까 한 너와집이 보인다. 너와집 용마루 뒤로 보이는 굴뚝에서 흰 연기가 모락모락 피어오른다. 저녁 공양을 준비하는 것 같았다.

"계십니까?"

동훈은 검은 바탕에 해서체의 흰 글씨로 '서암瑞巖'이라는 현판이 붙은 기와집을 지나 너와집 앞에서 집 안을 향해 사람을 불러봤다. 아무 대답이 없었다. 짬을 뒀다가 조금 더 큰 소리로 다시 불렀다.

"안에 누구 계십니까?"

그때야 너와집 문이 열리고 회색 승복을 입은 삭발 스님이 나무 대문 사이로 얼굴을 내밀었다. 눈을 찡그린 채 쿨룩거리며 밖으로 나왔다. 부엌의 연기가 매운 모양이었다.

"초면입니다. 스님, 소생은 노동훈이라고 합니다."

그는 두 손을 합장하며 스님께 인사를 올렸다.

스님도 합장했다.

"이 저녁에 처사님은 어쩐 일로 빈도를 찾으시는지요?"

"친구를 찾아왔습니다."

"가난해서 부처님께 공양도 겨우 올리는 산간벽지인데 외인이 어이 여기 있겠습니까? 헛걸음하신 듯합니다."

스님은 말은 태연하게 하면서도 경계하는 눈빛으로 동훈의 아래위를 훑어봤다.

"이수혁이라는 학생인데 저와는 같은 회사에서 노동조합 운동을 하던 막역한 사입니다. 여기에 은신하고 있다는 기별을 듣고 왔습니다."

그가 같은 회사 노동조합원이라고 할 때 유난히 짙은 스님의 왼쪽 눈썹이 꿈틀하는 것을 그는 놓치지 않았다.

"허, 허, 젊으신 양반이 빈도를 못 믿으시오?"

"스님, 저 돌아왔습니다."

어스름 속에서 지게에 땔감을 지고 절 마당으로 들어서는 사람의 낭랑한 목소리가 들렸다. 스님은 하던 말을 다 못하고 낭패한 표정으로 고개를 돌리고 동훈도 소리 나는 곳으로 몸을 돌렸다.

지게꾼이 두 다리로 마당 바닥을 구르며 등짐을 뒤로 높이 날려 넘겼다. 무릎을 꿇지 않고 꼿꼿이 선 채 지게를 벗는 것으로 봐 어설픈 지게꾼은 아닌 듯싶었다.

스님이 입을 한 번 다시더니 갑자기 말투가 바뀌었다.

"니눔 찾는 손님이 오셨다. 평생 양반은 못 될 놈일세."

스님이 투덜거리며 부엌으로 들어갔다. 이야기 중에 본인이 나타나면 양반이 아니라는 우리 속담을 들먹인 말인 듯했다. 두어 번 쿨룩거리는 소리가 또 들렸다.

지게를 내리고 지겟작대기를 왼손으로 옮겨 잡은 사내가 들어

왔다. 얼굴 표정은 보이지 않으나 반은 경계하며 반은 기대에 찬 걸음임을 알 수 있었다.

그도 형태만 보이는 사내를 향해 발을 떼었다.

"이 동지!"

"노 동지!"

둘은 그냥 덥석 껴안았다.

"고생이 많습니다, 동지."

"고맙습니다, 잊지 않고 찾으셔서."

그들은 한참 동안 서로의 등을 토닥이며 껴안고 있었다.

"거 수놈들끼리 껴안고 무슨 수작들이냐? 대접도 못 받는 것들이. 어서 밥들이나 처먹고 지랄을 하든 나발을 불든 해."

조금 전 근엄하던 스님의 어투가 판연히 달라졌다.

"스님! 손님이 있을 땐 좀 점잖아지시면 부처님이 불벼락이라도 내리십니까?"

"이눔아, 내가 그거 알면 총림 가서 방장 하지 적막강산에서 탁발하고 있겠냐? 아까는 빈도가 결례를 했소. 죄진 놈 숨기느라 내가 너무 박절했나 보오. 허, 허."

"아, 아닙니다. 스님! 이 동지를 거둬 주셔서 감사합니다. 죄송합니다."

"어, 원, 죄송할 거까지야 있겠소. 자 그러면 나는 말을 놓네. 저놈 친구라며?"

"아, 예예, 스님. 말씀 낮추십시오."

"어험."

취나물에 상추와 새까만 된장 종지가 밥 세 그릇과 함께 개다리

소반 위에 차려져 있었다. 스님 밥은 나무 밥그릇 전을 넘을락 말락 하고 그들 둘의 것은 그릇 위로 솟은 밥이 그릇 속에 있는 양보다 배는 많을 듯했다. 그의 밥그릇은 전 위로 올라온 밥이 무게를 못 이기고 시골 장바닥의 약장수 배처럼 식기 전 밖으로 처져 내렸다.

산에서 땔감을 베어 지고 내려온 수혁은 시장기가 심했는지 마파람에 게 눈 감추듯 금세 한 그릇을 먹어 치웠다.

"더 주랴?"

"더 있습니까?"

스님이 옆에 있던 밥통에서 수북하게 한 주걱 떠서 수혁의 그릇에 담았다.

"너도 더 줘?"

"아니요, 저는 됐습니다."

그도 버스를 세 번이나 타고 제법 먼 길을 걸은지라 수북하던 밥그릇을 깨끗하게 비웠다.

수혁이 설거지를 하려고 상을 챙겨 나갔다. 동훈도 따라 나갔다.

"방에 있어요, 금방 끝나요."

"설거지 구경하려고요."

수혁이 웃으며 더 만류하지는 않았다.

동훈은 문지방에 걸터앉아 수혁의 설거지를 구경했다. 손놀림이 틀이 잡혀 있었다. 하기야, 백성욱의 회사에서 도망쳐 바로 여기로 왔으면 숨어 산 햇수로 봤을 때 설거지 정도야 여느 여염집 여인네 못지않을 수도 있을 것이다.

스님은 초와 몇 가지 물품을 챙겨 법당으로 갔다. 그들에게 자리를 피해 주는 모양새였다. 수혁이 말했다.

"스님은 매일 저녁 공양 뒤 법당에서 시간을 보내셔요. 부처님을 모시니 그 곁이 편하신 모양입니다."

그들 둘은 같은 또래여서 서로 말을 놓아도 되지만 그러지 않았다. 백성욱의 회사에서 노조 설립 일을 함께 할 때도 말을 튼 적이 없었다. 은연중에 서로 어려워하고 존경했다.

"고생 많이 했지요?"

동훈이 물었다.

"고생을 안 했다면 거짓말이지만 쫓기는 처지에 달리 어떻게 할 도리가 없으니 마음은 편했습니다."

수혁이 사과를 내오며 말했다.

"산이 깊고 교통이 불편해서 찾아오는 신도들이 별로 없어요. 어제 마천의 신도가 어머니 사십구재를 올리고 가서 과일이 몇 개 남았습니다. 평소에는 입 다실 것도 없이 빈 절입니다."

한 시진쯤 지나자 법당에 갔던 스님이 돌아왔다. 그들이 머문 낡은 너와집은 요사채였다. 대도시 절들이나 산속에 있어도 해인사나 송광사 같은 큰절의 요사채는 수백 명이 식사하고 기거할 수 있는 규모다. 그러나 수혁이 기거하는 곳은 비바람을 겨우 막을 정도였다. 부처님도 그럴 수밖에 없을까.

노동자도 연명하기 급급하고 세상에서 버림받은 듯한 근로자가 있는가 하면, 웬만한 공무원 보수 못지않은 귀족 노조도 있다. 이런 생각을 하면 노동 운동을 하다가도 맥이 풀리곤 한다. 어디까지가 노동조합이 필요한 노동자들의 기준일까.

"밤이라 날씨도 서늘한데 개울가 너럭바위에 가서 못다 한 회포

나 풀고들 와. 어제 보살이 나 먹으라고 갖고 온 곡차가 부엌에 있으니 갖고 가서 마셔. 어이구 풀벌레 소리들 좋다."

스님은 자리를 펴고 눕더니 잠깐 사이에 코를 드르렁거렸다. 그들은 됫병에 든 막걸리를 들고 절 옆에 개울가로 내려갔다.

동훈이 낮에 올 때 칠선계곡 입구에서 쳐다보았던 서암암자는 산중턱에 자리잡고 있는 것같이 보였다. 막상 올라와 보니 절 바로 옆으로 수량이 제법 되는 개울도 있고, 그 앞으로는 깎아지른 듯한 절벽 위에 낙락장송 몇 그루가 운치 있게 늘어서 있었다.

그들은 개울가의 넓은 바위에 앉았다. 바위 아래로 물 도는 소리가 들리고 개울 건너 미루나무 밑에서는 여치가 찌르륵 소리 내어 울었다. 지나가던 개똥벌레 몇 마리도 여치 소리에 맞춰 상모돌리기를 했다. 먼 산엔 소쩍새 울음소리가 들리고 그들의 이야기는 이어졌다 끊어지고 끊어졌다 다시 이이겄다. 동훈은 수혁에게 작금의 노동 운동 상황과 흐름을 들려줬다.

"저도 신문에서도 보고 간간이 본부에서 오는 동료들이나 비밀 회합에 참석해서 소식은 대충 듣고 있습니다. 아직도 갈 길은 멀지만 노 동지와 처음 근로자들을 규합하고 노조 설립을 위해 투쟁할 때를 돌이켜보면 우리나라 노동 경제 사회도 많은 진전이 있었다고 봅니다. 동지와 시작한 우리들의 시도가 힘은 들었어도 보람 있었습니다."

"솔직히 말해서 예기치도 못하게 백성욱이 이 동지의 위장 취업을 적발했을 때 무섭지 않았습니까?"

"말도 마십시오. 저 오줌 쌀 뻔했습니다. 정말 백성욱은 만만한 자가 아니었습니다. 비록 맞붙어 싸운 상대지만 기업가 자질을 갖춘 사람이라고 봅니다."

"저도 같은 생각입니다. 노조 설립과 협상 중에 미워도 하고 결투도 벌였지만 명석한 사람임은 분명합니다. 같은 때 같은 곳에서 서로 다른 역할을 하고 있었을 뿐이지요."

다음 날 아침 스님이 단잠에 빠진 두 사람을 흔들어 깨웠다.

"남의 곡차를 바닥냈으면 물이라도 채워 놓아야 할 거 아냐? 아욱국 끓여 놨으니 속 풀고 물 뜨러 가자. 모처럼 오신 손님을 옥녀탕에서 목욕이라도 시켜서 보내야 할 것 아냐."

"네, 스님."

수혁이 황급히 일어나서 부엌으로 갔다.

스님이 끓인 아욱국으로 아침 식사를 하고 산행 준비를 했다. 타월과 간식도 준비했다.

입고 온 옷은 외출복이라고 스님이 우기는 바람에 동훈은 수혁의 간편복을 빌려 입고 나섰다. 어차피 산길을 생각하고 운동화를 신고 왔으므로 신발은 별문제가 없었다.

밀짚모자를 쓰고 한쪽 어깨에 호미가 든 망태를 걸치고 한 손엔 물병을 든 스님이 앞장섰다.

얼마 전에 내린 비로 개울물이 제법 불었다. 동훈이 스님을 따르고 수혁이 맨 뒤에서 따랐다. 옥녀탕으로 가는 길은 개울을 따라서 겨우 한 사람이 지나가기도 어려울 정도의 오솔길이었다. 거의 자갈길이고 큰 바위나 절벽을 돌아가는 곳에는 제법 사람들이 다닌 길이 나 있었다.

흙길을 가다가 개울을 건널 때는 길 찾기가 여간 어려운 게 아니었다. 산 능선으로 올라가는 흙길은 분명하게 보이지만 개울을 건너는 길은 잘 구별되지 않았다. 가끔씩 능선 쪽으로 보이는 길을 두고 자갈밭으로 향하는 스님을 보고 길을 잘못 드는 것이 아니냐고 물으면, 어김없이 개울 건너에는 잘 닦인 길이 있었다.

스님이나 수혁이야 훤한 길이겠지만, 동훈은 자신의 판단을 시험해 보려고 이런저런 길잡이에 관해 물어보며 올라갔다. 아는 사람이 있으니 망정이지 초행이면 길을 잃기 안성맞춤이었다.

서암암자 건너편의 추성마을을 지나 반시간 정도 가니 드디어 선녀탕이 보였다. 선녀탕 소沼로 쏟아지는 물은 폭포를 이루고 파란 소 언저리 물속엔 바닥 돌들이 투명하게 보였다. 선녀탕 가는 길에도 작은 웅덩이가 여럿 있었다. 스님은 선녀탕 가의 펀펀한 바위에 앉으며 신발을 벗었다.

"옥녀탕엔 안 가세요?"

수혁이 스님에게 물었다.

"자네들끼리 가서 사타구니 목욕 좀 시키고 느긋하게 내려와. 나는 잠시 앉아 숨 좀 돌리고 부근에서 산나물이나 뜯을 거야."

스님은 그새 양말도 벗었다.

"목욕할 때 조심들 해. 옥녀의 뜻은 알지?"

"예쁜 여자 아닙니까? 구슬같이."

동훈이 대답했다.

"머저리 같은 녀석, 너 혹시 숫총각 아냐?"

"아, 예, 영화 '뽕'에 나오는 여자 말씀이지요? 알겠습니다. 조심하겠습니다."

그들은 킬킬거리며 계속 위로 올라갔다.

옥녀탕은 선녀탕에서 천왕봉 정상 쪽으로 한참 더 올라가 있었다. 깊이는 모르겠으나 넓이는 선녀탕보다 훨씬 더 넓었다. 지나가는 사람도 없었다. 동훈이 약간 움찔거리자 수혁이 눈치 챘는지 무서우냐고 물었다.

"약간은요."

동훈은 주위를 둘러보며 대답했다. 너무나 적막하고 하늘만 빼꼼히 숨구멍을 보였다.

"등산객도 뜸하고 늘 한적해서 좋습니다. 나는 심심하면 올라와서 목욕하고 내려갑니다. 선녀탕보다 넓어서 수영도 하고 편합니다."

함께 알몸으로 물속에 들어갔다. 밖은 햇볕이 따가운데 물속은 얼음같이 차가웠다. 동훈은 천천히 헤엄쳐 소 가운데로 갔다. 추워서 이빨이 딱딱 부딪쳤다. 수혁도 따라 들어왔다.

몸을 움직이니 금방 한기가 사라졌다. 발헤엄을 치며 이야기를 하다가 물가 바위에 앉아 때를 밀었다. 수혁은 꽤 괜찮은 몸매를 갖고 있었다. 같이 노조 활동을 했어도 함께 목욕할 기회는 없었다. 때를 다 밀고 바위 위에 하늘을 보고 누웠다. 소가 넓어 햇살이 바로 몸 위로 내리쬤다. 누가 봤으면 가관이겠으나 깊은 산속의 옥녀탕은 평화로웠다.

"이 동지, 여기 오래 있다가 신선 돼서 승천하는 것 아닙니까?"

"하, 하, 그런 생각이 들지요? 목욕하며 가끔은 동화에 나오는 선녀는 안 내려오나 엉뚱한 생각도 합니다."

"에이, 그건 저 아래 선녀탕에서 기다려야지요?"

"모르시는 말씀 마십시오. 여기가 칠선계곡입니다. 선녀탕에 갔다가는 일곱 선녀를 저 혼자 어떻게 감당합니까. 혹시 노 동지가 옆에서 힘을 합쳐 주면 모를까?"

"아, 하하하, 듣고 보니 그렇군요. 왜 예쁜 선녀탕을 버려두고 멀리 있는 옥녀탕으로 오나 했더니 목숨 보전을 위한 구명지책이었군요?"

"네, 그렇습니다."

그들은 한참을 유쾌하게 놀았다. 깨끗한 산수에서는 노조도 번뇌도 없었다. 약속이나 한 듯이 자연과 함께 신선같이 한가로운 이야기들만 하고 놀았다.

주섬주섬 옷을 입고 선녀탕으로 내려갔다. 미처 마르지 않은 물기에 머리가 한결 시원하고 기분이 상쾌했다.

선녀탕 부근에는 아무도 없었다. 너럭바위 위에서 주위를 둘러보았다.

"스님은 아직 안 오셨나."

"글쎄요, 그런가 봅니다."

"여기 계신다."

옆에 놓인 커다란 바위 뒤에서 스님의 목소리가 들렸다. 모습은 바위에 가려 보이지 않았다.

"거기서 뭐 하세요?"

수혁이 물었다.

"산나물 다듬어 씻고 있다."

"도와드려요?"

동훈이 이어서 물었다.

"아서라. 오후에 헤어질 텐데 못다 한 얘기들이나 마저 하거라."

동훈이 수혁을 돌아보며 말을 시작했다.

"스님 말씀이니 말인데, 이 동지에게 들어 볼 이야기가 있어 겸사해서 찾아왔습니다."

"무슨 긴한 말씀이라도 있으십니까?"

"회사에서 쫓겨나고 여기저기 다른 회사 노조들을 돕다 보니 나름대로 부족함이 느껴집니다. 뭐라 할까? 노동 운동의 정체성이라 할까 뭐 좀 더 이론적인 개념 정립이 필요하다고 생각돼서요. 이 동지도 변화를 추구하는 대학생연합 회원이시니 저보다는 그 방면에 넓은 식견을 갖고 계실 것 같아서 물어봅니다."

"무슨 말씀이신지 알겠습니다. 우리가 추구하는 것도 사회의 근본적인 변화입니다. 우리는 변화만 추구하는 것이 아니라 최종 목표는 혁명으로 세상을 바꾸는 것입니다. 일부 소수의 기득권자들이 주도하는 것이 아니라 민중이 주도하는 사회를 만드는 것입니다. 민중을 대표할 수 있는 중심에 있는 집단이 노동자 그룹입니다. 그래서 저도 위장 취업의 위험을 무릅쓰고 노동자들 속으로 뛰어들었습니다."

수혁은 동훈에게 읽어 주려고 미리 원고를 준비해 온 듯이 거침없이 이론을 늘어놓았다.

"아미타불."

바위 뒤에서 염불 소리가 들려왔다. 동훈이 괴이쩍어 수혁을 바라봤다. 수혁이 빙그레 웃으며 말했다.

"제가 잘한다고 칭찬하시는 겁니다."

동훈은 바위 쪽을 한 번 힐끗 보고 수혁에게 이야기를 계속하라고 청했다.

"우리들이 하는 운동의 핵심 사상과 이론은 마르크스와 레닌의 이론에 바탕을 두고 있습니다. 그런데 지금 우리 전대협은 크게 두 파로 나눠져 있습니다. 하나는 NL이라고······."

"National Liberation."

다시 바위 뒤에서 소리가 났다. 동훈이 다시 바위 뒤를 돌아보고 나서 수혁에게 귓속말로 물었다.

"스님도 영어 하세요?"

수혁이 입가에 미소를 띠며 고개를 끄덕이며 말을 이었다.

"스님께서 말씀하셨듯이 '민족 해방' 혁명입니다. 또 한 파는 PD······."

"스님······?"

수혁이 아예 고개를 틀어 바위 뒤쪽을 보며 재촉했다.

"People's Democracy."

바위 뒤에서 답이 왔다. 결국은 모른 척하며 스님도 함께 삼자 대화를 하게 되었다. 동훈도 재미있어 수혁을 보고 빙그레 웃었.

"즉 '민중 민주' 혁명입니다. 추진 방법은 달라도 결국은 민중을 이용하고 위하는 사회 혁명이 목표입니다. 사회주의 세상을 만드는 것이지요. 기본 이념이 평등입니다. 어떻습니까?"

동훈은 고개를 끄덕였다. 누구나 평등한 세상을 구현할 수 있다면 나쁠 리 없다. 이러한 이론적 근거를 갖고 시작한 노동 운동은 아니지만 궁극적으로는 불공정하고 불평등한 노동자들에 대한 대우를 바로잡아 보고자 한 일이다.

"기본 개념은 이해가 됩니다만 세상일이 이론만 가지고 움직여지는 것도 아니지 않습니까? 소련과 같은 공산주의를 표방한 사회주의 국가들도 평등보다는 독재가 횡행하는 것은 우리가 알고 있는 사실이지 않습니까?"

"말씀 잘하셨습니다. 우리는 모두 그렇게 알고 있지요. 왜냐면 우리는 그들과 반대되는 자유민주주의를 표방하고 있어서 그렇게 교육받고 훈련되어 왔으니까요. 설령 지금의 공산사회주의 국가 현실이 원래의 이념에서 일탈했더라도 그것은 그 사회를 이끌고 있는 리더들의 오류이지 결코 개념이 틀린 것은 아니라고 봅니다. 우리가 지향하는 사회주의는 이러한 시행착오에서 오는 과오들을 철저히 배격하기 위해 노력하는 또 다른 하나의 과제도 갖고 있습니다."

"지금 우리나라 혁신 진보 세력을 대표하는 전대협이 두 파라고 하셨는데 차이점은 무엇입니까? 좀 어렵습니다."

"어렵다는 것은 당연합니다. 사실 이렇게 말씀드리는 저 자신도 가끔씩 흔들리는 것이 사실이니까요. 변화라는 개념 자체가 근원적으로 불안과 불안정으로부터 추론되는 것이 아니겠습니까? 안정 속에서 변화를 기대할 수는 없지요."

"NL과 PD를 조금 더 구체적으로 설명해 주십시오."

"먼저 PD부터 말씀드리겠습니다. 민중 민주, 즉 PD는 마르크스 레닌주의의 사회 철학을 중시하는 진보주의 운동의 한 갈래입니다. 평등파라고도 하고요. 대한민국 사회를 일본 식민지와 구별되는 신식민지 국가 독점자본주의로 규정하고 사상적으로 마르크스주의 영향을 받았습니다. PD 계열은 이를 민족 모순이 아닌 계급 모순으로 파악합니다. 좀 난해하지만 그냥 들으십시오. 계급 운동의 관점에서 주로 노동 운동을 중심으로 하며, 신식민지 국가 독점자본주의론은 대한민국의 식민지성은 일제 강점기와 다르므로 신식민지라고 합니다. 한국 자본주의가 국가와 결탁되고 독점이 강화된 양상이라고 이해합니다. 한국 사회의 모순을 민중과 파쇼 체제, 노동과 독점자본 사이의 모순이라고 파악합니다. PD는 사회주의적 성향을 갖고 있으므로 민중 민주 사상은 중남미의 체게바라와 소련의 레닌과 매우 같다고 볼 수 있습니다."

"조금은 이해될 듯도 합니다. 아무튼 생각의 폭을 좀 넓힐 수 있을 것 같습니다. 그럼 NL은 PD와 어떻게 다릅니까?"

"이렇게 짧게 설명해 이해하기 어려운 내용입니다. 표정을 보니 노 동지는 잘 소화를 하시는 것 같아 보이니 계속하겠습니다."

"야, 나도 어렵긴 마찬가지다만 들어 볼 만은 하구나, 아미타불."
스님이 말했다. 목소리로 봐서 산나물 다듬질은 포기한 듯했다.

"NL은 현재 전대협의 주도 세력입니다. PD는 NL에 많이 밀리고 있지요. NL은 우선 조직력이 강하고 신규 참여 학생들에게 절두철미하게 교육을 시킵니다. 도제 제도 비슷하게 선배가 후배를 끝까지 책임지고 교육을 돌봐 줍니다. 자금력도 셉니다. 저도 현재 NL에 속해 있는데 도피해 있는 저에게도 많지는 않으나 도피 자금이 전달되고 있습니다. 사실 그 많은 자금이 어떻게 조달되는지 저는 모릅니다. 노 동지가 아시다시피 기업들이 우리를 후원하겠습니까, 정부 단체가 지원하겠습니까? 잡아먹지 못해서 안달인데요. 해외로부터 조달된다는 말도 있는데 확인된 바는 없습니다."

"민족 해방 즉 NL은 민족 자결을 밑바탕으로 마르크스의 민족이론을 필두로 6·25 전쟁 때에 있었던 우리나라 좌파 운동이면서, 1960년 12월에 세계 81개국 사회주의 계열의 '민족민주주의 혁명론'을 추종하며 남한 좌파 내에서 존속해 왔습니다. 이들은 지금 한국 사회를 '식민지 반￥자본주의'로 평가하는 그룹으로서 대한민국 사회를 미국 제국주의의 식민지로 보는 견해입니다. 미국의 식민지 제국주의와 민중을 대립 관계로 보고 모든 투쟁에서 항상 반미 자주화를 기본으로 설정합니다. 북한인 조선민주주의인민공화국의 국가 이념이자 조선노동당의 지도 이념인 주체사상을 신봉하므로 줄여서 '주사파'라 합니다. 이들이 NL 즉 민족 해방 계열의 가장 영향력 있는 파벌입니다. 주사파는 북한의 단파 방송을 몰래 청취하며 모든 것을 북한 입장에서 수용합니다."

"아니 그것은 바로 북한의 하수인이라는 말 아닙니까? 세습적 독재를 하고 있는 북한의 주체사상을 따른다는 것은 이해할 수 없습니다."

"세습이니 독재니 하는 것은 더 큰 목표를 위한 사소한 과정일 뿐입니다. 저도 처음에는 영 몸에 맞지 않는 옷을 입은 듯 어색했으나 2주간의 빡센 집체 교육을 받고 난 후 사고 자체가 바뀌었습니다. 그들의 사상 교육은 남한 사람들의 상상을 초월합니다."

"관세음보살."

바위 뒤에서 전과 다른 염불 소리가 들렸다. 수혁의 미간이 찌푸려졌다.

"염불이 조금 전과 다르네요?"

동훈이 이상하게 여기며 수혁에게 물었다.

"미친 소리라는 겁니다. 동의하지 않는다는 메시지이지요. 스님은 반대하실 때는 '관세음보살'이라고 하십니다."

"아미타불과 관세음보살이 긍정과 부정을 의미하는 무슨 별도의 까닭이 있습니까?"

"모릅니다. 늘 들어 와서 그렇게 알아들을 뿐입니다."

"나도 집체 교육을 받아서 주체사상이 주장하는 내용을 많이 이해합니다. 주사파의 개념이 마르크스 레닌주의와는 많이 다르고 북한의 주체사상을 주축으로 하는 개념이라 저도 요즈음 깊은 고민에 빠져 있습니다."

수혁의 이론 교육은 여기서 끝났다.

"너무 수고하셨고 많이 배웠습니다. 우리나라 사회 개혁에 열심히 활용하겠습니다."

그들은 다시 암자로 내려와 스님이 뜯어 온 산나물을 반찬으로 점심을 먹었다. 스님이 끓여 주는 차를 마시며 수혁을 보살펴 주셔서 고맙다고 스님께 다시 인사를 했다.

"제 밥벌이 하는 내 머슴인데 고마워할 것도 없네, 내가 하는 공양에 숟가락 하나 더 놓는 것뿐이데,"

"저 한시는 스님이 지으셨습니까?"

동훈이 차를 마시며 벽에 걸린 족자를 보고 스님에게 물었다.

"한시가 아니고 전법게傳法偈야,"

동훈은 모르겠다는 표정으로 스님을 쳐다봤다.

"나는 본시 행자로 지리산에 기어 들어왔어. 조금 위에 있는 절에 스님에게 업혀 가서 며칠 걸식하다가 그대로 주저앉았지. 삭발을 하고 중이 됐어. 벽송사를 중건하시고 지금 주지로 계시는 원응 큰스님 밑에서 공부를 했는데 원래 행색이 개망나니라 여기로 쫓겨 온 거야. 이 자리가 빼어난 절경이고 길지라 큰스님께서 자주 들르시고 후에 불사에 쓰실 자리라 하셨지. 비워 두시면 불안하니 허름한 집 한 채 지으시어 나보고 지키라 하셨는데, 집지기가 필요하셨는지 나를 쫓아낼 명분을 찾으신 건지는 아직도 분명치 않아. 그때 친필로 내려 주신 당호가 저기 걸려 있는 서암瑞巖이야. 내가 끝에 암庵이든지 사寺나 정사精舍 어느 것이라도 하나 붙여 달라고 졸라도 때가 아니라시며 집 이름자만 내리셨어."

"저가 봐도 암庵 자는 좀 그러네요, 서암암, 암암이 부르기 좀 어색합니다."

"그래서 나도 더 이상 안 졸랐어. 사寺나 정사精舍를 붙이기에는 아직 부족하고. 언젠가는 둘 중에 하나가 붙겠지."

잠시 후 스님의 설명이 이어졌다.

"나야 여기 나와 큰스님 잔소리 안 듣고 가끔 동네서 곡차도 얻어 마시니 딱 좋지, 허허. 하지만 큰스님에 대한 나의 경외심은 변함이 없어. 정말 큰 어른이시고 행동가이셔. 큰스님도 나를 버리신 건 아냐. 지금도 가르치시고 계시는 거지. 버리시려면 출문시키면 되는데 왜 지근에 집지기를 시키시겠어, 안 그런가?"

"네, 그렇습니다."

그는 갑작스런 물음에 황망히 대답했다.

"그 큰스님께서 스승이신 석암錫巖 선사로부터 '원응元應'이라는 법명과 함께 받은 전법게傳法偈야. 일종의 마지막 가르침을 일컫는 말이야."

    心性如虛空 마음의 성품이란 허공과 같아서
    畢竟無內外 마침내 내외가 없구나
    了達如是法 이와 같은 법을 요달하면
    非僞亦非眞 거짓도 진실도 없느니라.

世尊應化二千五百十八年 甲寅年昔湖門人錫巖爲元應久閒說
　세존 응화 이천오백십팔년 갑인년 석호 문인 석암이 구한에게 설하다.

"그래서 큰스님을 원응 대사라 부르고 공식 계보에는 원응구한 元應久閒으로 기록해. 언제 시간 되면 원응 대사님께 인사드리게, 젊은이들을 무척 반기시네."

"예."

"그런데 스님, 전법게 마지막 구절에 거짓도 진실도 없다고 하시는데 그러면 법이 필요 없지 않습니까? 인간 세상은 법이 있어 지탱되고 있지 않습니까, 물론 이 동지야 법이 잘못돼서 이 고생이지만요?"

"어허, 이놈이 제법 호기심이 많구나, 기특한 일이다. 모두 변화는 호기심으로부터 발원하니까. 행여 윗줄에 있는 법을 혁이가 쫓기는 인간의 법률과 혼동하지는 말거라. 그 법은 차원 높은 진리를 이름이야."

스님의 말씀이 이어졌다.

"인간의 발명품 중에 가장 졸작이 법이야. 대안이 없으니 만들긴 했지만 진리가 결여된 졸작이지."

하기야 어제의 합법이 오늘은 불법이고 나라마다 법의 정의 기준이 다르니 졸작 중의 졸작인지도 모른다.

"스님, 그러면 인간의 최고 걸작으로는 무엇을 꼽으시는지요?"

스님은 잠시 뜸을 들였다.

"신."

곧이어 눈을 지그시 감으시고 '나무아비타불 관세음보살'이라고 했다. 수혁이 동훈의 귀에 가만히 속삭였다.

"스님이 나무아비타불 관세음보살을 몽땅 염불하시는 거는 부처님께 참회하시는 거요. 마치 가톨릭의 고해성사와 비슷합니다."

동훈은 산사를 떠날 시간이 되어 스님에게 큰절을 올리며 작별 인사를 했다. 마당까지 나온 스님께 말했다.

"큰스님의 가르침을 못 받고 떠나 아쉽습니다."

"바쁘니 이젠 가게. 소시에 얻으신 늑막염을 갖고 계시나 참선을 많이 하는 선승이시고 강직하신 성품이라 오래는 사실걸세. 참 마음이 크신 분이야. 사실 내가 여기 온 것은 삶이 덧없어 자살을 하기로 하고 물 좋고 산 좋은 지리산을 죽을 자리로 택하고 온 거야. 죽을 놈이 좋은 자리는 뭣 하러 찾아 헤맸는지 지금 생각해도 실소를 하네. 죽는다고 제대로 먹지도 않고 무작정 걷다가 길을 잃고 기절해 쓰러졌다네. 깨어 보니 스승인 큰스님을 뵙고 돌아오시던 큰스님께 발견되어 벽송사에 업혀 왔다더군. 사흘 후 깨어난 나를 큰스님이 거둬 주셨네. 기력을 회복한 후 부르시어 '인간의 삶이 뭐가 그리 대단하기에 힘들게 애써 목숨을 끊으려 하느냐? 그냥 둬도 죽을 미물이니 마음 가는 대로 살거라' 하셨네. 그때 정신을 차려서 이렇게 웃으며 산다네. 부디 너무 바둥거리며 살지는 말게나."

"새겨들었습니다. 언제 또 뵈올지 기약은 못하겠습니다. 스님."

"이자정회離者定會라 언젠가 또 만날 날이 있겠지. 조심해서 가게."

동훈은 마당에서 나와 마지막으로 스님을 돌아보며 합장했다.

뒷짐을 지고 있던 스님이 한 손을 들어 어서 가라는 시늉을 했다.

수혁이 버스 타는 데까지 따라나섰다. 둘은 별말 없이 걸었다. 발걸음이 그렇게 가볍지만은 않았다. 그들이 걸어야 할 험한 길은 여전히 멀었다.

정류장에 도착해도 버스는 보이지 않았다. 수혁이 가게에서 주스 두 병 사 와 같이 마셨다.

"우리 또 언제나 만날 수 있을까요? 그때까지 건투하십시오, 노동지."

"몸조심하십시오, 이 동지."

지리산을 다녀와서도 동훈은 업주들과 투쟁을 계속했다. 법정에서 백성욱이 마지막 진술을 하는 날이었다. 역시 호락호락하게 기소 사실을 인정하지 않았다. 백성욱이 피고 입장에서 마지막 법정 진술을 마쳤다. 동훈은 백성욱의 진술을 귀담아들었다.

백성욱과는 법정에서 지루하게 다투었다. 경영자와 노동조합 위원장으로서 회사에서는 많이도 싸우고 갈등했다. 그런데 백성욱이 왠지 남 같지 않은 생각이 들었다. 싸우다가 미운 정이 들었는가? 몇 년의 세월이 백성욱에 대한 적개심을 무디게 만든 것일까? 막상 법정 싸움까지 끝나고 나니 무어라 표현하기 어려운 감정이 생겼다. 아쉬움인가? 미련은 아닐 것이다. 사람의 감정이란 실로 요상한 데가 있다.

동훈은 민주노조 지역본부로 발걸음을 옮겼다. 찜통 같던 무더위는 한풀 꺾이고 간간이 부는 바람결이 서늘하게 뺨을 간질였다. 지난여름 지리산 칠선계곡으로 이수혁을 찾아가서 보낸 하룻밤이 그에게 또 다른 생각의 문을 열게 했다. 평등한 사회, 같이 사는 사회, 노동자들이 긍지를 가지고 정당하게 살 수 있는 사회는 좋은 사회가 아닌가. 그런 유토피아를 위해서 우리는 함께 노력해야 한다. 노동자들의 낙원을 향해 손에 손잡고 함께 나아가야 한다.

길가에 있는 레코드 가게에서 노래가 흘러나왔다.

> 하늘 높이 솟는 불
> 우리들 가슴 고동치게 하네.
> 이제 모두 다 일어나
> 영원히 함께 살아가야 할 길
> 나서자.
> 손에 손잡고
> 벽을 넘어서
> 우리 사는 세상
> 더욱 살기 좋도록……

1988년 서울 올림픽 주제곡으로 이 올림픽을 즈음해 세계적으로 히트한 노래였다. 이 노래는 길게 후렴을 치고 반복됐다. 동훈은 넋을 잃고 한참 그대로 서 있었다. 담배에 불을 붙였다. 레코드 가게에서 흘러나오는 노래는 계속 반복됐다.

"손에 손잡고, 벽을 넘어서."

담배를 한 대 더 빼어 물었다.

"우리 사는 세상 더욱 살기 좋도록……"

그렇다. 노동자들이 사는 세상이 더욱 살기 좋도록, 손에 서로 손잡고 힘을 합해 기득권을 타파하고 불평등의 높은 벽을 넘어서 나아가야 한다. 하늘 높이 든 변화의 횃불은 우리들의 가슴을 뜨겁게 고동치게 한다. 우리 모두 함께 일어나 영원히 살아갈 길을 찾아 나서야 한다. 단결해서 투쟁해야 한다.

　동훈은 레코드 가게로 들어가 이 노래가 담긴 카세트테이프를 하나 샀다. 지역 노조위원장 회의에서는 이 노래를 노조 운동가로 부르자고 제의했다. 다른 위원장들도 찬성했다.

　며칠 뒤 그는 전국 민주노조 회의에 지역 대표로 참석하기 위해 서울 전노협 본부로 갔다. 회의 도중 자유 발언 시간에 그는 우리나라에서 열리는 올림픽을 강력하게 비판했다.

　"지금 우리의 노동 현실은 선진국에 비해 엄청나게 낙후되어 있습니다. 독소 조항들로 뒤범벅이 된 지금의 노동 악법으로는 노동자들의 권익 보호는 꿈에도 그려 볼 수 없습니다. 현재 전국적으로 일어나고 있는 민주주의 노동조합 운동 역시 현행법하에서는 불가능합니다. 삼자 개입 금지 조항 등이 존치하고 있는 실정법으로는 어떠한 연대나 단체 행동도 불법으로 간주됩니다. 이러한 노동 악법이 개정되지도, 노동 현장이 민주화되지도 않은 지금, 수출 조금 한답시고 올림픽을 개최하는 것은 언어도단입니다. 엄청난 돈이 드는 올림픽 개최는 선진국에서나 가능합니다. 노동자들이 인간적인 대접도 받지 못하는 우리나라는 아직 선진국이 아닙니다. 노동 삼권이 자유로워질 때 우리나라는 진정한 선진국이 됩니다. 올림픽으로 경제가 어려워지면, 기업들은 우리 노동자들의 허리띠를 다시 조여 맬 것이고, 이것을 빌미로 군사 정권은 노동 운동의 싹을 잘라 다시는 움을 틔울 수 없도록 옥죌 것입니다. 우리는 올림픽 개최 저지를 위해 우리의 모든 것을 걸어야 할 때입니다."

발언을 마치자 여기저기서 동조하는 소리가 터져 나왔다.
"옳소!"
"투쟁합시다."
"올림픽은 핫바지 입고 중절모 쓴 격이오!"
사회를 맡은 전노협 의장이 참석한 전국 민주노조 대표들의 의견을 물었다.
"노동훈 동지의 발언이 무척 감명적입니다. 지역에서 투쟁하여 노동권을 쟁취하신 역시 투사다운 발언이었습니다. 많은 동지들의 지지가 예상되므로 노 동지가 주장한 내용을 정식 안건으로 채택하자는 의견이 있는데 동의하십니까?"
"동의합니다. 동의합니다."
여기저기서 동의가 나왔다.
"본 건 상정에 동의가 있었습니다. 재청이 있습니까?"
의장이 회의장을 둘러보며 물었다.
여기저기서 재청이 여럿 나왔다.
"노동훈 동지의 올림픽 개최 저지 투쟁 건은 동의와 재청에 의해 본 안건으로 회의에 부치겠습니다. 여러분의 기탄없는 의견과 구체적이고 실현 가능한 투쟁 방법을 제시해 주시기 바랍니다. 원체 중요한 안건이라 형식에 구애 없이 자유 토론 방식으로 진행하겠습니다. 아울러 결론이 날 때까지 시간 제한 없이 회의를 속개하며 회의는 비공개로 진행하겠습니다."
일반적인 회의 절차는 어떤 안건이 회의에 상정되면 먼저 동의가 있는지 묻는다. 동의가 있으면 혹시 재청이 있는지 다시 묻는다. 재청이란 회의에서 다른 사람의 동의가 있었을 때 그 동의에 찬성하여 자기도 다시 요청한다는 의미의 회의 용어다. 재청까지 있으면 참석한 많은 사람들이 해당 안건에 큰 비중을 두고 있는 것이므로 본 회의에 정식 안건으로 상정한다. 상정된 안건이 찬성으로 의결되면 전국 민주노조의 기본 행동 강령으로 채택된다.

이날 회의는 크게 두 가지를 결정했다. 첫째 '손에 손 잡고Hand in Hand'를 노동가로 채택하여 노동 악법이 개정될 때까지 제창한다. 둘째 노동 악법이 개정될 때까지 노동가 제창과 별도로 올림픽 개최 반대를 위한 적극적인 투쟁 공작을 추진한다. 공작 방법과 내용은 비공개로 한다.

회의를 마치고 전노협 의장을 포함한 핵심 간부들과 동훈은 구체적인 투쟁 방법에 대한 협의를 했다.

"노동가 '손에 손 잡고'의 전파와 파급 효과 분석 등은 중앙본부 차원에서 직접 실행 관리하겠습니다. 그러나 둘째 안은 사안이 사안인지라 어떻게 누구에게 맡길지, 여러분들의 고견이 필요합니다. 기탄없이 말씀들 해 주십시오."

위원장의 설명에 모두들 동조했다.

"위원장님 말씀이 맞습니다. 순서는 맡아서 추진할 사람 선정이 먼저라고 생각합니다. 적임자가 결정되면 그 사람이 구체적인 투쟁 방안을 연구하고 우리가 옆에서 지원하는 것이 효과적이라 생각합니다."

반월에 있는 경기지역 대표가 구체적인 방안을 제시했다. 그 역시 민주노조 투쟁에 있어서는 경인 지역에 뚜렷한 이력을 남긴 리더였다.

"노 동지, 동지가 내신 아이디어이고, 노동 현장에서 전투적인 투쟁으로 경험과 노하우가 많으니 이 일은 노 동지가 직접 맡으셔야 될 것 같습니다."

의장이 회의 중에 동훈을 보며 말했다. 회의 석상의 다른 간부들도 같은 의견이라며 전권을 줄 테니 맡으라고 권했다. 중간 보고도 필요 없이 모든 것을 그의 판단에 의해 처리하라고 위임했다.

처음에는 사양하며 더 유능한 인사에게 맡겨야 한다고 주장했으나, 그만큼 기업체 사장들과 정부 기관을 떨게 한 사람이 없다며 권했다. 위험한 임무인 줄은 잘 알지만 그가 가장 적임자라고 권해서 수락했다.

"감사합니다. 노 동지, 필요한 인력 동원이나 차출 등 모든 지원을 하겠습니다. 공작금도 무제한 쓰십시오. 우리 노동자들의 미래가 동지 어깨에 걸렸습니다. 무운을 빕니다, 동지."

의장이 일어나서 동훈의 손을 굳게 잡으며 말했다. 회의에 참석한 사람들이 일어나서 차례로 악수를 하며 격려했다.

전국대학생협의회와 공조해야 그쪽의 우수한 두뇌와 인력을 활용할 수 있으므로, 동훈은 본부 차원에서 전대협과 공조할 것을 제의했다. 본부는 바로 전대협과 접촉하기로 약속했다.

아, 고운애

며칠 뒤 삐삐가 왔다. 삐삐에 찍힌 번호로 전화하니 이수혁이 받았다. 전대협 본부로부터 연락을 받고 서울로 왔으며, 노동훈이 이번에 맡은 임무를 위해 전대협 본부가 이수혁을 급하게 상경시켰다고 했다.

이수혁이 알려 준 대로 버스를 타고 봉천동 네거리 시장 뒤편의 음악다방으로 갔다. 들어가니 수혁이 안쪽 구석자리에서 손을 들었다. 양복을 입고 금테 안경을 끼고 있다. 그는 평소 안경을 쓰지 않고 양복도 입지 않아 처음 보는 모습이다.

"자주 만나게 됩니다."

이수혁이 낮은 목소리로 말했다. 지리산으로 찾아가 만난 뒤 칠 개월 만이다.

"잘 있었습니까?"

악수를 하며 동훈이 말했다.

이수혁은 웃으며 자리에서 일어섰다. 따라오라고 눈짓을 하고 화장실 쪽으로 갔다. 화장실로 가는 길옆에 작은 문이 있었다. 문을 열자 쓰지 않는 물건들이 어지럽게 쌓여 있었다. 방치된 물건들을 지나자 정상적으로 통로가 열려 있었다.

계단을 올라간 이층 한쪽에 책걸상이 있고 가운데는 낡은 소파와 탁자가 놓여 있었다. 반대편에 둘둘 만 플래카드와 잡다한 시위 도구들이 어지럽게 쌓여 있었다.

"여기가 전대협 제4비밀 아지트입니다. 외부인 방문은 아마 노동지가 처음일 겁니다. 우리의 비밀 아지트는 주로 이층에 있습니다. 옛날 독립투사 이야기나 추리소설에는 지하실이 자주 나옵니다. 지하실 아지트가 보안 유지 등 장점은 많으나 현재의 정보 당국과 경찰 능력을 감안할 때 이층이 유리합니다. 다급하게 도주해야 할 경우 이층에서 뛰어내려 도망갑니다."

이수혁이 아지트의 입지 조건에 대해서 간략하게 말해 줬다. 전국적인 조직이 있고 두뇌들이 우수하니 투쟁 방법도 역시 암암리에 조직적으로 움직이는 것에 놀랐다. 그의 투쟁이란 기껏 몸으로 때우는 것이다. 그렇다고 그의 전술을 무시하는 것은 아니다. 나름대로 장단점이 있기 때문이다.

"이번에 노 동지께서 큰일 하셨습니다. 전대협 측에서도 올림픽 개최가 우리나라 사회노동 발전 현실에 비해 너무 빠르며, 군사정권의 정체성 확보를 위한 무리수라고 규정했습니다. 우리도 올림픽 반대 투쟁을 결의했습니다. 마침 전노협 측이 먼저 공조 투쟁을 제의해 와서 우리가 적극적으로 수용했습니다. 전노협 대표가 노동지 이야기를 많이 했습니다. 마치 마르세유에서 올라온 잔 다르크같이, 지방에서 노동 운동을 전투적으로 했으며 이번 올림픽 저지 투쟁에 결정적인 역할을 했다고 합니다. 올림픽 주제가인 '손에 손잡고'를 어떻게 노동가로 패러디할 생각을 하셨습니까? 정말 기발한 착상입니다."

이수혁이 전대협과 전노협 사이의 공조 과정을 간단하게 설명했다. 지난번 지리산으로 동훈이 이수혁을 찾아갔을 때 전대협이 도와줘서 두 사람이 만난 것을 전대협도 알고 있어 전노협이 적극적 올림픽 반대 투쟁 주도자로 동훈을 선정하자 그와 친분이 있는 수혁을 전대협 측 상대역으로 정했다고 했다. 수혁과 동훈은 구체적인 행동 방향을 협의했다.

"적극적인 올림픽 반대 투쟁은 다소 극단적인 방법일 수밖에 없어서 저와 같이 행동할 전투 요원이 필요합니다. 체 게바라나 세임스 본드 같은 전문 공작원이면 더욱 환영합니다."

동훈도 나름으로 한다고는 했지만 전문적인 무장 투쟁에는 못 미치니 전문가를 지원해 달라고 부탁했다. 모처럼의 본부 출장은 나름대로 성과가 있었다. 올림픽 개최 저지로 노동 악법 폐지를 위한 대정부 투쟁의 물꼬는 틔웠기 때문이다. 구체적인 무장 투쟁을 위한 수혁과의 비밀 접촉까지 성사되어 이제 실천에 옮기는 일만 남았다. 서울에서 올림픽 저지 투쟁에 직접 참여하기 위해서는 지역에서 추진해 오던 그의 활동을 당분간 중단해야 했다.

동훈은 지역(마산)으로 내려갔다. 서울의 전노협 본부에서 있었던 일들을 같이 일하던 지역 노조위원장들에게 설명하고, '손에 손 잡고'를 적극 보급하기로 했다. 당분간 서울 본부에 있어야 하므로 지역 노조 운동을 차질 없이 수행해 달라고 당부했다.

며칠 후 이수혁으로부터 연락이 왔다. 파트너로 쓸 적당한 전투 요원을 구했으니 가급적 빨리 상경하라고 했다. 다음 날 바로 서울로 올라갔다. 수혁이 전대협에서 추천한 전투 요원을 데리고 나왔다.

고운애高雲崖. 까무잡잡한 얼굴이 갸름하고 유난히 반짝거리는 눈을 아래로 내리깐, 키는 160센티미터 정도의 여자였다. 그 작전 파트너는 대학원생이라고 수혁이 소개했다. 인사를 나누고 수혁과 함께 점심 식사를 했다. 작전에 필요한 사항이 아니면 개인적인 것에 크게 관심을 두지 않는 것이 공조 작전 수행에 참여하는 사람들의 불문율이었다.

고운애는 대식가였다. 자장면 곱빼기 한 그릇과 곁들여 시킨 탕수육의 반을 혼자서 먹었다. 처음에는 머쓱해하기에 편하게 드시라고 하니, 겉보기보다 많이 먹는다고 했다.

식사 모습을 보니 음식을 가리지 않고 보는 사람이 침이 돌 정도로 맛있게 먹었다. 옷에 가려 자세하게 보이지는 않으나 몸도 무척 단단해 보였다. 식사 양으로 봐서는 살이 좀 쪘을 법도 한데 군살 없는 체조 선수같이 틀 잡힌 몸매였다. 그제야 동훈은 짐작이 됐다.

'여전사?'

그들이 해야 할 일은 침투, 테러와 같은 것이니 여자 요원이라면 사이버넷인 소머즈 사촌쯤은 돼야 한다. 그래서 전대협에서 여전사를 보냈구나 하는 생각이 들었다. 수혁이 전투 요원을 보낸다기에 당연히 남자일 거라고 생각했는데, 여자가 나타나 잠시 당황했었다.

"왜요? 미인이라서 떨립니까?"

처음 만났을 때 고운애를 소개하며 수혁이 동훈에게 던진 농담이었다.

"아, 아뇨, 처음 뵙겠습니다. 노동훈이라고 합니다."

"고운애입니다. 본부에서 동지에 대해 오리엔테이션을 받고 왔습니다. 투쟁 경력이 화려해서 존경스러웠습니다. 같이 임무를 하게 돼서 영광입니다."

고운애는 일본군 장교같이 절도 있게 말했다.

"고 동지 숙소는 노 동지가 서울에서 묵을 숙소에서 걸어서 십여 분 거리에 마련했습니다. 두 달 넘게 특수 임무를 수행해야 하므로 우리 측에서 고 동지 숙소를 별도로 마련했습니다."

"고맙습니다."

수혁의 설명에 감사하다고 했다.

"서로 만나 보니 어떻습니까? 작전 기간 동안 생사를 같이할 동지인데 자신의 목숨을 맡길 만큼 믿음이 가야 할 것 같습니다. 노 동지, 고 동지가 여자라서 실망하셨나요?"

수혁이 물었다.

듣고만 있던 고운애가 아무 표정도 없이 동훈 쪽으로 고개를 돌렸다. 맘에 안 들면 바꾸어도 상관없다는 냉랭한 모습 같았다.

"아, 좋습니다. 이 동지가 소개하셨는데요. 어련히 생각해서 정했겠습니까? 나는 괜찮습니다만 고 동지께서 혹시 불편하지 않을까 걱정됩니다."

"저는 좋습니다. 본부에서 임무를 제의할 때 노 동지에 대해서

이 동지가 충분히 설명해 주었습니다. 저가 결정해서 택한 임무이니 열심히 하겠습니다."

고운애는 분명하게 자기 의사를 밝혔다.

그들은 둘만의 독립된 작전 수행을 위해 그렇게 만났다. 첫날은 가볍게 이야기를 나누었다. 서로 서먹한 거리를 좁히는 데 필요한 만큼의 시간에는 수혁이 함께해 줬다.

셋은 작별 인사를 하고 동훈은 다음 날 아침에 고운애 숙소로 가기로 했다. 그들은 임무 수행을 위해 두 사람의 숙소를 공동 작업장으로 쓰기로 했다. 필요에 따라 다른 장소를 쓸 수도 있으나 보안 유지를 고려해서 웬만한 일은 두 사람의 숙소에서 하기로 했다. 공동 업무를 제외한 시간들은 각자의 독립된 개인 생활을 최대한 보장하기로도 했다.

다음 날 아침 동훈은 고운애 숙소로 갔다.

"아침 식사는 하고 오셨습니까? 지난번에 식사를 같이 하자고 말씀드리려다 초면이라 말씀 못 드렸습니다."

"네, 먹고 왔습니다. 다음에 두고두고 얻어먹을 텐데 첫날부터 신세 질 수 있습니까?"

문을 들어서며 고운애를 바라보며 미소 지었다.

"듣기보다 부드러우시네요. 노조 제조기라 해서 찔러도 피 한 방울 안 나올 독종으로 상상했었는데,"

"저도 사람입니다. 그러나 조심하십시오. 독이 오르면 독사로 변하니까요."

"임무 수행을 하다 보면 독해지는 건 피할 수 없어요. 저도 일은 독하게 합니다."

"그냥 봐도 독기가 서립니다."

그의 대꾸에 고운애가 눈을 흘겼다.

그들은 그렇게 금세 동지가 됐다. 해야 할 임무가 막중하고 분명해 서로 믿음이 없으면 아무 일도 할 수 없을 것이다.

"공격 목표를 정해야 하는데 생각해 보셨습니까?"

고운애가 물었다.

"대상을 일단 사람과 장소로 나눌 수 있는데 어느 쪽이 좋겠습니까?"

"사람이라면 내빈과 국내 VIP로 대변할 수 있고, 장소로는 올림픽 경기장이나 공항 같은 중요 시설이나 아니면 터널 다리 등 교통 시설도 있습니다."

고운애는 미리 생각해 두었던, 경험에서 우러나오는 것인지는 몰라도 공격 대상 후보들을 한자리에서 줄줄 꿨다.

"내빈이면 방문한 각국 원수와 국제올림픽위원장을 꼽을 수 있습니다. 내국인 VIP는 뚜렷한 대상이 있습니다만 정치적으로 너무 파장이 크고 실행 또한 쉽지 않으니 외국인이 좋겠습니다. 외국 원수 또한 외교적 문제나 후환이 클 테니 결국 국제올림픽위원장으로 압축됩니다. 올림픽위원장은 올림픽 개최자이므로 대회 기간에는 경기장에 자주 머무를 테니 공격 목표로는 가장 좋은 대상이지요."

고운애는 덧붙여 말했다.

"사람이 공격 대상이 되면 인명 살상이 수반되는데 평화 시에 사람을 죽이는 것은 도덕적으로 여론의 비난을 피할 수 없습니다. 윤리적인 면을 고려하면 공격 목표에는 사람은 제외해야 할 듯합니다. 실행하는 우리의 정신적 부담도 크고요."

동훈도 고운애와 같은 생각을 했다.

"도덕적으로 문제가 될 인명 손상을 피하고 관련 시설을 테러하는 게 올림픽 개최를 반대하는 우리의 기본 취지에 부합된다는 동지의 견해에 찬성합니다. 그렇다면 공격 대상 장소는 어디가 좋을까요?"

"그야 올림픽 주경기장보다 더 좋은 곳이 있겠습니까? 사람들이 많이 모이는 곳이라 인명 손상의 위험이 따르지만, 사람이 많은 곳과 적은 곳, 없는 곳이 분명하게 구분되니 올림픽 주경기장이 좋겠습니다."

"올림픽 주경기장이 아니더라도 여론의 관심을 끌 수 있는 곳들도 있을 텐데요, 굳이 사람이 다칠 수도 있는 경기장을 공격하는 부담을 피할 수는 없을까요?"

"공항이나 다른 관심을 끌 만한 곳은 사람 통제나 구분이 어렵고 올림픽 개최 반대라는 목적을 부각시키기 위해서는 역시 올림픽 주경기장이 적격이겠습니다."

"그런데 올림픽 주경기장을 공격한다면 어디가 좋겠습니까? 넓은 경기장 전체를 날릴 수도 없으니."

동훈은 다시 고운애에게 물었다.

"호호호, 경기장 전체를 목표로 하면 소형 원자탄이라도 만들어야 할 것입니다."

"원자탄을 만들어요? 고 동지는 공격에 사용할 폭발물을 제작할 생각입니까?"

"폭탄을 어디서 쉽게 살 곳이라도 아십니까?"

고운애가 장난기 어린 눈으로 말했다.

"그야 전혀 모르지요."

"그러면 폭탄은 군대에 가서 노 동지가 얻어 오셔야겠습니다."

"고 동지는 이런 심각한 일을 하면서도 스스럼없이 그런 농담이 나옵니까? 대장大將보다 높은 병장(兵將 : 兵長을 패러디) 출신이긴 합니다만 저에게 TNT나 수류탄 빌려줄 멍청한 한국군은 없을 겁니다."

"그렇다면 피장파장이네요."

"미사일을 한 기 훔쳐드릴까요?"

동훈의 농담에 고운애가 눈을 흘겼다.

"폭발물은 만들어야 합니다."

그녀의 태도는 단호했다.

"폭탄을 어떻게 만듭니까, 어린애들 딱총도 아니고? 그래도 뭐 하나 터트리려면 깨나 센 것이 있어야 할 텐데……"

"다른 이유도 있었겠지만, 이번 작전에 노 동지 파트너로 제가 투입된 것도 그런 이유였을 겁니다. 폭탄은 저가 만들겠습니다."

"고 동지가요? 군대 근처도 안 가 본 여자가?"

"노 동지! 여자라 무시하시는 겁니까? 대등한 공작원으로 대우하지 않고 밥이나 해 주고 커피나 같이 마셔 주는 가정부 취급하시면 바로 보따리 싸서 복귀하겠습니다."

"아, 아, 아닙니다. 그럴 리가요. 저 혼자서는 아무것도 못하니 화내지 마시고 계속 같이 일합시다. 원하시면 고 동지를 모시고 제가 보조하지요."

"정말이십니까? 저의 지시를 따를 수 있다는 말씀이세요?"

"우리의 목표만 달성할 수 있다면 기꺼이 고 동지 부하가 되겠습니다."

"크, 크……."

고운애가 손으로 입을 가리며 재미있다는 듯이 웃었다.

"이번 공작은 전노협에서 주도하고 전대협은 지원하는 입장이라고 듣고 왔습니다. 그리고 노 동지는 이번 공작의 전권을 가지고 있는 팀장님이신데, 일개 전투 요원이 어떻게 그 높은 자리를 감히 넘보겠습니까. 여자라고 무시하지 않고 인정만 해 주시면 됩니다."

"정말입니다. 필요하다면 기꺼이 부공작원이 되겠습니다. 부담스러우시면 저가 팀장, 고 동지는 폭파 책임자, 그러니 폭파 실무에는 제가 보조자가 되는 것입니다. 어떻습니까?"

"좋습니다. 폭파 실무는 저가 주도하겠습니다. 그러면 우리가 다 간부네요?"

"그런데, 정말 폭탄을 만드실 수 있겠습니까?"

"저의 전공이 화학공학입니다. 이야기하다 말았는데 제 전공을 봐서 본부에서 저를 보낸 것 같습니다. 대학교 화학 수업에 폭탄 만드는 것도 배웁니다. 공개된 폭탄 제조 논문들도 많고요."

"그렇습니까? 그러면 아무나 폭탄을 만들어서 은행털이로 나서면 나라 꼴이 말이 아닐 텐데요?"

"방법이 적혀 있다고 아무나 만들 수 있는 것은 아닙니다. 구체적으로 어떤 화공 약품을 얼마나 어떻게……, 아무튼 우리 같은 전공자에게는 쉬워도 일반인들은 만들기 어렵습니다. 그리고 폭탄이 있다고 다 은행털이가 될 정도로 우리나라 국민들이 타락하지도 않았고요."

"네……!"

그건 그렇다.

"노 동지도 초등학교 책에서 노벨상을 창시한 알프레드 노벨에 대해 배우셨잖아요. 초등학교 책에도 폭탄 만드는 법이 다 나와 있어요. '폭파에 사용하는 글리세린 액체를 운반하다가 액체가 흘러나와 폭발해서 여러 사람이 다치는 것을 보고 노벨은 어떻게 안전하게 운반하는 방법이 없을까 하고 생각했다. 어느 날 글리세린 액체를 운반하던 여자가 잘못해 액체를 땅에 쏟았다. 그런데 쏟긴 액체가 모두 흙 속으로 스며들었다. 그 흙은 규조토였다. 노벨은 위험한 글리세린 액체를 규조토에 스며들게 해서 오늘날과 같은 다이너마이트를 발명했다.' 책에 이렇게 적혀 있잖아요. 그대로 만들면 폭탄이 됩니다. 쉽지 않습니까?"

고운애가 '이 바보야, 그깃도 모르느냐'는 두로 자기 얼굴을 그의 얼굴 가까이에 가져와 똥그란 눈을 반짝였다.

"그러네요, 물 좀 얻어먹읍시다."

"커피 드릴게요. 오늘 공작은 이 정도면 많이 했지 않습니까, 팀장님?"

고운애가 눈가에 웃음을 지으며 말했다. 조금 전 폭탄 제조법에 관해 심각하게 얘기하던 모습은 간곳없이 상큼하다.

다음 날 고운애가 동훈의 숙소로 왔다. 전날 일을 끝내고 헤어질 때 그렇게 정했기 때문이다.

"어제는 테러 장소 이야기를 하다 폭탄 구하는 이야기로 흘러버렸는데 공격 시설물은 올림픽 주경기장으로 결정된 것입니까?"

고운애가 물었다.

둘은 이곳저곳을 더 검토했으나 올림픽 주경기장이 상징적으로나 접근성으로나 공격 목표로는 최적이라고 의견을 모았다.

넓은 올림픽 주경기장 중에 어느 곳을 공격할지는 정하지 않았다. 우선 생각나는 곳이 VIP석이었다. 직접 살상이 꺼림칙하면 VIP석 부근의 적절한 장소를 찾으면 된다. 성화대도 VIP석에 버금가는 공격 후보다. 지구촌 사람들이 바라보는 호화찬란한 불꽃이 폭음과 함께 어둠 속으로 사라진다면 그 얼마나 통쾌한 공작이 될까.

"경기장의 구체적인 공격 대상은 시간을 가지고 연구해 보겠습니다. 상징성과 접근 용이성, 실패 때의 사후 처리 등 여러 가지를 고려해야 성공 확률이 높아집니다."

고운애의 표정은 더욱 진지하다.

"저도 생각은 해 보겠습니다만 은애 씨는 그 방면에 한 수 위이니 잘 연구해 보십시오. 폭파 책임자니까요."

동훈은 지나가는 소리로 말했으나 걱정이 앞섰다. 과연 어디를 공격해야 효과적으로 큰 성과를 거둘지, 현실적으로 공격이 가능할지, 정부의 올림픽을 위한 특수 보안 체제가 구성되어 가동되고 있을 텐데 무사히 성공시킬 수 있는 목표가 어디인지 걱정됐다.

며칠 뒤 고운애에게 알리고 오랜만에 전노협 본부 회의에 참석했다. 그는 본부로부터 특수 테러 공작 임무를 받았으므로 전노협 회의나 지역 노조 활동에는 거의 참여하지 않았다. 구체적인 공격 계획이 수립되지 않았고, 공격 전략이 미완성이었기 때문이다. 하지만 본부와 지역의 중요 회의나 행사 계획은 꼬박꼬박 전

달 받았다.

그날은 '손에 손잡고' 보급 실태와 그때까지의 대정부 노동 악법 개혁 투쟁의 성과와 전망을 점검하는 회의였다. 그는 폭파 공작 준비로 바쁜 중에도 짬을 냈다.

회의 보고에 따르면 각 지역 전노협 산하 노조들이 공식이나 비공식 모임에서 '손에 손잡고'를 부르며 단위 노조의 내부 결속을 다지고 있다고 했다. 손에 손을 같이 잡고, 있는 자와 열악한 노동 환경을 넘어서 살기 좋은 노동자 세상을 향해 나가자는 노랫말이 많은 조합원들에게 먹혀들었다. 본부 차원에서는 지속적으로 노동 악법 퇴치를 위한 집회가 계속되고, 그때마다 '손에 손 잡고'가 불렸다.

예기치 못한 역작용도 있었다. 일부 국민들이 노조도 국가적 행사인 올림픽 개최에 찬성해 올림픽 주제가를 부른다고 여겼다. 예상치 못한 오해지만 대중들이란 늘 그런 단순한 면이 있다. 그러나 많은 사람들이 고개를 갸우뚱거렸다. 상식 있는 사람들로서는 쉽게 상상할 수 없는 현상이 벌어지고 있었다. 누가 봐도 이상할 것이다.

업주와 정부를 잡아먹을 듯이 비난하며 거리로 뛰쳐나오고 공장 문을 닫는 파업을 밥 먹듯 하는 노조가 앙숙인 정부의 행사에 호락호락 동조할 리가 없다. 무엇인가 다른 꿍꿍이속이 있지 않나 궁금해 하는 눈치였다. 그렇다면 다소 부작용이 있더라도 '손에 손잡고' 부르기 작전은 성공이다. 국민들이 의심스럽게 본다면 마지막 봇물만 터트리면 된다.

전노협 본부는 올림픽에 임박해 여의도 5·16광장에서 노동 악법 화형식 전국노동자대회를 계획했다. 정부의 성의 있는 태도와 약속이 없는 한 이 대회는 개최된다. 정부는 노조 집회를 불법화하고 원천 봉쇄할 것이다. 정부가 노조 집회를 호락호락 허락해 준 적은 한 번도 없었다. 그러나 전노협은 늘 그 목적을 달성했다.

올림픽을 코앞에 두고 정부는 노동자 집회를 원천 봉쇄하기 위해 전국에서 수만 명의 전투경찰들을 서울로 집결시킬 것이고, 이 사실은 매스컴을 통해 전 국민과 전 세계에 알려질 것이다. 이러한 사실 역시 안정되지 않은 사회 환경에서 무리하게 올림픽을 유치했다고 반대하는 비판자들에게 좋은 빌미를 제공하게 될 것이다.

보고 회의를 마치고 주요 간부들과 함께 위원장실에 갔다. 위원장이 고생이 많다며 차나 마시며 다른 사람들의 이야기나 좀 들어보자고 했다.

"노동훈 씨 아닙니까? 요즈음 회사 차리셨는지 전노협에는 얼씬도 않으시네요."

점퍼 차림에 안경을 낀 사십대 남자가 동훈을 보고 아는 척했다. 모르는 사람이라 위원장을 쳐다보니 위원장이 눈치 채고 인사를 시켰다.

"노 동지 인사하십시오. 단겨레신문 심 기자님입니다. 동지도 잘 아는 극동일보에서 날리는 민완 기자로 뛰다가 거기가 하도 꼴통 보수 신문이라 새로 생긴 진보성 신문사로 옮겼습니다. 정부와 정치판에 원체 큰 마당발이라 우리에게 많은 도움을 주고 있습니다. 심 기자님이야 노 동지를 아실 테고."

위원장이 그들을 소개했다.

"노 위원장님 활동 이력은 전부터 알고 있습니다. 위원장님의 투쟁적 노조 활동에 경의를 표합니다."

심 기자가 악수를 청하며 말했다.

"노동훈입니다. 잘 부탁드립니다."

"특종이 될 삼빡한 기삿거리가 있을까요?"

심 기자가 오른 손등을 자신의 왼쪽 뺨에 대고 다른 사람이 못 듣게 가리는 시늉을 하면서 다른 사람에게도 들리는 소리로 말했다.

동훈도 입을 그의 귀에 가까이 대고 다른 사람들에게 들릴 정도로 "손에 손 잡고"라고 속삭였다. 순간 폭소가 터지자 심 기자는 놀란 듯이 눈살을 찌푸렸다. 하지만 곧 큰 소리로 웃으며 동훈을 껴안았다.

"역시 밀림의 호랑이로소이다. 노동훈 씨, 만나서 반갑습니다."

차를 마시며 심 기자가 진지하게 말했다.

"취재원을 밝힐 수 없는 소식통에 의하면 겉으로 드러나지는 않지만 중앙정보부와 경찰청이 지금 죽을 맞이랍니다."

앞에 놓인 차를 한 모금 마시고 다시 말을 이었다.

"위원장님, '손에 손 잡고'를 전국의 전노협 산하 노조와 단체들이 열심히 부르는데 이유가 뭡니까?"

"단군 이래 우리나라에서 가장 큰 국제 행사가 열리는데 아무리 공장에서 일하는 노동자지만 어떻게 올림픽을 축하하지 않을 수 있겠습니까? 그래서 노조원들이 자발적으로……."

"그만 하십시오. 누구를 어린애로 보십니까? 뭔가 있지요?"

심 기자가 위원장의 말을 가로막으며 물었다.

그 이후에 들은 이야기지만, 심 기자와 전노협은 친분이 깊은 관계였다. 일종의 먹이 사슬같이 전노협의 정보를 먼저 심 기자에게 흘려 특종이 되도록 도와주고 대신 심 기자도 정부나 정치권의 비공개 고급 정보를 전노협에 제공해 발빠른 노조 활동을 돕는다고 했다.

"지금 지방 경찰서 정보형사들 정보 보고서가 온통 제조업 사장들의 의문으로 가득하답니다. 조합원 회의만 있으면 '손에 손 잡고'를 불러 대는데 처음에는 좀 이상하지만 그럴 수도 있다고 생각했답니다. 서로 손들을 꽉 잡고 미친 듯이 부르는 것이 아무래도 의심쩍다는 것이지요. 중정(중앙정보부)에서도 사태를 감지하고 '푸른 집'에까지 보고를 했답니다. '푸른 집' 주인이 불순한 생각에서 부르면 당장 금지시키라고 호통을 쳤는데 중앙정보부장 대답이 걸작이었다더군요."

심 기자가 뜸을 들여 가며 차근차근 설명했다.

"중앙정보부장이 뭐라 했답니까?"

위원장이 다가앉으며 심 기자에게 물었다.

"내일모레가 올림픽인데 국민들이 올림픽 주제가 부른다고 어떻게 잡아넣습니까?"

심 기자의 말에 위원장실에 모였던 사람 모두가 만면에 미소를 띠고 있었다.

"그래서요?"

이구동성이었다.

"VIP가 화를 내며 당장 노래를 바꾸라고 비서실장에게 지시를 했답니다. 그런데 그게 어디 가능합니까? 'Hand in Hand'라고 영어로까지 번역되어 세계적인 음악 차트 빌보드에 톱을 달리고 있는 노래를 무슨 수로 바꿉니까? 올림픽 주제가가 이렇게 세계적인 인기를 얻은 것은 서울 올림픽 주제가가 처음이랍니다."

심 기자가 말을 맺자 모두 약속이라도 한 듯이 찻잔으로 손을 내밀었다.

"사실 '손에 손 잡고'를 노동가로 역이용해서 노동 악법 철폐를 관철시키자는 아이디어는 여기 노동훈 동지가 제시한 것입니다."

위원장이 심 기자에게 말했다.

"작전을 잘 세우신 것 같습니다. 잘하면 '손에 손 잡고'로 전노협이 노동법 개정 목표를 달성할 수도 있다고 봅니다. 올림픽을 코앞에 둔 정부가 사용할 다른 카드가 없어요. 노동조합원도 국민인데 국민들이 올림픽 주제가를 신이 나서 부르는데 막을 방법이 없지요. 이제는 일반 시민들도 고개를 갸우뚱합니다. 정부에 반대 시위만 하던 노동조합이 웬일로 정부가 지어 홍보하는 올림픽 노래를 저렇게 열심히 부르는지 이상하게 보는 것은 당연하지요. 어쩌면 정부가 이 노래로 곤란해질 날이 멀지 않은 듯합니다."

심 기자가 소회를 털어놓았다.

"우리도 이번 작전에 기대를 많이 하고 있습니다. 현재의 노동 악법하에서의 노동자와 노동 운동은 바로 질곡 속에서 발버둥 치는 격입니다. 우리는 올림픽 노래 운동이 만일……."

위원장 말을 듣고 있던 노동훈은 헛기침을 했다. 혹시나 위원장이 그들의 폭탄 테러 공작을 발설하면 계획을 포기해야 하기 때문이다. 위원장이 동훈을 힐끗 바라보았다.

"만일 우리의 올림픽 노래 운동이 성공한다면 그건 오로지 노동지 덕택입니다."

위원장이 동훈을 보며 입가에 미소를 띠었다.

그들이 비밀리에 추진하고 있는 무장 투쟁은 노동 악법 폐지 투쟁의 마지막 보험이었다. 최후에 써야 할지도 모르는 배수진이다.

그만큼 노동 운동에서 현행 노동법은 노조에게 치명적인 방해물이었다. 그 자신도 이 악법의 희생물이다. 그가 위반해 처벌 받은 삼자 개입 금지 조항은 노동 단체 간의 연대를 원천적으로 막는 노동법의 독소 조항이다.

본부의 회의가 끝나고 숙소에 돌아와 샤워를 한 뒤 문 앞에 놓인 조간신문을 펼쳤다.

온 나라가 올림픽 개최로 들떠 있었다. 신문 하단에는 대기업들이 게재한 올림픽 축하 광고들이 실려 있었다. 경제면에는 한국개발연구원이 발표한 올해의 경제 전반에 대한 보고서가 실렸다.

올해 2/4분기에는 임금 인상, 노사 분규에 의한 생산 차질과 원화 절상으로 GNP 성장률이 9%에 그쳤으나 3/4분기에는 수출, 생산 활동이 다시 활발해졌으며 농산물 풍작이 예상되는 가운데 올림픽을 전후해 소비가 늘어날 것으로 전망했다. 4/4분기에는 경기 조정 추세가 계속될 것이나 하반기 전체 GNP 성장률은 당초보다 높게 전망했다. GNP 성장률은 11.5%, 소비자 물가 상승률은 7%를 밑돌 것이라고 전망했다.

신문을 덮고 담배를 꺼낼 때 초인종이 길게 한 번 울리고 두 번 짧게 울렸다.

고운애와 동훈이 정한 방문 암호다.

"어서 와요. 덥죠?"

고운애는 등산복 차림에 운동화를 신고 얼굴은 땀으로 얼룩져 있었다.

"일찍 오셨네요. 회의는 잘 끝났어요?"

"네, 오랜만에 참가했는데 좋았어요. 희망적인 정보도 있었고요. 어디를 다녀오십니까?"

"등산했습니다. 무슨 희망적인 정보요? 올림픽이 취소라도 된답디까?"

그녀는 손부채질을 했다.

"그런 건 없고요. 땀을 흘리는데 들어와서 샤워 좀 하세요."

"여기서요?"

운애가 서먹한지 머뭇거렸다.

"어때요. 물 좀 뒤집어쓰고 나와서 이야기해요. 어서 들어오세요."

"그래도 되나?"

그녀가 욕탕으로 들어가고 곧 샤워기 물 나오는 소리가 나더니 조용해졌다. 유리컵에 미숫가루를 얼음을 넣어 타서 탁자 위에 올려놓았다.

"아, 살 것 같다."

"드세요. 시원할 겁니다."

"고맙습니다."

'손에 손 잡고'의 효과에 대해 말해 줬다.

"잘됐네요."

"지금까지의 반응은 희망적이라고들 합니다."

"올림픽 노래로 노동법이 개정되면 우리가 추진하는 공작은 취소되나요?"

운애가 물었다.

"아마도 그렇게 될 겁니다. 우리가 위험을 무릅쓸 필요도 없어질 겁니다."

운애가 컵 속을 들여다보며 물었다.

"동훈 씨는 우리가 하려는 일이 두려우세요?"

"조금은……."

"군대 갔다 온 남자가 뭐 그래요."

"운애 씨는 무섭지 않아요?"

그녀는 고개를 저었다.

"저녁은 나가서 먹어요. 소주도 한잔하고. 본부에 간 김에 공작금을 받아 왔어요."

"정말요? 갑자기 술이 당기겠네. 호호."

저렇게 순박한 여자가 어떻게 폭파 테러를 하려는지 속으로 생각하며 집을 나섰다. 그리 멀지 않은 곳에 식당과 술집들이 모여 있었다. 그들은 지하 레스토랑에서 포크커틀릿과 비프커틀릿을 시켰다.

"이것으론 안 되죠?"

그녀가 그렇다고 고개를 끄덕였다. 고운애를 처음 만났을 때 이수혁이 대식가라고 한 말이 떠올라 하이라이스를 추가 주문했다.

저녁 식사를 마치고 식당 건너 소주방으로 갔다. 제법 넓은 홀 한구석에 남녀가 소주를 마시고 있었다. 그 사람들로부터 멀리 떨어진 반대편에 자리 잡았다. 소주와 닭똥집을 주문했다. 안주는 그녀가 골랐다. 닭똥집을 씹을 때 사각거리는 것이 별미란다.

"산에는 왜 갔습니까? 더운데."

소주를 한 병 비우고 새로 시키며 물었다.

"사제 폭탄을 만들 아지트를 찾으려고요. 숙소에서 폭탄을 만들다 실수하면 큰일이잖아요, 주택가에서 터지면."

그녀는 폭탄 터질 때의 광경을 천장을 향해 둥그렇게 그려 보였다.

"만들다가 실수로 터지기도 합니까?"

"그럴 수도 있다는 거죠. 만일을 대비해 인적이 없는 한적한 곳에서 제조하는 것이 좋습니다."

하기는 그렇다. 만약 숙소에서 폭탄이 터진다면 폭파 공작은 고사하고 경찰에 잡혀가 처벌 받을 것이다. 도대체 어떤 여자기에 저렇게 대담하고 치밀할까? 외모와 일상 행동을 봐서는 도저히 상상이 안 됐다. 그냥 발랄하고 건강한 젊은 여자다. 가끔 눈가에 그늘이 지긴 하지만.

"어띤 소득이 있있습니까?"

"아, 네. 괜찮은 곳을 찾았어요. 저 마을 뒤쪽에 산이 보이죠. 주택가 뒤로 꽤 큰 산책로가 있어요. 산책로를 따라 산을 오르면 능선으로 길이 나 있고 능선을 타고 가면 강 쪽으로 국립묘지가 아래쪽에 보입니다."

"아지트 후보지가 등산로에 있어요? 사람들이 많이 다니면 보안 유지가 힘들 텐데요."

"물론이죠. 등산로는 가장 높은 능선을 타고 나 있어요, 나는 주 능선에서 옆으로 뻗은 작은 능선들을 조사했어요. 왜냐하면 국립묘지는 주요 시설이기 때문에 주 능선 팔부쯤 높이에 유사시에 쓸 방어용 참호들이 있을 게 분명하니까요. 잘 보수되지 않은 구덩이들이 있고 작은 능선 계곡에 콘크리트 벙커가 하나 있었어요. 그렇게 크지도 않고 등산로에서 한참 떨어져 있고 무척 외졌습니다. 내일 한 번 같이 가 봐요."

"그럽시다. 그런데."

"그런데 뭐요?"

"운애 씨는 어떤 분이세요?"

"어떤 분? 무슨 말씀인지."

"여자가 어떻게 고지 방어선 참호와 벙커를 아세요? 저도 군 시절 전방에 근무해서 알지만 후방 근무 제대 군인들은 그런 거 잘 몰라요. 여특전사라도 나오셨나요?"

동훈은 의아한 표정으로 그녀를 바라봤다. 그녀는 잠시 흠칫하더니 금방 태연하게 말했다.

"여자는 국방에 대해 알면 안 되나요? 제가 좀 별나서 그래요. 자세한 것은 임무가 끝나고 천천히 말씀드릴게요. 이야기가 길고 지금은 당장 수행할 일들이 많으니 과거 얘기는 한가할 때 해요. 다 얘기해 줄게요. 됐죠?"

그녀는 살짝 미소를 지으며 말했다.

"알겠습니다."

동훈은 고개를 절레절레 저으며 화장실로 갔다. 뒤에서 그녀가 손으로 입을 가리고 웃는 것 같았다.

다음 날 그들은 빗자루와 쓰레받기, 걸레와 마실 것을 배낭에 챙기고 등산복 차림으로 산으로 갔다. 그가 배낭을 메고 그녀는 물통을 들었다. 어울리는 젊은 연인들의 다정한 산행 모습이었다. 둘은 일상적인 이야기를 나누며 걸었다.

동료를 너무 깊이 알고 이해하는 것은 연민과 미련의 씨가 된다.

순간적인 결단을 요하는 공작원들은 마주친 현상에만 충실해야 한다. 동료에 대한 지나치게 깊은 이해는 연민과 미련을 낳고 결정적인 순간에 냉정한 결단을 주저하게 한다. 공작원 행동의 정당성은 오직 주어진 임무 완수에만 있다.

사람이 드문 등산로는 빗물에 팬 곳이 간간이 보이고 가파른 비탈에 자연석 돌계단이 놓여 있다. 야산이라 험하진 않으나 누런 황토 사이사이로 삐져나온 엉설궂은 바위들이 걷는 이의 관심을 집중시킨다. 우거진 굴참나무 잎 사이로 늦여름 햇살이 송곳같이 쏟아진다.

그들은 앞서거니 뒤서거니 산을 올랐다. 험한 바윗길을 오를 땐 그녀가 엄살을 부렸다. 손으로 바위를 짚고 기어오르려다 멈춰 서 그를 보며 손을 내밀었다. 그냥 올라오라니 좌우로 몸을 흔들며 못한다고 엄살을 부린다.

다시 내려가 운애의 뻗친 손을 잡아 주면 그가 중심을 잃을 정도로 급하게 잡아당기며 깡충 뛰어올랐다. 가끔씩 손뼉도 치며 재잘대는 모습을 보노라면, 저런 철부지를 데리고 무슨 파괴 공작을 할까 하는 생각도 들었다.

콘크리트 벙커는 그런대로 쓸 만했다. 방어용이라 벽과 천장이 튼튼하고 계곡 아래를 향한 사격 창射擊窓들이 실내 채광을 도왔다. 산을 파고 만들어 지붕과 벽은 흙으로 덮여 있었다. 계곡이나 산등성의 등산로를 지나는 사람들에게 들킬 염려는 없었다. 벙커는 오래 사용되지 않은 것 같았다. 누가 잠시 쉬어 갔는지 사격 창 밑엔 빛바랜 신문지 몇 장이 깔려 있었다.

"여기를 어떻게 찾았어요?"

위치나 구조로 봐서 폭파 공작 아지트로는 적격이었다.

"잘 찾았죠, 동훈 씨가 보기엔 어때요?"

"안성맞춤입니다."

한 바퀴 돌아본 뒤 창밖을 내다보며 말했다.

"우리 여기서 도토리 주워 먹으며 평생 같이 살까요?"

"그런 농담도 할 줄 아세요?"

바닥을 쓸던 그녀가 돌아보며 웃었다. 팔부 능선 벙커에서 내려다보이는 계곡은 제법 깊었다. 소나무와 오리나무들로 우거진 산비탈 기슭에는 누가 채전을 하는 듯, 옥수수와 고추가 줄지어 서 있고 푸른 망 울타리가 쳐져 있었다. 인적은 하나 없고 지난가을 만들어 세운 허수아비만 한 팔이 부러진 채 졸며 서 있었.

서울 도심 지근에 이런 산촌이 있다는 것이 믿겨지지 않았다. 여기서 오래 살아도 좋을 듯했다.

다음 작업을 위해 벙커를 깨끗이 청소하고 산을 내려왔다.

"내일은 학교에 좀 다녀오겠습니다."

"왜, 수업이 있나요?"

"지금 방학 중입니다. 실험실에 좀 갔다 오려고요."

"그러십시오."

"동훈 씨는 그동안 장 좀 봐 주세요. 규조토와 톱밥, 어린이들의 불꽃놀이 장난감, 곽성냥 세 통, 건전지 두 개, 백열전구 네 개, 오리엔트 시계 제일 싼 거, 니퍼, 두루마리 화장지, 투 페어 전선 코드, 아기 기저귀 채우는 속이 빈 가는 고무줄……."

"너무 여러 가집니다. 숙소 가서 적어 주세요."

"그것도 못 외우세요?"

"뭐가 그렇게 많이 필요해요?"

"펑!"

하늘을 향해 또 커다란 동그라미를 그렸다. 폭탄 제조용 재료이리라고 그도 짐작은 하고 있었다.

다음 날 청계천으로 갔다. 그녀가 주문한 물품들을 사기 위해서다. 청계천 세운상가 전자골목에는 그야말로 없는 것이 없었다. 돈만 주면 원자탄도 만들어 준다고 하는 말이 터무니없는 헛소리는 아닌 듯했다.

힘들게 만들 것 없이 여기에 폭탄을 주문해서 사면 쉬울 것 같은 생각을 하며 실소했다. 팀장이라지만 그녀보다 여러 수 아래가 틀림없다.

그녀가 주문한 물건들을 찾는 것은 그렇게 어렵지 않았다. 구매한 물건들을 배낭에 넣어 메고 전자골목을 구경했다. 또다시 그녀가 무슨 심부름을 시킬지 모르니, 온 김에 시장을 두루 익혀 두기로 했다.

이번 테러 공작에서 전대협 측은 고운애의 숙소 경비만 부담하고 나머지 공작에 필요한 경비는 전노협이 부담하기로 했다. 일차적인 투쟁 목적이 노동법 개정으로 전노협과 이해가 직결된 면도 있지만, 수입원이 없는 대학생 단체 전대협보다는 노동조합비를 징수하는 전노협의 경제적 형편이 낫다는 점도 참작되었을 것이다.

저녁때 배낭을 메고 고운애 숙소로 갔다. 저녁밥을 지어 놓을 테니 자기 집에서 같이 식사하며 작전을 짜자고 학교 갈 때 그녀가 말했기 때문이다. 길게 한 번 짧게 두 번 초인종을 눌렀다.

"물건 사 왔어요?"

문을 열어 주며 대뜸 자기 물건부터 챙겼다.

"거참 인심 야박하시네, 손님을 불렀으면 자리에라도 앉고 나서 챙기시오. 숨 돌릴 틈도 안 주네."

"미안해요, 대신 저녁 맛있게 차려 드릴 게요."

"흥, 테러리스트가 싸움박질이나 할 줄 알지 음식 맛이 오죽하겠나?"

동훈이 배낭을 내려놓으며 입속말로 중얼거렸다. '탁' 하는 소리가 나더니 부엌에서 앙칼진 여자 목소리가 돌아왔다.

"말 다 했어요?"

그녀 손에는 나무주걱이 들려 있었다. 무심결에 던진 말에 미사일 같은 대응 사격을 받고 질겁하며 사과했다.

"아, 아뇨, 미안합니다. 그냥 무심결에."

"옳아, 무심결에 나올 정도로 나는 밥도 지을 줄 모르는 여자라 이거지요?"

그는 엉겁결에 거듭 사과했다.

"잘못했습니다."

"이 손 안 놓아요?"

동훈은 얼결에 잡았던 손목을 놓고 황급히 물러섰다.

"미안해요."

그는 가슴을 쓸어내렸다. 짧은 원피스 홈 웨어에 앞치마를 두른 그녀의 뒷모습이 그대로 노출됐다. 곧고 실하게 뻗은 까무잡잡한 종아리 위에 눈이 부시게 하얀 허벅지가 클로즈업되었다. 그는 흠칫 놀라며 소파에 앉았다.

상을 다 차리고 맞은편에 앉으며 젓가락을 그에게 쥐여 주었다.

"맛이 역시나죠?"

애호박전을 씹는 그를 보며 물었다.

"아! 단맛이 납니다."

"피."

"정말입니다. 요리 배울 틈이 있었습니까?"

그녀의 눈꼬리가 위로 올라갔다.

"아, 참, 여자들은 아무리 바빠도 요리 학원은 다니지."

"혼자 책 보고 배웠어요."

그녀도 그제야 젓가락을 들었다.

"정말 맛있어요."

"진짜?"

그들은 며칠을 산 팔부 능선에 마련된 공작 아지트에서 보냈다. 어떤 날은 밤을 새우기도 하고 어떤 날은 지쳐서 아지트 바닥에 널브러져 자기도 했다. 이불도 없이 자다가 따뜻한 상대방 체온을 찾아 서로 꼭 껴안고 자기도 했다. 자다가 먼저 깬 사람이 소스라치게 놀라기도 했다.

학교에 갔다 돌아올 때 그녀는 큼지막한 유리병 하나를 들고 왔다. 유리병 속에는 엷은 황색 액체가 들어 있었다.

"이것이 노벨이 다이너마이트를 만든 니트로글리세린입니다. 일반 글리세린을 좀 복잡하게 처리하면 만들 수 있는데 잘못 만들면 폭발해요. 혹시나 동훈 씨 다칠까 봐 학교 연구실에서 만들어 왔습니다."

"지금은 터질 위험이 없습니까?"

"충격을 주면 터지므로 조심해서 다뤄야 합니다. 액체 상태로는 위험하므로 이것을 규조토에 흡수시키면 망치로 쳐도 안 터져요. 폭발력을 작게 하려면 톱밥이나 다른 흡수제를 쓰면 됩니다. 노벨이 규조토가 가장 많은 니트로글리세린을 흡수하는 것을 발견했습니다. 센 폭발력이 필요한 다이너마이트는 규조토를 써야 합니다."

둘은 다이너마이트를 만들기 위해 준비물을 갖고 벙커 아지트로 올라갔다.

니트로글리세린을 점적기로 톱밥에 조금씩 떨어뜨린 뒤 건조시켰다. 성냥개비의 화약 묻은 머리를 밖으로 나오도록 니트로글리세린 먹인 톱밥에 꽂고 또 다른 성냥을 그어 톱밥에 꽂힌 성냥개비에 불을 붙였다. 성냥개비에 불이 옮겨 붙은 뒤 몇 초 지나자 그 불이 다시 톱밥으로 옮겨 붙었다.

"탁."

그리 크지 않은 소리와 함께 폭발하듯 톱밥이 순간적으로 모두 타 버리고 회색 연기만 피어올랐다.

"톱밥 양을 배로 하세요."

그가 톱밥을 배로 늘리면 그녀가 니트로글리세린 액을 두 배로 늘려 부었다.

몇 번의 실험 끝에 톱밥 폭탄을 완성했다.

"동훈 씨, 다음은 규조토로 합시다. 이건 노벨이 만든 것과 똑같은 진짜 다이너마이트예요. 규조토는 일반 재료보다 배 이상 니트로글리세린을 흡수하므로 그만큼 폭발력이 큽니다."

동훈은 폭탄 제조 조수였다. 설치 위치가 다를 경우를 대비해 톱밥 폭탄 세 종류, 다이너마이트 세 종류씩 모두 여섯 종류의 폭탄을 만들 예정이라 했다. 규조토에 니트로글리세린을 넣은 다이너마이트 폭파 시험도 했다. 시험용은 작게 만들었다.

처음에는 피시식 타기만 하고 폭발하지 않았다. 불발탄이다. 운애는 니트로글리세린 양을 50퍼센트 증가시켰다. 제대로 폭발하고 소리도 톱밥 폭탄보다 훨씬 컸다. 폭발 시험은 연기와 소리, 밤에는 섬광이 외부에 노출될 것을 우려해 벙커 안에서 했다. 실험을 마친 벙커는 온통 화약 연기와 냄새로 매캐했다. 폭발 시험이 며칠간 이어졌다. 점점 화약 냄새가 코에 배어 화약 냄새를 못 느끼게 됐다. 그러나 밖에서 들어오면 숨이 막힐 정도로 냄새가 고약했다.

화약 실험을 위해 실험복을 별도로 준비해 아지트에 두었나. 실험을 마치고 귀가할 때는 밖에 선 나무 가지에 실험복을 걸어 놓고 평상복을 갈아입고 산을 내려왔다. 방이 하나뿐이라 옷을 갈아입을 때는 서로 등을 돌리고 했다. 사각거리는 그녀의 옷 벗는 소리에 묘한 흥분을 일으켜 그는 몸을 움켜잡기도 했다.

"규조토와 톱밥을 내가 표시한 눈금만큼씩 꼭꼭 눌러서 종이 튜브에 채워 주세요."

그녀는 가끔씩 노트에 복잡하게 방정식을 적고 각 변수에 수치를 바꿔 가며 수식을 풀기도 했다. 일을 시킬 때는 노트에 적힌 것을 일일이 확인해 가며 지시했다.

그런 때는 갸름한 눈동자에서 빛이 났다. 그는 화약에 대해 잘 몰라 그녀가 시키는 대로 착실히 조수 노릇을 했다. 한번은 벙커

구석에 격리시켜 둔 니트로글리세린 병을 만져 보다가 혼쭐났다.

"뭐 하세요, 만지지 말라고 말했잖아요. 터져서 같이 죽고 싶어요? 죽으려면 혼자 죽으세요."

평소에는 조근조근 말하던 그녀가 따발총 쏘듯이 퍼부었다. 앙칼지게 쏟아붓는 목소리가 냉기도 서렸다. 그 후로는 아지트에만 오면 주눅이 들어 시키는 대로만 움직였다.

그날도 운애는 폭탄 제조에 여념이 없었다. 일할 때는 아무 말도 하지 않았다. 하던 일이 잘 안 풀리면 허리를 펴고 일어나 귀밑머리를 손으로 쓸어서 귀 위에 가지런히 놓는 버릇도 있었다. 실험이 생각과 다르게 나오면 다시 노트를 둔 탁자로 가서 오른발 끝으로 장단을 맞추며 연필 끝을 아랫입술에 토닥거렸다.

노트와 씨름하다 다시 실험 장소로 돌아가던 그녀가 방 여기저기 널려 있는 작업 도구들을 보고 한마디 했다.

"거치적거리지도 않으세요? 방 정리 좀 하고 일하세요."

"저는 주인님이 시키는 것만 할 수 있는 로봇입니다."

그가 전에 아무거나 만지다가 혼쭐이 난 것을 떠올리며 비아냥거렸다.

"바쁘니 약 올리지 마세요. 청소는 해도 돼요. 약병은 손도 대지 말고."

"네, 마님. 돌쇠는 뭐든지 마님 시키는 대로 하겠습니다."

그는 의뭉스럽게 굽실거렸다. 눈길도 주지 않은 채 혼자 빵긋이 웃는 것을 훔쳐보고 그는 속으로 킬킬거렸다.

그녀는 열심히 폭탄을 만들었다. 그렇지만 그는 따분했다.

"성냥개비 끝의 화약만 모두 까서 그릇에 담으세요."

"네, 마님."

"가는 고무튜브 있지요?"

"네, 마님."

"실로 고무튜브 한쪽을 묶고 성냥 깐 화약을 이만큼 길이로 넣고 끝을 실로 묶으세요."

운애가 두 손 사이를 벌려 길이를 어림해 주었다.

"네, 마님."

"마님 소리 듣기 싫으니 그만 좀 하세요."

"네, 마님."

또 소리가 났다. 이번에는 니퍼nipper로 전선 끝을 까다가 작업대를 쳤다. 동훈은 흠칫 놀라며 말을 바꿨다.

"알았습니다, 아가씨."

그녀가 하던 일을 중단하고 옆으로 왔다. 모른 척하고 그는 방을 치웠다.

"좋아요, 잠시 쉬었다 해요."

그녀가 그의 등을 가볍게 찰싹 때렸다.

"지겹죠?"

밖에 앉아 담배 피우는 그의 옆에 앉으며 다정하게 말했다. 조금 전 앙칼진 마귀할멈과는 생판 다른 나긋한 여자로 돌아왔다. 그는 뿌루퉁하게 등을 돌렸다.

"왜 그래? 우리 돌쇠."

그녀가 팔을 잡아끌었다. 모른 척하고 하늘을 향해 담배 연기를 뿜었다. "고마워요" 하며 그에게 기댔다.

폭탄 만드는 일은 손이 많이 갔다. 다이너마이트와 톱밥 폭탄 장약을 몇 개나 만들고 고무튜브에 화약을 넣은 도화선도 여러 개 만들었다.

"저어, 동훈 씨."

"왜요?"

"쓰다 남은 콘돔 있으세요?"

"네에?"

그는 놀라서 내려다봤다. 이 여자가 갑자기 무슨 생각을 하고 있는 거야?

"아, 아녜요, 오해하지 마세요. 호호, 큭큭."

그녀는 얼굴이 빨개지며 화급히 부정했다.

"실은 폭약을 터뜨리는 데 뇌관이 있어야 해요. 그냥 폭약은 안 터져요. 잘 터지는 조그만 뇌관을 폭약 속에 넣어서 먼저 터뜨리면 그 열로 전체 폭약이 큰 힘으로 터져요. 뇌관은 동훈 씨가 사 온 어린이 놀이용 폭죽 화약을 꺼내어 조금씩 싸서 만들어야 해요. 폭죽 화약을 얇게 싸기 위해서는 콘돔같이 잘 늘어나는 고무가 필요해요. 갖고 계세요?"

"여보시오, 내가 지금 여기 바람피우러 온 줄 아세요? 쓸 데도 없는데 콘돔은 왜 갖고 있어요?"

동훈은 버럭 화를 냈다. 이해는 가지만 여태까지 당한 복수를 하고 싶었다.

"피, 남자가 그런 것도 안 갖고 다니나?"

그녀가 혼잣말같이 중얼거렸다.

"없으면 그만이지 왜 고함지르고 나한테 화풀이세요? 여자 생각나면 내려가서 자고 와요. 외출시켜 줄 테니."

그녀가 뽀로통하게 받아쳤다.

"그런 거 없습니다. 일이나 계속합시다. 내일 약국 가서 사 올 테니."

모두가 냄새나는 아지트에 박혀서 위험한 작업을 하느라 신경들이 날카로워져 있었다. 그럭저럭 폭탄은 필요한 만큼 만들었다. 아침 일찍 운애 숙소로 갔다. 다른 필요한 물건들을 준비하기 위해서였다.

"폭탄은 무사히 만들었는데 그다음 작업이 걱정이에요. 좀 복잡한 현장 작업을 해야 하는데 자신이 없어요."

그녀가 커피 두 잔을 갖고 와 소파에 앉으며 걱정스런 얼굴을 지었다.

"어떤 일이세요?"

"음, 지름이 한 15센티 정도 되는 관에 식경 5센티 징도의 구멍을 뚫어야 하는데……."

"그냥 뚫으면 되지요, 뭐."

그가 시답잖게 답했다.

"그렇게 쉽게 뚫을 수 있어요? 그냥 구멍만 뚫는 것이 아니라 구멍을 도려내고 구멍에서 따낸 것을 다시 그 구멍 마개로 쓸 수 있게 잘 도려내야 하는데?"

필요로 하는 작업을 온갖 손짓을 해 가며 설명했다. 내용은 이런 것이었다.

관으로 된 파이프 옆에 구멍을 내고 그 구멍에 무엇을 넣은 후 다시 그 구멍을 감쪽같이 막아야 했다. 구멍 뚫은 관 속에 폭탄을 장착할 요량인 것 같았다.

"아, 알겠습니다. 좀 어렵긴 해도 내가 해결할 수 있을 것 같습니다."

"정말요, 어떻게?"

그녀는 어린애같이 얼굴이 환해졌다.

"뭐, 그렇다고 꼭 된다는 말은 아닙니다."

짐짓 한 발을 빼며 커피잔을 들었다.

"안 돼요? 안 되면 안 되는데."

그녀가 금방 실망에 찬 표정으로 울상을 지었다.

"안 된단 말은 안 했습니다."

커피를 마시며 그가 느긋하게 답했다.

"그럼 뭐예요?"

그녀가 옆으로 바짝 다가와 앉으며 팔을 잡았다.

"할 수 있죠? 도와줘요, 동훈 씨."

"맨입엔 안 되는데……."

"뭐 드실래요? 맛있게 만들어 드릴게요. 응?"

"만들긴 뭐 만들어요? 배도 부른데."

그는 다시 심드렁하게 거드름을 피웠다.

빤히 그를 보던 그녀가 갑자기 그를 껴안으며 볼에다 키스를 했다.

"이거면 됐죠?"

가슴이 벌렁거렸다.

"참, 사람 귀찮게 하네, 필기도구 갖고 와요."

선생이 학생에게 지시하듯 큰소리로 명령했다.

"넷, 돌쇠님!"

그녀가 발딱 일어나 방으로 들어갔다. 그는 조금 전 뽀뽀 받은 뺨을 손으로 쓰다듬으며 피식 웃었다.

"쇠를 붙이는 용접기 알지요, 불꽃이 쏴 하고 나오는?"

산소 용접기로 절단할 것을 생각하며 말했다.

"철공소에서 불꽃 튀는 기계요?"

"네, 용접기를 조금만 조절하면 반대로 쇠를 자르는 절단기로도 쓸 수 있어요."

"아, 그래요?"

조금 뒤 다시 물었다.

"그거 불빛 나지 않아요?"

"쇠를 녹이는데 당연히 불빛이 나지요."

그녀의 표정이 금방 굳어졌다.

"못 써요, 아무도 모르게 해야 하잖아요?"

"그러네요. 알았습니다. 다른 방법을 찾아보겠습니다."

그는 머릿속에서 다른 방법들을 그려 보았다. 그녀는 걱정스런 표정으로 그에게서 눈을 떼지 않았다. 시간이 걸리자 일어나 부엌으로 갔다. 유리컵에 얼음을 넣은 주스를 가져왔다.

주스를 벌컥벌컥 마시고 연필을 들었다. 종이 위에 생각나는 두 가지 그림을 그렸다. 하나는 실톱을 사용해 파이프 측면을 둥글게 잘라내 구멍을 만드는 방법이었다. 또 한 방법은 회전 전동 공구를 사용해 파이프 측면을 절삭용 특수 팁으로 도려내는 방법이었다.

그림을 그리는 그의 모습과 종이 위에 채워지는 그림들을 번갈아 보며 그녀의 눈이 반짝였다. 도화지에 그림 숙제를 대신해 주는 아버지를 바라보는 어린 딸과 같이 입을 헤벌쭉 벌리고 신기한 듯 보고 있었다. 그는 연필을 놓고 주스 한 모금을 마저 마셨다.

"다 된 거예요?"

두 다리를 옆으로 접고 양손을 방바닥에 짚고 그림을 보던 그녀가 고개를 들고 물었다. 그는 고개를 주억거렸다.

"와, 신난다."

그녀가 그를 덥석 껴안았다. 들고 있던 주스 잔이 기우뚱거렸다. 그녀는 아랑곳하지 않고 그의 목덜미를 꼭 껴안고 몸을 좌우로 흔들었다.

"고마워요, 동훈 씨!"

두 손으로 그의 두 볼을 잡고 입술 위에 자기 입술을 맞췄다.

"설명해 주세요. 와, 이런 것은 어디서 배웠어요? 멋져요."

"내가 자동차 부속 만드는 공장에서 일하던 노동자인 줄 몰랐어요?"

"아, 참 우리 돌쇠가 공돌이 출신이지? 호호호."

"첫째 방법은 간단하게 실톱만 있으면 되나 실톱을 써서 손으로 파이프를 잘라야 하므로 힘이 들고 시간이 오래 걸립니다."

"좋아요, 그다음 것은요?"

"두 번째 방법은 힘은 안 들고 작업도 빨리 끝나지만 전기가 있어야 합니다. 밖에 전기가 연결되지 않는 곳이면 자동차용 배터리를 짊어지고 다니며 일을 해야 합니다. 전동 공구도 사야 하고 절단하는 절삭 장치도 만들어야 합니다."

"동훈 씨가 만들 수 있어요?"

"회사 다닐 때 많이 만들어 봤습니다."

"두 가지 다 준비해 주세요."

"두 가지 모두요? 한 가지만 해도 되잖아요."

"아뇨, 두 가지 다 만들어 주세요."

그는 그녀를 쳐다봤다. 파이프에 구멍을 내려면 어떤 방법이든 한 가지 방법이면 충분하다. 그가 제시한 두 가지 방법 중 편하거나 쉬운 방법 하나만 택해도 될 텐데 왜 굳이 두 가지 다 고집하는지 이해가 되지 않았다. 두 가지 모두 만들려면 그만큼 시간이 더 걸리고 힘도 많이 든다.

벙커 속 아지트가 작업 장소로는 좋은 환경도 아니다. 더욱이 포탄을 만든 뒤 남은 매캐한 다이너마이트 냄새가 아직도 시멘트벽에 절어 없어지지 않았다. 어이가 없었다. 한 가지만 알려 줄 걸 괜히 아는 척했다고 후회도 했다. 그는 뻥뻥해서 멀거니 서 있었다.

"두 가지 모두 필요해요. 동훈 씨가 세 가지를 말했으면 세 가지 다 준비했을 겁니다."

그녀의 표정이 서서히 굳어졌다. 호호거리던 입술을 지그시 깨물었다. 그의 입술에 키스해 주던 다감한 운애가 아니었다. 냉정한 여자 테러리스트가 되어 있었다.

"탁월한 공작원은 항상 실패에 대비해 차선책을 갖고 공작에 임합니다. 최선책이 실패하면 무리가 가더라도 차선책을 씁니다. 목표는 오로지 임무를 성공시키는 것뿐입니다. 수단은 상관하지 않습니다."

다음 날 그는 다시 청계천으로 나갔다. 여기저기 다니며 필요한 공구와 물건들을 샀다. 톱 가게에도 들렀다. 세운상가에 다닥다닥 붙은 공구상에는 평소 거의 사람들이 보이지 않는다. 내용을 모르는 사람들이 저렇게 손님이 없어서 가게 세나 나오나 걱정할 정도로 한가해 보인다.

  손님이 없어 심심한 주인은 옆집에 들어가 자기 일도 아닌 이웃집 가게가 너저분하다고 잔소리를 늘어놓기도 한다. 자기 가게가 더 정돈되어 있는가 하면 그렇지도 않다. 괜히 그냥 앉아 있으면 하품이 나니 만만한 옆집 주인만 괴롭힌다. 정작 잔소리를 듣는 주인은 일언반구도 없이 태연스레 자기가 하던 일을 계속한다. 옆집 주인이 하는 잔소리를 못 듣거나 옆집 주인의 잔소리가 지당해서 그런 것도 아니다. 그냥 잔소리하게 내버려둔다. 하루 이틀도 아니고 수년 동안 옆에서 장사를 하며 당해 온 일이다.

  어쩌면 옆집 주인이 언제 또 와서 까탈 부리는 마누라 같은 잔소리를 늘어놓나 은연중 기다리는지도 모를 일이다. 아무튼 할 일 없는 사람이 입이 심심하면 졸음을 쫓듯이 옆집 주인을 괴롭히는 일은 흔한 풍경이다. 실컷 잔소리를 해도 주인이 아무 반응이 없으면 말을 안 들어 준다고 앙탈을 부리거나 섭섭해하는 표정도 없이 건너올 때와 같은 모습으로 천연덕스럽게 자기 가게로 돌아간다. 늘 있는 일이다.

  세운상가 가게들은 겉보기는 그렇게 파리 날리듯 한가해도 모두 알부자들이다. 하루에 한두 명이 찾아와도 오는 손님은 거지반 큰 손님들이다. 자기 나름 무엇을 만들거나 알음으로 여기저기에 물건을 수배하다 도저히 해결이 안 되면 찾아오는 곳이 청계천 세운상가다. 물건도 많고 무엇이든 손님이 요구하면 거의 다 해결해 준다. 그러니 손님이 없다고 호객을 하거나 얼굴에 주름을 만드는 일은 없다.

  "철공소 하십니까?"

톱 가게 아저씨가 구석에 걸렸던 실톱 하나를 꺼내 먼지를 털며 말을 붙였다.

"아닙니다, 좀 쓸 곳이 있어서……."

"이태리젠데 국산과는 비교도 안 됩니다."

톱 가게 주인이 무언가를 찾다가 톱을 든 채 옆집으로 갔다. 잠시 부산한 소리가 들리더니 녹슨 쇠막대 하나를 들고 돌아왔다. 옆 가게에서 집어 온 모양인데 가게 주인으로부터 한 소리 들은 모양이다.

"그까여나 쇠몽디 하나 가주 뭘 그리 구시렁거려."

누가 들으라는 소리도 아니면서 자신이 혼자 구시렁거리며 돌아왔다.

톱 가게 주인은 옆집에서 편취한 쇠몽둥이를 실톱으로 자르는 시빔을 보였다. 제법 굵던 쇠몽둥이가 금세 두 동강이 났다.

"톱날 상하게 그걸 자르면 어떡합니까?"

"무얼 자르시려는지 몰라도 이 정도 쓴 것은 표도 안 나요. 그래서 이태리젭니다."

청계천서 장을 보고 돌아오는 길에 숙소 가까운 건설 자재상에 들렀다. 직경 20센티짜리 플라스틱 파이프를 샀다. 운애를 훈련시키려면 단단한 쇠파이프보다 무른 플라스틱 파이프로 먼저 연습시키는 것이 순서라고 생각했다.

다음 날부터 그녀와 그는 다시 산속 아지트로 들어갔다. 아예 간단한 취사도구와 깔고 덮을 것들도 갖고 갔다. 이번 일은 폭탄 제조 때보다 시간이 더 걸릴 것이 분명했다.

전날 내린 비로 벙커 밖은 축축하게 젖었다. 안개 낄 계절이나 시간이 아닌데도 계곡과 산허리엔 뿌옇게 연무가 덮였고 오리나무 이파리 끝에 맺힌 물방울이 뚜닥 떨어졌다. 물건들을 아지트 구석에 내려놓고 파이프 절단 실습 준비에 들어갔다.

그녀는 그가 시킨 대로 준비했다. 머리에 검은 작업모를 쓰고 고무줄로 탱탱 묶은 꼬리머리는 모자 뒷구멍으로 뺐다. 손에는 바닥이 붉은 고무로 코팅된 목장갑을 끼고 격자무늬가 든 진회색 남방 앞단을 배꼽에 질끈 묶었다. 착 달라붙은 청바지에 팡파짐한 엉덩이 곡선이 그대로 드러났다.

"자, 이제 가르쳐 주세요."

고운애는 목장갑을 낀 손으로 탁탁 손뼉을 쳤다.

그가 먼저 실톱으로 플라스틱 파이프를 도려내는 시범을 보였다. 그녀는 쪼그리고 앉아 그가 하는 작업을 눈썰미 있게 봤다. 두 가지로 탱탱하게 뻗어 오른 허벅지에 현기증이 느껴졌다. 그녀는 아랑곳없이 스승의 시범 관전에 여념이 없었다. 쉽사리 파이프를 도려냈다. 회사에서 일할 때는 철물 작업을 수도 없이 했으나 오랜만에 쇠톱질을 어렵사리 마쳤다. 그녀는 잘려 나온 둥근 곡면의 파이프 조각을 요리조리 살피고 만져 보더니 잘라낸 파이프 몸체에 가볍게 얹어 봤다.

"와, 딱이에요."

그녀는 신이 나서 실톱을 잡고 작업에 들어갔다. 그가 자르는 것을 유심히 봐 둔 터라 자신에 찬 표정을 지으며 사과 깎듯이 실톱을 잡았다. 사과야 그녀가 훨씬 잘 깎았다. 정말 눈썰미도 있고 손재주도 쓸 만했다. 그러나 실톱은 계속 아래로만 내려가고 바라는 대로 원을 그리며 나가질 않았다. 몇 번을 끙끙거리며 톱질을 하더니 바닥으로 톱을 던졌다.

"뭐, 톱이 사람 차별하나, 옆으로 돌리는데 왜 자꾸 아래로만 내려가?"

팔을 축 늘이고 쳐다보며 도리질을 했다. 입꼬리가 내려가고 금방 눈물방울이 떨어질 것 같았다. 그는 얼른 옆으로 가서 등을 토닥였다.

"그것이 아무나 바로 되면 우리 같은 숙련공들이 뭐 먹고 살아요? 처음엔 다 그래요, 조금만 하면 잘될 거요, 내 말을 믿어요."

"처음이라서 그래요?"

"조금 쉬었다 해요. 담배 한 대만 피우고 합시다."

그들은 벙커 밖 바위에 같이 걸터앉았다.

담뱃불을 끄고 냉정을 되찾은 듯한 그녀 손을 끌고 다시 벙커로 들어갔나. 바닥에 각목을 두 개 세로로 놓고 자르려는 플라스틱 파이프를 각목 위에 가로로 걸치고 그녀를 두 발로 바닥을 딛고 무릎을 접어 쪼그리고 앉게 했다. 왼손으로 플라스틱 파이프를 잡고 오른손에 실톱자루를 쥐였다. 그는 왼손으로 그녀의 왼팔 상완근을 잡고 오른손을 운애의 오른손 위에 겹쳐 잡았다. 실톱 날을 플라스틱 파이프 위에 얹고 가볍게 누르며 앞뒤로 톱을 움직였다.

실톱 날이 가벼운 소리를 내며 플라스틱 속으로 파고들었다. 그녀의 손 위에서 오른손에 시계 방향으로 살짝 힘을 주며 톱질을 계속했다. 그녀의 손과 팔은 그가 주는 힘에 맞춰 움직였다. 실톱이 왼쪽으로 호를 그리며 파이프를 잘랐다.

"어머, 되네?"

그녀가 놀란 듯이 고개를 돌려 그를 봤다. 그도 자르는 데 신경을 쓰느라 머리를 그녀 어깨 위에 바싹 붙이고 있어서 그녀 입술이 그의 입술에 닿을 뻔했다.

흠칫 놀랐으나 그대로 마주 보며 웃었다. 그녀의 톱질이 손에 익어 가자 그는 오른손의 힘을 서서히 풀고 그녀의 힘만으로 톱질이 되게 손만 얹어 놓았다. 톱질에 정신이 팔려 그를 향한 엉덩이를 들썩이며 계속 톱을 놀렸다.

팡파짐한 운애의 엉덩이가 가끔씩 하체에 닿아 흠칫거리며 그는 엉덩이를 엉거주춤 뒤로 들었다. 다른 사람이 보면 정말 가관인 남녀의 엉킴이나 그녀는 아무것도 모르고 톱질에 여념이 없었다. 운애에게 톱질을 맡기고 그녀의 몸에서 몸을 뗐다.

그녀는 벙커에서 열심히 파이프에 톱질 연습을 하고, 그는 옆에서 회전 전동구 파이프 절단 치구를 만들었다. 톱질이 어느 정도 손에 익자 실제로 직경 20센티 쇠파이프로 실습을 시켰다. 톱은 잘 들었으나 역시 시간이 걸리고 손목이 시큰거린다고 투정도 부렸다. 쇠파이프는 몇 번에 나누어 쉬어 가며 잘라야 했다.

그는 완성된 회전 치구를 전동구에 부착시키고 자동차용 배터리를 등에 짊어질 수 있게 멜빵을 만들어 그녀의 등에 지워서 회전 전동 공구를 이용한 파이프 절단 실습을 시켰다. 그녀는 보기와는 다르게 힘이 좋고 당찼다. 제법 무거운 배터리를 등에 지고도 날렵하게 몸을 움직이며 열심히 파이프를 잘랐다.

며칠간의 준비와 실습을 마치고 절단 준비물들을 포장해 비품실에 넣고 자물통을 잠갔다. 벙커 한구석에 총기 등을 보관하는 작은 방이 있었다. 남은 일은 현장 적응과 폭탄 설치였다. 준비는 거의 완벽했다. 주경기장에 폭탄을 설치하기 위해서는 경기장 구조를 정확하게 알아야 한다. 주경기장 구조를 익히기 위해 그들은 올림픽 주경기장 공사 업체에 청소부로 임시 취업하기로 했다.

청소하는 장소가 정해져 있지 않아 청소부들은 경기장 내 모든 곳을 돌아다닐 수 있다. 그들 둘은 서로 모르는 사람처럼 각각 구인에 응하고 자연스럽게 같은 조가 되었다.

"거 젊은 사람들끼리 조를 짜 놓으면 어디 구석에서 연애만 하고 일도 안 하는 거 아닌가?"

현장 책임자가 비아냥거리며 그들을 봤다.

"이런 청소부 따위는 트럭으로 갖고 와도 관심 없습니다. 오죽하면 젊디젊은 남자가 청소부로 취직하겠어요."

고운애가 가당찮다는 듯이 내뱉었다.

"허이구, 사돈 남 말 하시네? 댁에 같은 말라깽이는 서울역 앞에 가년 흔해 빠졌소!" 그가 대꾸했다.

"자 자 그만 해요, 빨리 가서 청소나 하시오."

현장 책임자가 일단 그들의 연기에 넘어간 것 같았다.

"내가 어디가 말라깽이요?"

둘만 남게 되자 운애가 수북한 가슴을 그에게로 내밀며 따졌다.

"가슴만 컸지 먼 데서 보면 사흘에 피죽도 못 먹은 부지깽이 같소."

그는 얼른 도망쳤다.

며칠간 열심히 청소를 하며 신임을 얻었다. 경기장 내 구석구석을 눈 감고도 찾아갈 수 있을 정도로 익혔다. 쉬는 날에는 경기장 밖을 샅샅이 살폈다. 큰 도로와 샛길까지 연결 도로를 빠지지 않고 탐사했다. 주간에 조사를 마친 뒤 야간에도 실사에 들어갔다.

특히 야간 경비 상황을 면밀히 체크했다. 운애는 정문 쪽, 동훈은 후문 쪽에서 밤을 새워 잠복하기도 했다. 경비원의 위치, 경비원 교대 시간 등을 세밀하게 기록했다.

탐사에서 경비가 출입문들에 집중되어 있다는 사실을 알았다. 문과 문 사이에는 경기장에 들어갈 방법이 없으므로 경비가 그다지 심하지 않았다. 정기적인 순회 순찰이 있었다.

공사가 마무리되고 경기일이 가까워질수록 경비는 강화됐다. 드디어 운애와 그가 행동을 시작해야 할 때가 됐다. 모든 작업은 다른 사람들의 눈길이 적은 야간에 경비의 눈을 따돌리고 해야 했다.

"내일은 회색 노끈을 충분히 준비해 오십시오."

전날 헤어지며 그녀가 말했다.

그날도 아침에 경기장에 출근해서 하루 종일 청소했다. 올림픽 경기장은 정말 넓었다. 본부석에서 바라본 올림픽기와 만국기 게양대가 볼펜 자루보다 가늘게 보였다.

그들은 다른 인부들이 모두 퇴근한 뒤에 마지막으로 퇴장했다. 아침에 갖고 들어온 노끈을 사람들에게 보이지 않게 출입문에서 가장 먼 후미진 곳에 경기장 밖으로 늘어뜨렸다. 경기장은 구조가 복잡해 몇 명 정도가 숨을 장소는 얼마든지 있었다.

이층에 설치된 철제 난간 기둥에 노끈을 걸어서 두 줄을 내렸다. 경기장 외벽과 같은 색의 가는 노끈은 가까이서도 거의 보이지 않았다.

고운애 숙소에서 저녁 식사를 하고 잠시 휴식을 취했다. 밤 열 시경에 숙소를 출발해 열한 시 무렵에 경기장에 도착했다. 정확하게 그들이 노끈을 내려놓은 곳으로 갔다. 사위는 쥐 죽은 듯 조용하고 경비원도 보이지 않았다. 그믐에 가까워 캄캄한 하늘에 은하수가 길게 지나가고 견우와 직녀성이 강을 사이에 두고 애처롭게 깜빡였다. 한줄기 바람이 여름밤을 가르며 지나갔다.

동훈은 배낭을 내려 등산용 밧줄을 꺼냈다. 낮에 내린 노끈을 밧줄 한 끝에 단단히 묶고 반대쪽 노끈을 당겼다. 밧줄은 노끈을 따라 이층 경기장 난간 기둥을 돌아서 다시 내려왔다. 그가 밧줄을 거는 동안 운애는 몸에 벨트를 매고 작업 도구가 들어 있는 배낭을 멨다. 머리에는 챙이 있는 검은 캡을 쓰고 몸에 찰싹 붙은 전투복에 가죽워커를 신었다. 눈에는 적외선 안경을 꼈다. 영락없는 스카이다이빙 여전사였다.

"노 동지, 그럼 들어가겠습니다."

고운애가 자일을 잡으며 말했다.

"조심하십시오."

동훈이 반대편 자일을 잡고 당기며 말했다. 그녀는 자일을 잡고 날렵하게 벽을 타고 올라갔다. 눈 깜빡할 사이라는 말이 실감났다.

전대협으로부터 전투 요원 지원을 받을 때부터 평범한 사람은 아니리라고 짐작했지만 그 정도까지 전문훈련이 된 여자일 줄은 몰랐다.

남다른 면은 있었으나 폭파 준비 과정에도 운애가 그렇게 별난 여자는 아니었다. 마음에 맞지 않으면 심통을 부리고 기분이 펴지면 한없이 천진하게 웃으며 재잘댔다. 여느 부잣집 호사롭게 큰 딸과 다를 바가 없었다. 남자라면 누구나 가슴이 설렐 만한 풍부한 가슴, 다리도 적당한 볼륨을 가졌다. 무엇보다 스스럼없는 성격이 주위를 쉽게 아우른다. 막상 실제 임무에 맞닥뜨리자 전문가적인 자세가 바로 나왔다.

둘은 야간 침투 작업의 행동 기준을 정했다. 그는 침투나 전문적인 폭파 기술이 없으므로 폭파 작업은 운애가 직접 맡고 경계와 외곽 지원을 맡기로 했다. 폭파 위치나 방법도 당국에 잡혔을 경우를 대비해 운애 단독으로 결정하고 그녀만 알고 있기로 합의했다. 보안은 범위가 좁을수록 유지가 용이하다.

경기장 밖 한쪽 구석에 몸을 숨기고 사주를 경계했다. 다행히 특이 상황은 발생하지 않았다. 밤 한 시가 조금 넘어서 위에서 자일이 흔들렸다. 밖으로 나와 위를 쳐다봤다. 검은 물체가 두 손을 난간에 걸치고 축 늘어져 있었다. 급히 자일을 흔들었다. 위에서 자일에 카라비너 거는 기척이 나더니 듈퍼식으로 바로 바닥에 하강했다.

고운애의 몸의 땀내가 짙게 나고 몸을 부축하자 그녀의 땀으로 팔이 축축해졌다. 며칠간 경기장에 매일 침투해 폭발물 야간 설치 작업을 했다.

"마쳤습니다. 노 동지."

난간에서 철수하며 그녀가 말했다.

"고생 많았습니다."

그는 땀에 젖은 그녀의 몸을 꼭 껴안아 주었다. 그녀도 몸을 맡기고 머리를 그의 가슴에 묻었다.

드디어 폭파 설치 작업을 마쳤다. 지친 고운애를 부축하며 그녀의 숙소로 갔다. 숙소에 도착한 그녀는 그대로 쓰러졌다.

"몸을 씻고 누우세요."

그녀의 어깨를 흔들었다. 그녀가 부스스 일어났다.

"돌아가세요, 씻을게요."
"가도 괜찮겠어요?"
걱정스럽게 물었다.
"옆에 있으면 불편해요."
그녀가 손으로 무릎을 짚고 일어서며 말했다.
"쉬십시오."
그가 없어야 편하게 행동할 수 있으리라 생각하고 밖으로 나왔다.

폭발물 설치 작업을 끝내고 그들은 며칠간 푹 쉬었다. 매일 늦게까지 자고 먼저 일어난 사람이 상대방 숙소로 찾아가서 늦은 아침을 먹었다. 설치 목표일 전에 준비 작업을 무사히 마쳐 마음이 홀가분했다.

모처럼 할 일 없이 여러 날을 쉬고 있는데 본부에서 급히 들어오라는 호출이 왔다. 위원장실에 들어가자 위원장과 간부들이 기다리고 있었다.

"노 동지, 오랜만입니다. 그동안 고생 많이 하셨습니다."
위원장이 그의 두 손을 잡으며 반겼다.

"노 동지 덕분에 우리의 과업이 완수되었습니다. 정부에서 노동법의 삼자 개입 금지 등 독소 조항들을 삭제하고 전향적으로 개정하기로 약속하고 노정간에 합의서를 교환했습니다. 노 동지의 '손에 손잡고'에 정부가 손을 들었습니다. 정보 부서에서는 우리의 비밀 테러 계획도 어렴풋이 감지한 듯합니다. 자기들로선 모험하기에 너무 위험한 상황이었나 봅니다. 폭파 작전은 중단하시고 철수하십시오. 어디 가서 잠시 좀 쉬시지요. 축하합니다."

다른 간부들이 박수를 쳤다.

"감사합니다. 저도 축하합니다."

웃고 있는 그의 표정이 어색하게 일그러졌다.

회의를 마치고 고운애의 숙소로 갔다. 위험하고 부담스런 폭파 테러 없이 소기의 목적을 달성했는데도 왠지 가슴이 텅 비고 맥이 빠졌다. 그녀에게 자초지종을 설명해 줬다. 그녀는 묵묵히 듣고만 있었다. 그냥 고개를 숙이고 듣고만 있었다.

"나, 술 좀 사 주실래요?"

설명이 끝나자 공작 준비물들을 방 한쪽으로 치우던 그녀가 나직이 말했다.

그들은 전에 갔던 소주방으로 갔다. 그녀는 아무 말도 없이 술만 마셨다. 그도 그냥 술만 마셨다. 그날도 한 쌍의 남녀가 소주방 모퉁이에서 술을 마시고 있었다. 간간이 앙칼진 젊은 여자 목소리가 들렸다. 남자는 계속 여자에게 무슨 이야기를 하고 있고 여자는 계속해서 술을 마셨다. 갑자기 쨍그랑하는 소리가 나고 이어서 의자 넘어지는 소리가 났다. 여자가 소주병을 바닥에 던지고 벌떡 일어섰다.

"나쁜 새끼야, 양다리 걸치려면 나를 버리든지 나 모르게 하는 게 예의 아냐?"

주인 남자가 그 자리로 가서 젊은 남자에게 무어라고 말했다. 아마 조용히 하든지 나가 달라는 것 같았다. 남자가 카운터로 가서 술값을 치르고 여자를 데리고 나갔다. 여자는 술에 취해 계속 무어라고 큰소리로 말을 했다.

"천천히 마셔요. 아직 시간이 이른데."

그는 고운애의 빈 잔에 소주를 따르며 말했다.

그녀는 계속 잔을 비웠다. 그도 말없이 소주를 입에 털어 넣었다.

'손에 손 잡고'로 정부와 노동법 개정을 합의한 것은 분명히 잘된 일이다. 고운애와 그가 준비한 폭탄 테러는 아직 준비만 마친 상태였다. 직접 테러가 이루어질 때는 어떤 위험이 있을지 아무도 모른다. 테러가 실패할 수도, 사전에 발각될 수도 있다. 아니 테러 중에 운애나 그중 누구 한 사람이나 둘 다 다칠 수도 있다. 물론 죽을 수도 있다.

이제 그럴 위험은 사라졌다. 기뻐야 한다. 그런데 마냥 기쁘지만 않은 것은 무슨 이유일까. 고운애와 그는 한 달 이상을 오로지 테러 공작을 위해 힘써 왔다. 어려움도 많았고 지친 적도 있었다. 하나의 목표를 위해 그들 둘은 한마음으로 노력했다. 정해진 목적 달성을 위해 힘쓰는 과정이 즐거울 때도 많았다. 그녀와 같이 보낸 시간들이 같은 공작원으로서 단순히 협력한 것만으로 치부해 버리기에는 서로가 너무 많이 익숙해졌다. 날이 새면 그들은 다시 서로 다른 길을 가야 한다. 만나기 전과 같이 서로가 모르는 길로.

고운애는 술에 취해 테이블에 얼굴을 묻고 꼼짝도 하지 않았다. 그는 그녀를 부축해 소주방을 나왔다. 그의 어깨에 팔을 걸친 운애의 하체가 수족관 속의 문어 발같이 흐느적거렸다. 밀착된 운애의 풍성한 젖가슴이 그의 오른쪽 겨드랑이에 따뜻한 체온을 전했다. 그녀는 완전히 맥을 놓고 있었다. 허탈할 수밖에 없을 것이다.

고운애 숙소에 도착해 현관문을 열었다. 캄캄한 방에서 손으로 더듬어 불을 켰다. 거실 천장 등의 초크가 깜빡이며 형광등이 희미하게 빛을 냈다. 방구석 이불보에 덮인 요를 꺼내 깔고 그녀를 눕혔다. 술에 취해 늘어진 그녀의 몸이 널브러졌다. 윗저고리만 벗기고 홑이불을 반쯤 덮어 주고 돌아서 문 손잡이를 잡았다.

"안아 주세요."

동훈은 돌리던 손잡이를 멈췄다.

"아!"

고운애가 미간을 찌푸리며 신음 소리를 냈다.

"아프면 그만둘게요."

동훈이 눈물이 가늘게 맺힌 그녀의 얼굴을 내려다보았다. 그녀는 고개를 천천히 저으며 두 팔로 동훈의 등을 꼭 껴안았다.

몸에 젖은 땀을 씻으려 샤워기를 틀었다. 타일 바닥이 희미하게 붉어졌다.

'혹시나……?'

지나가는 차 소리에 눈을 떴다. 천장 벽지를 보니 그 자신의 숙소였다. 머리가 빠개지는 것 같았다. 전날 먹은 소주기가 가시지 않았다.

그는 시계를 보고 황급히 밖으로 나갔다. 해는 벌써 제법 높게 솟아 있었다. 술에 취해 아침이 온 것도 모르고 있었다.

어젯밤에 술 취했던 그녀가 걱정되어 숙소로 달려갔다. 초인종을 눌렀다. 길게 한 번 다시 짧게 두 번. 기척이 없었다. 다시 눌렀으나 역시 마찬가지였다.

순간 불길한 생각이 들어 주머니에 갖고 있던 열쇠로 출입문을 열고 들어갔다. 집 안엔 아무도 없었다. 폭파 준비를 하던 물건들도 눈에 띄지 않았다. 소파에 앉아 담배를 물었다. 어제의 일들이 주마등처럼 지나갔다.

테러 취소 통보, 시무룩하던 그녀, 쉬지 않고 마시던 술, 그리고……. 순간 동훈은 깜짝 놀랐다. 전화를 먼저 건 후 택시를 타고 전노협 본부로 급하게 달려갔다. 택시로 가는 내내 그는 불길한 생각을 떨칠 수가 없었다. 혹시 그녀가 독한 생각을……?

위원장실에는 낯선 남자들이 몇 명 위원장과 함께 있었다. 그가 들어가자 모두 자리에서 일어났다. 눈매가 날카로운 키가 후리후리한 남자가 그에게 걸어왔다.

"노 동지, 기다리고 있었습니다. 어떻게 된 겁니까?"

위원장이 걱정스러운 표정으로 물었다.

"어젯밤에 고운애 씨가 사라졌습니다. 조금 전에 알았습니다."

동훈이 위원장에게 말하며 주위의 사람들을 둘러봤다.

"이분들은 중앙정보부에서 오셨습니다."

"노동훈 씹니까? 위원장님으로부터 지금까지 경과는 대강 들었습니다. 어제 우리 첩보망에 이상 상황이 포착되었습니다. 노동법 문제는 정부와 전노협 간에 원만하게 타결되었으나 우리는 항상 안테나를 세우고 있는 상황입니다."

위원장이 중정 팀장이라고 소개한 키 큰 남자가 말을 계속했다.

"정부와 대화는 잘 풀렸으나 두 분이 추진하던 작전은 현재도 계속 진행 중으로 파악되었습니다. 도와주셔야겠습니다. 지금은 누구의 과오 여부를 따질 때가 아닙니다. 우리도 그 점은 분명히 하겠습니다. 최악의 국익 훼손 사태를 막는 것이 목적입니다. 재삼 부탁드립니다. 국민으로서 도와주십시오. 저희들 혼자 해결하기에는 시간이 너무 없고 중차대한 사안입니다."

"잘 알겠습니다. 적극 돕겠습니다. 단 가능하면 고운애 씨를 죽이진 마십시오."

"노력하겠습니다. 같이 작전을 수행했던 노동훈 씨의 마음을 충분히 이해합니다."

그는 고운애를 찾기 위해 중앙정보부 특수팀에 합류했다.

무전기와 특수요원 신분증도 지급 받았다. 중정의 한 팀은 고운애 소재 파악과는 별도로 테러 대상 파악에 골몰했다. 올림픽이 임박한 상황에서 예상되는 공격 대상들을 모두 커버할 시간이 부족한 긴박한 실정이라 했다.

고운애는 그가 전날 숙소를 떠난 후 바로 별도의 행동에 착수한 것으로 파악됐다.

전노협과 정부 간에 올림픽이 끝난 후 즉시, 삼자 개입 금지 조항 등을 삭제하고 노동조합 활동을 원활하게 할 수 있도록 노동법을 개정한다는 합의안이 매스컴을 통해 공포되었다.

고운애와 그가 별도로 추진하던 특수 공작은 자동 폐기되었다. 그가 고운애에게 직접 이야기했다. 어떤 이유인지는 모르나 고운애는 노동조합과 정부가 합의한 올림픽 테러 중지 결정을 받아들이지 않았음이 틀림없었다.

그는 전날 밤에 있었던 고운애의 행동을 다시 떠올렸다. 테러 공작 취소 소식에 대한 식상한 반응. 그의 자초지종 설명에 대한 무관심. 먼저 술을 마시자고 한 전에 없던 행동. 말 없던 폭음. 얼굴에 드리워졌던 어두운 그림자. 가끔 내뱉은 소리 없던 한숨. 취기 속에 이글거리던 충혈된 눈. 그를 돌려세운 목소리. 일그러진 얼굴. 분홍빛 흔적. 전날 밤 고운애는 돌리지 못할 작별을 차근차근 준비하고 있었던 것이다.

'나쁜 여자, 제발 살아만 있어!'

그는 어떤 단서라도 찾아보려고 택시를 탔다. 택시 기사에게 운애의 숙소 가는 길을 설명해 빨리 가자고 했다. 조금 있으니 무전기가 울리고 중정 팀장의 목소리가 들렸다.

"고운애가 지금 국립묘지 뒷산에서 우리 특수수색대와 교전 중입니다. 첩보망에 노 동지가 알려 준 아지트 부근에서 고운애로 보이는 수상한 자가 포착되어 귀순을 종용했으나 권총을 발사하며 도주했습니다. 수색대가 대응 사격을 했으나 놓쳤습니다. 회수된 총알이 체코제로 북한 애들이 호신용으로 지참하는 기본 화기였습니다."

"북한 애들이라뇨?"

그는 그의 귀를 의심했다.

"북으로부터의 서울 올림픽 개최 방해 공작이 우리 정보망에 포착되었으나 실체가 전혀 파악되지 않고 있었습니다. 수일 전에 북에서 비밀 국제 정보망을 통해 올림픽 방해 공작을 포기했다고 통보해 왔습니다. 그런데 북의 공작 중지 지시에 남에 있는 현지 공작원으로부터 답이 없다고 통보해 왔습니다. 고운애가 북측 현지 요원으로 파악됩니다. 조심하십시오."

그는 고운애의 숙소로 가던 택시를 돌려서 벙커 아지트로 올라가는 등산로 쪽으로 달렸다. 바로 그때 그의 삐삐가 요란하게 울렸다.

전화번호와 '8282'가 떴다. 그는 그녀가 보낸 것임을 바로 느꼈다. 택시 기사에게 가까운 공중전화로 급히 가자고 했다. 택시를 기다리게 하고 전화를 했다.

"노 동지, 등산로 왼쪽으로 좀 떨어진 곳, 동네 뒤에 작은 공원이 있어요."

전화가 끊어졌다.

"여보세요, 고 동지!"

그는 소리쳤으나 대답이 없고 뚜뚜뚜 하는 전화 끊긴 소리만 났다. 급히 택시로 돌아가서 동네 뒤의 작은 공원을 아느냐고 기사에게 물었다. 마침 그 부근에 손님을 내려 준 적이 있다고 택시 기사가 말했다.

공원 입구에 택시를 세우고 둘러봤다. 그렇게 크지 않은 공원에 여러 종류의 크고 작은 나무들이 불규칙하게 서 있었고, 나무 밑에 긴 벤치 몇 개가 댕그랗게 놓여 있었다. 산기슭 쪽에 화장실로 보이는 작은 건물이 하나 있고 십여 미터 떨어진 곳에 공중전화 부스가 보였다.

동훈은 전화 부스로 뛰어들어 수화기를 들었다. 수화기를 잡은 손에 끈적한 느낌이 왔다. 바닥을 살폈으나 방범등 하나 없는 공원에는 아무것도 보이지 않았다. 전화 부스에도 불이 없었다. 손으로 더듬어 아무것도 없다는 것을 확인하고 밖으로 나와 주위를 살폈다.

오십여 미터 떨어진 다복솔 밑에서 인기척이 났다. 소나무 뒤 배수 도랑에 거꾸로 처박힌 물체가 보였다. 급히 내려갔다. 전투복을 입은 고운애가 거꾸로 엎드려 있었다. 그녀를 일으켜 오른쪽 무릎을 세우고 비스듬히 눕혔다.

"고 동지, 정신 차리세요!"

그녀가 힘겹게 눈을 떴다.

"노 동지, 죄송해요."

그녀를 안은 왼손이 축축해졌다. 그는 급히 윗옷을 벗어 그녀의 가슴 밑의 상처에 묶었다.

"말하지 마세요."

동훈은 무전기를 들었다. 그녀가 손을 뻗어 제지했다.

"쓸데없어요."

그녀는 힘겹게 쿨룩거렸다.

"노 동지, 아니 동훈 씨, 사랑해요."

마지막 순간임을 알 수 있었다. 상의로 막은 상처 위로 다시 손이 축축해졌다. 그녀는 가는 숨을 겨우 버티고 있었다.

"동훈 씨, 저 방 화장대 서랍 밑을 보세요. 그리고 오륜……."

그녀를 안은 팔에 무게가 실리더니 고개기 옆으로 떨어졌다. 그는 멍하게 그녀를 내려다봤다. 휑하니 아무 생각이 없었다. 그는 그녀를 안은 채 고개를 들었다. 나뭇잎 틈새로 보이던 나란한 세 개의 별들이 서서히 흐려지더니 영영 보이지 않았다.

"운애……!"

그는 중정 팀장에게 무전을 쳐서 그녀를 넘겼다.

"고운애가 오륜 뭐 하며 숨을 거뒀습니다. 느낌으로는 오륜기라 하려던 것 같았습니다."

"오륜기요? 오륜기 폭파? 노동훈 씨 공작 준비 중에 폭약 외에 준비한 것이 있습니까?"

팀장이 급하게 물었다.

"이십 센티 정도 파이프에 구멍 뚫는 기구를 만들었습니다."

"직경 20cm 파이프? 노동훈 씨 급하게 주경기장으로 좀 오십시오. 곧 우리 차가 공원 입구로 갈 겁니다."

공원 입구에는 벌써 중앙정보부 차가 도착해 있었다. 운전을 하던 요원이 타고 온 사람들이 내리자 그를 태우고 급하게 올림픽 주경기장으로 달렸다. 일반 승용차이나 운전석 바깥 지붕에선 붉은 경광등이 돌아가고 있었다.

올림픽 주경기장 오륜기 밑에는 대테러 폭발물 제거 요원들과 중앙정보부 팀장이 기다리고 있었다.

올림픽 오륜기 깃대가 멀리서는 가늘게 보이나 가까이 가니 밑동이 무척 굵었다.

"직경이 20cm면 저 위에 삼분지 이 정도 높이가 되겠는데? 고가 사다리차를 올리시오, 노동훈 씨 같이 좀 올라가 주시겠습니까? 위험하긴 합니다만 노동훈 씨가 모든 내용을 잘 아시니 도움이 될 겁니다."

팀장이 말했다.

"알겠습니다."

그는 방폭용 특수복을 입고 고가 사다리를 타고 폭발물 제거 요원들과 함께 오륜기 깃대를 올라갔다. 깃대는 그가 제작한 회전 전동기로 작업한 흔적이 보였다.

폭발물이 모두 회수되어 경기장에 설치된 임시 상황실 탁자 위에 진열됐다. 폭발물 처리반 책임자가 브리핑을 했다. 언론은 눈치 채지 못했는지 기자들이 보이지 않았다. 중앙정보부 요원들만 있었다.

"폭약은 오륜기를 게양했을 때를 기준으로 기폭 아래쪽에서 삼 미터 정도 떨어진 곳에 설치되어 있었습니다. 폭약 넣은 구멍은 깃대를 도려낸 뒤 폭약을 넣고 도려낸 뚜껑을 다시 깃대와 같은 흰색 접착 테이프에 붙여 깃대에 원위치시키고 깃대 둘레에 테이프를 감아서 가까이 가지 않으면 구별할 수 없게 했습니다. 폭파 위치를 위쪽으로 한 것은 아래쪽은 사람 눈에 띄기 쉽기 때문이며 폭파 때 오륜기가 훼손되지 않게 기폭 밑으로 위치시켰습니다. 만약 폭발했다면 오륜기가 잘린 깃대와 함께 손상 없이 땅으로 떨어졌을 것입니다. 폭약엔 기계식 시계에 올림픽 개최일 오전 5시에 전선이 연결되도록 설치했습니다. 이것은 폭파 스위치는 아닙니다. 설치자가 올림픽 개최 전에 수리나 예행연습 등으로 오륜기를 게양할 때에는 터지지 않고, 개회식 때만 폭파되도록 설계했습니다. 격발 장치는 깃봉에 설치되어 있으며 오륜기가 최정점에 상승하면서 전선을 연결해 주면 폭파됩니다. 그때 깃대의 삼분의 이 지점이 폭파되어 잘려 나갑니다. 폭탄에 사용한 재료는 평범하고, 복잡한 전자 회로나 시한 장치는 없었습니다. 이상입니다."

　폭발물이 제거되고 올림픽 준비도 마무리됐다. 국민들이 올림픽에 들떠 있고 전노협도 최소한의 목적을 달성한지라 공식적으로 올림픽 개최 지지 성명을 내고, 전과는 다른 의미로 '손에 손 잡고'를 불렀다. 내부적으로 노동가 지정을 해제하고 공식 올림픽 주제가로 되돌렸다.

　동훈은 고운애의 숙소로 갔다. 그녀가 마지막 일러 준 대로 화장대 서랍을 살펴봤다. 맨 아래 서랍 밑쪽에 잘 보이지 않게 테이프로 붙인 봉투 하나가 있었다. 봉투를 열어 보니 사절지에 연필로 쓴 글씨들이 빼곡하게 적혀 있었다. 여기저기에 얼룩도 져 있었다.

노 동지, 아니 동훈 씨,

만일 동훈 씨가 이 글을 읽을 수 있을 때 저는 이미 이 세상에 없을 겁니다. 저의 아버지는 6·25 때 포로가 된 북조선 인민군 소위였습니다. 포로가 되었다가 반공 포로 석방 때 전향해서 남한에 살았습니다. 어쩔 수 없이 전향해서 남한에 살았으나 아버지는 늘 고향인 평안도 영변을 그리워하시며 김소월의 '진달래꽃'을 흥얼거리셨습니다.

저는 대학교 3학년 때 독일에 일 년 유학을 갔습니다. 그때 6개월간 북에 가서 특수 훈련을 받고 돌아왔습니다. 동훈 씨와 함께한 올림픽 저지 폭파 공작은 북의 지령으로 참여했습니다. 속여서 미안합니다. 동기야 어떻든 함께한 시간 동안 즐거웠습니다. 행복했습니다.

처음으로 여자로서 남자에 의지하는 포근함도 느껴 봤습니다. 공작이 취소되자 저는 괴로웠습니다. 동훈 씨와 남한의 노동자들이 부러웠습니다. 저는 언제 아버지의 고향에 자유롭게 다닐 수가 있을는지? 아마 내 생애에는 불가능할지도 모르겠습니다.

그러나 저는 아버지의 고향인 저의 고향을 위해 주어진 운명대로 살다 갈 겁니다. 저도 우리나라에서 올림픽이 개최되어 무척 기뻤습니다. 그러나 제가 택한 길인 지령을 수행하는 것은 저의 거부할 수 없는 운명이었습니다. 동훈 씨가 이 편지를 볼 수 있다면 올림픽도 성공하기를 막연하게나마 기대해 보겠습니다.

용서해 주세요.

사랑했습니다, 동훈 씨.

당신의 운애 올림.

'불쌍한 여자!'

그는 고운애의 편지를 윗옷 속주머니에 넣고 그녀와 같이 갔던 소주방으로 갔다. 소주 한 병과 닭똥집을 시켰다. 잔을 두 개 달라고 했다. 소주잔에 소주를 팔부로 채워 건너편 자리에 놓았다. 닭똥집 하나를 소스에 찍어 건너편 자리 가까운 데 놓았다. 그의 잔에도 술을 따랐다.

잔을 들어 건너편 자리에 놓인 잔에 부딪쳤다. '천천히 마셔요, 아직 시간이 이른데.' 속으로 중얼거렸다. 옆자리에 모인 남자들의 담배 연기만 흐물거리며 의자 위를 지나갔다.

기다리던 올림픽 날이 다가왔다. 말도 많고 사연도 많던 올림픽이 드디어 개막되었다. 노동훈도 전노협 간부들과 함께 '국민의 대전 노동자의 잔치 서울 올림픽!'이란 커다란 현수막 아래, 정부에서 별도로 마련해 준 노동자석에 앉아 개막식에 참석했다.

식순에 따라 오륜기 게양이 시작되있다. 그의 가슴이 뛰었다. 안전하게 제거된 폭탄을 자신의 눈으로 확인했으나 혹시 오륜기가 땅으로 떨어지지나 않을까 불안했다.

악대의 연주에 맞춰 게양수들의 절도 있는 동작에 따라 오륜기기는 깃봉까지 무사히 올라갔다. 깃대는 멀쩡했다. 중간에 잘려 떨어지지 않았다. 인공 바람으로 오륜기가 힘차게 펄럭였다.

예포가 터지고 박수로 경기장이 터져 나갈 듯했다. 서울 올림픽은 그렇게 무사히 개막되었다. '손에 손 잡고'가 경기장에 울려 퍼졌다. 오륜기의 동그라미마다 고운애의 얼굴이 오버랩됐다. '운애 고마워, 같이 봤으면 좋았을 텐데.'

동훈은 무심결에 경영자협회 기업인들이 자리잡은 관람석으로 고개를 돌렸다. 앞쪽 끝자리에 키 큰 남자가 서서 노동자석을 계속 바라보고 있었다.

올림픽은 성황리에 계속되고 신기록이 쏟아져 나왔다. 중앙정보부로 팀장을 만나러 갔다.

"어서 오십시오. 노동훈 씨, 당신이 아니었으면 지금 저는 이 자리에 없었을 것입니다."

"별말씀을요."

그는 고운애의 마지막 편지를 팀장에게 보여 주었다.

"고운애가 북의 마지막 테러 중지 지령을 못 받았던 모양입니다. 죽을 때 폭파 위치를 나에게 알려 준 것은 고운애의 독자 판단이었던 것 같습니다. 고운애를 아버지 고향으로 보내 줍시다. 중앙정보부는 가능하리라 생각하고 찾아왔습니다."

동훈은 올림픽을 해칠 수 없었던 고운애의 심정을 대신 전했다.

"위에 상의해 보겠습니다. 동기는 달랐으나 결과적으로 고운애 씨도 올림픽 개최 유공자라고 저도 생각하고 있습니다."

동훈이 중앙정보부를 찾아간 지 한 달쯤 지났다. 그는 중정 팀장과 함께 L-19 정찰기를 타고 백령도 백사장에 내렸다. 중앙정보부 팀장의 노력으로 정부가 고운애의 유골 북송을 승인했다. 백령도는 우리나라 서해 최북단에 위치한 섬으로 북한이 바로 육안으로 보이는, 군사적으로 매우 중요한 곳이다.

백령도에는 별도의 비행기 활주로가 없다. 우리나라 해병대가 지키고 있는 이곳은 남한 본토에서 멀리 떨어져 있어서 군사용 비행장이 필요하다. 백사장을 그대로 활주로로 사용한다. 썰물 때 드러난 황해의 바닷물 밑에서 단단해진 백사장은 경비행기가 앉고

뜨는 데 지장이 없을 정도의 자연 활주로다.

그들은 미리 마련된 꽃게 어선으로 위장한 작전선을 타고 NNL(북방 한계선)을 향해 북동쪽으로 갔다. 얼마 가지 않아 바다 위에 떠 있는 배 한 척이 보였다.

"쟤들이 벌써 와서 기다리는 모양입니다."

팀장이 배를 가리키며 말했다. 고운애의 화장한 유골을 북한에 넘겨주기 위해 서해 북방 한계선으로 북측 정보 기관원을 만나러 가는 길이었다. 고운애의 유언에 따라 중앙정보부가 북측과 연락을 해서 서해상에서 만나게 되는 것이다.

국민들은 남북이 원수가 되어 서로 으르렁거리기만 하는 줄 알고 있으나 가장 치열하게 맞붙어 싸우고 정보전을 벌이는 정보 기관끼리는 필요에 따라 서로 정보도 교환하고 만나기도 한다는 것을 처음 알았다.

가장 먼 곳이 가장 가까울 수도 있기는 하리라. 정보전을 한다고 항상 싸우는 것은 아니리라. 상호 필요에 의해 싸울 때는 싸워도 공조하거나 필요한 것들을 바꾸어 쓸 수도 있으리라. 대표적인 것이 소련과 미국 간의 스파이 교환도 같은 맥락에서 이루어지는 것 같았다.

그들의 배가 기다리는 북한 배로 접근했다. 북측 배에 있던 네 사람이 그들 배로 건너왔다. 접촉 절차는 사전에 합의된 듯 모든 행동이 아무 대화 없이도 일사불란하게 진행되었다.

동훈은 고운애의 유골을 흰 붕대로 걸어서 두 손으로 몸 앞에 잡고 남측 배 한가운데 서 있었다. 검은 양복을 입은 북측 대표들은 그 앞에 정렬해서 거수경례를 올렸다.

대표인 듯한 맨 앞에 선 사람이 인사를 했다.

"고 동지, 잘 오시라요."

대표가 옆으로 비켜서자 바로 뒤에 섰던 세 사람이 앞으로 걸어와 섰다. 가운데 선 사람은 붉은 띠를 양어깨에 걸치고 있었다. 양쪽에 섰던 두 사람이 앞으로 나와 동훈이 안고 있던 흰 띠를 풀어 고운애의 유골을 북측의 붉은 띠로 옮겼다.

그들이 고운애의 유골을 그의 손에서 옮기려 할 때 그도 모르게 손에 힘이 꽉 주어졌다. 당황한 북측 요원들이 잠시 그대로 잡고 기다렸다. 그들도 고운애를 보내지 않으려는 그의 심정을 이해하는 듯했다.

"노 동지, 이제 그만 고 동지를 우리에게 보내 주시라요. 정성껏 모시겠습네다."

북측 대표가 말했다.

동훈은 두 손을 힘없이 놓았다. 유골 인수 요원들이 유골을 북이 타고 온 선박으로 옮겨 가자 북측 대표가 부동자세를 풀고 중정 팀장에게 손을 내밀었다.

"잘들 오시라요, 반갑습네다."

역시 검은 정장을 한 북측 대표가 인사를 했다.

"일찍 와서 기다리셨군요, 안녕하십니까?"

중정 팀장이 북측 대표에게 악수하며 말했다.

"올림픽 개최를 축하합네다, 성공적으로 치르시라요."

"고맙습니다."

"이번 일은 우리도 많이 고민했습네다. 그러나 마지막에 남측에 협조하기로 우리가 계획했던 사업을 취소했습네다."

"잘하셨습니다. 감사합니다."

"귀측도 이번 일을 잊지 마시고 우리 피양에서 올림픽이 열리면 협조하시라요."

"잊지 않겠습니다."

중정 팀장이 고개를 끄덕였다.

북측 대표가 동훈에게 다가와서 손을 잡았다.

"노 동지, 고 동지로부터 노 동지에 관해서 보고를 받았습니다. 고 동지를 돌봐 주셔서 감사드립네다."

"이렇게 돌려드려서 미안합니다."

"너무 슬퍼 마시라요, 여기 있는 팀장 동무나 나나 모두 목숨을 돌보지 않고 서로의 주체를 위해 일하는 거이디요. 운명이라요."

그가 손등을 두드렸다.

"노 동지는 무척 딕월헌 전사입니다. 혹시 남측이 푸대접하면 북으로 오시라요. 내래 잘 도와드리겠습네다. 하하."

중정 팀장도 빙그레 웃었다.

"이제 가 보시라요."

북측 대표가 팀장에게 말했다.

"먼저 출발하십시오. 그것이 예의입니다."

팀장이 말했다.

"그럼……."

북측 대표단이 타고 온 배가 하얀 물 꼬리를 일으키며 점점 멀어졌다. 바닷물은 여전히 잔잔하게 푸르고 고운애가 떠나가는 물길 위로 갈매기 한 마리가 끼룩거리며 날고 있었다.

'운애 잘 가, 나도 사랑했어.'

정용철 장편소설
손에 손 잡고 HAND in HAND
ⓒ 정용철, 2022

초판 1쇄 발행 2022년 7월 15일
초판 2쇄 발행 2022년 7월 30일

지은이 정용철
펴낸이 이은재
편 집 권정근
디자인 이태호

펴낸곳 도서출판 그루
출판등록 1983. 3. 26(제1-61호)
주소   42452 대구광역시 남구 큰골 3길 30
전화   053-253-7872
팩스   053-257-7884
전자우편 guroo@guroo.co.kr

ISBN 978-89-8069-470-9

*이 책은 저작권법에 의해 보호받는 저작물이므로 무단 전재와 무단 복제를 금하며
 이 책 내용의 전부 또는 일부를 이용하시려면 반드시 저작권자와 도서출판 그루에
 서면 동의를 받아야 합니다.
*잘못된 책은 구입하신 곳에서 바꿔 드립니다.
*책값은 뒤표지에 있습니다.